L'enfant de la discorde

Dangereuse vérité

MARIE FERRARELLA

L'enfant de la discorde

Traduction française de
FABRICE CANEPA

BLACK ROSE

HARLEQUIN

Collection : BLACK ROSE

Titre original :
COLTON BABY CONSPIRACY

HARPERCOLLINS FRANCE
83-85, boulevard Vincent-Auriol, 75646 PARIS CEDEX 13
Service Lectrices — Tél. : 01 45 82 47 47 - www.harlequin.fr
ISBN 978-2-2804-5648-7 — ISSN 1950-2753

Composé et édité par HarperCollins France. Achevé d'imprimer en mai 2021.
par CPI Black Print - Barcelone - Espagne
Dépôt légal : juin 2021.

MIXTE
Papier issu de sources responsables
FSC® C159065

Pour limiter l'empreinte environnementale de ses livres, HarperCollins France s'engage à n'utiliser que du papier fabriqué à partir de bois provenant de forêts gérées durablement et de manière responsable.

1

En tant que directrice exécutive de la compagnie pétrolière Colton Oil, Marlowe avait la chance d'occuper un immense bureau équipé d'une salle de bains indépendante. Elle s'en servait surtout pour prendre une douche et se changer lorsqu'elle devait assister à une réception officielle et qu'elle n'avait pas le temps de repasser par chez elle.

C'était précisément ce qui s'était produit, six semaines auparavant, lorsqu'elle s'était rendue à un colloque réunissant les producteurs d'énergie d'Arizona. Et elle prenait aujourd'hui conscience de l'erreur qu'elle avait commise ce jour-là.

Pour la quatrième fois, elle consulta le mode d'emploi du test de grossesse qu'elle venait de faire. Malheureusement, il ne laissait guère place au doute.

Les deux lignes bleutées qui venaient d'apparaître indiquaient bel et bien qu'il était positif et que les nausées dont elle souffrait depuis plusieurs jours ne s'expliquaient pas par un simple début de gastro-entérite.

Un frisson glacé la parcourut de part en part, et elle sentit son estomac se soulever.

— Pas question que tu vomisses encore une fois, dit-elle au reflet au teint blafard que lui renvoyait le miroir de la salle de bains. Tu es une Colton !

Elle essuya rageusement les larmes qui lui montaient aux yeux. Ce n'était ni des larmes de joie ni des larmes de tristesse, mais bien l'expression de la colère et de la frustration qu'elle éprouvait en cet instant.

Comment avait-elle pu se montrer aussi stupide ? Comment avait-elle pu laisser une chose pareille se produire ?

Il avait suffi d'une erreur de jugement, d'un moment d'abandon pour se retrouver dans cette situation absurde. Elle essaya de nouveau de se convaincre qu'il s'agissait d'une erreur.

Malheureusement, le résultat de ce test ne laissait guère de place au doute – pas plus que celui du précédent qu'elle avait fait, quelques minutes auparavant.

Elle regretta soudain de ne pas avoir acheté un autre modèle. Mais le pharmacien auquel elle s'était adressée lui avait assuré que celui-ci était l'un des plus fiables sur le marché.

D'ailleurs, si elle se montrait parfaitement honnête avec elle-même, elle devait bien reconnaître que la nouvelle ne l'avait pas totalement prise par surprise. Cela faisait déjà quelques jours que ces nausées à répétition lui avaient mis la puce à l'oreille.

En achetant ces tests de grossesse, elle avait cherché à se convaincre qu'elle se trompait et qu'elle n'était pas tombée enceinte d'un ennemi de sa famille.

Car le père de Bowie Robertson était l'adversaire le plus acharné de celui de Marlowe. Les deux patriarches aux entreprises concurrentes se vouaient une haine farouche. Elle n'osait d'ailleurs imaginer la réaction de son père lorsqu'elle lui apprendrait l'identité du père de son enfant. Il était parfaitement capable de la déshériter.

Comment avait-elle pu commettre une telle erreur ? Comment avait-elle pu tomber dans les bras d'un homme qu'elle avait toujours considéré comme un ennemi ?

Fermant les yeux, elle tenta de comprendre ce qui s'était passé ce soir-là. Ce n'était pas la première fois qu'elle avait croisé le fer avec Bowie Robertson, le président de la célèbre compagnie spécialisée dans le domaine des énergies renouvelables. Mais ce soir-là, leur débat avait été particulièrement passionné et s'était poursuivi au bar de l'hôtel, après le départ des autres participants au colloque.

Elle ne se rappelait plus lequel d'entre eux avait eu l'idée de commander une bouteille de vin blanc. Ce qu'elle savait, en revanche, c'est qu'au gré de la conversation ils avaient progressivement mis de côté leurs différends d'ordre professionnel pour aborder des sujets plus personnels. Et contre toute attente ils s'étaient découvert de nombreux points communs.

Plus inattendue encore avait été l'attirance mutuelle qu'ils avaient éprouvée alors. Rétrospectivement, Marlowe se demandait si elle n'avait pas toujours existé, occultée par la rivalité qui existait entre leurs deux familles. Mais cette nuit-là, pour la première fois, elle s'était autorisée à y céder.

Elle n'aurait su dire s'il s'agissait d'un acte conscient et réfléchi ou au contraire d'une conséquence de la fatigue et des deux bouteilles de vin blanc qu'ils avaient vidées. Il y avait sans doute un peu des deux.

Mais elle s'était retrouvée dans sa chambre d'hôtel avec Bowie, et ils avaient fait l'amour avec un mélange de fièvre et de passion qui l'avait prise totalement au dépourvu. Cette nuit avait incontestablement été l'une des plus torrides de son existence.

Au petit matin, lorsqu'elle avait ouvert les yeux, Bowie avait disparu. Elle s'était sentie à la fois soulagée et vexée, mais avait rapidement fini par se convaincre que cette attitude cavalière était probablement préférable à la discussion embarrassante qu'ils auraient eue s'il était resté.

Après tout, ils savaient tous les deux qu'une telle liaison n'avait aucun avenir. Il ne pouvait être question pour eux de sortir officiellement ensemble…

Évidemment, au vu du résultat de son test de grossesse, ce genre de préoccupations paraissait bien dérisoire.

Ils avaient pourtant pris toutes les précautions nécessaires, cette nuit-là.

Certes, elle se rappelait avoir lu quelque part que les préservatifs n'étaient efficaces que dans 98 % des cas. Mais pourquoi avait-il fallu qu'elle soit victime 2 % de marge d'erreur ? L'injustice de la situation la rendait malade. Qu'était-elle censée faire, à présent ?

Elle n'en avait strictement aucune idée. La seule chose dont elle était convaincue, c'était que son père verrait cette grossesse comme une trahison. Car Payne Colton n'était pas un homme compréhensif : intransigeant, entêté, rancunier, il était souvent qualifié de pitbull par ses adversaires, et la comparaison n'était pas tout à fait inadéquate.

Marlowe estimait généralement que ces défauts étaient la contrepartie de qualités tout aussi réelles. Car son père était un visionnaire, doué d'une volonté et d'une ténacité qui lui avaient permis de faire de sa société l'une des plus puissantes du sud-ouest des États-Unis.

Jusqu'alors, elle s'était toujours efforcée de se montrer à la hauteur de ses exigences. Elle travaillait très dur et consacrait l'essentiel de son temps à la compagnie, ne s'accordant que peu de loisirs.

Pour la première fois de sa vie, elle s'était laissée aller à écouter son instinct et avait cédé à une impulsion irrationnelle. Et voilà que son existence était sur le point de basculer à cause d'un simple moment d'égarement…

Marlowe poussa un gémissement douloureux. Elle sentait une migraine lui vriller les tempes, s'ajoutant à la nausée qui lui soulevait le cœur. Et ce fut le moment que choisirent son téléphone fixe et son portable pour se mettre à sonner avec insistance.

Ce double appel n'augurait rien de bon. Mais après tout, rien ne pouvait être pire que la nouvelle qu'elle venait tout juste d'apprendre. Réprimant un soupir, Marlowe laissa tomber le test de grossesse dans la poubelle et quitta la salle de bains.

Optant pour le téléphone fixe, elle mit le haut-parleur.

— Marlowe ? Mais qu'est-ce que tu fabriques, au juste ?

Reconnaissant la voix de son père, elle ne put réprimer une légère grimace.

— Bonjour à toi aussi, papa, répondit-elle d'un ton légèrement sardonique.

— Je ne suis vraiment pas d'humeur à plaisanter ! s'exclama-t-il. Pourquoi n'es-tu pas là ?

— Où ça, « là » ?

— En salle de réunion, avec tous les membres du conseil qui attendent patiemment que tu daignes les rejoindre.

— Nous n'avions pas rendez-vous, ce matin, objecta-t-elle.

Manifestement sous le coup de la surprise, son père marqua une pause.

— Ne me dis pas que tu n'as pas lu tes mails ! lui dit-il enfin.

— Pas encore, non, répondit-elle.

J'étais beaucoup trop occupée à m'assurer que j'étais bel et bien grosse des œuvres de Bowie Robertson, fut-elle tentée d'ajouter.

Mais son père paraissait déjà bien assez contrarié comme cela, et elle jugea préférable de garder cette nouvelle pour un moment plus propice.

— Commence par lire le mail qui a été envoyé à tous les membres du conseil d'administration, et tu comprendras sans doute les raisons pour lesquelles nous avons jugé bon de nous réunir. Ensuite, viens nous rejoindre à vitesse grand V. Compris ?

Sur ce, son père lui raccrocha au nez.

Passablement inquiète, Marlowe ouvrit son ordinateur portable et se connecta à sa messagerie professionnelle. Elle passa rapidement en revue les mails qu'elle avait reçus depuis la veille en se demandant ce qui avait bien pu mettre Payne Colton dans un tel état. Elle aperçut alors le message dont il lui avait parlé et qui était effectivement adressé à l'ensemble des membres du conseil d'administration.

Il avait été envoyé de façon anonyme, et le sujet indiquait

seulement : « À propos d'Ace Colton ». De plus en plus intriguée, Marlowe ouvrit le mail et commença à le lire.

Ace Colton, né le jour de Noël, il y a quarante ans de cela, a été échangé avec un autre bébé lors de son séjour à la maternité de l'hôpital général de Mustang Valley. Un simple test ADN permettra de le confirmer aisément.

Or, les statuts de la Colton Oil stipulent que le directeur général de la compagnie doit être un descendant direct de la famille Colton. Ace Colton n'étant qu'un enfant adoptif, il ne remplit pas cet impératif et devrait donc être immédiatement démis de ses fonctions.

Cette révélation n'est que la première d'une longue série qui ne manquera pas d'ébranler votre petit monde. Je me réserve le droit de distiller les autres, le moment venu.

Bonne journée à vous tous.

Marlowe demeura longuement immobile, les yeux rivés sur l'écran, s'efforçant de saisir toute la portée de ce message surréaliste. Craignant que ses jambes ne se dérobent sous elle, elle prit appui sur son bureau et se força à prendre une profonde inspiration pour tenter de maîtriser l'accès de panique qu'elle sentait monter en elle.

Pour la seconde fois en l'espace de quinze minutes, elle avait l'impression que son univers venait de basculer et qu'elle était en train de perdre pied.

— Ce n'est pas possible, murmura-t-elle.

L'idée que son frère aîné puisse ne pas être un Colton lui paraissait totalement surréaliste. Aussi loin que remontait sa mémoire, Ace s'était trouvé à ses côtés. Il avait toujours été là pour elle comme pour leurs autres frères et sœurs.

L'expéditeur de ce message s'attendait-il vraiment à être cru sur parole ?

Alors même qu'elle se posait cette question, un doute s'insinua en elle. Car leur mystérieux correspondant leur donnait un moyen très simple de vérifier ses dires. Était-ce un simple coup de bluff ? Ou était-il suffisamment convaincu de ce qu'il avançait pour les mettre au défi de le contredire ?

Un frisson glacé dévala le long de l'échine de Marlowe. Malgré elle, elle ne pouvait s'empêcher de douter.

Et si c'était vrai ?

2

En dépit de tous ses efforts, Bowie Robertson ne parvenait pas à oublier la nuit qu'il avait passée avec Marlowe Colton. C'était ridicule, bien sûr. Après tout, cette aventure était condamnée à demeurer sans lendemain. Marlowe le lui avait clairement fait comprendre en refusant de répondre à ses appels, après les moments qu'ils avaient partagés.

Elle considérait probablement qu'ils avaient commis une erreur. Et il ne pouvait lui donner entièrement tort. Leurs familles avaient toujours été ennemies. Les Colton et les Robertson étaient en désaccord sur tout – qu'il s'agisse de leurs idées politiques, de leurs ambitions commerciales ou de leurs méthodes de travail.

Et pourtant, Bowie s'était toujours senti attiré par Marlowe. C'était incontestablement l'une des plus belles femmes qu'il ait jamais rencontrée. Grande, athlétique, avec de longs cheveux blond cendré, d'immenses yeux bleus et des traits parfaitement dessinés, elle aurait très bien pu devenir mannequin ou actrice.

Mais ce qui le fascinait plus encore, c'était le mélange d'intelligence aiguë et de volonté indomptable qui la caractérisait. Marlowe était une femme d'affaires redoutable, dotée d'un sang-froid impressionnant.

Il avait donc été très surpris de découvrir cette nuit-là qu'elle était également capable de s'abandonner totalement.

La nuit qu'ils avaient passée avait été l'une des plus torrides et des plus passionnées qu'il lui ait été donné de vivre.

À cette occasion, Marlowe avait également laissé transparaître d'autres facettes de la personnalité. Elle était notamment dotée d'un sens de l'humour décapant.

Et, contre toute attente, elle possédait une conscience écologique qu'il ne s'était pas attendu à trouver chez elle. Bowie avait même découvert qu'elle travaillait en secret à un projet destiné à rendre plus vertes les pratiques de Colton Oil. Pour y parvenir, elle n'avait pas hésité à contrevenir aux décisions prises par son père qui considérait l'écologie uniquement comme une source de contraintes réglementaires.

Marlowe devait savoir qu'en lui confiant un tel secret elle lui avait fourni une arme dont il aurait très bien pu se servir pour affaiblir sa position au sein de l'entreprise. Il lui suffirait pour cela de contacter discrètement certains des actionnaires, ou même d'envoyer un mail anonyme à Payne Colton.

Évidemment, Bowie n'en avait jamais eu l'intention. Mais Marlowe devait en douter car, curieusement, depuis cette fameuse nuit on avait cherché à l'assassiner à trois reprises.

La première fois, un SUV aux vitres teintées lui avait foncé dessus, l'obligeant à se jeter de côté pour éviter d'être percuté de plein fouet. La deuxième fois, on lui avait carrément tiré dessus en pleine rue. La balle n'était pas passée loin et avait fait voler en éclats la vitre de la voiture près de laquelle il se tenait.

Bowie avait essayé de se convaincre que ces agressions n'avaient aucun rapport avec Marlowe. Mais, en dehors de la famille Colton, il ne se connaissait aucun ennemi. Et personne n'avait jamais cherché à le tuer auparavant.

Il était donc convaincu que ces attaques avaient été commanditées soit par Marlowe elle-même parce qu'elle regrettait son moment d'égarement, soit par son père qui avait eu vent de leur aventure et tenait à s'assurer que sa fille ne sortirait plus jamais avec le fils de son pire ennemi.

Au début, Bowie avait pensé que ces tentatives étaient uniquement destinées à lui faire peur. Il s'était donc abstenu de recontacter Marlowe. Par mesure de précaution, il avait cependant engagé un garde du corps.

Les jours passant sans qu'aucun nouvel incident se produise, Bowie s'était convaincu que les Colton avaient renoncé à s'en prendre à lui.

Jusqu'à aujourd'hui...

Car ce matin même on lui avait de nouveau tiré dessus. Et si son agresseur avait de nouveau raté son coup, il avait touché son garde du corps à l'épaule. Cette fois, les choses étaient allées beaucoup trop loin, et Bowie était bien décidé à contacter la police, ce qu'il s'était gardé de faire jusqu'alors.

Mais avant cela, il comptait aller trouver Marlowe pour lui dire ce qu'il pensait des méthodes de la famille Colton.

Marlowe entra dans la salle de réunion où se retrouvait traditionnellement le conseil d'administration. Elle espérait encore que le mail qu'ils avaient reçu n'était qu'une mauvaise plaisanterie qu'ils pourraient traiter par le mépris. Mais lorsqu'elle avisa la gravité qui se lisait sur les visages, elle comprit que ce souhait ne serait pas exaucé.

Le conseil d'administration de Colton Oil était présidé par son père, Payne Colton. Il regroupait son demi-frère Ace, le directeur général de l'entreprise, sa demi-sœur, Ainsley qui dirigeait le département des affaires juridiques et leur frère adoptif, Rafe, qui assurait la direction financière du groupe. Le dernier membre du conseil était Selina Barnes Colton, l'ex-épouse de Payne, qui était à la fois vice-présidente de l'entreprise et directrice des relations publiques.

Selina était la seule à ne pas paraître particulièrement affectée par la nouvelle. En fait, Marlowe était convaincue qu'elle devait secrètement se réjouir de la situation. Car son ex-belle-mère n'avait jamais beaucoup apprécié les enfants de Payne, et ceux-ci le lui rendaient bien.

Marlowe ignorait d'ailleurs pour quelle raison son père avait imposé que son ex-femme figure parmi les membres du conseil d'administration. Elle supposait que Selina avait trouvé un moyen de faire chanter Payne Colton et de lui forcer la main.

Marlowe alla s'installer à sa place habituelle et salua tout le monde d'un geste de la tête.

— Maintenant que nous sommes tous réunis, je commencerai par vous dire que ce mail est une abomination, déclara alors son père. C'est l'œuvre d'un lâche qui n'a même pas osé le signer. Il s'agit très probablement d'une tentative de déstabilisation de Colton Oil.

— Franchement, déclara alors Rafe, je pense que nous devrions ignorer purement et simplement ce message. De toute façon, même si ce que racontait cet abruti était vrai, quelle différence cela ferait-il ? Nous ne renverrions pas Ace parce qu'il n'est pas du même sang que nous.

— Je suis désolée de devoir te contredire, intervint Selina. Mais si les informations en question se révélaient exactes, nous n'aurions pas d'autre choix que de démettre Ace de ses fonctions.

— C'est absurde, protesta vivement Rafe.

— Ainsley ? l'interpella Selina. N'ai-je pas raison ?

La sœur de Marlowe se mordilla nerveusement la lèvre. Il était évident que l'idée d'abonder dans le sens de son ex-belle-mère ne l'enthousiasmait guère.

— Malheureusement, c'est exact, admit-elle cependant. J'ai vérifié ce matin même. Les statuts de l'entreprise sont très clairs à ce sujet : l'entreprise ne peut être administrée que par un descendant direct de son fondateur.

Rafe la considéra d'un air interloqué avant de jeter un regard interrogatif en direction de son père. Ce dernier confirma les paroles d'Ainsley d'un sobre hochement de tête.

— Cela n'a aucune importance, intervint alors Ace. Celui qui a envoyé ce mail a inventé cette histoire de toutes pièces en espérant nous déstabiliser. Mais il n'y a strictement aucune raison de penser que je puisse ne pas être le fils de Payne et Tessa Colton…

Tous se tournèrent vers le patriarche de la famille qui détourna les yeux. Mais ils eurent le temps d'apercevoir les doutes qui se lisaient dans son regard.

— Papa ? demanda Ace d'une voix blanche. Est-ce que tu as quelque chose à nous dire ?

Payne Colton passa nerveusement la main dans ses épais cheveux poivre et sel.

— Je n'ai jamais eu de raison de penser une telle chose jusqu'à aujourd'hui, répondit-il, visiblement mal à l'aise.

— Mais… ? l'encouragea Ace.

— Mais il y a effectivement un détail qui pourrait aller en ce sens…

Payne regarda son fils aîné droit dans les yeux.

— Ta mère a accouché de façon prématurée, lui dit-il. Lorsque tu es né, tu étais un bébé particulièrement frêle. Les médecins ont même laissé entendre que tu avais eu beaucoup de chance de survivre. Ils ont décidé de te placer en couveuse. Fort heureusement, tu as rapidement pris du poids. En l'espace de quelques jours, tu étais hors de danger et en parfaite santé…

Un silence écrasant ponctua ces paroles. C'était la première fois que leur père faisait allusion à la naissance prématurée d'Ace.

— Ta mère et moi avons toujours considéré cela comme un miracle. « Notre miracle de Noël », disait-elle parfois…

— Si les médecins avaient effectivement interverti par erreur deux enfants qui se trouvaient à la maternité, ce miracle de Noël pourrait s'expliquer de façon nettement plus prosaïque, fit observer Selina d'un ton acidulé.

— C'est de la folie ! protesta Rafe. Comment l'auteur

de ce mail serait-il au courant si personne ne s'en est rendu compte, à l'époque ?

— L'un des médecins ou l'une des infirmières de l'hôpital s'en est peut-être aperçu, remarqua son ex-belle-mère.

— Et pourquoi attendre tout ce temps avant d'en parler ?

— Il ou elle n'avait peut-être pas l'intention de le faire, suggéra Selina. Mais l'auteur du mail a fini par l'apprendre et a décidé de s'en servir pour nous faire chanter…

— Tu pars du principe que cette personne dit la vérité, protesta Ace. Or, à ce stade, nous n'avons aucune raison de la croire.

— Aucune raison ? répéta son ex-belle-mère en levant un sourcil. N'as-tu pas écouté ce que ton père vient de nous dire ?

— Il ne sert à rien d'en débattre indéfiniment, déclara alors Marlowe qui craignait que la situation ne finisse par s'envenimer. L'auteur du mail a raison sur un point : un simple test ADN nous permettra d'en avoir le cœur net. Même si, personnellement, je suis d'ores et déjà convaincue qu'il s'agit d'une affabulation.

— Ce genre de test est hors de prix, protesta Rafe. Pourquoi serait-ce à nous de payer ? Si l'auteur du mail est si convaincu de ce qu'il avance, il n'a qu'à apporter lui-même la preuve de ses dires.

— Malheureusement, dans ce genre de situation, les rumeurs infondées peuvent causer autant de tort que des faits avérés, objecta Ainsley. Si cela venait à se savoir, le cours de nos actions pourrait dévisser brusquement.

— C'est aussi ce que je pense, approuva Marlowe. Au cas où cette personne rendrait ses accusations publiques, nous devons être prêts à démontrer qu'elles sont infondées. Pour cela, nous n'aurons qu'à produire le résultat du test ADN. Qu'en penses-tu, Ace ?

— Que c'est une perte de temps et d'argent, répondit ce dernier d'un air sombre. Mais je crois que tu as raison :

nous ne pouvons pas nous permettre de nous retrouver en difficulté à cause de cette histoire.

— Si Ace compte effectuer ce test, il serait préférable qu'il soit accompagné par quelqu'un d'extérieur à la famille, suggéra Selina. Quelqu'un qui pourra se porter garant de la procédure et dont la parole ne sera pas mise en doute.

— Je pourrais demander au chef de la police de s'en charger, proposa Ainsley. C'est un homme intègre et quelqu'un de confiance. Il n'y a aucun risque pour qu'il ébruite cette affaire.

— Excellente idée, approuva Selina. Qu'en dis-tu, Payne ?

Marlowe prit conscience que ce dernier était demeuré jusqu'alors silencieux, s'abstenant de prendre part à la discussion, ce qui ne lui ressemblait guère.

— Va pour ce test, répondit-il enfin.

Son manque d'enthousiasme évident ne contribua guère à rassurer Marlowe.

— En attendant, reprit-il, nous devons tout faire pour identifier ce corbeau avant qu'il poursuive sa campagne de déstabilisation.

— Tu penses vraiment qu'il a d'autres révélations du même genre ? demanda Ainsley.

— C'est ce qu'il prétend, en tout cas, et nous ne pouvons pas courir le risque que ce soit vrai. Nous devons reprendre l'initiative.

— J'ai peut-être une idée, à ce sujet, déclara Marlowe.

Son père se tourna vers elle et l'interrogea du regard, attendant qu'elle poursuive.

— Je pourrais demander à Daniel Okowski d'essayer de remonter la piste de ce mail.

— Ce nom m'est familier, intervint Selina. Mais je n'arrive plus à le remettre.

— Daniel est l'informaticien qui a entièrement repensé l'architecture de notre serveur et qui l'a sécurisé, expliqua Payne. C'est un véritable génie. Marlowe a raison : si quelqu'un a une chance de retrouver l'auteur de ce mail, c'est bien lui.

— Es-tu sûre que nous puissions lui faire confiance ? demanda Ainsley. Ne risque-t-il pas de faire fuiter l'information ?

— Je n'ai aucun doute à son sujet, déclara Marlowe. Daniel est d'une fidélité sans faille à la compagnie.

— Dans ce cas, c'est entendu, acquiesça Payne. Parle-lui de notre problème et fais-moi rapidement un rapport sur la question.

3

À la fin de la réunion du conseil d'administration, Marlowe regagna directement son bureau. La journée venait à peine de commencer, et elle se retrouvait déjà confrontée à deux crises majeures.

Elle allait devoir prendre rapidement certaines décisions concernant sa grossesse. Garderait-elle cet enfant ? Si tel était le cas, comment annoncerait-elle la nouvelle à sa famille ? Et devait-elle également prévenir Bowie Robertson du fait qu'il était sur le point de devenir père ?

Toutes ces questions se bousculaient dans sa tête sans qu'elle parvienne à leur trouver un début de réponse. Elle ne se sentait tout bonnement pas prête à affronter ce genre de dilemme.

Mieux valait donc se concentrer sur le problème de son frère Ace. En attendant que ce dernier ait passé le test ADN qui démontrerait une fois pour toute son appartenance pleine et entière à la famille Colton, Marlowe était bien décidée à identifier l'auteur du mail anonyme.

Comme l'avait indiqué son père, Daniel Okowski était l'un des meilleurs spécialistes en informatique qu'elle ait jamais rencontré. Si quelqu'un était susceptible de remonter la piste de ce message, c'était bien lui. De plus, il travaillait depuis des années pour Colton Oil et avait démontré à maintes reprises sa loyauté sans faille envers l'entreprise.

C'était en effet Payne Colton lui-même qui lui avait donné

sa chance, alors qu'il sortait tout juste de l'université. Il l'avait recruté comme stagiaire avant de l'embaucher pour de bon. Très vite, ses talents lui avaient valu les louanges de ses supérieurs qui lui avaient confié de plus en plus de responsabilités, jusqu'à ce qu'il se retrouve à la tête du service chargé d'assurer la sécurité informatique de l'ensemble de la compagnie pétrolière.

Marlowe sortit son téléphone portable de la poche du tailleur très strict qui constituait son uniforme de travail. Elle était sur le point d'appeler Okowski lorsqu'elle s'aperçut que son assistante lui avait laissé un message durant la réunion du conseil d'administration.

SVP, rappelez-moi dès que possible.

Sachant pertinemment que Karen n'avait pas pour habitude de la déranger pour rien, Marlowe la contacta sans attendre.

— Karen ? Que se passe-t-il ?

— Il y a quelqu'un qui est là pour vous voir, murmura son assistante qui ne tenait apparemment pas à être entendue de la personne en question. Je lui ai dit que vous n'étiez pas disponible et qu'il devait prendre rendez-vous mais il n'a rien voulu entendre…

— De qui s'agit-il ? s'enquit Marlowe, un peu étonnée.

— De Bowie Robertson, répondit Karen.

À ce nom, Marlowe sentit les battements de son cœur s'emballer dans sa poitrine. Cela faisait des semaines que Bowie ne lui avait pas donné signe de vie, et voilà qu'il se manifestait le jour même où elle avait découvert qu'elle était enceinte.

Elle essaya de se convaincre que ce n'était qu'une coïncidence. Après tout, elle n'avait encore annoncé la nouvelle à personne, et il n'aurait eu aucun moyen de l'apprendre.

— Vous voulez que j'appelle la sécurité ? lui demanda Karen qui connaissait les relations déplorables que les Robertson entretenaient avec les Colton.

Marlowe fut presque tentée de lui répondre par l'affirmative. L'idée de se retrouver confrontée à Bowie la rendait terriblement nerveuse – d'autant qu'elle n'avait pas encore décidé si elle devait lui parler de sa grossesse.

— Ce n'est pas la peine, soupira-t-elle à contrecœur. J'arrive tout de suite.

Raccrochant son téléphone, elle pressa le pas et ne tarda pas à rejoindre le bureau de son assistante qui était contigu au sien. Là, elle découvrit Bowie Robertson qui faisait nerveusement les cent pas de long en large tel un fauve en cage.

Lorsque leurs regards se croisèrent, elle ne put réprimer un léger frisson en se rappelant la façon dont il l'avait regardée, cette nuit-là. Mais il n'y avait aucun désir dans ses beaux yeux verts, aujourd'hui – juste une colère à peine contenue qu'elle ne s'expliquait pas.

— Suis-moi, lui dit-elle simplement.

Elle se dirigea vers la porte de son bureau, et il lui emboîta le pas sans piper mot. Elle s'effaça pour le laisser entrer et referma la porte derrière eux avant d'aller prendre place à sa table de travail.

— Puis-je savoir ce que tu fais ici ? lui demanda-t-elle un peu sèchement.

— Je suis venu te demander de rappeler tes chiens ! rétorqua-t-il sans se démonter.

Elle le considéra d'un air passablement étonné.

— Qu'est-ce que tu racontes ?

Bowie fronça les sourcils.

— Il ne sert à rien de jouer les idiotes, Marlowe. Ça ne te va pas du tout.

Marlowe n'avait toujours aucune idée de ce qu'il pouvait bien vouloir dire par-là.

— Je veux parler des hommes de main que tu m'as envoyés.

— Des hommes de main ? répéta-t-elle. Pourquoi est-ce que je t'aurais envoyé des hommes de main ? Est-ce que par hasard tu te serais cogné la tête, Robertson ? Veux-tu que j'appelle un médecin ?

Il la foudroya du regard.

— Je ne suis vraiment pas d'humeur à plaisanter. On a essayé de m'écraser puis on m'a tiré dessus à deux reprises. Et la dernière tentative aurait pu coûter la vie à mon garde du corps !

Marlowe le dévisagea avec stupéfaction.

— Si c'est une blague, elle est vraiment de très mauvais goût, lui dit-elle.

La colère de Bowie sembla refluer légèrement, remplacée par un mélange de doute et de soupçons.

— Tu prétends que ce n'est pas toi qui as envoyé ces hommes ? lui demanda-t-il.

Elle secoua la tête d'un air incrédule.

— Je n'arrive même pas à imaginer que tu puisses penser le contraire, lui dit-elle.

— Et pourquoi pas ? répliqua-t-il. Il est de notoriété publique que ta famille déteste la mienne. Tu as peut-être voulu t'assurer que personne n'apprendrait ce qui s'est passé entre nous. Ou que je ne parlerai à personne de ton projet écologique qui pourrait impacter le cours de vos actions et provoquer la colère de ton père…

— Et tu penses vraiment que j'irais jusqu'à te faire assassiner pour cela ? lui demanda-t-elle. Pour qui me prends-tu, exactement ?

Son incrédulité initiale laissait progressivement place à de la colère. Comment pouvait-il croire qu'elle était capable de commanditer un assassinat ? Avait-il donc une si piètre image d'elle ?

— Si ce n'est toi qui es responsable, c'est probablement ton père, déclara Bowie en haussant les épaules. L'idée qu'un Robertson ait pu coucher avec l'une de ses précieuses filles a de quoi le mettre hors de lui.

Marlowe le fusilla du regard.

— J'en suis convaincue, répondit-elle. Et c'est bien la raison pour laquelle je ne lui en ai pas parlé. Cela dit, même si je l'avais fait, je n'imagine vraiment pas mon père engager des tueurs. C'est peut-être la façon dont les Robertson règlent leurs différends, mais je t'assure que jamais les Colton n'ont eu recours à de telles pratiques. Contrairement à ce que tu sembles penser, nous sommes des entrepreneurs, pas une famille mafieuse !

Bowie l'observa très longuement sans mot dire. L'atmosphère qui régnait dans le bureau était électrique.

— J'ai vraiment du mal à imaginer qu'il puisse s'agir d'une coïncidence, déclara-t-il enfin. Ces tentatives ont commencé juste après que nous avons eu cette aventure. Et tu sais comme moi que ton père déteste le mien. Je n'aurais jamais dû coucher avec toi. C'était une erreur stupide.

Malgré elle, Marlowe sentit son cœur se serrer dans sa poitrine. Certes, elle n'était pas loin de penser la même chose. Mais le fait qu'il le lui dise de façon aussi directe faisait naître en elle un mélange de déception et de rancœur.

— C'était sans doute une erreur, répondit-elle durement. Et, au risque de me répéter, c'est précisément la raison pour laquelle je n'en ai parlé à personne. Malheureusement, je ne pourrai peut-être pas garder le secret très longtemps.

— Et pourquoi donc ? Tu comptes le clamer sur tous les toits ?

Elle secoua la tête.

— Je n'aurai pas besoin de le faire, répondit-elle. Et il faudra bien que nos deux familles trouvent un moyen de l'admettre et de se supporter mutuellement.

Bowie n'avait strictement aucune idée de ce que Marlowe pouvait bien vouloir dire.

Les dénégations farouches qu'elle venait d'opposer à ses accusations l'avaient en revanche presque convaincu de sa sincérité. Soit elle était excellente comédienne, soit elle n'avait effectivement pas eu connaissance des tentatives d'assassinat dont il avait fait l'objet.

Bien sûr, cela ne signifiait pas forcément que son père était innocent, lui aussi. Payne Colton était un homme d'affaires impitoyable qui plaçait les intérêts de sa firme avant tout le reste.

— C'est à mon tour de ne rien comprendre à ce que tu racontes, déclara-t-il. Pourquoi nos familles seraient-elles forcées de s'entendre ?

— Parce que d'ici sept mois et demi, elles auront un descendant commun, répondit posément Marlowe.

Sidéré, Bowie se contenta de la regarder fixement, n'osant croire qu'il avait bien interprété ce qu'elle venait de lui dire.

— Un descendant commun ? répéta-t-il enfin d'une voix mal assurée.

— Je suis enceinte, confirma-t-elle.

— Enceinte ?

— Arrête de répéter tout ce que je dis.

— Je… C'est…

Il secoua la tête comme pour recouvrer ses esprits.

— C'est impossible, déclara-t-il enfin. Nous avons pris nos précautions.

— Je sais, soupira Marlowe. Malheureusement, les préservatifs ne sont pas sûrs à 100 %.

— Et tu ne prenais pas la pilule ?

— Pourquoi l'aurais-je fait ? Je ne sortais avec personne, à ce moment-là.

Il fut brièvement tenté de lui demander si tel était toujours le cas. Mais le moment était sans doute mal choisi.

— Tu es sûre qu'il est de moi ? lui demanda-t-il.

Elle le fusilla de nouveau du regard.

— Contrairement à ce qu'a pu te laisser penser notre folle soirée, je ne suis pas une femme facile, lui dit-elle. Je n'ai pas eu d'autres relations depuis lors.

Cela répondait au moins à sa question.

— Je ne voulais pas dire…, commença-t-il, embarrassé.

— Je me moque de ce que tu voulais dire, l'interrompit-elle sèchement. Tout ce que je sais, c'est que tu es le père de cet enfant. Crois-moi, cela ne me réjouit pas plus que ça. Mais c'est un fait. Je n'attends rien de toi mais j'imagine que je te devais au moins la vérité.

4

Bowie Robertson était en état de choc. Il était arrivé dans les locaux de Colton Oil bien décidé à en découdre et à obtenir des aveux de Marlowe. Il espérait la mettre au pied du mur, lui faire avouer sa culpabilité ou, à tout le moins, lui faire prendre conscience de l'immoralité de son père.

Au lieu de cela, il venait d'apprendre qu'il était sur le point de devenir père. Cette nouvelle le laissait sans voix. Il n'avait jamais vraiment envisagé une telle éventualité. Et même s'il l'avait fait, il n'aurait jamais imaginé que cela puisse advenir dans de telles conditions.

Assez naïvement, il s'était toujours dit que si cela devait arriver, ce serait parce qu'il aurait rencontré quelqu'un de spécial, quelqu'un dont il tomberait éperdument amoureux – suffisamment pour décider de renoncer à sa liberté qui, pour le moment, était ce qu'il avait de plus précieux.

Il ne pouvait nier le fait que Marlowe fût spéciale – ni qu'en d'autres circonstances il aurait très bien pu sortir avec elle. Mais c'était une Colton, et même s'ils avaient décidé d'entretenir une liaison, elle n'aurait jamais pu déboucher sur un véritable engagement. Le passif qui existait entre leurs deux familles était bien trop grand pour cela.

Mais Marlowe était enceinte, et cela changeait tout.

— Je ne m'attendais pas à ça, parvint-il à dire au bout de ce qui lui sembla être une éternité.

— Moi non plus, jusqu'à ce matin, répondit Marlowe.

— Ce matin ?

Elle se leva et alla ouvrir la porte qui se trouvait au fond de son bureau et donnait sur une petite salle de bains. Elle disparut à l'intérieur et ressortit quelques instants plus tard avec deux bâtonnets qu'elle lui tendit.

— J'imagine que les traits bleus indiquent que tu es enceinte…

— Bien vu, Sherlock, répliqua-t-elle.

— C'est dingue.

— C'est à peu près ce que je me suis dit, acquiesça-t-elle.

— Est-ce que tu comptes…

Il s'interrompit brusquement, ne voulant pas lui laisser penser qu'elle serait la seule à prendre une telle responsabilité.

— Quoi que tu décides de faire, je serai là, lui assura-t-il.

La dureté qui se lisait dans le regard de Marlowe reflua légèrement.

— Merci, répondit-elle.

— Est-ce que tu as déjà une idée de ce que tu veux faire ?

Elle secoua la tête.

— Je t'avoue que j'ai d'autres soucis, en ce moment.

Il la considéra d'un air interdit, et elle laissa échapper un rire amer.

— Je sais que cela peut paraître étrange mais j'ai vraiment des questions plus importantes à régler, lui assura-t-elle.

— Plus importantes que le fait d'être enceinte de ton ennemi ?

Elle haussa les épaules.

— Je ne te considère pas comme un ennemi, lui dit-elle. Plutôt comme un étranger. Au fond, nous ne nous connaissons quasiment pas…

Bowie dut bien admettre qu'au fond elle avait raison. En dehors de la soirée passionnée qu'ils avaient passée ensemble, ils n'avaient eu que très peu de contacts au fil des ans. Et la plupart de leurs interactions s'étaient cantonnées au domaine professionnel – et avaient été exclusivement conflictuelles.

— Puis-je savoir à quel problème tu es confrontée ?

— Je ne peux pas t'en parler, lui dit-elle. Tout ce que je peux te dire, c'est que cela concerne à la fois l'entreprise et ma famille.

Alors même qu'elle prononçait ces mots, Marlowe prit conscience du fait qu'elle en avait probablement déjà trop dit. Mais Bowie semblait doté d'une étrange faculté : lorsqu'elle se trouvait en sa présence, elle avait une fâcheuse tendance à se laisser aller à des confidences.

N'était-ce pas précisément ce qu'elle avait fait, le soir du colloque ? Elle lui avait parlé de ses préoccupations écologiques et des projets qu'elle avait pour rendre son entreprise un peu plus vertueuse sur ce plan.

Son père n'aurait jamais embauché un tueur professionnel pour faire taire Bowie. En revanche, il aurait probablement été furieux d'apprendre que sa fille avait fait de telles confidences au fils d'un homme qu'il considérait comme son pire ennemi.

Elle ne s'expliquait pas vraiment la facilité avec laquelle elle se livrait ainsi à Bowie. Il semblait avoir le don de la mettre en confiance.

— Ne m'en dis pas plus, lui dit-il avec un sourire ironique. Je ne voudrais pas que ta famille se sente obligée de m'envoyer un nouveau tueur à gages !

— Je t'ai déjà dit…, commença-t-elle.

Il l'interrompit d'un geste.

— Je plaisantais, lui assura-t-il. Mais j'avoue que cela ne va pas me faciliter les choses. Si vous n'êtes pas responsables de ces tentatives d'assassinat, je ne vois vraiment pas qui peut chercher à me tuer.

— Je suis vraiment désolée de ne pas pouvoir t'aider à résoudre ce mystère, répliqua-t-elle d'un ton légèrement ironique. Mais je vais vraiment avoir fort à faire dans les jours qui viennent. À ce propos, je ne veux pas te jeter dehors, mais…

— J'ai compris. Il va tout de même falloir que nous ayons une vraie discussion au sujet de ce bébé.

Marlowe n'avait pas vraiment très envie de s'appesantir sur le sujet mais elle savait qu'il allait bien lui falloir en passer par-là. Bowie semblait en effet décidé à assumer ses responsabilités, et elle ne pouvait l'en empêcher.

— Je te téléphonerai dès que possible pour que nous fixions un rendez-vous dans un endroit plus discret, lui dit-elle.

— Parfait, acquiesça-t-il. J'attendrai ton appel.

Marlowe alla ouvrir la porte de son bureau. Lorsqu'ils en sortirent, son assistante lui adressa un regard inquiet.

— Est-ce que tout va bien ? lui demanda-t-elle.

Non, Karen, tout part à vau-l'eau. Je n'ai qu'une envie, à l'heure actuelle, c'est de me réveiller et de découvrir que toute cette journée n'était qu'un cauchemar…

— Tout va parfaitement bien, répondit-elle en se forçant même à sourire. Je dois aller voir Daniel Okowski, ajouta-t-elle. Je n'en aurai pas pour très longtemps.

Elle se dirigea vers l'ascenseur, suivie de près par Bowie.

— Tu dois vraiment être très douée pour le poker, remarqua-t-il.

Elle lui jeta un regard, intriguée.

— Tu bluffes comme une pro, expliqua-t-il. Visiblement, ton assistante n'est pas au courant de la crise dont tu m'as parlé.

— Elle n'est pas concernée, répondit Marlowe. Toi non plus, d'ailleurs, et j'aurais probablement dû m'abstenir d'y faire allusion. Mais tu sembles avoir un don très spécial pour me tirer les vers du nez…

— Je m'efforcerai de faire bon usage de ce super-pouvoir, à l'avenir, répondit-il avec humour.

— Je préférerais que tu évites purement et simplement de t'en servir.

— Tu as donc tant de choses à cacher ?

Marlowe haussa les épaules.

— D'accord, s'exclama-t-il en riant. Je n'insiste pas.

Il pressa le bouton d'appel de l'ascenseur.

— N'oublie pas de m'appeler, lui dit-il.

— J'ai dit que je le ferai.

— Si tu oublies, je reviendrai te voir, insista-t-il.

— Ne t'inquiète pas, soupira-t-elle. Ce n'est vraiment pas le genre de chose que je risque d'oublier.

Elle ne tenait d'ailleurs pas à ce qu'il revienne la voir à son bureau. De telles visites à répétition ne manqueraient pas en effet d'éveiller la curiosité de ses collègues – et plus encore celle de son père, s'il venait à en entendre parler.

La porte de l'ascenseur s'ouvrit alors.

— Vas-y, lui dit-elle. Je vais prendre l'escalier.

Il hésita un instant, comme s'il n'était pas certain de la façon dont ils étaient censés se dire au revoir. En fin de compte, il se contenta d'un sourire et d'un petit hochement de la tête.

— À bientôt, Marlowe.

Il entra dans la cabine et la porte se referma sur lui. Réprimant un nouveau soupir, Marlowe se dirigea vers l'escalier pour gagner l'étage supérieur. En chemin, elle s'efforça de bannir de son esprit Bowie et sa grossesse pour se concentrer exclusivement sur le problème d'Ace.

Comme toujours, la porte du bureau de Daniel Okowski était grande ouverte. Marlowe prit pourtant soin de frapper avant d'entrer. Il se tourna vers elle et lui décocha un sourire engageant.

Daniel avait six ans de plus qu'elle, mais il possédait un charme juvénile certain sur lequel les années semblaient n'avoir aucune prise.

— Marlowe ! s'exclama-t-il. Je suis ravi de vous voir. Est-ce que vous avez reçu mon dernier rapport ?

— Hier soir, confirma-t-elle. Mais j'avoue que je n'ai pas encore eu le temps de le lire.

— Qu'est-ce qui me vaut le plaisir de votre visite, dans ce cas ?

— Nous avons un problème, lui dit-elle.

Percevant la gravité qui filtrait dans sa voix, il se rembrunit légèrement. Marlowe entra dans son bureau et prit soin de refermer la porte derrière elle. Ce qu'elle avait à lui dire devait demeurer totalement confidentiel.

— Je vous écoute, répondit-il.

Marlowe prit place sur l'un des sièges qui faisaient face à son bureau.

— Il serait sans doute plus simple que vous voyiez cela de vos propres yeux, déclara-t-elle en sortant son téléphone portable de sa poche.

Elle ouvrit sa messagerie et transféra le mail anonyme à Daniel. Ce dernier se tourna vers l'un des écrans qui étaient disposés sur son bureau et ouvrit le message qu'il commença à lire avec attention.

— Ce mail a été envoyé aux six membres du conseil d'administration, précisa-t-elle. Nous l'avons reçu, il y a quelques heures de cela.

Daniel se tourna vers elle. Son expression trahissait un mélange d'étonnement et d'inquiétude.

— Est-ce que ces accusations sont fondées ? lui demanda-t-il gravement.

— Le directeur général de l'entreprise doit effectivement être un descendant direct de la famille Colton, répondit-elle. Jusqu'à présent, nous n'avions pas de raison de douter du fait qu'Ace en était un. Mais celui qui a envoyé ce mail semble convaincu du contraire.

— Est-ce que vous savez de qui il peut s'agir ?

— Non, et c'est précisément la raison pour laquelle je suis venue vous trouver. J'espérais que vous pourriez découvrir l'identité de l'expéditeur.

— Je vois…

Sa réponse doucha quelque peu l'optimisme de Marlowe.

— Est-ce que vous pensez pouvoir le faire ?

— Vous n'avez vraiment aucune idée de qui aurait pu envoyer un tel message ? lui demanda-t-il. Aucun indice qui m'aiderait à réduire la liste des possibilités ?

— Malheureusement, non, répondit-elle. Il pourrait s'agir de n'importe qui : un concurrent, quelqu'un qui espère nous faire chanter ou même un salarié déçu… Qui que ce soit et quelles que puissent être ses motivations, nous ne pouvons courir le risque de voir cette histoire reprise par la presse.

— Cela va sans dire, acquiesça sobrement Daniel. Et vous pouvez compter sur ma plus totale discrétion.

Il avait toujours fait preuve d'une fidélité exemplaire à l'égard d'une entreprise qui lui avait donné sa chance. Confiant en ses capacités, Payne Colton l'avait engagé dès sa sortie de son école d'informatique, allant jusqu'à rembourser en totalité le prêt étudiant qu'il avait contracté pour financer ses études. Aujourd'hui, il gagnait très bien sa vie et aurait pu se faire engager par n'importe quelle autre société. Mais il n'avait pas oublié à qui il devait sa bonne fortune.

— Est-ce que vous pensez pouvoir faire quelque chose ? lui demanda Marlowe.

— Je peux essayer, en tout cas, répondit-il prudemment.

Elle savait que Daniel ne promettait jamais rien tant qu'il n'était pas sûr et certain de pouvoir réussir.

— Je vous fais confiance, lui dit-elle.

Daniel s'éclaircit la voix avec une pointe de nervosité.

— Marlowe, je tiens à me montrer parfaitement honnête avec vous : si la personne qui a envoyé ce message tenait vraiment à préserver son anonymat, elle a probablement utilisé de nombreux proxys. Elle est peut-être même passée par le dark web. C'est ce que j'aurais fait. Et dans ce cas, il me sera probablement impossible de remonter la piste jusqu'à l'adresse IP d'origine…

— Je comprends, acquiesça Marlowe. Tout ce que je vous demande, c'est de faire de votre mieux.

— Bien sûr, répondit Daniel. Je ferai tout mon possible pour identifier cette personne.

— Je vous remercie, Daniel. Et quoi que vous découvriez, n'hésitez pas à m'appeler immédiatement, de jour comme de nuit. Il s'agit d'une priorité absolue.

En quittant le bureau de Daniel Okowski, Marlowe s'efforça de ravaler sa déception. Rétrospectivement, elle prenait conscience du fait qu'elle avait sans doute trop attendu de cette entrevue. Elle avait toujours voué une admiration sans bornes aux compétences techniques de Daniel, mais même lui ne pouvait accomplir des miracles.

Elle était convaincue que s'il y avait la moindre chance de remonter jusqu'à l'expéditeur de ce message, Daniel ferait l'impossible pour y parvenir. Mais il était évident qu'il n'était guère optimiste.

Elle devait donc envisager très sérieusement l'éventualité d'un échec et trouver d'autres façons d'identifier le corbeau. Et en attendant, elle allait devoir annoncer à son père la mauvaise nouvelle.

Marlowe réprima un soupir, songeant qu'il ne servirait à rien de repousser l'inévitable. Elle prit donc l'ascenseur pour se rendre à l'étage où se trouvait le bureau de Payne Colton. Alors qu'elle remontait le couloir qui y conduisait, elle entendit des éclats de voix qui provenaient de l'intérieur de la pièce.

— Qui est la malheureuse victime, cette fois ? demanda-t-elle à l'assistante de son père.

— Votre frère Ace, répondit celle-ci avec un sourire complice. Je ne sais pas ce dont ils sont en train de discuter, mais il y a de l'ambiance ! Vous feriez sans doute mieux de repasser un peu plus tard…

— Malheureusement, ce que j'ai à lui dire est assez urgent,

déclara-t-elle. Je vais prendre le risque de m'aventurer dans la fosse aux lions. Souhaitez-moi bonne chance.

Marlowe se dirigea vers la porte du bureau à laquelle elle frappa avant d'entrer sans attendre la réponse de son père. Ce dernier faisait les cent pas de long en large devant le canapé sur lequel était assis Ace qui arborait une expression résignée.

— Qu'y a-t-il ? s'enquit son père en fusillant sa fille du regard. J'espère que ce n'est pas encore une mauvaise nouvelle.

Marlowe se demanda comment il réagirait si elle lui annonçait tout de go qu'elle était enceinte du fils de Franklin Robertson.

— J'ai bien peur que si, répondit-elle. Daniel Okowski m'a clairement fait comprendre qu'il serait très difficile de remonter jusqu'à l'expéditeur du mail.

— Très difficile ? répéta Payne en fronçant les sourcils. Combien de temps pense-t-il que cela lui prendra ?

— Très difficile au sens où il pourrait ne pas y parvenir, précisa sobrement Marlowe. D'après lui, à moins que le corbeau n'ait commis une erreur, il sera quasiment impossible de l'identifier.

Payne laissa échapper un petit rire dédaigneux.

— Ne sois pas si naïve, Marl, lui dit-il. Il y a toujours une façon d'obtenir ce que l'on veut. Dis à Okowski qu'il a carte blanche pour puiser dans les fonds spéciaux. Qu'il n'hésite pas à arroser qui il faudra pour obtenir des réponses, et vite !

— Je ne suis pas sûre que ce soit un simple problème budgétaire, cette fois-ci, objecta Marlowe.

— Tout est *toujours* une question d'argent, déclara sentencieusement son père. Crois-moi, cela fait des décennies que je gère cette compagnie, et je n'ai jamais rencontré un problème qui ne soit pas soluble pour peu que l'on veuille bien y mettre le prix.

Marlowe et Ace échangèrent un regard mi-amusé, mi-résigné. Lorsque leur père s'était mis une idée en tête, il était vain de prétendre lui faire entendre raison.

— Débarrassez-moi le plancher, tous les deux, leur intima alors Payne. Je vais appeler cet Okowski moi-même et lui promettre une augmentation s'il parvient à retrouver ce salopard. Cela devrait le motiver un peu…

Marlowe comprit qu'il ne servirait à rien d'insister. Elle attendit qu'Ace se fût levé, et tous deux quittèrent le bureau de leur père.

Lorsqu'ils refermèrent la porte derrière eux, l'assistante de ce dernier les considéra avec curiosité.

— Il y a des jours comme ça…, déclara Marlowe en haussant les épaules.

À cet instant l'Interphone se mit à sonner.

— Appelez Daniel Okowski du service informatique et passez-le-moi, gronda Payne avant de raccrocher.

Tandis que l'assistante de leur père consultait l'annuaire interne de l'entreprise, Marlowe et Ace remontèrent le couloir qui conduisait aux ascenseurs.

— Tu sais que tu n'as pas très bonne mine, Marl ? remarqua Ace. Tu es sûre que tu ne couves pas quelque chose ?

L'emploi du verbe « couver » lui arracha un sourire teinté d'ironie. L'espace d'un instant, elle fut tentée d'avouer à son frère qu'elle était enceinte. Mais elle songea aussitôt que le moment serait mal choisi. Ace avait déjà suffisamment de problèmes comme cela sans avoir en plus à se soucier des siens.

— Tout va bien, lui assura-t-elle. C'est cette situation qui me rend malade…

— Il n'y a pas de quoi te mettre dans tous tes états, répondit Ace en souriant. Ce mail est ridicule. Dès que j'aurai effectué ce test ADN, tout rentrera dans l'ordre. Très sincèrement, je ne comprends même pas comment papa et Selina ont pu prendre cette histoire d'échange de bébés au sérieux.

Marlowe repensa aux détails plus que suspects que Payne avait livrés au sujet de sa naissance et se demanda avec une angoisse renouvelée si son grand frère ne s'apprêtait pas à tomber de haut.

5

Ce soir-là, Marlowe décida de se rendre à l'appartement qu'elle avait acheté en centre-ville plutôt que de rentrer à la propriété familiale où elle résidait la majeure partie du temps. Elle avait besoin d'un peu de temps et de calme pour réfléchir à la situation dans laquelle elle se trouvait et en discuter avec Bowie.

Elle n'avait toujours pris aucune décision à ce sujet et n'était toujours pas certaine de savoir ce qu'elle pensait de cette grossesse inattendue. Était-elle vraiment prête à avoir un enfant ? Trouverait-elle une façon de coexister avec Bowie, s'il désirait vraiment s'investir dans cette paternité ? Parviendraient-ils à surmonter l'animosité qui existait entre leurs deux familles ?

Une chose était certaine : elle allait devoir trouver les réponses à ces questions avant que son père ou l'un de ses frères ou sœur s'aperçoive de quelque chose.

En quittant l'entreprise, elle envoya donc un message à Bowie, lui précisant qu'elle serait chez elle d'ici une demi-heure et lui indiquant l'adresse précise de son appartement.

En réalité, il lui fallait à peine dix minutes pour s'y rendre mais la journée avait été longue et particulièrement stressante, et elle voulait se laisser le temps de souffler un peu avant que Bowie la rejoigne.

En arrivant chez elle, elle commença par se démaquiller avant de prendre une longue douche brûlante. Elle enfila ensuite un jean et un sweat-shirt confortables et attacha ses cheveux en queue-de-cheval.

Le reflet que lui renvoyait le miroir était bien différent de l'image très stricte et très professionnelle qu'elle s'efforçait de projeter lorsqu'elle travaillait pour Colton Oil. Elle paraissait nettement plus jeune – presque adolescente.

Ironiquement, cette apparence était nettement plus conforme à ce qu'elle éprouvait en cet instant. Ne s'était-elle pas conduite comme une ado irresponsable en passant la nuit avec Bowie ?

Comme elle se faisait cette réflexion, la sonnette de la porte d'entrée retentit. Jetant un coup d'œil à sa montre, elle ne put s'empêcher de sourire en constatant à quel point Bowie était ponctuel. Il s'était écoulé très précisément trente minutes depuis qu'elle lui avait laissé un message.

Elle ne comptait cependant courir aucun risque inutile. Après tout, quelqu'un avait envoyé des mails anonymes et ouvertement menaçants aux membres du conseil d'administration. Et la personne en question avait clairement laissé entendre qu'elle ne comptait pas en rester là.

Marlowe alla donc chercher le revolver qui se trouvait dans le tiroir de sa table de nuit avant de gagner le petit vestibule de son appartement.

— Qui est là ? demanda-t-elle.

— À ton avis ? fit la voix de Bowie.

Elle ne parvint pas à déchiffrer le ton de sa voix et se demanda dans quel état d'esprit il se trouvait, en cet instant même. Se sentait-il aussi démuni qu'elle à l'idée d'avoir un enfant ? Avait-il passé la journée à se demander quel genre de père il pourrait bien être ? Ou bien comptait-il la convaincre d'avorter ?

— Il est encore un peu tôt pour que ce soit le Père Noël, déclara-t-elle en déverrouillant la porte.

Lorsqu'elle l'ouvrit, Bowie considéra avec une pointe de méfiance l'arme qu'elle tenait à la main.

— Est-ce que tu m'as fait venir pour me tirer dessus en personne ? lui demanda-t-il.

— Non, répondit-elle. Mais tu m'as dit que quelqu'un t'avait tiré dessus à plusieurs reprises, et je t'avoue que ça m'a rendue nerveuse. Entre.

Elle s'effaça pour le laisser passer, et il avança dans le vestibule.

— Est-ce que tu sais vraiment te servir de cette arme ? lui demanda-t-il.

— Bien sûr, répondit-elle. Lorsque mon père me l'a offerte pour mes quatorze ans, il a insisté pour que je prenne des leçons de tir. Et je dois dire que je n'étais pas mauvaise. Je pourrais te faire une démonstration, si tu ne me crois pas.

— Nous venons vraiment de familles très différentes, soupira Bowie. Jamais mon père n'aurait eu une idée pareille...

Marlowe haussa les épaules.

— Le mien a toujours pensé que nous devions être capables de nous défendre, en cas de besoin.

Bowie secoua la tête d'un air incrédule.

— Je crois que Payne Colton s'imagine toujours vivre au Far West.

— Il n'a peut-être pas complètement tort, précisa Marlowe. S'il faut en croire ce que tu m'as dit, quelqu'un semble prêt à t'abattre en pleine rue.

— Ce n'est pas faux, reconnut Bowie. Mais j'imagine que je peux compter sur toi pour me protéger s'il s'avise de recommencer.

Ils gagnèrent le salon, et Marlowe posa son arme sur l'une des étagères de la bibliothèque.

— Tu t'es changée, remarqua alors Bowie.

— Rien ne t'échappe, ironisa-t-elle.

— Tu ne te ressembles pas, ajouta-t-il.

— Je t'assure que je suis pourtant moi, répondit-elle en souriant. Est-ce que tu veux boire quelque chose ?

— Qu'est-ce que tu me proposes ?

— Ce que tu veux. J'ai un bar très bien fourni…

Marlowe s'interrompit.

— Pourquoi est-ce que tu me fixes de cette façon ? demanda-t-elle en avisant la façon dont il la regardait.

— Je suis désolé, s'excusa-t-il en se forçant à détourner le regard. C'est la première fois que je te vois… en civil. Ça te va bien…

— Merci, répondit-elle, légèrement troublée par ce compliment inattendu. Mais tu n'as toujours pas répondu à ma question. Qu'est-ce que tu veux boire ?

— Je ne sais pas… La même chose que toi…

— Je te rappelle que je n'ai plus droit à l'alcool.

Il la considéra avec étonnement avant de prendre conscience de ce qu'elle avait dit.

— C'est vrai, murmura-t-il. Tu es enceinte…

— Ne me dis pas que tu l'avais oublié, lui dit-elle, moqueuse. Je te rappelle que c'est la raison de ta présence ici.

Il hocha la tête.

— Je vais prendre un jus de fruits.

Marlowe se dirigea vers le petit réfrigérateur qui se trouvait sous le bar du salon. Elle en sortit une bouteille de jus d'orange et un soda qui l'aiderait peut-être à chasser la sensation nauséeuse qu'elle sentait de nouveau monter en elle. Bowie prit son verre et le leva en un toast muet avant de le porter à ses lèvres.

— Est-ce que tu as réfléchi à l'identité de la personne qui aurait pu commanditer ton assassinat ? lui demanda-t-elle alors.

— Toute la journée. Malheureusement, cela ne m'a pas mené bien loin. Je me suis bien fait quelques ennemis dans le monde des affaires…

— À qui le dis-tu !

— Mais je ne vois personne qui pourrait me détester au point de chercher à me tuer. Je reste convaincu que cela a un rapport avec Colton Oil.

Marlowe ne put réprimer un soupir.

— Je t'assure que nous n'avons pas recours à ce genre de procédés.

— Ce n'était pas une accusation, lui assura Bowie. Mais la soirée que nous avons passée ensemble n'est peut-être pas passée aussi inaperçue que nous ne l'avions espéré. L'un de nos concurrents a pu penser qu'il s'agissait d'un rapprochement professionnel et que nous comptions travailler ensemble.

— Tu parles d'un rapprochement ! s'exclama Marlowe avec un sourire ironique. Quoi qu'il en soit, si ce que tu dis est vrai, cela signifie que cette personne nous a espionnés tous les deux.

— C'est possible, reconnut Bowie. Dans le doute, je crois que tu ferais mieux de te montrer prudente, toi aussi. Pour le moment, on ne s'en est pris qu'à moi, mais cela pourrait ne pas durer…

Marlowe fronça les sourcils, se demandant si le message anonyme qui avait été envoyé aux membres du conseil d'administration émanait de la personne qui avait essayé d'éliminer Bowie. S'agissait-il d'une attaque simultanée contre leurs deux sociétés ?

L'espace d'un instant, elle fut tentée de lui parler des menaces qu'ils avaient reçues. Mais elle écarta presque aussitôt cette éventualité.

Une telle révélation conférerait à Bowie un moyen de pression bien trop dangereux sur Colton Oil. Et bien que Bowie soit quelqu'un de plutôt honnête, il aurait peut-être du mal à résister à une telle tentation. Quant à Payne Colton, il ne lui pardonnerait jamais une telle indiscrétion.

— Cela n'a peut-être aucun rapport avec notre soirée, remarqua-t-elle enfin.

— C'est possible, concéda Bowie. Mais ces tentatives ont commencé juste après, et je trouve la coïncidence très suspecte.

— C'est peut-être l'une de tes admiratrices qui n'a pas supporté que nous passions la nuit ensemble, plaisanta Marlowe.

— À ce propos, il serait peut-être temps de discuter des conséquences de cette nuit, suggéra Bowie.

À ces mots, Marlowe sentit les battements de son cœur s'emballer dans sa poitrine. Discuter de cette histoire de tueur lui avait presque fait oublier ses propres problèmes. Mais Bowie avait raison : un certain nombre de décisions majeures les attendaient.

— Qu'est-ce que tu comptes faire ? lui demanda-t-il alors.

Elle hésita, prise de court par cette question aussi simple que directe.

— J'imagine que tu as des suggestions, répondit-elle.

Après tout, cet enfant était aussi le sien, et il devait avoir un avis sur le sujet.

— J'ai bien des idées, acquiesça-t-il. Mais il s'agit de ton corps. Et la décision te revient entièrement.

Marlowe hocha la tête, touchée par le tact dont il faisait preuve.

— Tu es prêt à accepter mon choix, que je décide de garder ce bébé ou d'avorter ?

— Oui, répondit-il gravement. Si tu décides de mettre un terme à cette grossesse, je t'accompagnerai à l'hôpital et je resterai à tes côtés. Si tu décides d'avoir cet enfant, j'assumerai mes responsabilités de père.

— Et tu n'as pas de préférence ?

— Si, bien sûr. Mais ce n'est pas moi qui vais devoir porter cet enfant et le mettre au monde.

— Je ne suis pas du tout sûre que je ferais une bonne mère, remarqua-t-elle. Je ne connais quasiment rien aux bébés…

— C'est le cas de la plupart des femmes qui deviennent maman pour la première fois, objecta Bowie. Et pourtant, la grande majorité d'entre elles s'en sort parfaitement bien.

Marlowe fronça les sourcils.

— Mais comment suis-je censée cumuler ce rôle de mère et mon travail à Colton Oil ? Je travaille douze heures par jour – et souvent très tard dans la soirée…

— Tu lèveras un peu le pied durant quelques mois, répondit Bowie. Nous embaucherons une nounou pour t'épauler. Et je pourrai m'occuper du bébé, moi aussi.

Marlowe le considéra avec un mélange d'étonnement et de doute. Il paraissait si calme, si sûr de lui. Mais serait-il vraiment aussi disponible qu'il le prétendait lorsque le moment viendrait de prendre ses responsabilités ? Une fois de plus, elle prenait douloureusement conscience du fait que tous deux étaient quasiment des étrangers l'un pour l'autre.

— Tu le ferais vraiment ? lui demanda-t-elle.

— Bien sûr ! s'exclama-t-il. Cet enfant sera aussi le mien. Et je compte bien être là pour lui – et pour toi, par la même occasion.

Marlowe sentit son cœur se serrer dans sa poitrine. En cet instant, elle se prit presque à regretter que tous deux ne forment pas un véritable couple. Tout aurait été tellement plus simple, si tel avait le cas.

Bowie lui décocha un sourire qui se voulait rassurant.

— Je ne te laisserai pas tomber, Marlowe, lui dit-il. Parole de scout !

Elle ne put s'empêcher de sourire et songea qu'elle avait eu beaucoup de chance de tomber sur quelqu'un d'aussi compréhensif. La plupart des hommes auraient probablement commencé par exiger des preuves de leur paternité. Ils auraient ensuite fait pression sur elle pour qu'elle se débarrasse de cet enfant.

Mais Bowie ne lui avait adressé aucun reproche, aucune menace. Contre toute attente, il paraissait bel et bien prêt à assumer cette paternité inattendue. Elle était même intimement convaincue qu'il préférait cette solution à celle de l'avortement.

Marlowe sentit des larmes lui picoter les yeux, et elle se força à les ravaler. Elle détestait les femmes qui fondaient en sanglots pour un rien. Elle était une Colton, et les Colton ne se plaignaient pas. Ils enduraient les difficultés avec courage et stoïcisme.

Elle tenta de se convaincre qu'il ne s'agissait pas seulement d'une difficulté – que cette grossesse était aussi une chance qu'elle se devait d'embrasser pleinement. Si elle décidait de garder cet enfant, elle le lui devait.

— Merci, répondit-elle d'une voix légèrement enrouée par l'émotion qui l'étreignait en cet instant.

Elle se leva et alla reposer son verre sur le bar, histoire de se donner une contenance. Bowie quitta à son tour le canapé sur lequel il avait pris place et fit un pas vers elle.

— Marlowe…, lui dit-il d'un ton presque aussi troublé que le sien. Je veux vraiment que tu saches que quoi qu'il arrive tu pourras compter sur moi.

— Je le sais, acquiesça-t-elle gravement.

Un long silence s'ensuivit tandis que tous deux ne se quittaient pas des yeux. Marlowe sentit l'atmosphère se modifier, et elle se rappela soudain la nuit qu'ils avaient passée ensemble. L'attirance qu'elle avait éprouvée pour Bowie refit soudain surface, et elle avala difficilement sa salive.

Il s'avança de nouveau vers elle, et son cœur se mit à battre la chamade. Elle avait terriblement envie qu'il la prenne dans ses bras et qu'il l'embrasse, comme il l'avait fait ce soir-là. Et cette fois-ci, l'alcool ne jouait strictement aucun rôle dans la mystérieuse alchimie qui les poussait l'un vers l'autre.

Elle fit un pas vers lui, et il combla la distance qui les séparait. Il posa une main sur sa hanche et l'autre sur sa joue, et se pencha lentement vers elle, lui laissant tout le temps de s'écarter si telle était son intention. Mais Marlowe n'avait aucune intention de laisser passer cette occasion. Elle voulait s'assurer que la réalité était bien à la hauteur des souvenirs qu'elle conservait de leur nuit magique.

Mais au moment où leurs lèvres étaient sur le point de se rencontrer, une violente détonation se fit entendre, accompagnée d'un bruit de verre brisé. Avant même que

Marlowe ait pris conscience du fait que sa fenêtre venait de voler en éclats, traversée par une balle, Bowie la plaqua à terre, la protégeant de son corps.

L'espace de quelques instants, Marlowe demeura totalement figée sous le coup de la surprise et de la terreur. Bowie s'écarta alors légèrement d'elle pour s'assurer qu'elle n'était pas blessée.

— Est-ce que ça va ? lui demanda-t-il.

— Oui, répondit-elle. Tu avais raison : on vient encore de te tirer dessus.

— De *nous* tirer dessus, cette fois, objecta-t-il. La balle aurait très bien pu t'atteindre, toi aussi. Tu es sûre que tu n'as rien ?

— Je suis juste un peu écrasée, répondit-elle avec un demi-sourire.

— Désolé, s'excusa-t-il en s'écartant un peu plus d'elle.

Marlowe constata alors qu'ils se trouvaient derrière le canapé, hors de vue du tireur qui se trouvait peut-être toujours à l'extérieur.

— J'espère que je n'ai pas fait de mal au bébé ! s'exclama alors Bowie d'une voix inquiète.

Marlowe sentit une irrépressible bouffée de tendresse l'envahir. Non seulement Bowie avait eu le réflexe de la protéger, mais même en de telles circonstances il se souciait de l'enfant qu'elle portait.

— Si je me rappelle bien mes cours de biologie, le bébé ne devrait pas être beaucoup plus gros qu'un petit pois, pour le moment. Je ne pense pas qu'il ait grand-chose à craindre.

— Tant mieux, soupira Bowie.

Marlowe risqua un coup d'œil par-dessus le canapé.

— Tu es folle ! protesta Bowie. Reste à couvert !

— Le coup de feu a dû attirer l'attention des voisins, le rassura-t-elle. Je doute que le tireur se soit attardé dans la rue… Remarque, vu l'angle du tir, il n'est pas certain qu'il se soit trouvé au niveau de la chaussée.

Bowie jeta à son tour un coup d'œil en direction de la vitre. Il aperçut le trou que la balle avait fait dans le tapis.

— Tu as raison, acquiesça-t-il. Il devait se trouver en hauteur, de l'autre côté de la rue.

— Dans ce cas, vu la distance, il était probablement équipé d'une carabine à lunette, remarqua Marlowe.

Ses propres mots lui arrachèrent un frisson glacé. Bowie avait raison : l'un d'eux aurait bel et bien pu se faire tuer, quelques instants auparavant. Refusant de céder à la terreur, elle préféra cependant se réfugier dans la colère.

— Je vais abattre ce salopard, déclara-t-elle d'une voix vibrante de rage.

Bowie lui décocha un sourire qui trahissait un mélange d'admiration et d'amusement.

— Tu es vraiment une dure à cuire, commenta-t-il.

— Je ne vais pas laisser quelqu'un me tirer dessus sans réagir, répondit-elle.

— Tu as raison, acquiesça Bowie en sortant son téléphone portable. Mais il y a des façons moins dangereuses de le faire.

— Qui appelles-tu ? lui demanda-t-elle, curieuse.

— La police, bien sûr, répondit-il. On vient juste de nous tirer dessus… Allô ! fit-il à l'intention de l'opératrice qui venait apparemment de décrocher. Je voulais signaler une tentative de meurtre. Je suis avec une amie, et quelqu'un vient tout juste de nous tirer dessus. Pourriez-vous envoyer au plus vite une voiture de patrouille chez Marlowe Colton ?

Il indiqua l'adresse avant de raccrocher.

— Ils devraient être là d'ici cinq minutes, dit-il à Marlowe.

— Tu n'aurais pas dû les appeler, soupira-t-elle.

— Pourquoi ?

— Parce que le chef de la police est un ami de mon père. Et lorsque ce dernier apprendra la nouvelle, il sera furieux…

6

Bowie considéra Marlowe avec une pointe de stupeur.

— Je ne comprends pas. Pourquoi ton père serait-il furieux que j'aie appelé la police ?

— Parce que cela risque de se savoir et de fragiliser l'entreprise à un moment où elle n'a vraiment pas besoin de cela, expliqua-t-elle. Mon père préférerait certainement que je règle cette affaire en toute discrétion.

— Au risque de t'exposer personnellement ?

— Dans la limite du raisonnable, oui.

Bowie secoua la tête d'un air incrédule.

— Et moi qui trouvais que mon père était dur, s'exclama-t-il. J'ai bien l'impression qu'en comparaison du tien c'est un enfant de chœur.

— Ce n'est pas un manque d'humanité, précisa-t-elle. Juste une perspective différente. Mon père sait que la vie de sa famille et de ses employés dépend de la bonne santé de l'entreprise. Et il se bat pour la protéger.

— C'est exactement le genre de raisonnements que mon père pourrait tenir, reconnut Bowie. Payne Colton et lui se détestent peut-être, mais ils se ressemblent beaucoup plus qu'ils ne veulent bien l'admettre.

— Ceci explique peut-être cela, répondit Marlowe avec un pâle sourire.

Comme elle venait de prononcer ces mots, ils entendirent

frapper à la porte. Marlowe et Bowie échangèrent un regard inquiet.

— Je doute qu'un tueur à gages prendrait la peine de toquer, remarqua alors Bowie.

— Sans doute pas, concéda Marlowe. Mais je préfère rester prudente.

Joignant le geste à la parole, elle se dirigea vers l'étagère sur laquelle elle avait posé son arme et la récupéra. Bowie et elle gagnèrent ensuite le vestibule, et elle se plaça de façon à pouvoir le couvrir.

— Qui est là ? demanda Bowie d'une voix forte.

— Le chef de la police, répondit une voix bourrue. Le central m'a averti que vous aviez besoin d'aide. Est-ce que tout va bien, mademoiselle Colton ?

Marlowe ne put réprimer un soupir de soulagement. Abaissant son arme, elle s'avança pour ouvrir la porte. Sur le seuil se tenait le chef Barco. Tous deux se connaissaient depuis de longues années, mais elle ne s'était jamais sentie aussi heureuse de le voir qu'en cet instant précis.

À mesure que sa sidération initiale et le flot d'adrénaline qui s'en était suivi se résorbaient, elle prenait effectivement conscience du fait que Bowie et elle auraient pu se faire tuer. À cette idée, elle sentit un frisson glacé la parcourir de la tête aux pieds.

— Tout va bien, chef Barco, lui dit-elle. Mais quelqu'un nous a tiré dessus, et la balle n'est pas passée loin de Bowie.

— Vous étiez ensemble lorsque l'on a tiré ? leur demanda-t-il.

Le ton de sa voix se voulait scrupuleusement neutre, mais son regard trahissait sa stupeur. Comme tous les habitants de Mustang Valley, il avait parfaitement connaissance de la haine tenace qui opposait leurs deux familles. Le seul fait qu'ils se soient trouvés tous les deux chez Marlowe devait lui sembler assez surréaliste.

— Oui, répondit-elle en se demandant ce qu'il penserait

en apprenant qu'elle était enceinte de Bowie. Je vais vous montrer où ça s'est passé.

Barco les suivit jusqu'au salon où elle lui désigna la vitre brisée et l'impact laissé au sol par la balle.

— Le tireur devait se trouver au sommet du bâtiment qui se trouve de l'autre côté de la rue, déclara-t-il. Je vais aller y jeter un coup d'œil. Mais avant cela avez-vous la moindre idée de qui pourrait vous vouloir du mal, monsieur Robertson ?

— J'ai l'impression que Marlowe et moi étions tous deux visés, répondit Bowie.

— Qu'est-ce qui vous fait dire cela ? demanda Barco.

— Le fait que le tireur surveillait l'appartement de Marlowe. Il ne pouvait pas savoir que je viendrais ici ce soir.

— Il vous a peut-être suivi jusqu'ici, objecta le chef de la police.

— Admettons, concéda Bowie. Mais en tirant de si loin, il ne pouvait pas être sûr de m'atteindre moi. Il aurait tout aussi bien pu toucher Marlowe.

— Peut-être était-il sûr de son coup, remarqua Barco. Mais je reconnais que le fait qu'il vous ait manqués plaide en faveur de votre interprétation. Savez-vous alors qui pourrait chercher à vous tuer, tous les deux ?

— Un concurrent qui craindrait un rapprochement de nos deux entreprises, suggéra Bowie.

Cette fois, Barco ne chercha même pas à cacher sa stupeur.

— Un rapprochement entre Colton Oil et Robertson Energy ? s'exclama-t-il d'une voix qui trahissait son incrédulité.

— Cela n'a rien d'officiel, s'empressa d'intervenir Marlowe. Et il n'est absolument pas sûr que cela aboutisse, ajouta-t-elle en lançant un regard appuyé à Bowie. Je compte sur votre discrétion à ce sujet, chef Barco. Mais si quelqu'un avait eu vent de cette rencontre, cela aurait effectivement pu éveiller des craintes chez nos concurrents.

Barco hocha la tête.

— Je vais demander à mes hommes d'interroger les gens

du quartier, au cas où quelqu'un aurait remarqué quelque chose d'inhabituel. Je pourrais aussi laisser un policier en faction devant chez vous, mademoiselle Colton.

— C'est très gentil à vous, chef, mais je ne veux pas vous priver d'un homme, d'autant que le tireur est sûrement loin, à l'heure qu'il est…

Elle fut interrompue par le bruit de la porte d'entrée qui s'ouvrait à la volée, allant percuter le mur du vestibule. Marlowe ne l'avait pas reverrouillée derrière Barco. Ce dernier posa la main sur son arme, mais se détendit aussitôt en voyant entrer Payne Colton qui arborait une expression inquiète.

— Marlowe ? Est-ce que ça va ? lui demanda son père.

Il était suivi de près par Callum, le frère jumeau de Marlowe.

— Tu n'es pas blessée ? demanda ce dernier.

— Tout va bien, leur assura-t-elle.

Son père et son frère se figèrent soudain en découvrant l'homme qui se trouvait à côté de Marlowe et du chef Barco. L'expression de Payne se métamorphosa instantanément, passant de la sollicitude à la colère.

— Qu'est-ce qu'il fait là, celui-là ? s'exclama-t-il d'une voix ouvertement méprisante. Est-ce que c'est lui qui t'a tiré dessus ?

— Du calme, monsieur Colton, lui conseilla Barco d'un ton conciliant.

Mais le père de Marlowe ne tint strictement aucun compte de son intervention. Il s'avança vers Bowie, visiblement décidé à en découdre. Bien qu'âgé de soixante-huit ans, son père était toujours un homme au physique imposant. Et il était doté d'une formidable énergie.

Marlowe s'interposa entre les deux hommes avant que Payne ait eu le temps de faire quelque chose qu'il regretterait par la suite.

— Bowie n'est pas responsable, lui assura-t-elle.

— Alors qu'est-ce qu'il fait là, exactement ? lui demanda son père. Est-ce que par hasard, tu essayerais de nous espionner ? ajouta-t-il en se tournant vers Bowie. Est-ce que c'est ton père qui t'a envoyé parce que ce vieux bouc n'avait pas le courage de venir en personne ?

À chaque mot, la colère de Payne semblait enfler un peu plus. Marlowe voyait bien que Bowie faisait tout son possible pour se contrôler, comprenant probablement qu'en répondant aux provocations de son père il ne ferait qu'envenimer une situation déjà bien plus délicate que ce dernier ne pouvait l'imaginer.

— Tu peux aller dire à ce lâche que s'il veut apprendre quelque chose au sujet de Colton Oil, il n'a qu'à venir me poser la question directement. Il perd son temps en t'envoyant espionner ma fille !

— Papa…, protesta Marlowe.

— Je ne compte pas laisser un jeune freluquet dans ton genre importuner ma famille !

Il était désormais évident que Bowie bouillonnait intérieurement, et Marlowe comprit que si quelqu'un n'intervenait pas très rapidement, la situation risquait réellement de dégénérer. Or, elle était la seule à pouvoir le faire, car le chef Barco n'oserait jamais contrarier un homme aussi puissant que Payne Colton.

— Maintenant, poursuivit ce dernier sur le même ton, tu ferais mieux de quitter cet appartement. Je ne te le demanderai pas deux fois !

— Papa…, intervint de nouveau Marlowe, sans plus de succès que la première fois.

— Callum, ordonna Payne à son fils, fais-le sortir avant que je perde mon calme !

— Monsieur Colton…, tenta faiblement de protester le chef de la police.

Payne ne lui accorda pas plus d'attention qu'il n'en avait prêté à sa fille. Exaspéré par son attitude, Marlowe porta les doigts à sa bouche et émit un sifflement perçant qui fit sursauter les trois hommes. Ils se tournèrent simultanément vers elle, la considérant avec stupeur.

— Ne me dis pas que tu comptes prendre sa défense ! s'exclama alors son père.

— Tu devrais vraiment apprendre à mieux contrôler tes émotions, papa, lui dit-elle en fronçant les sourcils. Tout particulièrement lorsqu'il s'agit de Bowie.

— Vraiment ? Et puis-je savoir ce que Bowie Robertson a de si spécial ?

— Il se trouve qu'il sera bientôt le père de ton premier petit-enfant.

Dans le silence écrasant qui suivit cet aveu, on aurait pu entendre une mouche voler. Même Bowie paraissait sidéré – probablement parce qu'il n'aurait jamais imaginé qu'elle puisse annoncer de cette façon la nouvelle à sa famille.

— Le quoi ? parvint enfin à demander Callum.

— Le père de ton premier petit-enfant, répéta-t-elle. Et de ta nièce ou de ton neveu, par la même occasion, précisa-t-elle à l'intention de Callum.

Payne semblait être en état de choc. Marlowe regretta un instant la révélation brutale qu'elle venait de lui faire. Mais elle ne pouvait pas laisser son père gâcher le peu de chances que leurs familles avaient de se réconcilier.

— Je suis enceinte, reprit-elle posément. Franklin Robertson et toi allez donc devoir trouver un moyen de coexister plus ou moins pacifiquement pour le bien de cet enfant.

— Tu es vraiment sérieuse, Marlowe ? demanda Callum.

— Crois-moi, je n'inventerais pas une chose pareille, lui assura-t-elle.

Le chef Barco jeta un coup d'œil médusé au petit groupe, se demandant visiblement s'il devait les féliciter ou leur présenter ses condoléances. En définitive, il préféra garder prudemment le silence. Payne se tourna alors de nouveau vers Bowie.

— J'espère que tu n'as pas abusé de ma fille, lui dit-il. Dans le cas contraire, je te le ferais regretter amèrement.

— Personne n'a forcé personne à faire quoi que ce soit, intervint de nouveau Marlowe. Tu sais bien que je ne me serais pas laissée faire. C'est arrivé parce que nous en avions envie tous les deux. Évidemment, nous n'avions pas prévu que je tomberais enceinte…

Payne jeta un regard peiné à sa fille.

— Comment as-tu pu faire une chose pareille ? lui demanda-t-il.

— Je ne suis plus une enfant, papa, lui dit-cllc. Jc suis libre de fréquenter qui je veux.

Le mélange de déception et de réprobation qu'elle lut dans le regard de son père lui fendit le cœur. Mais il était hors de question qu'elle s'excuse ou qu'elle fasse mine de regretter ce qui s'était passé. Elle avait eu envie de passer cette nuit en compagnie de Bowie et assumerait pleinement les conséquences de ses actes.

Payne fit face à Bowie et le considéra d'un air menaçant.

— Je te préviens, lui dit-il, si j'apprends un jour que tu n'as pas traité ma fille avec tout le respect et la considération qu'elle mérite, je me ferai un devoir de te traquer où que tu te caches et je t'étriperai de mes propres mains.

Sur ce, il se tourna vers Callum.

— Allons-y, lui dit-il. Nous n'avons plus rien à faire ici !

Mais Callum n'avait pas pour habitude de se laisser dicter ses faits et gestes.

— Je te rejoins dans un instant, dit-il à leur père.

Payne le foudroya du regard.

— Je vois que toi aussi tu fraternises avec l'ennemi, commenta-t-il.

— Nous ne sommes pas en guerre, papa, dédramatisa Callum. Marlowe est ma sœur. Et aussi ta fille…

Payne se fendit d'un juron qui disait bien le peu de considération qu'il avait pour Marlowe, en cet instant. Puis, sans ajouter un mot, il tourna les talons et se dirigea vers la sortie. Quelques instants plus tard, la porte de l'appartement claqua de nouveau, si violemment qu'elle fit trembler les murs du salon.

— Je ferais sans doute mieux de vous laisser, déclara alors le chef Barco. J'ai du pain sur la planche.

— Merci d'être venu aussi vite, lui dit Marlowe.

— C'est tout naturel, lui assura-t-il avant de sortir à son tour.

— Est-ce que tu penses que papa va me renier ? ironisa alors Marlowe en se tournant vers son frère.

— Ne t'en fais pas trop à son sujet. Il finira par s'en remettre.

— Tu es nettement plus optimiste que je ne le suis, soupira-t-elle.

— Je l'ai toujours été, acquiesça-t-il. Mais cette révélation inattendue ne m'a pas fait oublier la raison de ma présence ici : qui vous a tiré dessus et pourquoi ?

— Nous l'ignorons, répondit Bowie. Mais ce n'est pas la première fois que cela arrive : j'ai déjà échappé à trois tentatives de ce genre.

Callum fronça les sourcils.

— Ce pourrait être bon signe, paradoxalement, remarqua-t-il enfin. Le tireur cherche peut-être seulement à vous faire peur.

— C'est possible, concéda Bowie. Mais nous satisfaire de cette explication est un risque que nous ne pouvons pas courir. En attendant que Barco et ses hommes recueillent un peu plus d'éléments, je comptais suggérer à Marlowe de nous mettre au vert.

— Où ça ? s'enquit Callum.

— Ma famille possède une petite maison dans les montagnes. Nous pourrions y séjourner durant quelques jours, le temps d'y voir un peu plus clair.

— C'est une bonne idée, acquiesça Callum. Mais faites bien attention à ne pas être suivis. Si tel était le cas, l'isolement jouerait contre vous.

— Il n'est pas question que j'aille m'enterrer au fin fond des montagnes ! protesta vivement Marlowe qui refusait de se laisser dicter sa conduite. J'ai beaucoup trop de travail pour pouvoir me permettre de m'absenter quelques jours. Surtout maintenant, avec ce mail…

Elle s'interrompit, craignant d'en dire trop.

— Tu es enceinte, objecta Callum. Le plus important, dorénavant, ce doit être la santé et la sécurité de ton bébé. Tes équipes sont parfaitement capables de se débrouiller seules pendant un jour ou deux. Et en cas d'urgence, elles pourront toujours te joindre sur ton portable.

— Mais nous sommes au beau milieu d'une crise majeure, Callum ! protesta Marlowe.

— C'est vrai, reconnut son frère. Mais toute la famille est sur le pont. Nous devrions nous en sortir sans ton aide pendant quelque temps. Alors mets-toi à l'abri et veille sur ma nièce ou mon neveu le temps que Barco découvre qui vous a tiré dessus et pourquoi.

— D'accord, soupira Marlowe, sachant au fond d'elle-même qu'il avait raison.

En restant à Mustang Valley, elle risquait surtout de distraire ses proches qui s'inquiéteraient pour elle.

— Je veux bien faire profil bas pendant un jour ou deux, concéda-t-elle. Mais même si Barco et ses hommes ne trouvent rien d'ici là, je retournerai travailler ensuite. Je refuse de passer le reste de mon existence à me terrer !

— D'accord, acquiesça Callum.

— Et promets-moi de m'appeler si tu as besoin d'aide pour cette histoire de mail.

— C'est promis.

Marlowe n'était pas certaine qu'il tiendrait parole, mais décida de se contenter de cette assurance.

— Tu devrais aller rejoindre papa, conseilla-t-elle à son frère. Tu sais à quel point il déteste attendre.

— Il n'est jamais trop tard pour changer, répliqua Callum

avant de se tourner vers Bowie. Je ne pensais vraiment pas vous dire cela un jour, mais si vous avez besoin de quoi que ce soit, n'hésitez surtout pas à me contacter. Et prenez soin de ma sœur.

— C'est promis, répondit Bowie d'un ton presque solennel.

Marlowe fut tentée de signaler à son frère que Bowie et elle n'étaient pas en couple. Mais elle jugea préférable de garder le silence, préférant ne pas compliquer encore la situation.

— S'il lui arrive quoi que ce soit par votre faute, vous aurez affaire à moi, crut bon d'ajouter Callum.

Un sourire amusé se peignit sur les lèvres de Bowie.

— Est-ce que les Colton sont toujours aussi cordiaux ou est-ce que j'ai particulièrement de la chance ? demanda-t-il d'un ton ironique.

Callum ne répondit pas, se contentant de déposer un baiser sur la joue de Marlowe avant de quitter les lieux à son tour.

— Les membres de ta famille sont vraiment très attachants, commenta Bowie lorsqu'il eut disparu. Espérons que le bébé tiendra plutôt des Robertson…

— Très drôle, grommela Marlowe.

— Est-ce que tu veux que je t'aide à préparer un sac ? lui proposa-t-il.

— Je crois que je devrais m'en sortir toute seule, répondit-elle. Reste là, finis ton jus de fruits et attends-moi. Je n'en ai que pour quelques minutes.

Sur ce, elle se dirigea d'un pas résolu vers sa chambre à coucher.

7

Bowie avait insisté pour qu'ils ne prennent qu'un seul véhicule – le sien. Marlowe avait cédé, bien que l'idée de se retrouver en position de dépendance vis-à-vis de lui ne lui plût pas beaucoup. Mais elle avait bien dû reconnaître que prendre deux voitures aurait été aussi superflu que peu discret.

Bowie avait redoublé de précautions, suivant un parcours particulièrement tortueux à travers Mustang Valley pour s'assurer que personne ne les suivait. Puis ils avaient quitté la ville pour prendre la route des montagnes.

Depuis, un silence pesant s'était installé dans l'habitacle. Marlowe commençait à se demander si elle ne ferait pas mieux d'allumer l'autoradio lorsque Bowie se décida enfin à lui adresser la parole.

— Quel est ce problème auquel tu as fait allusion, tout à l'heure ? Tu as parlé d'un mail que vous aviez reçu…

Marlowe ne s'était pas attendue qu'il aborde le sujet de façon aussi frontale.

— Je sais que tu n'as aucune raison de me faire confiance, reprit-il. Mais je pensais vraiment ce que je t'ai dit tout à l'heure : tu es la mère de mon enfant, et je compte bien te protéger dans la mesure de mes moyens.

Une fois de plus Marlowe sentit son cœur se serrer dans sa poitrine. Bowie paraissait avoir le don de la prendre au dépourvu et de la déstabiliser. Il savait trouver les mots justes pour l'atteindre par-delà la cuirasse de saine paranoïa qu'elle avait développée au fil des années.

Mais cette fois-ci, elle préféra garder le silence. Le secret dont elle était détentrice risquait en effet de mettre en danger l'ensemble de sa famille et pas uniquement elle-même. Elle ne pouvait courir le risque – si improbable lui parût-il – que Bowie transmette ces informations à son père.

Car si elle commençait à penser qu'elle pouvait faire confiance à Bowie, elle considérait toujours Franklin Robertson comme un homme dangereux. Remarquant la réticence dont elle faisait preuve, Bowie se fendit d'un sourire malicieux.

— Tu sais que nous sommes seuls, tous les deux, et que nous roulons actuellement vers un chalet perdu dans les montagnes ? Si tu ne me fais pas confiance, tu aurais peut-être dû choisir une autre destination…

— Ce n'est pas une question de confiance, répondit-elle. C'est une question de fidélité envers ma famille.

— Tu as bien conscience du fait que si tu décides de garder cet enfant, nous formerons aussi une famille, tous les trois ?

Cette remarque apparemment anodine troubla profondément Marlowe. Pour la première fois depuis qu'elle avait découvert qu'elle était enceinte, elle prenait consciente du fait que sa vie serait désormais irrémédiablement liée à celle de Bowie.

Quoi qu'il puisse advenir de leurs relations, il serait toujours le père de son enfant. Et rien ne pourrait jamais changer cela.

Or, elle avait passé sa vie entière à tenter de prouver aux autres comme à elle-même qu'elle n'avait besoin de personne et qu'elle était parfaitement capable de se débrouiller seule.

— Quoi qu'il puisse arriver, à l'avenir, je tiens à ce que tu saches que je n'ai qu'une parole, reprit Bowie.

— Voilà qui est très noble de ta part, répliqua Marlowe avec une pointe d'ironie.

— C'est aussi très vrai, répondit-il sans se démonter.

La façon dont il avait prononcé ces mots eut raison des railleries qui lui venaient aux lèvres. Il s'était exprimé sans vantardise, sans fierté, se contentant d'énoncer comme une évidence ce en quoi il croyait.

Or, elle avait envie de lui faire confiance. Après tout, n'était-ce pas ce qu'elle avait choisi de faire lorsqu'elle s'était offerte à lui, six semaines auparavant ? Et n'avait-elle pas recommencé aujourd'hui, en acceptant de le suivre au beau milieu des montagnes ?

Elle comprit alors que si elle voulait leur laisser la moindre chance d'aller plus loin, elle allait devoir faire un pas dans sa direction.

— Les six membres du conseil d'administration de Colton Oil, mon père, mon demi-frère, Ace, ma demi-sœur, Ainsley, mon frère adoptif, Rafe, l'ex-femme de mon père, Selina, et moi-même avons reçu un mail dans la nuit…

— Que disait-il ? l'encouragea Bowie.

Elle hésita une dernière fois avant de se jeter à l'eau.

— Que mon frère Ace n'était pas le fils biologique de mon père, qu'il avait été échangé à la naissance avec un autre enfant né à l'hôpital de Mustang Valley.

— C'est une blague ? s'exclama Bowie.

— Malheureusement, non, soupira-t-elle. En tout cas, pas pour celui qui nous a écrit, visiblement…

Bowie demeura quelques instants silencieux, réfléchissant à ce qu'elle venait de lui dire.

— Admettons un instant que ce soit vrai, répondit-il enfin. Qu'est-ce que cela changerait ?

— Tout, répondit Marlowe. Les statuts de notre entreprise stipulent de façon explicite que le directeur général doit être un Colton par le sang. Et si jamais cette révélation se révélait exacte, Ace serait obligé de renoncer à son poste.

— Mais il n'y a aucune raison de penser qu'il puisse avoir été échangé avec un autre bébé, objecta Bowie. Il s'agit probablement d'une dénonciation calomnieuse. Quelqu'un essaye de vous déstabiliser. Or, il y a un moyen très simple de démontrer que tout cela est faux…

— Un test ADN, acquiesça Marlowe. Et Ace va en faire un dès demain en présence du chef Barco qui se portera garant de la légitimité du processus. De cette façon, nous devrions pouvoir prouver qu'Ace est bien le fils de Payne Colton…

— Tu n'as pas l'air totalement convaincue, remarqua Bowie.

— C'est vrai, concéda-t-elle. Certains détails que nous a livrés mon père au sujet de la naissance d'Ace peuvent paraître troublants…

— Qu'est-ce que cela changerait si tu découvrais qu'Ace n'était pas ton frère de sang ?

Elle lui jeta un regard, étonnée.

— Il devrait quitter son poste, répondit-elle. Et cela risquerait de mettre l'entreprise en difficulté…

— Ce n'est pas ce que je voulais dire, se reprit Bowie. Qu'est-ce que cela changeait pour toi ? Est-ce que tu considérerais Ace différemment si tu savais qu'il n'était pas réellement ton frère biologique ?

— Non ! s'exclama-t-elle. Bien sûr que non. Quoi qu'il arrive, il sera toujours mon grand frère. Je n'aurais aucune raison de le considérer de façon différente…

— Dans ce cas, tâche de ne pas trop t'inquiéter en attendant les résultats. Après tout, ce test n'aura pas une grande importance. Au pis, l'un de vous prendra la place d'Ace au sein du conseil d'administration, mais il continuera à travailler avec vous. Et vous garderez les mêmes relations…

Les paroles de Bowie n'avaient rien d'extraordinaire, et pourtant elles lui parurent étrangement réconfortantes. Lorsqu'on considérait les choses sous cet angle, en effet, la situation paraissait nettement moins critique que ne l'aurait laissé penser le conseil d'administration auquel elle avait assisté ce matin même.

— Je ne te savais pas si sage, Bowie Robertson, lui dit-elle avec un demi-sourire. Tu devrais penser à rédiger des textes pour les biscuits chinois.

— Ce pourrait être une idée, si je décide un jour d'arrêter

de tailler des croupières aux producteurs d'énergie fossile, répliqua-t-il en riant. Mais pour en revenir au problème qui te préoccupe, est-ce que vous avez la moindre idée de l'identité de ce corbeau ?

— Absolument aucune, reconnut-elle à regret. J'ai chargé mon meilleur spécialiste en informatique d'essayer de remonter sa piste, mais il m'a clairement laissée entendre que ses chances d'y parvenir étaient plutôt minces…

— Je pourrais peut-être t'aider, déclara Bowie.

— Parce que tu es informaticien, en plus d'être philosophe ? ironisa-t-elle.

— Non, répondit-il. Mais je connais des gens qui connaissent des gens qui pourraient t'être utiles.

— Tu es vraiment plein de surprises, remarqua-t-elle.

— Tu n'as pas idée à quel point… Mais en attendant de pouvoir t'étonner de nouveau, nous voilà arrivés. Et je serais prêt à mettre ma main à couper que personne ne nous a suivis jusqu'ici.

Quittant la route principale, Bowie s'engagea sur un petit chemin de terre qui les conduisit jusqu'à une jolie petite maison nichée au fond des bois. Elle était entièrement en bois, construite dans le style des cabanes de trappeurs.

— C'est un bel endroit, constata-t-elle.

— Heureux que cela te plaise. J'ai passé bon nombre de mes vacances ici, lorsque j'étais enfant.

Ils descendirent de voiture, et Bowie alla chercher le sac de Marlowe dans le coffre.

— Je peux le porter, lui assura-t-elle.

— Je sais, acquiesça-t-il. Et je t'assure que je ne cherche pas à te priver de ta sacro-sainte indépendance, Marlowe. Mais tu es enceinte et tu vas devoir apprendre à laisser les gens faire certaines choses pour toi – à commencer par porter tes valises.

— D'accord, soupira-t-elle. Tu marques un point, Robertson.

— Est-ce qu'on t'a déjà dit que la vie n'était pas forcément toujours un concours ?

Marlowe laissa échapper un petit rire.

— Toi, on voit que tu n'as pas grandi chez les Colton, rétorqua-t-elle. Pour mon père, *tout* est un concours. Et la première place est la seule qui vaille.

— Ça n'a pas toujours dû être facile, remarqua Bowie.

Elle haussa les épaules.

— J'imagine que ça nous a poussés à nous dépasser, répondit-elle en lui emboîtant le pas.

Ils montèrent les marches qui menaient au porche. Bowie souleva l'un des pots de fleurs qui étaient posés sur la rambarde et récupéra une clé dont il se servit pour déverrouiller la porte d'entrée.

— Après vous, fit-il en s'effaçant pour la laisser passer.

Marlowe entra dans la maison. Elle était constituée de seulement trois pièces : une grande salle de séjour qui était équipée d'une cuisine américaine, une chambre à coucher qui s'ouvrait sur la droite et une salle de bains au fond à gauche. La pièce principale était meublée de façon confortable, et il émanait de cet endroit une impression assez chaleureuse.

— Et maintenant ? demanda-t-elle à Bowie tandis qu'il allait poser son sac dans la chambre. Qu'est-ce qu'on est censés faire ?

— Patienter en attendant que le chef Barco nous contacte, répondit-il.

— Et combien de temps crois-tu que cela prendra ?

— Difficile à dire, reconnut Bowie. La police de Mustang Valley n'est pas forcément la plus qualifiée pour localiser un tueur, a fortiori s'il s'agit d'un professionnel.

— Nous n'allons pas pouvoir demeurer indéfiniment ici, protesta Marlowe.

— Du calme, Marlowe ! Nous venons tout juste d'arriver. Laissons-leur deux jours. S'ils ne trouvent vraiment rien d'ici là, il sera toujours temps de nous organiser différemment.

— Qu'est-ce que tu as en tête ?

— Nous verrons bien le moment venu. Mais je pense que nous devrions commencer par te trouver un garde du corps.

Marlowe ne put réprimer un soupir.

— Espérons que les choses n'en arrivent pas là. Deux jours, tu dis ? Est-ce que celui-ci compte ?

Bowie jeta un coup d'œil à sa montre et haussa les épaules.

— Si tu estimes que trois heures constituent une journée, pourquoi pas ?

— Parfait, acquiesça-t-elle en se demandant avec un mélange d'inquiétude et de curiosité à quoi ressemblerait cette journée passée entièrement avec Bowie.

8

— Voilà déjà une bonne nouvelle, déclara Bowie en ouvrant la porte du réfrigérateur. Nous ne mourrons pas de faim. Apparemment, quelqu'un a récemment refait le plein.

Il jeta un coup d'œil à Marlowe par-dessus son épaule.

— Nous avons tout ce qu'il nous faut : des steaks, des œufs, des légumes et quelques fruits. Je sais qu'il est tard, mais tu n'as rien dû avaler depuis ce midi. Est-ce que ça te dirait que je nous prépare un bon dîner ?

À ces mots, Marlowe sentit son estomac se rebeller. Elle posa doucement la main dessus, s'efforçant de contenir cet accès de nausée.

— Je ne crois pas, répondit-elle. La simple idée d'avaler quelque chose…

Elle s'interrompit brusquement et plaqua la paume contre sa bouche.

— Oh non !

— Que se passe-t-il ?

Marlowe n'eut pas le temps de lui répondre. Elle sentait sa peau se couvrir d'une sueur glacée tandis que son estomac se tordait de plus belle. Paniquée, elle chercha des yeux la porte de la salle de bains.

Bowie parut comprendre instantanément la situation. Sans attendre, il referma le réfrigérateur et vint la prendre par le bras pour la guider jusqu'au fond de la maison. Il lui ouvrit la porte, et elle se rua à l'intérieur, prenant soin de repousser le battant derrière elle.

Bowie s'appuya contre le montant de la porte.

— Si tu as besoin de quoi que ce soit, n'hésite pas, dit-il à Marlowe.

Il se sentait étrangement impuissant, mais c'était peut-être le lot de tous les pères, lors de cette phase délicate de la grossesse. Ne recevant pas de réponse, il prit donc son mal en patience.

Une fois de plus, il songea au tour étrange qu'avait pris son existence depuis que Marlowe lui avait annoncé qu'elle était enceinte, ce matin-là. Passé le moment d'incrédulité initiale, il avait été surpris de s'apercevoir que l'idée d'avoir un enfant ne le terrifiait pas – et même qu'elle éveillait en lui un mélange d'excitation et de curiosité.

Jusqu'alors, il ne s'était jamais demandé ce qu'il éprouverait, le jour où il deviendrait père. Après tout, il avait toujours pensé qu'avant cela il rencontrerait quelqu'un, qu'il tomberait amoureux et qu'il se marierait, ce qui lui laisserait tout le temps d'imaginer la suite.

Mais la vie se révélait parfois pleine de surprises, et il avait suffi d'une nuit passée en compagnie de Marlowe pour que la leur s'en trouve à jamais bouleversée. Ce n'était probablement pas la meilleure façon de concevoir un enfant, et tous deux n'étaient peut-être pas tout à fait prêts à en accueillir un.

Pourtant, assez curieusement, il ne s'inquiétait ni pour eux ni pour le bébé. Au fond de lui, il était convaincu que Marlowe et lui étaient parfaitement capables de relever ce défi. Ce qu'il ignorait, en revanche, c'était l'impact que cet événement aurait sur leurs relations…

— Marlowe ? l'appela-t-il lorsqu'il l'entendit tirer la chasse. Est-ce que ça va ?

Elle ne lui répondit pas, et il hésita, ne sachant s'il devait lui laisser un peu plus de temps ou bien prendre l'initiative d'entrer.

— Marlowe ? l'appela-t-il de nouveau.

La porte s'ouvrit alors, laissant apparaître la jeune femme qui venait visiblement de se passer de l'eau sur le visage.

— Pas de panique, lui dit-elle. Je vais bien…

Il l'observa attentivement.

— Je croyais que les nausées matinales étaient… matinales, remarqua-t-il.

— Il faut croire que j'ai inventé la nausée à plein-temps, répliqua-t-elle. C'est bien ma chance…

En avisant la sollicitude qui se lisait dans les yeux de Bowie, Marlowe se sentit un peu réconfortée. Certes, il était un peu étrange de se retrouver seule avec lui, dans cette maison perdue au beau milieu des montagnes.

Mais si elle se montrait parfaitement honnête, sa compagnie lui faisait du bien, l'empêchant de céder à la panique qui la guettait. Contrairement à elle, il ne paraissait pas particulièrement inquiet. Et, qu'elle soit fondée ou non, cette sérénité avait quelque chose de rassurant.

Alors même qu'elle se faisait cette réflexion, elle se demanda si sa confiance ne provenait pas du fait qu'il avait déjà été confronté à une telle situation. Après tout, elle ne savait quasiment rien de lui. Elle ne s'était jamais demandé s'il avait une petite amie, une épouse ou même une ribambelle d'enfants.

— Normalement, les nausées matinales ne se produisent que lors du premier trimestre, lui dit-il.

— Ne me dis pas que je vais avoir envie de vomir pendant encore trois mois ! s'exclama-t-elle, atterrée.

— Techniquement, tu es déjà enceinte depuis six semaines, remarqua Bowie. Il ne te reste donc plus qu'un mois et demi avant la fin du premier trimestre…

— Un mois et demi ? répéta-t-elle. Et comment suis-je censée survivre si je ne peux rien avaler pendant un mois et demi ?

— Il existe des antiémétiques très efficaces, lui assura Bowie. En attendant d'en trouver, il paraît que le gingembre est assez efficace. Malheureusement, je ne suis pas sûr que nous en ayons ici…

Marlowe le considéra d'un air suspicieux.

— Depuis quand es-tu un spécialiste de la grossesse ?

— Lorsque tu m'as dit que tu étais enceinte, ce matin, j'ai fait un crochet par la librairie pour acheter un livre sur le sujet. Je me suis dit que cela pourrait nous être utile…

La surprise de Marlowe se mua en ébahissement.

— Tu as vraiment fait ça ?

— Bien sûr, répondit-il. Le moins que je puisse faire pour t'accompagner et te soutenir, c'est essayer de comprendre ce qui va t'arriver durant les mois à venir.

Marlowe ne put s'empêcher de se sentir un peu coupable. N'aurait-elle pas dû se précipiter elle aussi dans la première librairie venue pour en faire autant ?

Elle essaya de se rassurer en se disant que le mail anonyme qu'avait reçu le conseil d'administration avait monopolisé son attention aujourd'hui. Mais elle n'y parvint pas réellement.

— Tu pourrais aussi essayer de grignoter quelques biscuits apéritifs en buvant de l'eau gazeuse, suggéra Bowie. Il semble que ce soit efficace.

Marlowe lui lança un regard mauvais. En cet instant, elle n'avait qu'une envie : ne plus entendre parler de nourriture et se glisser sous la couette en espérant que le sommeil viendrait la délivrer de cette sensation nauséeuse dont elle ne parvenait pas à se défaire.

— Évidemment, le livre précisait aussi qu'il fallait s'attendre à des sautes d'humeur de la part de la future mère, déclara Bowie d'un ton malicieux.

Presque malgré elle, Marlowe ne put s'empêcher de sourire.

— Je suis désolée, lui dit-elle. Je sais que je n'ai aucune raison de m'en prendre à toi. C'est juste que…

— Tu es fatiguée ?

— Épuisée, avoua-t-elle.

— Dans ce cas, tu ferais mieux d'aller dormir, déclara-t-il.

Marlowe jeta un coup d'œil en direction de la chambre à coucher, se demandant si elle était censée l'occuper et, dans ce cas, où dormirait Bowie.

— Je dormirai sur le canapé, lui dit-il comme s'il avait lu dans ses pensées.

Elle jeta un coup d'œil dubitatif au canapé en question.

— Il n'a pas l'air très confortable, remarqua-t-elle.

— Il peut se convertir en lit, lui indiqua Bowie. Mais je ne compte pas le déplier.

— Pourquoi ? demanda-t-elle, surprise.

— Parce que je ne compte dormir que d'un œil, répondit-il. J'ai promis à ton frère de veiller sur toi, et c'est précisément ce que je vais faire.

— Mais tu as dit que nous n'avions pas été suivis, objecta-t-elle.

— C'est ce que je crois, en effet, confirma Bowie. Mais je ne compte courir aucun risque inutile. En bon écologiste, j'ai toujours été convaincu que dans la vie il valait mieux prévenir que guérir.

— Encore une citation pour ta collection de biscuits chinois, ironisa Marlowe.

— Tu devrais aller te coucher, lui conseilla Bowie. Rappelle-toi que tu dors pour deux, ajouta-t-il sans qu'elle sache s'il voulait parler de lui ou du bébé.

— Bonne nuit, Bowie, lui dit-elle.

Elle gagna la chambre à coucher et referma la porte derrière elle avant de se laisser tomber sur le lit. Les yeux fixés au plafond, elle pensa de nouveau à Bowie et aux sacrifices qu'il faisait pour elle. Il avait tout laissé tomber pour l'accompagner dans ces montagnes et pour veiller sur elle. Et voilà qu'il se privait de sommeil pour qu'elle puisse dormir tranquille.

C'était la première fois de sa vie que quelqu'un se montrait aussi protecteur envers elle. En temps normal, cela l'aurait probablement beaucoup agacée mais, curieusement, tel n'était pas le cas. Au contraire, même, elle se sentait flattée qu'il fasse preuve d'une telle sollicitude à son égard.

Marlowe n'avait pas l'habitude de développer de telles relations de dépendance. Même vis-à-vis de ses ex-petits amis, elle s'était toujours efforcée de conserver une certaine distance. C'était paradoxalement pour elle une façon de se protéger.

Mais le cas de Bowie était différent – peut-être justement parce que ce n'était pas son petit ami…

Marlowe se réveilla en sursaut et comprit qu'elle avait dû s'endormir sans s'en rendre compte. Elle était toujours allongée sur le lit, tout habillée. Il ne lui fallut que quelques instants pour prendre conscience de ce qui l'avait tirée de son sommeil. Une odeur d'œufs au plat flottait dans la maison.

L'espace d'un instant, elle lui fit terriblement envie. Mais presque aussitôt son estomac se rebella, marquant sa réprobation par une série de spasmes douloureux. Au lieu de gagner la cuisine comme elle en avait eu l'intention, Marlowe se rua vers la salle de bains.

Lorsqu'elle se fut remise, elle fixa son ventre d'un air réprobateur.

— Écoute, bébé, il va falloir que tu y mettes du tien. Si tu veux sortir de là, un de ces jours, il va falloir que tu me laisses manger…

Alors même qu'elle prononçait ces mots, une révélation se fit jour en elle. Son choix était fait : elle allait être la mère de cet enfant. Elle ferait tout ce qui serait en son pouvoir pour être la meilleure mère possible. Il n'y avait pas d'autre décision envisageable : c'était la seule qu'elle ne passerait pas le reste de sa vie à regretter.

Elle savait déjà que la nouvelle ne réjouirait guère son père. Sans doute aurait-il préféré qu'elle se débarrasse de ce bébé qui était pour moitié un Robertson – et donc un ennemi à ses yeux.

Mais elle saurait bien lui faire entendre raison et le convaincre que les deux familles étaient capables de cohabiter sans forcément se sauter à la gorge…

Elle entendit alors frapper à la porte de la salle de bains.

— Marlowe ? Est-ce que ça va ?

— Tout va bien, répondit-elle.

Elle alla ouvrir la porte et se retrouva nez à nez avec Bowie qui la considéra d'un air anxieux.

— J'ai cru t'entendre parler, lui dit-il.

Elle s'empourpra légèrement.

— Je me parlais à moi-même, lui dit-elle sans oser lui avouer qu'elle s'était adressée à leur enfant.

— Dois-je m'inquiéter ?

— Non, je te rassure, je ne vais pas commencer à te courir après avec une hache.

Il la considéra avec étonnement.

— Tu n'as jamais vu Shining ?

— Si, bien sûr, répondit-il en souriant. Mais je ne te voyais pas vraiment en Jack Torrance.

— Si tu me gardes enfermée ici pendant plus de quelques jours, je ne réponds de rien, répliqua-t-elle malicieusement.

— En attendant que tu sombres dans la folie, je t'ai préparé à manger, lui annonça-t-il.

— J'espère que c'est quelque chose que tu aimes, lui dit-elle. Parce que je pense que je ne pourrai rien avaler.

Bowie fronça les sourcils d'un air réprobateur.

— Il faut que tu manges, insista-t-il.

— Peut-être plus tard. Pour le moment, je n'ai vraiment pas faim.

— Mais tu n'as rien avalé hier soir, protesta-t-il.

— Alors en plus d'être mon garde du corps, tu comptes aussi devenir mon diététicien ?

— Je tiens juste à ce que tu t'alimentes correctement.

— Ne t'en fais pas pour moi, soupira Marlowe. Je t'assure que je vais bien.

Le ton de sa voix contredisait complètement ses paroles, et Bowie s'avança vers elle pour la prendre par les épaules. Ce geste n'avait aucune connotation sensuelle : son compagnon cherchait juste à la réconforter.

— Tu n'es pas toute seule, lui dit-il gravement. Je t'ai dit que tu pouvais compter sur moi et je tiens toujours parole.

— Merci, répondit-elle, plus émue qu'elle ne l'aurait voulu.

Sans doute étaient-ce ses hormones qui lui jouaient des tours. Elle avait entendu dire que cela se produisait très souvent, lorsqu'on était enceinte.

— Nous affronterons ensemble cette grossesse, reprit-il. Et nous découvrirons qui menace ta famille et qui nous a tiré dessus.

Il y avait dans sa voix une telle assurance qu'elle fut presque tentée de le croire. Il aurait été si facile de se convaincre que tout finirait pour le mieux dans le meilleur des mondes. Malheureusement, les choses n'étaient jamais aussi simples.

— Viens t'asseoir avec moi, lui demanda Bowie. Au pire, si tu ne peux vraiment rien avaler, tu me tiendras compagnie.

— J'ai bien peur de ne pas être la personne la plus agréable, en ce moment, déclara-t-elle, touchée par l'inextinguible douceur dont il faisait preuve à son égard.

— Ne t'en fais pas pour ça. Il est parfaitement normal que tu sois sujette à des sautes d'humeur, en cette période. Ton corps commence à s'adapter aux grands bouleversements qui l'attendent…

Marlowe n'était pas certaine de trouver cela très rassurant. Mais vu la gentillesse dont il faisait preuve, elle aurait vraiment eu mauvaise grâce de se plaindre.

9

À plusieurs reprises au cours de la journée, Bowie s'était surpris à observer Marlowe à la dérobée. Chaque fois, il s'était forcé à détourner le regard et à penser à quelque chose d'autre. Mais c'était plus fort que lui.

Jamais il n'avait partagé l'intimité de quiconque de cette façon. Et jamais il n'aurait imaginé partager un jour celle de Marlowe Colton.

Il y avait quelque chose de très étrange dans cette cohabitation forcée. Tous deux s'étaient mis à vaquer à leurs activités respectives. Marlowe avait passé la majeure partie de la journée à travailler sur son ordinateur, et il avait fait de même. Ils se retrouvaient de temps à autre pour faire une pause et boire du thé en discutant de tout et de rien.

Il avait été très surpris de constater que, une fois passés les premiers moments de gêne, leur conversation avait roulé de façon parfaitement naturelle. Au fil de leurs échanges, ils s'étaient même découvert un certain nombre de centres d'intérêt communs.

À mesure que la journée s'écoulait, il avait pris conscience du fait qu'elle lui offrait un aperçu de ce qu'aurait pu être une vie de couple avec Marlowe.

Jusqu'alors, il ne s'était jamais imaginé fonder une famille. Il estimait manquer cruellement de modèle en la matière. Son père avait consacré la majeure partie de son temps et de son énergie à son entreprise. Même lorsqu'il était à la maison, il avait toujours l'esprit ailleurs.

Franklin Robertson était un bourreau de travail, et Bowie avait dû marcher dans ses pas pour lui prouver qu'il serait capable de reprendre l'entreprise familiale, le moment venu. Sa vie privée se réduisait donc au strict minimum. Mais c'était un sacrifice dont il s'était accommodé depuis longtemps.

Jusqu'à aujourd'hui.

Car il refusait de traiter son enfant comme l'avait fait son propre père. D'une façon ou d'une autre, il trouverait le temps de s'occuper de lui, même si cela le forçait à travailler moins.

Évidemment, son père ne verrait pas cette décision d'un très bon œil. Et sans doute serait-il plus furieux encore de découvrir qui était la mère de ce bébé. Mais Bowie se sentait prêt à lui tenir tête.

En revanche, il ignorait toujours à quoi pourrait bien ressembler la relation qu'il nouerait avec Marlowe. Levant les yeux vers elle, il l'observa tandis qu'elle s'activait dans la cuisine.

Ils venaient tout juste de dîner et, comme à midi, elle s'était contentée de grignoter quelques toasts du bout des lèvres, les faisant passer à l'aide de petites gorgées de tisane. C'était apparemment tout ce qu'elle parvenait à avaler.

Malgré cela, elle avait insisté pour ranger la cuisine et faire la vaisselle, arguant qu'il s'en était déjà chargé le matin et le midi. Il finit cependant par la rejoindre et commença à essuyer les assiettes et les verres.

— Je suis désolé que tu n'aies pas pu goûter à ce steak, lui dit-il. Il était délicieux.

— Il en avait l'air, soupira-t-elle. Mais je crois que retrouver mon appétit va me prendre encore un peu de temps... D'après ce que j'ai lu dans le livre que tu as acheté, ce genre de nausées peut durer pendant les cinq premiers mois de la grossesse.

— J'espère vraiment que ce ne sera pas ton cas, déclara Bowie. D'ici là, tu n'aurais plus que la peau sur les os !

Elle lui décocha un pâle sourire.

— Tu sais que tu as tout d'une vraie mère poule ? lui dit-elle.

— Je t'ai dit que je veillerai sur toi et sur le bébé, lui rappela-t-il.

— Et tu n'as qu'une parole, je sais, ajouta-t-elle d'un ton légèrement moqueur.

Bowie se demanda alors si elle n'était pas en train de flirter avec lui. Il songea alors qu'il valait sans doute mieux être parfaitement transparent avec elle. Il ne voulait pas qu'elle se fasse des idées à son sujet, car cela risquerait de compliquer les choses entre eux par la suite.

— Marlowe, lui dit-il gravement, il faut que je te dise quelque chose…

Il hésita, cherchant ses mots.

— J'ai toujours été quelqu'un de solitaire, reprit-il au bout de quelques instants. Je n'ai jamais eu l'intention de vivre avec quelqu'un et de me marier. Et jamais je ne me serais imaginé devenir père un jour. Mais cela ne m'empêchera pas d'assumer mes responsabilités…

Le visage de Marlowe se ferma brusquement, et il crut lire de la colère dans ses yeux.

— Ne te fatigue pas, répliqua-t-elle. Je sais parfaitement ce que tu veux dire : tu ne voulais pas de cet enfant et tu ne veux surtout pas d'une relation sérieuse. Je comprends. Ce qui s'est passé à l'hôtel aurait dû n'être qu'une aventure sans lendemain. Et maintenant, tu as un peu l'impression de te retrouver pris au piège…

— Ce n'est pas ce que je voulais dire, protesta-t-il.

— Je ne te demande rien, répondit-elle. Je suis parfaitement capable de m'occuper seule de cet enfant, si pour toi ce n'est qu'un devoir que tu te sens forcé d'accomplir. Quant au mariage, tu n'as vraiment pas à t'inquiéter pour cela : je ne compte pas me marier avec quelqu'un que je n'aime pas et qui ne m'aime pas simplement pour faire croire à mon enfant que ses parents s'entendent à merveille !

Sur ce, elle lui tourna le dos et se dirigea vers la chambre à coucher. Bowie la suivit des yeux, conscient qu'il avait dû commettre une erreur, mais ne parvenant pas réellement à comprendre laquelle.

La porte claqua derrière Marlowe avant qu'il ait trouvé comment rattraper cet impair. Il se morigéna intérieurement pour la façon dont il venait de gâcher une journée qui s'était pourtant révélée si plaisante.

Mais ne l'avait-il pas fait pour conjurer sa propre angoisse ? Parce qu'il redoutait l'attirance qu'il éprouvait pour Marlowe et qui risquait de faire vaciller ses certitudes ?

Il aurait été si facile de croire que tout cela était écrit, qu'il se mettrait en couple avec la mère de son enfant et que tous trois formeraient une parfaite petite famille, qu'il parviendrait à devenir l'homme que son père n'avait jamais su être…

Mais c'était absurde, bien sûr. Robertson Energy était tout pour lui. Il avait travaillé très dur pour prendre la succession de son père et ne pouvait se permettre d'y renoncer pour un mirage. D'autant que Marlowe était la fille du plus grand rival de sa famille.

D'ailleurs, elle aussi faisait passer son métier avant tout le reste. Il avait pu s'en rendre compte en la regardant travailler durant toute la journée. Leurs chances de rester ensemble alors que tout les séparait paraissaient bien minces.

Ces considérations réconfortèrent un peu Bowie. Il avait pris la bonne décision. Mieux valait établir avec Marlowe une relation amicale fondée uniquement sur la confiance et le respect mutuels. Ce serait peut-être moins gratifiant à court terme qu'une liaison passionnée, mais sur le long terme cela leur permettrait de trouver un certain équilibre.

Il ne lui restait donc plus qu'à surmonter l'attirance physique indéniable qu'elle provoquait en lui de façon à pouvoir garder ses distances...

Le lendemain matin, après avoir pris leur petit déjeuner, Marlowe appela le chef Barco pour lui demander où en étaient ses investigations.

— Nous n'avons retrouvé aucune trace sur le toit d'où l'on vous a tiré dessus, indiqua ce dernier. Et notre enquête de voisinage n'a pas donné grand-chose non plus. Personne n'a rien vu de suspect. À ce stade, je ne peux que vous enjoindre la plus grande prudence et renouveler ma proposition d'affecter un policier à la surveillance de votre domicile, mademoiselle Colton...

— Il n'est pas question que je monopolise l'un de vos hommes, chef Barco, objecta-t-elle.

— Dans ce cas, je vous conseille instamment d'engager quelqu'un pour assurer votre sécurité.

— Je vais y réfléchir, soupira-t-elle. Merci encore, chef.

Après avoir raccroché, elle se tourna vers Bowie qui la considérait d'un air interrogateur.

— Ils n'ont rien trouvé, lui dit-elle. Et il nous conseille d'engager des gardes du corps.

Bowie se rembrunit.

— Il n'a vraiment aucune piste ?

— Pas la moindre, répondit-elle. Mais ce n'est pas si surprenant que cela : nous-même n'avons aucune idée de qui pourrait bien nous en vouloir à ce point.

— Que suggères-tu que nous fassions ?

Marlowe haussa les épaules.

— Nous ne pouvons pas rester enfermés ici indéfiniment, déclara-t-elle. Et l'enquête est au point mort. Je pense que nous devrions rentrer. Qu'est-ce que tu en dis ?

— Je suppose que tu as raison. Même si nous demeurions cachés ici, notre adversaire finirait tôt ou tard par nous découvrir. Le fait que ma famille possède cette maison n'est pas à proprement parler un secret d'État. Et je n'aime pas l'idée que nous laissions la peur guider le moindre de nos faits et gestes. En revanche, je suis d'accord avec Barco : il nous faudra redoubler de précautions, une fois de retour à Mustang Valley…

Quelques heures plus tard, Bowie se garait devant les locaux de Colton Oil pour y déposer Marlowe. Le trajet de retour s'était déroulé dans un silence pesant, absorbés qu'ils étaient l'un et l'autre par leurs pensées.

Ils avaient tous deux espéré que lorsqu'ils reviendraient des montagnes, le tireur aurait été identifié et interpellé. Malheureusement, il n'en était rien, et Bowie s'était vainement creusé la tête, passant en revue la liste de tous les gens qui auraient pu vouloir se débarrasser de lui. Mais plus il y réfléchissait, moins il voyait qui aurait réellement pu passer à l'acte…

— Je vais t'accompagner jusqu'à ton bureau, proposa-t-il à Marlowe.

— Ce n'est vraiment pas la peine, objecta-t-elle. Je doute fort que quelqu'un me tire dessus à l'intérieur de l'entreprise.

— Je peux au moins te porter ton sac.

— Il n'est pas si lourd que cela, et tu as probablement mieux à faire.

Il s'abstint d'insister, sachant qu'elle considérerait cela comme une forme d'ingérence.

— Appelle-moi ce soir, lorsque tu seras rentrée chez toi, d'accord ?

Elle hésita un instant avant de hocher la tête, visiblement à regret.

— Je le ferai, lui dit-elle. Mais ne t'en fais pas pour moi : je te rappelle que c'est à toi qu'on s'en est pris à plusieurs reprises. Ma présence lors de la dernière tentative n'était peut-être qu'une coïncidence.

— Sauf s'il existe un lien entre le tireur et le mail dont tu m'as parlé.

— À ce sujet, j'aimerais vraiment que tu ne racontes cela à personne.

— Je t'ai donné ma parole, lui rappela-t-il. Mais je pense tout de même que vous devriez en parler au chef Barco.

— Je le suggérerai à mon père. Mais je pense franchement qu'il préférera garder ça pour lui, le temps au moins que nous obtenions les résultats du test ADN.

— J'espère qu'ils seront positifs.

— Moi aussi. Cela nous éviterait bien des difficultés. Mais tu crois vraiment que cette affaire de chantage est liée aux agressions dont tu as été victime ?

Bowie haussa les épaules.

— Comment savoir ? répondit-il. Si un concurrent peu scrupuleux soupçonne nos deux compagnies de vouloir se rapprocher par notre entremise, il a peut-être décidé de nous en empêcher par tous les moyens.

— Je trouve quand même ça un peu tiré par les cheveux, objecta-t-elle. Je ne vois vraiment pas l'un de nos concurrents engager un tueur professionnel.

— D'autant que je ne suis pas vraiment sûr qu'il s'agisse d'un professionnel, acquiesça Bowie. S'il voulait réellement me tuer, il a déjà raté son coup quatre fois de suite…

— Fais quand même attention à toi, lui conseilla-t-elle en ouvrant la portière. À bientôt, Bowie.

Sur ce, elle sortit et alla récupérer son sac dans le coffre. Il la suivit des yeux tandis qu'elle se dirigeait vers la porte du bâtiment et attendit qu'elle ait disparu à l'intérieur avant de démarrer.

Marlowe se sentait soulagée de retrouver un environnement familier. La journée qu'elle avait passée en compagnie de Bowie n'avait pas été désagréable – bien au contraire. Elle avait retrouvé l'étrange complicité qu'ils avaient partagée lorsqu'ils avaient dîné ensemble, six semaines auparavant.

Elle en serait presque venue à oublier toutes les bonnes raisons qu'ils avaient de ne pas sortir ensemble. Mais Bowie s'était chargé de lui rappeler sans ménagement qu'elle n'avait rien à attendre de lui.

Sans doute avait-il eu raison de le faire. Il aurait été facile de se bercer d'illusions, dans cette jolie maison au milieu des montagnes. Il était tentant d'oublier que cette grossesse n'était qu'un accident et que Bowie et elle n'avaient pas grand-chose d'autre en commun que l'unique nuit de passion torride qu'ils avaient passée ensemble…

Il était temps pour elle de revenir à la réalité de sa vie quotidienne. Sans attendre, elle gagna donc son bureau. Mais en y entrant, elle eut la surprise de remarquer un colis qui était posé bien en évidence sur la table basse, devant le canapé.

Elle ne se souvenait pas avoir commandé quoi que ce fût et n'avait de toute façon pas pour habitude de se faire livrer au bureau. Mais peut-être s'agissait-il d'un cadeau. Une caisse de vin offerte par l'un des fournisseurs de l'entreprise ? Le format aurait pu correspondre.

Elle s'en approcha, curieuse, et constata avec étonnement que seuls figuraient sur la boîte son nom et l'adresse de Colton Oil. Nulle part n'étaient inscrites les coordonnées de l'expéditeur.

Elle alla chercher un coupe-papier et s'en servit pour couper la bande de scotch qui maintenait le colis fermé. Une chose était certaine : le paquet était bien trop léger pour qu'il puisse s'agir de vin.

Ecartant les rabats du carton, elle découvrit à l'intérieur de la boîte un énorme ours en peluche à la bouille adorable.

Elle ne put s'empêcher de sourire en songeant qu'il devait s'agir d'un cadeau de Callum pour son bébé.

Elle repéra alors la petite carte qui était accrochée par un ruban autour du cou de l'animal. Elle l'ouvrit et lut le message qui s'étalait en lettres majuscules :

FÉLICITATIONS POUR LE BÉBÉ ! SI SEULEMENT C'ÉTAIT LE MIEN…

À cet instant précis, on frappa à sa porte. Marlowe ne put s'empêcher de sursauter.

— Mademoiselle Colton ?

Reconnaissant la voix de son assistante, elle se détendit légèrement.

— Entrez, Karen.

Celle-ci pénétra dans le bureau et se rendit aussitôt compte que quelque chose n'allait pas.

— Que se passe-t-il ? s'enquit-elle. On dirait que vous avez vu un fantôme…

Marlowe prit une profonde inspiration, s'efforçant de dominer l'angoisse qui l'habitait en cet instant.

— Karen, savez-vous qui a déposé ce colis ? demanda-t-elle en désignant le paquet.

Karen aperçut alors l'ours en peluche, et un large sourire illumina son visage.

— Il est adorable ! s'exclama-t-elle.

— Savez-vous qui l'a livré ?

Au ton de sa voix, Karen comprit que, si adorable qu'il soit, ce cadeau n'était pas le bienvenu.

— Non, répondit-elle en fronçant les sourcils. Et comme je n'ai pas bougé de mon bureau, cela signifie qu'il a dû être livré avant que j'arrive.

— Et à quelle heure êtes-vous arrivée ?

— Vers 7 heures, répondit-elle. Je voulais vider ma boîte mail avant d'attaquer la journée. C'est bizarre… Je ne crois pas qu'il y ait grand monde qui arrive plus tôt que cela – en dehors de l'équipe de nettoyage, bien sûr.

— Je crois que vous feriez mieux d'appeler la sécurité.

— La sécurité ? répéta Karen en ouvrant de grands yeux.

— Oui, répondit Marlowe sans quitter des yeux l'ours en peluche. Je voudrais qu'ils examinent les enregistrements des caméras de sécurité et qu'ils vérifient que cette peluche ne dissimule pas des explosifs.

10

Pour la dixième fois d'affilée, peut-être, Marlowe relut la carte qui avait été accrochée au cou de l'ours :

FÉLICITATIONS POUR LE BÉBÉ ! SI SEULEMENT C'ÉTAIT LE MIEN…

Un frisson de répulsion dévala le long de sa colonne vertébrale. Qui avait bien pu lui envoyer un tel cadeau ? Et dans quel but ?

Et surtout, comment cette personne était-elle au courant du fait qu'elle était enceinte ?

Pour le moment, seuls son père, Callum, Bowie et le chef Barco étaient au courant. Et elle n'imaginait aucun d'entre eux révéler ce secret à quiconque.

Évidemment, l'un des employés chargés du ménage avait très bien pu remarquer les tests de grossesse qu'elle avait laissés dans la poubelle de sa salle de bains. S'il en avait parlé autour de lui, le bruit avait très bien pu se répandre à travers toute l'entreprise.

Marlowe se reprocha de ne pas s'être montrée plus prudente. Sans doute aurait-elle mieux fait de rapporter chez elle les tests en question.

Mais cela n'expliquait pas pour autant l'ours en peluche. S'agissait-il d'un véritable cadeau, envoyé par un admirateur anonyme ? Ou bien avait-on délibérément cherché à lui faire peur ?

L'équipe chargée de la sécurité n'avait trouvé aucun explosif dans l'ours en peluche. Pour le moment, les caméras de surveillance n'avaient pas permis de déterminer qui l'avait apporté dans l'entreprise.

Cela ne signifiait pourtant pas grand-chose : les caméras en question se trouvaient uniquement à l'extérieur des bâtiments, et il était relativement facile de leur échapper pour peu que l'on sache où elles étaient placées exactement.

Marlowe reposa la carte et considéra pensivement son téléphone portable, se demandant si elle ne ferait pas mieux d'informer Bowie de ce nouveau développement. Après tout, cet incident pouvait être lié aux tentatives d'assassinat dont il avait l'objet.

Mais avant qu'elle ait eu le temps de lui écrire un message, son téléphone fixe se mit à sonner.

— Marlowe Colton, j'écoute.

— Marlowe ?

Elle reconnut la voix de son frère Ace.

— Tu es rentrée. Tant mieux. Est-ce que tu pourrais venir nous retrouver en salle de réunion ? Ainsley a reçu le résultat de mon test ADN. Les autres membres du conseil ne devraient pas tarder à arriver.

— Est-ce que tu sais déjà s'il est positif ?

— Non. Ainsley n'a pas encore ouvert l'enveloppe. Elle tient à ce que nous soyons tous réunis pour que l'annonce soit officielle et devant témoins. Alors dépêche-toi de nous rejoindre. J'ai vraiment hâte d'en avoir le cœur net.

— J'arrive tout de suite, lui assura-t-elle avant de raccrocher.

Étant donné tout ce qui s'était passé au cours des derniers jours, elle n'avait pas pris le temps de discuter avec Ace ainsi qu'elle en avait eu l'intention. Elle tenait à lui faire savoir que, quoi qu'il puisse arriver, elle le considérerait toujours comme son frère aîné.

Malheureusement, il était à présent trop tard pour le lui

dire, et elle regretta amèrement de ne pas lui avoir téléphoné depuis le chalet des Robertson.

Tandis qu'elle se dirigeait vers la salle de réunion, elle tenta de se réconforter en se disant que les résultats ne pouvaient que confirmer le fait qu'Ace était bel et bien le fils de Payne et Tessa Colton.

Lorsqu'elle entra dans la pièce où étaient déjà installés tous les membres du conseil d'administration, elle sentit le rythme des battements de son cœur redoubler dans sa poitrine. Elle passa en revue leurs visages et discerna dans les regards un mélange d'inquiétude et d'impatience. Seule Selina ne trahissait aucune émotion particulière.

— Nous voilà tous réunis, annonça Payne lorsque Marlowe se fut assise. Ainsley, tu peux décacheter l'enveloppe et nous lire les résultats du test.

Ainsley adressa un petit signe de tête encourageant à Ace puis ouvrit l'enveloppe qu'elle tenait à la main. Elle commença à parcourir la lettre qui se trouvait à l'intérieur.

— À voix haute, Ainsley ! s'exclama Payne avec une pointe d'agacement.

En avisant l'expression qu'arborait sa demi-sœur, Marlowe sentit son angoisse redoubler. De toute évidence, les résultats n'étaient pas à la hauteur de leurs espérances. Ainsley s'éclaircit nerveusement la voix.

— Le test a établi qu'il n'y avait absolument aucune chance pour qu'Ace soit le fils biologique de papa et maman, déclara-t-elle.

— Ce n'est pas possible ! s'exclama Rafe.

— Il doit y avoir une erreur, renchérit Marlowe.

— Ils se sont trompés, ajouta Ace dont le visage était à présent blafard. Ils ont dû mélanger mon échantillon sanguin avec celui de quelqu'un d'autre. Nous devrions demander une nouvelle analyse – de préférence dans un autre laboratoire.

Tout le monde se mit alors à parler en même temps. Seul Payne demeurait silencieux, visiblement sous le choc.

Contrairement à ses enfants, il ne semblait pas penser qu'il s'agissait là d'une erreur.

Selina elle aussi gardait le silence, les observant d'un air toujours aussi détaché, comme si tout cela ne la concernait pas réellement – ce qui, au fond, était un peu le cas. Au bout d'un moment, Payne se tourna vers elle et l'interrogea du regard. Elle haussa légèrement les épaules.

— Les statuts sont dénués de toute ambiguïté, lui dit-elle. Étant donné les circonstances, tu n'as pas vraiment d'autre choix que de placer quelqu'un d'autre à la tête de l'entreprise.

Le silence pesant qui suivit cette déclaration contrastait avec le brouhaha qui l'avait précédée.

— Que les choses soient claires, déclara alors Payne d'une voix menaçante. Je ne veux pas que cette histoire sorte de cette pièce. Si je lis le moindre commentaire dans la presse à ce sujet, je trouverai qui a parlé, et il passera un très mauvais quart d'heure. Cette affaire ne concerne que notre famille. C'est bien compris ?

Personne ne trouva le courage de lui répondre.

— En revanche, Selina a raison, reprit Payne. Ace ne peut demeurer directeur général de l'entreprise. Et je pense aussi que tu devrais te retirer momentanément du conseil d'administration, le temps que nous éclaircissions toute cette histoire.

Ace fixa son père d'un air interdit. Il ne parvenait visiblement pas à croire ce qui était en train de se passer. Mais Marlowe n'était pas surprise. Elle savait qu'aux yeux de leur père Colton Oil passait avant tout le reste.

— Tu n'es pas sérieux, papa, trouva enfin la force de protester Ace. Quoi qu'en dise ce stupide test, je suis ton fils…

— Non, justement, répondit Payne d'un ton qui trahissait une colère à peine contenue. C'est bien tout le problème. Tu n'es pas mon fils. Je ne sais pas qui tu es. Et je ne sais pas qui t'a échangé avec notre enfant à la naissance ni pourquoi on l'a fait. Mais tu n'es pas un Colton et tu ne peux donc pas être le directeur général de Colton Oil.

— Tu ne peux pas faire ça, objecta Ace d'une voix blanche.

— Je le peux et je le dois, répondit leur père d'un ton qui n'admettait pas de réplique.

La stupeur d'Ace céda place à la colère. Marlowe ne pouvait imaginer ce qu'il pouvait bien éprouver, en cet instant, ni à quel point il devait se sentir trahi.

Après tout, son propre père venait de balayer d'un revers de la main son existence tout entière – son identité même. En l'espace de quelques minutes, il avait perdu tout repère, toute certitude. Et il était évident qu'il n'avait aucune compassion à attendre de la part de Payne.

— Tu le regretteras, papa, déclara-t-il avant de se lever brusquement.

Sans ajouter un mot, il se dirigea vers la porte qu'il claqua en sortant.

Le silence qui s'ensuivit sembla s'éterniser, plus écrasant encore qu'auparavant, tandis que chacun de ses frère et sœurs s'efforçait d'assimiler ce qui venait de se produire sous leurs yeux.

Marlowe, quant à elle, observait Selina à la dérobée. Les yeux dans le vague, celle-ci affectait toujours l'indifférence la plus totale. Elle se demanda soudain si son ex-belle-mère ne pouvait pas être à l'origine de cette crise, si ce n'était pas elle qui avait envoyé ce mail, que ce soit par dépit ou pour se venger de cette famille qui ne l'avait jamais vraiment portée dans son cœur.

Puis Marlowe prit conscience du fait qu'elle-même avait désobéi à son père. Il venait de leur ordonner de garder le secret sur ce qui venait de se produire. Or, elle avait déjà révélé à Bowie l'existence de ce mail et le fait que son frère devait passer un test ADN. En apprenant qu'il avait quitté le conseil d'administration de Colton Oil, Bowie ne manquerait pas de comprendre quel avait été le résultat du test en question.

Garderait-il réellement cette information pour lui ? Elle ne doutait pas de sa sincérité, mais savait aussi que les liens du sang étaient aussi importants pour les Robertson que pour les Colton. Si son père l'interrogeait sur la mystérieuse démission d'Ace, irait-il jusqu'à lui mentir pour garder le secret qu'elle lui avait confié ?

Elle n'aurait jamais dû lui en parler – ne serait-ce que pour ne pas le mettre dans une situation aussi délicate. Elle essaya de se convaincre que si elle s'était confiée à lui, c'était uniquement à cause de sa grossesse qui perturbait son jugement. Et elle se promit qu'à l'avenir elle se garderait bien de se livrer de cette façon.

Se tournant de nouveau vers son père, elle sentit son cœur se serrer sous l'effet de la déception. Jamais elle n'aurait imaginé qu'il puisse se montrer si cruel, si insensible. Pour la première fois depuis qu'elle était enfant, elle se sentait profondément trahie par cet homme qu'elle avait toujours regardé comme un modèle et une source d'inspiration.

Elle l'avait toujours su dur mais l'avait toujours cru juste. Mais ce qu'il venait de faire le discréditait à ses yeux.

Fallait-il voir là un nouveau signe de la duplicité de Selina ? Son ex-belle-mère avait-elle trouvé un moyen de faire pression sur Payne pour qu'il désavoue son propre fils ? Cela aurait au moins eu le mérite d'expliquer l'acte inqualifiable dont il venait de se rendre coupable.

Si tel était le cas, Selina devait posséder un moyen de pression particulièrement efficace. Cela aurait pu expliquer aussi le fait qu'en dépit de leur divorce il avait accepté qu'elle demeure membre du conseil d'administration au sein duquel elle exerçait une influence non négligeable.

Marlowe aurait donné cher pour savoir quelle épée de Damoclès son ex-belle-mère avait bien pu suspendre au-dessus de sa tête.

— Puisque Ace ne peut plus exercer le poste de directeur général, il va nous falloir en désigner un autre, déclara alors son père.

Marlowe se mordit la lèvre, priant intérieurement pour qu'il ne lui confie pas cette responsabilité. Sa vie était bien trop compliquée, en ce moment, et elle ne se sentait pas assez lucide pour présider aux destinées de Colton Oil.

— Pour le moment, reprit Payne, je vais reprendre cette position que je cumulerai avec celle de président du conseil d'administration. C'est ce que j'ai fait pendant de longues années, après tout.

Il haussa les épaules d'un air presque résigné, comme s'il avait toujours su que ce moment viendrait.

— À moins qu'il n'y ait des objections, déclara-t-il, ne s'attendant visiblement pas que quiconque en soulève, je suggère que nous ajournions cette séance. Vous pouvez tous retourner travailler.

Les autres se levèrent et quittèrent la pièce en silence. Mais Marlowe s'attarda un peu plus longtemps.

Ace et elle n'étaient peut-être plus aussi proches qu'ils l'avaient été autrefois, avant qu'il devienne directeur général. Mais elle se sentait vraiment touchée par l'épreuve qu'il était en train de traverser. Elle estimait qu'il était de son devoir de parler à son père et de tenter de ramener la paix au sein de leur famille.

Lorsque Payne s'aperçut qu'elle ne faisait pas mine de sortir, il reposa le dossier qu'il venait d'ouvrir et se tourna vers elle en fronçant les sourcils.

— Est-ce que tu as quelque chose à ajouter ? lui demanda-t-il d'un ton peu amène.

Sans doute s'attendait-il qu'elle lui présente des excuses pour ce qui s'était passé avec Bowie. Si tel était le cas, il allait être cruellement déçu.

— Tu n'aurais pas dû lui parler de cette façon, déclara-t-elle.

— Pardon ? rétorqua son père d'une voix glaciale.

Il la considéra d'un air menaçant et, en d'autres circonstances, elle aurait peut-être hésité à poursuivre. Mais ce qui s'était passé ce jour-là était bien trop grave pour qu'elle se laisse impressionner aussi aisément. Tenant bon, elle soutint son regard.

— Tu n'aurais pas dû parler à Ace de cette façon, insista-t-elle. Lorsque Ainsley nous a lu le résultat du test, Ace a vu son monde s'écrouler. Je sais que tu n'avais pas d'autre choix que de le démettre de ses fonctions. Mais tu aurais pu y mettre les formes…

— Ce qui se passe entre Ace et moi ne te regarde pas, jeune fille. Et je ne pense pas que tu sois vraiment en position de me donner des conseils sur la façon dont je dois mener ma vie. Visiblement, tu as du mal à gérer la tienne.

Marlowe ravala la colère qui montait en elle. Elle savait que la violence dont son père avait fait preuve s'expliquait en partie par le choc que lui-même avait dû éprouver en entendant Ainsley prononcer le terrible verdict. Mais elle estimait qu'étant donné les circonstances c'était à lui de faire des efforts.

— Tu devrais aller lui présenter des excuses, déclara-t-elle.

— Il ne manquerait plus que ça ! s'exclama son père en lui jetant un regard noir. Franchement, Marlowe, tu ferais mieux de t'occuper de tes affaires plutôt que de te mêler d'une histoire qui ne te concerne même pas.

— Ace est mon frère, lui rappela-t-elle.

— Non, justement, répliqua Payne, impitoyable. Il ne l'est pas. Et pour le moment, nous ignorons où se trouve ton véritable frère – si tant est qu'il soit toujours de ce monde.

Marlowe lutta pour ravaler les larmes qui lui montaient aux yeux. Elle n'avait aucunement l'intention de faire preuve de faiblesse en présence de son père. Il méprisait cordialement ceux qui étaient assez faibles pour pleurer en sa présence. Mais la violence et la cruauté de ses paroles lui serraient la gorge, l'empêchant presque de respirer.

Sans ajouter un mot, elle lui tourna le dos et quitta la pièce à grands pas. Alors qu'elle s'apprêtait à retourner à son bureau, elle aperçut Ace qui se trouvait dans l'une des salles de repos, près de la machine à café. Il paraissait à la fois furieux et un peu perdu.

Sans hésiter, elle alla le rejoindre.

— Ace ? l'interpella-t-elle.

Il se tourna vers elle, semblant émerger d'un rêve.

— Qu'y a-t-il ? lui demanda-t-il un peu sèchement.

— Je voulais te dire que ce test ne faisait aucune différence pour moi : tu es mon frère et tu seras toujours mon frère. Et quoi que tu décides de faire, à présent, tu peux compter sur mon soutien inconditionnel. Papa n'avait pas le droit de te parler comme il l'a fait…

— Au contraire, répondit Ace d'une voix lugubre. Le droit est de son côté. Cette entreprise et cette famille ont toujours obéi aux lois du sang.

— Mais les gens changent, objecta Marlowe. Et les entreprises aussi. Je suis certaine que nous allons trouver une solution.

— Encore faudrait-il que notre père – pardon, que *ton* père - le veuille aussi. Or, tu le connais, Marlowe : une fois qu'il a décidé quelque chose, rien ni personne ne peut le faire changer d'avis.

— Il y a toujours une première fois, déclara-t-elle.

Ace laissa échapper un rire sans joie.

— Tu n'y crois pas toi-même, lui dit-il. Payne Colton ne cède jamais sur rien. C'est ce qui le rend à la fois si redouté et si détesté. Écoute, Marlowe, j'ai besoin d'être un peu seul pour réfléchir à ce qui vient de se passer et à ce que cela signifie pour moi.

— D'accord, concéda-t-elle. Je te laisse. Mais avant cela, je veux que tu me jures que tu ne couperas pas les ponts.

— C'est promis, lui dit-il d'un ton qui n'était pas aussi convaincu qu'elle ne l'aurait souhaité.

Elle savait cependant qu'elle allait devoir se contenter de cette mince assurance.

11

Gloria Kennedy, l'assistante de Bowie, passa la tête par l'embrasure de la porte de son bureau.

— Monsieur Robertson, lui dit-elle sans même chercher à dissimuler son étonnement, Mlle Marlowe Colton est ici et demande à vous voir. Voulez-vous que je lui dise que vous êtes en réunion ?

Bowie ne put s'empêcher de sourire. Gloria se montrait toujours très protectrice à son endroit, et il se demandait parfois si elle ne se considérait pas plus comme sa mère adoptive que comme son assistante.

— Mais je ne suis pas en réunion, objecta-t-il en se demandant ce que Marlowe pouvait bien faire là.

Une bouffée d'inquiétude monta soudain en lui. Pour qu'elle se soit déplacée en personne et qu'elle soit venue dans le repaire de ses ennemis, il devait s'agir de quelque chose d'important.

— Je sais bien, répondit Gloria d'une voix aussi patiente que si elle s'adressait à un enfant. Mais c'est une Colton…

Cela faisait plus de trente ans que Gloria travaillait pour l'entreprise, et Bowie ne pouvait lui reprocher d'avoir parfaitement intégré les valeurs de la famille Robertson. Il ne se sentait pas encore prêt à lui expliquer pourquoi le cas de Marlowe était un peu différent.

Ce n'était pas parce qu'il craignait qu'elle n'en parle à quelqu'un – Gloria était un modèle de discrétion. En revanche, il tenait à en discuter avant avec son père. La perspective de cette conversation ne le réjouissait pas outre mesure, mais il estimait préférable que le patriarche des Robertson soit informé le premier.

— Je vais la recevoir, déclara Bowie en se levant pour rejoindre Gloria.

Par-dessus l'épaule de celle-ci, il aperçut Marlowe qui était en train de quitter le bureau de son assistante.

— Attends ! s'exclama-t-il en se précipitant à sa suite.

Elle continua à avancer, visiblement vexée par l'accueil que lui avait réservé son assistante. Bowie la rattrapa et se plaça devant elle. Il était convaincu que si elle était venue jusqu'ici, elle devait avoir une raison particulièrement impérieuse. Et il espérait que ce n'était pas parce qu'elle avait été victime d'une nouvelle tentative d'assassinat.

— Marlowe, que se passe-t-il ? lui demanda-t-il, inquiet.

Il remarqua alors la grosse boîte en carton qu'elle portait.

— Ton assistante m'a quasiment jetée dehors, répondit-elle. Je pense qu'elle aurait grand besoin d'un cours de savoir-vivre.

— Elle n'a pas l'habitude de voir des Colton débouler ici sans rendez-vous, répondit-il en se forçant à adopter un ton léger. Avoue qu'il y a de quoi l'inquiéter ! Mais nous serons plus à l'aise pour parler dans mon bureau. Tu pourras m'expliquer pourquoi tu t'es aventurée derrière les lignes ennemies.

— Tu es sûre que le dragon qui en garde le seuil nous laissera passer ? ironisa-t-elle.

— Gloria ne faisait que son métier. Elle est chargée de faire écran entre moi et tous les gens qui estiment à tort ou à raison avoir besoin de me parler. Je suis sûr que ton assistante, Karen, fait exactement la même chose pour toi.

Marlowe se garda de protester.

— Suis-moi, lui dit-il.

Elle s'exécuta de mauvais gré, et ils rejoignirent le bureau de Bowie sous le regard à la fois étonné et curieux de Gloria. Une fois à l'intérieur, il prit soin de refermer la porte derrière eux.

— Je t'écoute, déclara-t-il alors en se tournant de nouveau vers Marlowe. Que s'est-il passé depuis que je t'ai déposée devant le siège de ta société ? Et pourquoi te promènes-tu avec cette boîte ?

Elle alla la poser sur sa table de travail.

— Je l'ai trouvée dans mon bureau ce matin, expliqua-t-elle. Mon assistante ne sait pas qui l'a déposée. Elle m'a dit qu'on avait dû le faire avant son arrivée à 7 heures du matin…

— Ton assistante commence à 7 heures ? s'étonna Bowie.

— Seulement parce que je lui ai explicitement demandé de ne pas venir plus tôt, répondit-elle. Je crois que là où elle habite, c'est elle qui se charge de réveiller les coqs.

Bowie ne put s'empêcher de sourire.

— La personne qui a déposé ce colis l'a donc fait en dehors des heures de travail. Comment a-t-elle fait pour entrer dans les locaux ?

— Je pense qu'il s'agit de l'un de nos employés, répondit-elle. Et c'est bien ce qui m'inquiète le plus.

— Pourquoi ? demanda Bowie, inquiet. Que contient cette fameuse boîte ?

Marlowe ouvrit le carton et en sortit un adorable ours en peluche qu'elle assit sur son bureau.

— Il est mignon, remarqua Bowie.

— C'est ce que tout le monde semble penser, répondit-elle. Ce qui est nettement moins charmant, en revanche, c'est le mot qui était accroché autour de son cou, ajouta-t-elle en lui tendant une carte de vœux.

Bowie lut le mot qui était inscrit dessus et se rembrunit aussitôt.

— Je vois ce que tu veux dire, murmura-t-il.

— Comme si ça ne suffisait pas de me faire tirer dessus par un inconnu, voilà que j'ai un admirateur psychopathe ! s'exclama-t-elle.

— Il s'agit peut-être d'une seule et même personne, remarqua Bowie.

Elle fronça les sourcils.

— S'il rêve de faire un enfant avec moi, pourquoi est-ce qu'il me tirerait dessus ?

— Il sait peut-être que nous avons eu une liaison, et ça le rend furieux. Cela expliquerait que les agressions dont j'ai fait l'objet n'aient commencé qu'après la nuit que nous avons passée ensemble…

— Tu crois que ce type est jaloux de toi ?

— Ça me paraît probable, acquiesça pensivement Bowie. Il pourrait s'agir d'un ex-petit ami ou de quelqu'un que tu as repoussé.

Marlowe secoua la tête.

— Cela fait un certain temps que je suis célibataire, répondit-elle. Et cela me convient très bien, s'empressa-t-elle d'ajouter. Cela me permet de me concentrer sur mon travail.

— Il pourrait s'agir de quelqu'un qui t'admire de loin, alors, de quelqu'un qui est trop timide pour t'aborder.

Elle haussa les épaules.

— Si tel est le cas, il y a peu de chances pour que je l'aie remarqué. Il n'y a qu'une chose dont je sois certaine.

— Quoi donc ?

— Il s'agit forcément de quelqu'un qui travaille pour Colton Oil.

— Comment peux-tu en être aussi sûre ?

— Pour plusieurs raisons. Tout d'abord, c'est là que je passe le plus clair de mon temps. Ensuite, il est au courant de ma grossesse. Or, les seules personnes à qui j'en ai parlé sont toi, mon père, mon frère et le chef Barco. Et aucun d'entre vous n'irait le clamer sur tous les toits.

— Alors comment l'a-t-il appris ?

— Parce que j'ai commis l'erreur de laisser les deux tests de grossesse positifs dans la salle de bains de mon bureau.

— Un membre de l'équipe de nettoyage aurait pu les

trouver et en parler à quelqu'un d'extérieur à l'entreprise, remarqua Bowie.

— C'est possible, en effet, quoique nettement moins probable. De toute façon, il y a un autre élément encore plus probant : l'équipe de la sécurité a regardé les bandes des caméras de surveillance pour tenter de déterminer qui avait bien pu apporter l'ours en peluche. Et ils n'ont trouvé personne. En revanche, le carton dont on s'est servi pour l'emballer provient de chez nous. Cela signifie donc que quelqu'un est venu avec l'ours en peluche – dans un sac à dos ou un sac de sport, par exemple – et qu'il l'a emballé sur place avant de le déposer dans mon bureau. C'est ce qui lui a évité de se faire remarquer…

— Ça ne me dit vraiment rien qui vaille, murmura Bowie, troublé. Si ce type travaille vraiment chez Colton Oil, cela signifie qu'il peut avoir accès à toi à n'importe quel moment…

— Et me livrer un autre ours ? À moins qu'il n'opte pour une poupée, la prochaine fois, au cas où nous aurions une fille.

— Je ne plaisante pas, Marlowe, protesta Bowie. Ce type ne se contentera peut-être pas de t'envoyer des peluches, la prochaine fois. Il pourrait décider de s'en prendre à toi physiquement.

— Si ce que nous pensons est vrai, c'est de toi qu'il est jaloux, lui rappela-t-elle. D'ailleurs, c'est sur toi qu'il a tiré.

— Peut-être. Mais tu as lu ce qu'il a écrit : « Si seulement c'était le mien… » ? Combien de temps crois-tu qu'il s'écoulera avant qu'il passe des regrets à la rancœur ? Il pourrait ne pas supporter que tu portes l'enfant d'un autre homme que lui…

Marlowe ne parvint pas à réprimer le frisson qui la parcourut. Bowie s'en voulut un peu de lui faire peur de cette façon, mais il ne voulait pas qu'elle prenne la situation à la légère. Son instinct lui soufflait qu'ils avaient affaire à un déséquilibré.

— Je vais engager un garde du corps qui veillera sur toi, déclara-t-il.

— C'est absurde, protesta-t-elle. Je ne veux pas d'un type qui sera toujours dans mes pattes. Sans parler du fait que ce ne sera pas très discret… Si les membres de ma famille comprennent que je suis menacée, cela risque de compliquer encore plus la situation entre nous.

— Nous n'en sommes plus à ça près, objecta Bowie. L'essentiel, c'est que tu sois en sécurité.

— Écoute, même si je voulais un garde du corps, je serais tout à fait capable de le payer moi-même.

— Mais tu ne le feras pas, justement ! s'exclama Bowie, agacé par son entêtement. Écoute, reprit-il d'un ton plus conciliant, que tu le veuilles ou non, je vais engager quelqu'un pour vous protéger, notre enfant et toi. Alors autant économiser ta salive et t'y résigner tout de suite. Je refuse de me retrouver un jour en position de regretter de ne pas avoir embauché quelqu'un qui aurait pu vous sauver la vie à tous les deux.

— Tu ne crois pas que tu es un peu mélodramatique ?

— Pas si je considère la balle qui s'est plantée dans ton tapis, avant-hier. Ou celle qui a blessé mon garde du corps, il y a quelques jours. Cette menace n'est pas une simple vue de l'esprit, Marlowe. C'est une réalité bien tangible.

— Je ne tiens pas à ce que quelqu'un qui travaille pour Robertson Energy espionne le moindre de mes faits et gestes, objecta-t-elle.

— Le garde du corps que je compte engager ne travaille pas pour mon entreprise. Et son contrat comporte une clause de confidentialité très stricte. Il ne sera là que pour une seule raison : veiller sur toi.

— Tu m'en donnes ta parole ? lui demanda-t-elle.

Bowie la considéra avec une pointe d'étonnement. Il n'aurait pas imaginé qu'elle puisse attacher de la valeur à une simple promesse de sa part.

— Est-ce que cela changerait quelque chose ? lui demanda-t-il gravement.

— Oui, répondit-elle en le regardant droit dans les yeux. Tu m'as dit que tu étais fidèle à ta parole et, pour le moment, tu ne m'as donné aucune raison d'en douter.

Bowie s'abstint prudemment de réagir à cet aveu, mais il se réjouit secrètement de ce succès tout relatif. Les efforts qu'il avait déployés pour tenter de gagner la confiance de Marlowe semblaient enfin porter leurs fruits.

À cet instant précis, le téléphone portable de Marlowe fit entendre une série de bips caractéristiques qui indiquaient l'arrivée d'un SMS. Elle jeta un coup d'œil à l'écran et constata qu'il émanait de Callum.

Marl, je compte me rendre à l'hôpital de Mustang Valley pour essayer de comprendre comment Ace et notre frère biologique ont pu être échangés juste après leur naissance. Ça te dirait de venir avec moi ? Nous pourrions jeter un coup d'œil aux archives. Des bises.

— Encore de mauvaises nouvelles ? s'enquit Bowie.

Elle releva les yeux, se rappelant qu'elle ne lui avait pas parlé des résultats du test ADN et des conséquences qu'ils avaient eues sur le conseil d'administration. Mais cela devrait attendre.

Pour le moment, elle ne se sentait pas vraiment d'humeur à répondre à toutes les questions qu'il ne manquerait pas de lui poser à ce sujet.

— Non, éluda-t-elle. Au contraire, même, avec un peu de chance, il pourrait s'agir de nouvelles encourageantes…

Elle haussa les épaules.

— Je vais devoir te laisser, déclara-t-elle. Il faut que j'aille retrouver l'un de mes frères.

— D'accord, acquiesça Bowie. Appelle-moi si tu as du nouveau au sujet de ton admirateur, d'accord ?

— Bien sûr, répondit-elle en se dirigeant vers la porte. Au fait, ajouta-t-elle en s'arrêtant brusquement, au sujet de ce garde du corps ?

Il lui jeta un regard méfiant, la soupçonnant probablement d'avoir changé d'avis.

— Merci, lui dit-elle en souriant. De la part du bébé et de moi-même.

Elle le vit se détendre, et il lui décocha un sourire.

— Il n'y a pas de quoi.

Elle se sentait vraiment touchée par l'insistance dont il avait fait preuve à ce sujet. Et elle ne pouvait s'empêcher de la comparer à l'absence de réaction de son propre père qui savait pourtant que quelqu'un lui avait tiré dessus.

Payne Colton ne lui avait proposé aucune forme de protection. Il ne l'avait même pas interrogée sur les raisons pour lesquelles on les avait attaqués, Bowie et elle. L'inquiétude dont il avait fait preuve initialement semblait avoir été instantanément balayée lorsqu'il avait découvert qu'elle était sortie avec le fils de son vieil adversaire.

Le contraste avec Bowie était frappant. En dépit des nombreuses fins de non-recevoir qu'elle lui avait opposées, il s'était entêté à la protéger – personnellement, tout d'abord, puis par l'entremise d'un garde du corps.

S'il n'était pas prêt à sortir avec elle, comme il le lui avait clairement fait comprendre lorsqu'ils étaient dans les montagnes, il était évident qu'à sa façon il tenait à elle. Et c'était une sensation nouvelle pour elle. Elle n'avait pas l'habitude que l'on prenne soin d'elle de cette façon.

— Préviens-moi juste quand ton garde du corps prendra ses fonctions. Sinon, il risque de se faire arrêter par la sécurité de Colton Oil.

— Ne t'en fais pas, je ferai des présentations officielles.

Elle hocha la tête et se remit en marche vers la porte.

— Tu oublies ton ours, remarqua Bowie.

Marlowe secoua la tête.

— Ce n'est pas un oubli, c'est un cadeau, répondit-elle. Il te tiendra compagnie.

Sur ce, elle quitta son bureau.

12

L'hôpital de Mustang Valley était un imposant bâtiment de brique de quatre étages. Construit en 1925, il avait connu de nombreux aménagements au fil des décennies. Mais au cours des quinze dernières années, il avait été totalement rénové jusqu'à devenir l'un des établissements les plus en pointe de l'État.

Cette modernisation avait été en grande partie financée par Colton Oil. Marlowe et Callum avaient donc bon espoir d'y être bien reçus. Malheureusement, cela ne signifiait pas pour autant qu'on les laisserait compulser les archives.

Ils étaient cependant bien décidés à faire tout ce qui serait en leur pouvoir pour découvrir ce qui avait bien pu arriver à Ace et à leur mystérieux frère biologique.

— J'espère que nous ne perdons pas notre temps, soupira Callum tandis qu'ils remontaient en voiture l'allée qui traversait le parc entourant l'hôpital.

— Ne sois pas si pessimiste, répondit Marlowe. Tu as bien fait de nous amener ici. Si nous voulons comprendre ce qui s'est passé au moment de la naissance d'Ace, c'est le seul endroit où nous ayons une chance de trouver des réponses.

— Sauf qu'Ace n'est pas vraiment son nom, remarqua Callum. Pas celui que lui auraient donné ses véritables parents, en tout cas.

— C'est absurde, répliqua vivement Marlowe. Depuis qu'il est né, on l'appelle Ace. Il a grandi au sein de notre famille. Il s'est toujours vu comme notre grand frère. Il s'est construit comme un Colton de Mustang Valley. C'est ce qui fonde sa personnalité. La génétique n'a rien à voir là-dedans.

— Tu prêches un converti. Mais ce n'est pas la façon dont papa voit les choses.

— Dans ce cas, nous le convaincrons qu'il se trompe, déclara Marlowe avec plus d'assurance qu'elle n'en éprouvait réellement. Après tout, nous serons à deux contre un…

— Même si tous nos frères et sœur faisaient bloc avec nous et que nous nous retrouvions à cinq contre un, je ne suis pas sûr que papa s'avouerait vaincu.

— Tu n'as peut-être pas tort, concéda Marlowe à regret.

Callum trouva une place sur l'immense parking de l'hôpital, et tous deux descendirent de voiture pour se diriger vers l'entrée. Les portes automatiques s'ouvrirent pour les laisser passer. Marlowe avisa aussitôt la secrétaire qui se trouvait derrière le bureau de l'accueil.

— À toi de jouer, dit-elle en décochant un coup de coude à Callum. Il est temps de faire jouer ton charme légendaire pour soutirer à cette charmante jeune femme les informations dont nous avons besoin.

Callum leva les yeux au ciel.

— Tu es vraiment incorrigible, lui dit-il en se dirigeant néanmoins vers le comptoir.

Là, il s'éclaircit la voix.

— Excusez-moi…

— Un instant, je vous prie, l'interrompit la jeune femme sans lever les yeux de l'écran de son ordinateur.

Son badge l'identifiait comme étant Irene Ryan. C'était une jolie brunette d'apparence très sage. Callum attendit patiemment qu'elle ait terminé de saisir le formulaire qu'elle était en train de remplir. Lorsqu'elle releva enfin la tête et qu'elle le vit, elle rougit légèrement et lui décocha un sourire un peu intimidé.

Ce n'était pas la première fois que Marlowe constatait le pouvoir de séduction dont jouissait son frère, et le phénomène l'amusait toujours autant.

— Que puis-je faire pour vous, monsieur ? demanda Irene.

— Cela risque de vous sembler un peu étrange, commença Callum en s'accoudant nonchalamment au comptoir. Mais nous cherchons des informations concernant une naissance qui a eu lieu dans cet hôpital, il y a quarante ans de cela. C'était très précisément le jour de Noël.

Le sourire de la jeune femme disparut, remplacé par un mélange de confusion et de suspicion.

— C'est une plaisanterie ? demanda-t-elle.

— Pas du tout, je vous assure, répondit Callum.

Irene le considéra attentivement avant de secouer la tête.

— C'était bien avant que les procédures hospitalières soient informatisées, déclara-t-elle. Je n'aurai donc pas accès aux données que vous recherchez. Nous avons bien des archives papier au sous-sol, mais elles ne sont pas accessibles au grand public, j'en ai peur.

— Est-ce que vous ne pourriez pas faire une exception ? demanda Marlowe d'un ton conciliant.

— J'ai bien peur que non, répondit Irene. C'est une question de secret médical.

— Mademoiselle Ryan, insista Callum, cela concerne notre frère, Ace Colton.

— Colton ? répéta Irene en jetant furtivement un coup d'œil à la plaque qui était apposée sur le mur opposé et célébrait les généreuses donations faites à l'hôpital par leur famille au fil des années.

— Je m'aperçois d'ailleurs que j'ai oublié de me présenter, remarqua Callum auquel ce bref regard n'avait pas échappé. Je suis Callum Colton, et voici ma sœur, Marlowe Colton.

Irene paraissait nettement moins sûre d'elle, à présent. Elle devait avoir conscience de l'influence qu'exerçaient les Colton auprès de la direction de l'hôpital.

— Je crois que je devrais en référer à ma supérieure, déclara-t-elle en se levant. Si vous voulez bien attendre quelques instants, je reviens tout de suite.

Elle quitta le comptoir et se dirigea à grands pas vers le couloir qui desservait l'aile administrative de l'hôpital.

— Tu vois, dit Marlowe avec un sourire, je savais bien que ta jolie frimousse nous permettrait d'obtenir des réponses.

— Au risque de te décevoir, j'ai plutôt l'impression que c'est notre nom de famille et plus précisément la réputation de notre père qui nous ont servi de sésame.

— Tant que cela nous permet de découvrir ce qui est arrivé à Ace, cela n'a pas d'importance, déclara Marlowe en croisant les doigts.

Elle savait pourtant que, même s'ils étaient autorisés à consulter les archives, leurs chances d'obtenir des réponses étaient relativement limitées. Il y avait peu de probabilités pour que l'échange des bébés soit attesté par des documents officiels – dans ce cas, l'hôpital aurait probablement remédié à la situation des années auparavant.

Tout ce qu'ils pouvaient espérer trouver, c'était une liste des enfants nés à Noël, quarante ans auparavant. Cela leur permettrait de disposer d'une liste de parents qu'il leur faudrait ensuite contacter un à un. Ce serait une tâche longue et délicate.

— Nous n'allons pas tarder à être fixés, remarqua Callum en désignant Irene qui revenait vers eux.

— Anne Sewall va vous recevoir, leur dit-elle. C'est l'une des administratrices de l'hôpital. Son bureau est au fond de ce couloir, ajouta-t-elle en leur indiquant la direction.

— Merci beaucoup, mademoiselle, répondit Callum de sa voix la plus cordiale.

— Déjà un obstacle de franchi, commenta Marlowe à mi-voix tandis que tous deux se dirigeaient vers le bureau de l'administratrice.

Anne Sewall était une femme d'une soixantaine d'années.

Grande et maigre, les cheveux blonds coupés au carré, elle portait des lunettes cerclées d'écaille qui soulignaient de grands yeux bruns constamment effarouchés.

En les voyant entrer dans son bureau, elle se leva et s'avança à leur rencontre pour leur serrer la main.

— Mademoiselle Colton, monsieur Colton, les salua-t-elle avec révérence, c'est un honneur de vous recevoir. Je vous en prie, asseyez-vous, ajouta-t-elle en désignant les sièges qui faisaient face à son bureau.

Callum et Marlowe s'y assirent, et Anne Sewall alla reprendre sa place. Elle se tenait perchée sur le bord de sa chaise, comme un oiseau inquiet, prêt à s'envoler à la moindre provocation. Ses yeux passaient nerveusement de l'un de ses visiteurs à l'autre comme si elle ne savait pas trop auquel des deux elle devait s'adresser.

— Que puis-je faire pour vous ? leur demanda-t-elle enfin.

Callum prit l'initiative.

— Nous aurions besoin de consulter vos archives, madame Sewall, lui dit-il. Plus spécifiquement, nous sommes intéressés par les naissances qui se sont produites aux environs de Noël, il y a quarante ans de cela.

L'administratrice les considéra avec une pointe de stupeur.

— Il y a quarante ans ? répéta-t-elle.

— Précisément, acquiesça Callum.

— Puis-je vous demander pourquoi ?

— Nous préférerions ne pas rentrer dans les détails pour l'instant, madame Sewall, intervint Marlowe. Mais cela concerne notre frère aîné, Ace Colton. Il est né ici même, le jour de Noël.

Anne Sewall laissa échapper un soupir.

— J'ai bien peur que vous ne puissiez accéder à ces archives, leur dit-elle.

— Nous avons bien conscience de l'importance du secret médical, lui assura Marlowe. Mais il s'agit de notre frère.

— Le problème, c'est que les archives en question n'existent plus.

— La jeune femme qui se trouve à l'entrée nous a affirmé que vous les conserviez au sous-sol, objecta Callum.

— C'est le cas. Mais les archives concernant cette période précise ont disparu.

Marlowe et Callum la considérèrent avec stupeur.

— Voyez-vous, reprit l'administratrice, il y a eu un incendie, ce Noël-là. Il a détruit les dossiers des enfants nés au cours des jours précédents ainsi que les informations concernant le personnel qui était de service à ce moment-là. Le bureau des infirmières du service maternité a été entièrement dévasté par ce sinistre. Heureusement, il a pu être contenu avant de faire plus de dégâts.

Marlowe et Callum échangèrent un regard suspicieux. Tous deux étaient convaincus que cet incendie ne pouvait être une simple coïncidence.

— Il ne reste vraiment plus rien ? demanda Marlowe.

— Malheureusement non, reprit Anne Sewall, les dossiers de nos patients n'étaient pas encore numérisés, à l'époque, et nous n'avons donc plus la moindre trace de ce qui s'est passé dans le service. Je suis vraiment désolée.

La déception qu'éprouvait Marlowe en cet instant était immense. Elle avait vraiment espéré que cette visite leur fournirait un début de piste qui leur permettrait de remonter jusqu'à leur mystérieux frère biologique.

— Je vous remercie pour votre aide, déclara alors Callum d'une voix qui trahissait une déception comparable à la sienne.

Il sortit de son portefeuille une carte de visite qu'il posa sur le bureau de l'administratrice.

— Si quoi que ce soit vous revient en mémoire au sujet de cet incendie, n'hésitez surtout pas à m'appeler.

— Je n'y manquerai pas, leur assura Anne Sewall.

Callum se leva, imité par Marlowe. Ils prirent congé

d'Anne Sewall qui paraissait navrée de n'avoir pas pu leur rendre service.

Quittant l'hôpital, ils retournèrent à leur voiture.

— Je ne crois pas un seul instant qu'il puisse s'agir d'une coïncidence, déclara Callum lorsqu'il eut pris place au volant.

— Moi non plus, ajouta Marlowe. Un incendie qui se déclenche comme par hasard juste après que deux bébés ont été échangés ? À mon avis, celui qui a procédé à l'échange a ensuite mis le feu pour détruire toutes les preuves de ce qui s'était passé.

— Je suis d'accord, acquiesça Callum. Malheureusement, ça n'a que trop bien fonctionné. Et nous nous retrouvons dans une impasse.

— Disons que cela va nous compliquer la tâche, précisa Marlowe. Mais nous pouvons continuer à explorer cette voie. Nous devons trouver qui travaillait à l'hôpital, à cette époque, et interroger ces personnes une à une. Avec un peu de chance, l'une d'elle se souviendra d'avoir vu ou entendu quelque chose.

— Ce ne sera pas évident, remarqua Callum.

— Peut-être pas, concéda-t-elle. Mais ça vaut le coup d'essayer. En attendant, je pense que je devrais convoquer une nouvelle réunion du conseil d'administration pour expliquer ce que nous venons de découvrir.

— Je suis d'accord, approuva Callum. Et plus nous serons nombreux à interroger les médecins et les infirmières qui travaillaient à la maternité, plus nous irons vite.

— Impliquer les autres prouvera aussi à Ace que tout le monde se soucie de son sort, opina Marlowe. Cela l'aidera peut-être à surmonter cette épreuve.

— À propos d'épreuve, comment te sens-tu ? lui demanda Callum.

Elle lui lança un regard interrogateur, et il haussa les épaules.

— Tu es enceinte, lui rappela-t-il, visiblement embarrassé.

— Ce n'est pas grave, tu sais, lui dit-elle en riant. Pas besoin de marcher sur des œufs. Je vais bien.

— Tu es sûre ? Tu as l'air un peu pâle…

— Ce n'est rien, le rassura-t-elle. Juste quelques nausées.

— Je croyais que ça arrivait uniquement le matin.

— Moi aussi, acquiesça-t-elle avec un sourire ironique. C'est sans doute de la propagande pour ne pas décourager les futures mamans.

— Qu'en pense ton médecin ?

Marlowe détourna les yeux.

— Ne me dis pas que tu n'es pas allée consulter un obstétricien ! s'exclama son frère qui la connaissait trop bien pour se laisser abuser. Qu'est-ce que tu attends pour prendre rendez-vous ?

— Au cas où tu ne l'aurais pas remarqué, j'ai été un peu occupée, ces derniers jours. J'ai découvert que mon frère n'était pas mon frère, je me suis fait tirer dessus dans mon appartement, je me suis cachée dans les montagnes et je suis allée enquêter à l'hôpital… Cela ne m'a pas laissé beaucoup de temps pour aller consulter un médecin.

— J'espère qu'au moins tu as pris rendez-vous.

— Je vais le faire, lui assura-t-elle sans grande conviction.

— Marlowe, c'est sérieux. Il faut que tu ailles voir un médecin. Il vérifiera que tout va bien, te conseillera des compléments alimentaires et te prescrira peut-être quelque chose pour calmer tes nausées…

— Depuis quand es-tu un spécialiste de la grossesse, toi aussi ? répliqua-t-elle avec une pointe d'agacement.

— Je ne le suis pas. Et toi non plus. C'est justement pour cela que tu dois consulter.

— D'accord, soupira-t-elle, vaincue. Je vais prendre rendez-vous.

— Je te préviens : si tu ne le fais pas, je te traînerai là-bas de force, la menaça Callum.

— Tu ferais mieux de te trouver une petite amie que tu

pourras embêter ! s'exclama-t-elle. Tu me laisseras peut-être tranquille ensuite…

— Peut-être, répliqua son frère, goguenard. Mais en attendant tu vas devoir continuer à me supporter.

13

Sur le chemin de retour de l'hôpital, Marlowe envoya des messages aux quatre autres membres du conseil d'administration. Elle se garda de contacter Ace, en revanche. Payne lui avait en effet ordonné de prendre ses distances vis-à-vis du conseil. Et bien qu'elle désapprouvât cette décision, le moment paraissait mal choisi pour contrevenir aux instructions de son père qui se trouvait être aussi le P-DG de l'entreprise.

— J'ai bien peur que cette réunion ne doive être remise à plus tard, soupira-t-elle après avoir reçu trois réponses négatives.

— Qui s'est désisté ?

— Papa, Rafe et Ainsley sont tous les trois pris jusqu'à ce soir.

— Et Selina ?

Marlowe haussa les épaules.

— Elle peut se libérer, mais je ne vois pas l'intérêt de nous entretenir uniquement avec elle. Il est évident qu'elle ne lèvera pas le petit doigt pour nous aider. Je suis certaine qu'elle est secrètement ravie de ce qui est arrivé à Ace.

— Tu ne crois pas que tu exagères ? demanda Callum. Selina est actionnaire et salariée de Colton Oil. Elle a beaucoup à perdre, dans cette histoire, elle aussi.

— Je le sais bien, soupira Marlowe. Mais je ne peux pas m'empêcher de croire que d'une façon ou d'une autre elle est mêlée à cette histoire.

— Tu ne penses tout de même pas que c'est elle qui a envoyé le mail anonyme ? s'exclama Callum.

— Non, peut-être pas…

Marlowe haussa les épaules.

— Je ne sais pas, soupira-t-elle. J'ai peut-être trop de préjugés à son endroit. Quoi qu'il en soit, je pense que nous devrions essayer de trouver une autre date pour réunir le conseil d'administration.

Elle jeta un coup d'œil à l'agenda de son téléphone.

— Demain, 10 heures, est-ce que cela te conviendrait ? demanda-t-elle à Callum.

Il consulta son portable avant de hocher la tête.

— Ça me va.

— Je vais leur proposer ce créneau et je te tiendrai au courant dès que j'aurais des réponses…

Marlowe s'interrompit en voyant s'afficher une notification de message. Elle le consulta au cas où l'un des membres du conseil d'administration serait parvenu à se libérer. Mais le SMS émanait de Bowie.

Rappelle-moi dès que tu seras disponible.

— Du nouveau ? lui demanda Callum.

— Ça n'a pas de rapport avec le conseil, répondit-elle.

— C'est Robertson ?

Elle le considéra avec étonnement.

— Depuis quand lis-tu dans les pensées des gens ? lui demanda-t-elle.

Il éclata de rire.

— Pas besoin d'être télépathe pour ça, répondit-il. Il suffisait de regarder ton visage. À ce propos, je te déconseille fortement de te mettre au poker…

— Et peut-on savoir quelle tête je faisais ?

Callum sembla chercher ses mots.

— Tu rayonnais, déclara-t-il enfin.

Marlowe secoua la tête.

— Tu te fais des idées, lui assura-t-elle.

— Je te rappelle que tu parles à ton frère jumeau : je te connais presque aussi bien que moi-même. Et je vois bien que tu en pinces pour lui.

Marlowe savait qu'elle se trouvait en terrain miné. Callum la connaissait trop bien pour se laisser abuser par de simples dénégations. D'un autre côté, elle-même n'était plus vraiment sûre de la nature des sentiments qu'elle éprouvait pour Bowie.

Dans le doute, elle opta pour la vérité.

— C'est plus compliqué que cela, lui expliqua-t-elle. J'ignore ce que j'éprouve exactement pour lui. Et je ne sais pas non plus ce que lui ressent pour moi. Quand je le saurai, je te promets que tu seras le premier au courant. Mais d'ici là, je préférerais ne pas épiloguer sur le sujet.

— Je comprends, acquiesça gravement son frère. Mais tâche de trouver rapidement les réponses à tes questions – pour ton bien.

— Je t'ai entendue, ô Source inépuisable de sagesse ! ironisa-t-elle. Et je te promets de faire tout mon possible.

Tout en devisant, ils étaient parvenus devant le siège de Colton Oil. Callum s'arrêta devant la porte, et elle se pencha pour l'embrasser sur la joue.

— Je ferais mieux de rappeler Bowie pour savoir ce qu'il me veut, dit-elle. Comme ça, je serai peut-être fixée…

— À mon avis, ce qu'il veut, c'est toi, répondit Callum en riant.

Marlowe s'abstint sagement de répondre et descendit de voiture. Elle n'aurait su dire si elle préférait que Callum se trompe ou, au contraire, qu'il ait raison.

À vrai dire, ces deux éventualités lui paraissaient tout aussi inquiétantes l'une que l'autre. Mais elle savait que son frère avait raison : tôt ou tard, il faudrait qu'elle affronte la réalité de ses sentiments pour Bowie.

À grands pas, elle rejoignit l'ascenseur. Quelques minutes plus tard, elle se laissa tomber sur sa chaise de bureau et ressortit son téléphone pour répondre au texto de Bowie :

Je suis de retour à mon bureau. Que voulais-tu me dire ?

Elle envoya le message et, quelques instants plus tard, son téléphone se mit à sonner.

— Est-ce que tu es disponible dans l'heure qui vient ? lui demanda Bowie sans autre forme de préambule.

— Ça dépend, répondit-elle prudemment. Pour quoi faire ?

— Il faut que je te voie…

Bowie marqua une pause, s'apercevant probablement que sa phrase pouvait prêter à confusion.

— J'ai quelqu'un à te présenter, ajouta-t-il.

Marlowe réprima un soupir. Elle ne se sentait vraiment pas d'humeur sociable.

— Ce n'est pas le moment idéal, répondit-elle.

— Si je t'écoutais, ce ne serait jamais le moment idéal pour rien, l'interrompit-il. Ne bouge pas, je serai là d'ici une vingtaine de minutes.

Marlowe n'aimait pas se voir donner des ordres. Étant enfant, elle s'était montrée particulièrement rétive à toute forme d'autorité. Et les années n'avaient fait que renforcer ce trait de caractère.

— Écoute, je…

— … suis parfaitement capable de tenir en place, l'espace de vingt minutes, la coupa-t-il de nouveau.

Sur ce, il raccrocha. Furieuse, Marlowe foudroya du regard son téléphone qui n'y était pourtant pour rien. L'espace de quelques instants, elle fut tentée d'envoyer l'appareil voler à travers la pièce.

Elle estima finalement que, ce faisant, elle se punirait elle-même, et décida donc d'attendre Bowie pour lui dire les yeux dans les yeux ce qu'elle pensait de son attitude.

Marlowe n'eut pas longtemps à attendre : moins d'un quart d'heure plus tard, Karen entrouvrit la porte de son bureau pour lui annoncer que Bowie Robertson demandait à la voir.

— Laissez-le entrer, répondit Marlowe en posant le dossier qu'elle était en train de parcourir.

Quelques instants plus tard, Bowie entra, suivi de près par l'homme le plus grand et le plus massif qu'il lui eût jamais été donné de voir. Le blazer qu'il portait soulignait sa carrure de catcheur. Dessous, il arborait un pull-over gris à col roulé à la fois décontracté et élégant.

— Marlowe, je te présente Wallace Bigelow, déclara Bowie, répondant ainsi à la question qu'elle se posait. C'est ton nouveau garde du corps.

Elle le considéra avec une pointe de stupeur, ne s'étant pas attendue qu'il recrute quelqu'un aussi rapidement.

— Tu étais d'accord, lui rappela-t-il.

— Oui, reconnut-elle sans grande conviction. Mais je ne pensais pas…

Elle haussa les épaules.

— Que je l'embaucherais aussi vite ? Alors que c'est ta vie qui est en jeu ?

— Tu aurais quand même pu me prévenir, lui dit-elle.

— Pour que tu trouves une nouvelle échappatoire ? ironisa-t-il avant de se tourner vers le garde du corps. Bigelow, je vous présente Marlowe Colton, votre nouvelle protégée. Je veux que vous veilliez à ce qu'il ne lui arrive rien.

— Vous pouvez compter sur moi, monsieur Robertson, déclara Bigelow dont la voix grave et puissante était au diapason de la carrure athlétique.

— Je ne suis pas sûre que ce soit une bonne idée, objecta Marlowe.

— Tu as déjà oublié la balle qui nous a manqués de peu ? Ou l'ours en peluche avec son charmant petit mot ?

Marlowe se mordilla nerveusement la lèvre inférieure. Certes, elle avait accepté la proposition de Bowie. Elle était même convaincue qu'il s'agissait d'une idée judicieuse. Mais jusqu'alors la perspective d'avoir un garde du corps lui était apparue de façon relativement abstraite.

Or, elle prenait brusquement conscience de ce que cela signifierait concrètement : cette montagne de muscles la suivrait partout où elle irait.

— D'accord, concéda-t-elle, tu as raison : il se peut que je sois en danger et que j'aie besoin d'un garde du corps. Mais je préférerais quelqu'un de plus... discret... Je n'ai rien contre vous, ajouta-t-elle à l'intention de Bigelow. C'est juste que vous êtes vraiment très... imposant...

Bigelow lui décocha un sourire affable.

— C'est ce que l'on me dit souvent, madame, répondit-il avec une pointe de malice dans le regard. L'avantage, c'est que c'est assez dissuasif : les gens y regardent à deux fois avant de s'attaquer à mes clients. Mais ne vous en faites pas : je sais aussi me faire très discret. Vous ne saurez même pas que je suis là.

— Très franchement, j'en doute, répondit Marlowe.

— Wallace m'a été chaudement recommandé par un ami pour qui il a travaillé, déclara Bowie. Avec lui, tu ne risqueras rien.

Marlowe hésita longuement. Bigelow était peut-être un colosse que ne manqueraient pas de remarquer ses collaborateurs et sa famille, mais il lui faisait plutôt bonne impression. De plus, même quelqu'un de plus discret ne le serait probablement pas assez pour passer totalement inaperçu.

— Je ne veux pas qu'il t'arrive quoi que ce soit, insista Bowie, percevant son incertitude. Si tu étais blessée à cause de ce type, je ne me le pardonnerais jamais.

Son ton pressant et l'inquiétude qui se lisait dans ses yeux eurent raison des dernières hésitations de Marlowe. Une fois de plus, elle se sentit touchée par la façon dont il paraissait décidé à prendre soin d'elle. C'était peut-être uniquement parce qu'elle était la mère de son enfant, mais elle n'avait pas l'habitude d'être choyée de cette façon.

Un accès de mélancolie aussi brusque qu'inattendu l'envahit alors. Elle regretta soudain que tous deux ne se soient pas rencontrés dans des circonstances différentes. S'il n'avait pas existé cette violente opposition entre leurs deux familles, peut-être aurait-elle pu laisser libre cours aux sentiments que lui inspirait Bowie…

Prenant conscience de la tournure que prenaient ses pensées, Marlowe se morigéna intérieurement. Elle ne pouvait se laisser aller à de telles rêveries – cela ne pouvait se terminer que par de la déception et de l'amertume.

— Que se passe-t-il ? lui demanda Bowie, inquiet. Tu faisais une drôle de tête.

Elle haussa les épaules avec une légèreté feinte.

— Ce n'est rien, lui assura-t-elle. Juste une idée qui m'est venue… Mais pour en revenir à vous, monsieur Bigelow…

— Vous pouvez m'appeler Wallace, madame.

— Seulement si vous arrêtez de m'appeler madame, répondit-elle.

— D'accord, mademoiselle Colton, répondit Wallace en esquissant l'ombre d'un sourire.

Marlowe leva les yeux au ciel.

— Quoi qu'il en soit, reprit-elle, j'aimerais que nous établissions quelques règles : tout d'abord, il y a certaines zones de l'entreprise auxquelles vous ne pourrez pas accéder.

— Nous en avons déjà parlé, remarqua Bowie. Wallace n'est pas un espion. Il ne me servirait d'ailleurs pas à grand-chose de vous espionner. Je te rappelle que votre entreprise et la mienne n'exploitent pas vraiment le même type d'énergies…

— Je ne risque pas de l'oublier, répondit-elle d'un ton légèrement sarcastique. Si nous n'en avions pas parlé pendant toute une soirée, nous n'en serions pas là aujourd'hui.

Un sourire malicieux se dessina sur les lèvres de Bowie.

— Une partie de la soirée, du moins, la reprit-il. Quoi qu'il en soit, Wallace sera tenu par le contrat de confidentialité qu'il a signé et dont je t'ai apporté un double.

Bowie posa sur son bureau le dossier qu'il tenait à la main, et Marlowe l'ouvrit pour parcourir le contrat en question.

— Vingt-quatre heures sur vingt-quatre ! s'exclama-t-elle au bout de quelques instants. C'est une blague ?

Bowie et Wallace la considérèrent d'un air interrogatif.

— Je pensais que cette surveillance se limiterait à mes heures de bureau, expliqua-t-elle.

— Parce que tu crois réellement que le type qui a jeté son dévolu sur toi arrêtera de te harceler durant ton temps libre ? objecta Bowie.

— Non, bien sûr… Mais la maison familiale est sécurisée. Nous avons des alarmes et des caméras de surveillance.

— C'est une bonne chose, déclara Wallace. Mais si cela ne vous ennuie pas, mademoiselle Col… Marlowe, je préférerais tout de même être sur place. Il serait un peu absurde de ne vous protéger qu'à temps partiel, vous ne croyez pas ?

Marlowe se mordilla la lèvre, consciente de la justesse de cette objection, mais peu désireuse de passer la totalité de son temps en compagnie d'un homme qui était pour elle un parfait inconnu.

— Cela ne durera que jusqu'à ce que Barco et ses hommes aient attrapé ce type, ajouta Bowie.

Marlowe fronça les sourcils.

— Je devrais peut-être lui parler de cet ours, remarqua-t-elle.

— J'ai pris la liberté de le faire, lui dit Bowie. Et je lui ai fait comprendre que nous comptions sur lui pour identifier rapidement le responsable.

— Cela risque de lui prendre un certain temps. À ce stade, nous n'avons pas le moindre indice sur son identité.

— Nous savons déjà qu'il travaille probablement pour Colton Oil, remarqua Bowie. Cela réduit considérablement le champ des possibles.

Marlowe ne put réprimer un frisson à l'idée qu'elle croisait peut-être cet homme tous les jours sans se douter de rien.

— D'accord, soupira-t-elle, vaincue. Wallace, à compter de cet instant, vous êtes officiellement mon garde du corps.

— Parfait ! s'exclama Bowie. Je vais vous laisser faire plus ample connaissance et je vous appellerai tous les deux ce soir pour savoir comment s'est passée cette première journée.

14

Quelques minutes à peine après le départ de Bowie, la porte de Marlowe s'ouvrit, laissant apparaître Selina, suivie de près par Karen qui paraissait mortifiée.

— Je suis désolée, s'excusa la jeune femme. Elle ne m'a pas laissé le temps de vous prévenir…

— Je ne voyais pas l'intérêt de perdre un temps précieux, déclara Selina en toisant Karen d'un air presque méprisant. Je vous rappelle que je fais partie du conseil d'administration de cette entreprise, ce qui me donne le droit de voir qui je veux, quand je le veux sans avoir à en référer à une simple assistante…

Marlowe serra les dents. Ce n'était pas la première fois qu'elle remarquait cette tendance que Selina avait à prendre de haut les employés qu'elle considérait comme subalternes. Mais cette attitude lui déplaisait toujours autant.

— Selina, je te prierais de ne pas parler à mon assistante de cette façon, dit-elle d'une voix glaciale. Karen ne faisait que son travail. Mais puisque tu es ici, peux-tu me dire ce qui t'a poussée à faire irruption dans mon bureau sans frapper et sans te faire annoncer ?

Selina ne répondit pas, observant avec une curiosité non dissimulée Wallace Bigelow qui avait pris place sur le canapé.

— Il ne me semble pas vous connaître, lui dit-elle avant de se tourner vers Marlowe d'un ait moqueur. Tu ne trouves pas qu'il est un peu grand pour toi ? lui demanda-t-elle. Est-ce que tu l'as déjà présenté à ton père ?

Marlowe s'abstint de répondre. Peu lui importait ce que pouvait bien penser Selina. Elle avait juste hâte que son ex-belle-mère lui dise ce qu'elle avait à lui dire avant de débarrasser le plancher.

— J'en doute, poursuivit Selina. Ton père ne s'est jamais vraiment intéressé à la vie personnelle de ses enfants. Tant que votre conduite ne va pas à l'encontre des intérêts de la société, il se moque bien de ce que vous pouvez devenir…

La remarque était d'autant plus cruelle qu'elle n'était pas dépourvue d'un fond de vérité. Mais Marlowe n'avait aucunement l'intention de céder aux provocations de Selina.

— En tout cas, reprit celle-ci à l'intention de Wallace, si vous espérez avoir décroché le gros lot en sortant avec la fille du patron de Colton Oil, vous risquez d'être déçu. Marlowe n'est pas du genre à s'attacher…

— Ce que je peux bien faire de ma vie privée et avec qui je le fais ne te concerne pas, déclara Marlowe avec une pointe d'agacement dans la voix. Mais si cela t'intéresse tant que cela, sache que Wallace Bigelow, ici présent, n'est pas mon amant mais mon garde du corps.

Selina lui lança un regard amusé.

— Un garde du corps, vraiment ? ironisa-t-elle. Est-ce ainsi que l'on dit, de nos jours ?

Elle se tourna de nouveau vers Wallace et le jaugea plus attentivement.

— Eh bien, si vous voulez garder mon corps, à vos moments perdus, n'hésitez surtout pas. Qui sait ? Je pourrais peut-être vous apprendre une ou deux petites choses.

Marlowe leva les yeux au ciel.

— Arrête de flirter avec Wallace, dit-elle à son ex-belle-mère. C'est ridicule !

Elle admira au passage le calme et la retenue dont le garde du corps faisait preuve. À sa place, elle n'aurait probablement pas eu la patience de supporter les sous-entendus graveleux de Selina. Mais il affichait un parfait détachement, se contentant de la considérer avec un petit sourire affable mais distant.

— Tu ne m'as toujours pas dit ce que tu étais venue faire ici, reprit Marlowe.

— S'il faut en croire ton message, Callum et toi êtes allés à l'hôpital pour tenter de comprendre comment on avait pu échanger deux bébés à leur naissance. Je voulais savoir si vous aviez découvert quelque chose d'intéressant.

— Tu le sauras demain matin, en même temps que les autres membres du conseil, répondit Marlowe.

Selina l'observa longuement avant de se fendre d'un sourire moqueur.

— Je pense que tu bluffes, déclara-t-elle. Si vous aviez trouvé quelque chose, je suis certaine que vous nous auriez déjà envoyé un compte rendu par mail.

— Pense ce que tu veux, répondit Marlowe en haussant les épaules. Ça ne me fait ni chaud ni froid.

— Je sais que tu ne m'aimes pas beaucoup, Marlowe. Mais tu as tort de faire de moi ton ennemie. Je dispose d'une force de frappe dont tu n'as pas idée.

— Est-ce une menace ?

— Un avertissement, plutôt.

— Est-ce que cette femme vous ennuie ? intervint alors Wallace d'une voix très douce.

— Depuis ma plus tendre enfance, répondit Marlowe. Mais ne vous donnez pas la peine de la raccompagner jusqu'à la porte, Wallace. Elle était sur le point de sortir. N'est-ce pas, Selina ?

— Payne aurait dû mieux vous éduquer, toi et tes frères et sœur, déclara-t-elle d'une voix glaciale. Vous n'avez aucun savoir-vivre, aucun respect pour vos aînés.

— Le respect est quelque chose qui se gagne, répliqua Marlowe, pas quelque chose qui se décrète.

Selina la fusilla du regard puis, sans un mot, tourna les talons et quitta le bureau à grands pas, le dos très raide.

Marlowe se tourna alors vers Wallace.

— Je suis vraiment désolée, lui dit-elle.

— Il n'y a pas de quoi, lui assura-t-il. C'est cette personne qui s'est mal conduite. Vous n'y êtes pour rien.

— Mon ex-belle-mère déteste tous les enfants de mon père, expliqua Marlowe. Et je dois bien reconnaître que nous le lui rendons bien. Honnêtement, je ne comprends toujours pas pourquoi elle continue de siéger au sein du conseil d'administration. Elle pourrait se contenter de toucher les dividendes de ses actions – ou mieux, les vendre à un bon prix et être ainsi débarrassée de nous tous…

— Peut-être est-elle toujours amoureuse de votre père, suggéra Wallace.

Marlowe le considéra avec étonnement. Curieusement, cette idée ne lui avait jamais traversé l'esprit.

— Si tel est le cas, elle ne s'y prend pas de la meilleure façon pour le reconquérir, déclara-t-elle.

— Elle sait peut-être que c'est impossible, répondit Wallace en haussant les épaules. Votre père est très attaché à votre mère, si j'en crois ce que j'ai lu à son sujet.

— Vous êtes bien renseigné, remarqua-t-elle, étonnée.

— Lorsque je dois protéger un client, j'essaye d'en apprendre le plus possible sur lui, sur sa famille et sur les gens qu'il fréquente, expliqua-t-il. Cela me permet de trouver rapidement mes marques et d'éviter les impairs.

— Je n'aurais jamais imaginé que le métier de garde du corps puisse requérir un tel sens de la psychologie et du contact humain.

— Tous mes confrères n'y accordent pas la même importance, reconnut Wallace. Mais je pense que c'est primordial : après tout, nous sommes amenés à partager l'intimité des personnes que nous protégeons. Et cela nécessite un certain tact.

Marlowe hocha la tête, surprise une fois de plus par la finesse dont faisait preuve ce colosse. Elle s'étonna aussi de la facilité avec laquelle il l'avait amenée à parler de Selina et de sa famille. Elle n'avait pourtant pas l'habitude de se confier de cette façon.

— J'imagine que vous finissez par très bien connaître la vie de vos clients, remarqua-t-elle.

— C'est vrai. Mais si cela peut vous rassurer, je considère que, comme un prêtre ou un médecin, un garde du corps est tenu au secret professionnel. Tout ce que vous me direz demeurera strictement confidentiel.

Elle hocha la tête, songeant que Bowie avait eu raison de lui forcer la main. La simple présence de Wallace suffisait à la rassurer. Et la nervosité qui l'habitait depuis qu'elle avait découvert cet ours en peluche dans son bureau avait enfin commencé à se résorber.

— Vous savez, reprit-elle enfin, cette femme a toujours essayé de semer la discorde au sein de notre famille.

— Y est-elle parvenue ? s'enquit Wallace.

Marlowe secoua la tête.

— Bien que nous ne soyons pas tous nés de la même mère, mes frères et sœur et moi avons toujours été très soudés, répondit-elle. C'est sans doute ce qui nous a permis de résister à ses tentatives… jusqu'à aujourd'hui.

— Et qu'en dit votre père ?

Elle réfléchit longuement à sa question avant de lui répondre le plus honnêtement que possible.

— Il a toujours refusé de prendre clairement parti. Lorsque Selina va trop loin, il le lui fait sentir. Mais il nous répète souvent que nous devons apprendre à nous montrer plus tolérants et compréhensifs envers elle. Très franchement, je ne sais pas pourquoi elle occupe toujours une place aussi importante dans notre vie et dans celle de l'entreprise. Après tout, mon père et elle ont divorcé depuis des années. Et ils n'ont jamais eu d'enfants ensemble. Je veux bien admettre que, comme vous le suggérez, elle ait toujours un faible pour mon père. Mais cela n'explique pas pourquoi lui se montre aussi tolérant à son égard…

— Votre ex-belle-mère a dit que ce qui comptait le plus, aux yeux de votre père, c'était son entreprise, remarqua Wallace. Peut-être la considère-t-il comme un maillon clé au sein de Colton Oil.

Marlowe considéra cette hypothèse et hocha la tête.

— C'est vrai, reconnut-elle. Il a toujours dit qu'elle était très douée dans son domaine. Mais elle ne serait pas non plus irremplaçable. Je suis sûre que si elle quittait l'entreprise, papa trouverait sans mal quelqu'un pour lui succéder.

— Dans ce cas, c'est peut-être qu'elle détient un moyen de pression qui empêche votre père de la renvoyer.

— J'y ai souvent pensé. Mais je ne vois pas ce dont il pourrait s'agir.

— Peut-être devriez-vous chercher à le découvrir, suggéra Wallace. De cette façon, c'est vous qui prendriez l'ascendant sur elle…

Marlowe hocha pensivement la tête. Wallace avait raison, songea-t-elle. Si elle parvenait à trouver comment Selina faisait pression sur son père, elle parviendrait peut-être à se débarrasser de cette vipère une bonne fois pour toutes…

Fidèle à sa parole, Bowie appela Marlowe en fin de journée pour s'assurer que tout s'était bien passé avec son nouveau garde du corps.

— J'aimerais te dire que ça a été une catastrophe et que je t'en veux terriblement de m'avoir forcé la main, répondit-elle. Mais la vérité, c'est que Wallace est un homme charmant et un véritable gentleman. Et le savoir près de moi me rassure. Alors j'imagine que je te dois des remerciements, Bowie…

— Tout ce qui compte pour moi, c'est que tu sois en sécurité, lui dit-il.

— Je le suis, lui assura-t-elle. Et je dois reconnaître que tu avais raison à son sujet. Pour un homme de sa taille, il sait se montrer étonnamment discret et se fondre dans le décor.

— Je te l'avais bien dit.

— Ne me dis pas que tu fais partie de ces hommes qui ne ratent jamais une occasion de dire ça…

— De dire quoi ?

— « Je te l'avais dit. »

— Seulement quand la situation le justifie, répondit-il malicieusement.

— Wallace m'a aussi fait prendre conscience de quelque chose, reprit-elle d'un ton plus sérieux.

— Ah ? De quoi donc ?

— Eh bien, je m'interroge de plus en plus sur le rôle que Selina a pu jouer dans cette histoire de mail anonyme.

— Tu veux parler de ton ex-belle-mère, n'est-ce pas ?

— Oui.

— Qu'est-ce qui te fait croire qu'elle pourrait être mêlée à cette histoire ?

Marlowe hésita.

— Mon intuition, répondit-elle. Et le fait que Selina n'a jamais aimé les enfants de Payne Colton, qu'il s'agisse de ceux qu'il a eus avec Tessa ou de ceux qu'il a eus avec ma mère.

— De là à détruire votre entreprise, il y a tout de même un pas, remarqua Bowie.

— C'est vrai, reconnut-elle. Et c'est la raison pour laquelle j'aimerais mener ma petite enquête sur cette chère Selina.

— Et comment comptes-tu procéder, exactement ?

— C'est très simple, déclara Marlowe qui avait longuement réfléchi à la question depuis qu'elle s'était entretenue avec Wallace. Je vais la prendre en filature.

Un long silence suivit cette déclaration.

— D'accord, répondit enfin Bowie. Si tu penses vraiment que Selina est mêlée à cette affaire, nous la filerons ensemble.

— Ensemble ? répéta Marlowe, surprise.

— Ensemble, confirma posément Bowie.

— Mais cette histoire ne te concerne pas, objecta-t-elle.

— C'est là que tu te trompes, répliqua-t-il sans se démonter. Si tu as raison, si Selina conspire réellement contre ta famille, il est parfaitement envisageable qu'elle soit à l'origine des agressions dont nous avons été victimes. Et dans ce cas, je suis directement concerné.

Marlowe ne trouva rien à redire à cela. D'ailleurs, l'idée que Bowie se joigne à elle n'était pas pour lui déplaire. Sa présence la rassurerait, et elle se réjouissait d'avance de passer du temps en sa compagnie, fût-ce pour surveiller son ex-belle-mère.

— D'accord, lui dit-elle. Je te préviendrai lorsque je déciderai de mettre mon plan à exécution.

— Tu ne veux pas que nous la suivions dès ce soir ?

— Je suis bien trop fatiguée pour cela. Je crois que je ferais mieux de rentrer. D'autant que j'ai une réunion importante, demain.

— Avec les autres membres du conseil d'administration ?

Une fois de plus, Marlowe marqua un temps d'hésitation. Il s'agissait d'informations confidentielles dont les Robertson pourraient se servir pour affaiblir durablement Colton Oil. Mais elle était désormais convaincue qu'elle pouvait avoir confiance en Bowie.

Et s'il comptait réellement l'aider, il valait sans doute mieux qu'il soit en possession de toutes les informations importantes.

— Nous avons reçu le test ADN d'Ace, répondit-elle enfin. Et il établit formellement qu'il n'est pas le fils biologique de mon père et de Tessa.

Bowie laissa échapper un petit sifflement de stupeur.

— Et ce n'est pas le plus étrange, poursuivit Marlowe. Callum et moi sommes allés à l'hôpital de Mustang Valley pour tenter de comprendre ce qui avait bien pu se passer, et nous avons découvert qu'il y avait eu un incendie à l'époque et que toutes les archives correspondant à cette période précise étaient parties en fumée.

— Bizarre, commenta Bowie.

— Je ne te le fais pas dire, soupira-t-elle. Tout cela ressemble de plus en plus à une conspiration.

— Certes. Toute la question est maintenant de savoir à qui elle a profité, il y a quarante ans, et à qui elle profite aujourd'hui…

15

Le lendemain matin, lors de la réunion du conseil d'administration, la chaise occupée traditionnellement par Ace était vide. Et son absence faisait peser une tension palpable sur les autres membres.

Dans le regard de sa sœur et de son frère, et même dans celui de son père, Marlowe percevait une certaine gêne doublée d'une pointe de culpabilité. Seule Selina paraissait imperméable à ces sentiments. Au contraire, même, la situation paraissait l'amuser.

Lorsque tout le monde fut installé, elle se tourna vers Marlowe et lui décocha un sourire mielleux, comme si toutes deux étaient les meilleures amies du monde.

— Alors, Marlowe ? s'enquit-elle. Qu'avez-vous découvert à l'hôpital, hier après-midi, ton frère et toi ?

Marlowe s'éclaircit la voix avant d'embrasser la petite assemblée d'un regard.

— Rien, répondit-elle. Strictement rien.

Le sourire de Selina se teinta d'ironie, mais Marlowe était bien décidée à ne pas céder à ses provocations. Si elles devaient s'opposer frontalement, elle ne pouvait en effet être certaine que son père prendrait son parti.

— Est-ce que vous avez pu consulter le dossier d'Ace ? demanda Ainsley.

— Justement, il n'y avait pas de dossier – ni pour Ace, ni

pour aucun des enfants qui sont nés aux alentours de Noël, cette année-là.

— Je ne comprends pas, déclara sa sœur en fronçant les sourcils.

— D'après l'administratrice qui nous a reçus, Callum et moi, il y a eu un incendie le matin de Noël, et les dossiers ont été détruits.

— Je ne me rappelle pas qu'il y ait eu un incendie à la maternité, objecta Payne en fronçant les sourcils.

— Apparemment, il n'a touché que le bureau des infirmières et a rapidement été maîtrisé. Mais entre-temps, il a eu le temps de détruire les archives qui se trouvaient à l'intérieur.

— Un incendie ultra-localisé qui se s'est déclenché juste après que quelqu'un eut échangé deux bébés, commenta Rafe d'un ton ironique. Je doute fort qu'il s'agisse d'une simple coïncidence.

— Je suis d'accord, acquiesça Marlowe. La personne qui a procédé à l'échange a probablement cherché à détruire les preuves. Mais même en l'absence de ces documents, il y a d'autres façons de découvrir ce qui s'est vraiment passé. Nous devons interroger les gens qui travaillaient à la maternité à l'époque.

— Il y a quelque chose qui m'échappe, commenta Rafe. Quel intérêt quelqu'un aurait-il eu à procéder à un tel échange ? Pas les parents de l'autre enfant, en tout cas, puisque d'après ce que papa a dit, le bébé Colton était le plus frêle des deux.

Marlowe ne put s'empêcher de jeter un regard en direction de son père qui s'en aperçut et fronça les sourcils.

— Au cas où vous auriez le moindre doute, déclara-t-il d'un air sombre, ce n'est pas moi qui l'ai fait. Jamais je n'aurais renoncé de mon plein gré à mon enfant.

— Personne n'en a jamais douté, lui assura Selina.

Marlowe ne put s'empêcher de se sentir un peu coupable – mais c'était probablement le but recherché par son ex-belle-mère.

— Nous devons retrouver l'homme qu'est devenu ce bébé, si tant est qu'il ait survécu, déclara alors Payne.

— Je suis d'accord, acquiesça Ainsley. En revanche, nous allons devoir procéder avec prudence. Si nous parvenons à le localiser, nous devrons déterminer quel genre de personne c'est avant de lui révéler son origine. Nous ne pouvons pas savoir dans quel environnement notre frère biologique a grandi, ni quelles valeurs ses parents adoptifs ont bien pu lui transmettre. Il peut aussi bien s'agir d'un saint que d'un tueur en série…

— Je crois qu'il faudrait également informer Ace de la situation, opina Marlowe. Car si nous retrouvons le fils de papa et Tessa, nous découvrirons aussi qui sont ses véritables parents à lui…

— Ace est mon fils, protesta vivement Payne.

Il se redressa sur son siège, visiblement embarrassé.

— Que nous partagions le même sang ou non, Tessa et moi l'avons élevé.

— Tu devrais le lui dire, suggéra Ainsley. Je crois qu'il a très mal vécu la façon dont tu l'as renvoyé du conseil d'administration, la dernière fois. Peut-être devrait-on même lui rendre son poste…

— C'est impossible, objecta Selina. Que nous le voulions ou non, les statuts l'interdisent.

— Peut-être est-il temps de les modifier, dans ce cas, déclara Payne.

— Je ne suis pas d'accord, objecta-t-elle aussitôt. Ce n'est pas le genre de décision que nous devrions prendre dans la précipitation et sous la pression d'événements extérieurs.

Payne parut être sur le point de protester mais se ravisa, visiblement à contrecœur. Une fois encore, Marlowe eut le sentiment que Selina exerçait sur lui un moyen de pression dont la nature exacte lui échappait.

— Je crois que nous devrions engager un détective privé pour enquêter sur cette affaire, déclara alors Ainsley. Et pendant que nous y sommes, nous pourrions lui demander de se renseigner aussi sur l'endroit où se trouve Ace. Parce que j'ai essayé de le joindre à plusieurs reprises : il n'est pas chez lui, et aucun de ses amis ne semble savoir où il a bien pu passer.

— C'est vrai, renchérit Callum. Je lui ai laissé au moins cinq messages lui demandant de me rappeler, et il ne m'a toujours pas recontacté.

— Il a peut-être juste besoin de prendre un peu de distance, suggéra Marlowe, se rappelant leur dernière entrevue près de la machine à café.

— Je pourrais essayer de le retrouver, déclara alors Rafe. J'ai quelques idées sur l'endroit où il pourrait se trouver en ce moment.

— Vraiment ? s'enquit Selina, curieuse. Quelles idées ?

Rafe se contenta de hausser les épaules.

— Je vous le dirai si je parviens à entrer en contact avec lui et s'il me donne son accord, répondit-il.

Selina se tourna vers Payne, le prenant à témoin.

— On dirait que tes enfants ne me font guère confiance, remarqua-t-elle.

— Nous traversons tous une période difficile, lui répondit-il évasivement.

Selina lui lança un regard chargé de reproches. Durant quelques instants, Payne et elle parurent s'affronter du regard, puis le patriarche se redressa sur son siège.

— Bien, conclut-il, si nous avons fait le tour de la question, il est temps de clore le débat. J'ai une réunion avec les actionnaires pour discuter du changement de gouvernance. Tenez-moi au courant de l'avancée de vos recherches. Et si quelqu'un parvient à contacter Ace, dites-lui que j'aimerais lui parler. Marlowe a raison : je n'aurais sans doute pas dû me conduire comme je l'ai fait la dernière fois.

Ses enfants échangèrent un regard médusé : il n'était

vraiment pas dans les habitudes de Payne Colton de faire amende honorable – même lorsqu'il se savait en tort.

— Papa ? Est-ce que tu te sens bien ? ne put s'empêcher de lui demander Marlowe.

— Pourquoi cette question ?

Elle hésita, cherchant une façon diplomatique de lui dire ce qu'elle avait sur le cœur.

— Eh bien, je crois parler au nom de tout le monde en disant que ce n'est pas souvent que nous t'entendons exprimer ce genre de mea-culpa…

À sa grande surprise, Payne ne se mit pas en colère. Durant quelques instants, il se contenta de demeurer silencieux, semblant méditer ce qu'elle venait de lui dire.

— Peut-être est-il temps que je change de méthodes, déclara-t-il enfin. Dans ce cas précis, il me paraît évident que j'aurais dû me comporter différemment.

Ce nouvel acte de contrition ne fit qu'accroître l'étonnement qui se lisait sur le visage de ses enfants. Sans y prêter attention, Payne se leva.

— Il faut vraiment que j'y aille, leur dit-il avant de se diriger vers la porte.

Sans dire un mot, Selina se redressa à son tour et quitta la pièce à sa suite. Marlowe la suivit des yeux en se demandant si elle voulait juste les éviter ou si elle avait l'intention de parler à Payne en tête à tête.

Elle était plus que jamais convaincue de la nécessité de tenir son ex-belle-mère à l'œil. Et elle comptait bien prendre Bowie au mot et accepter la proposition qu'il lui avait faite de l'accompagner.

De cette façon, elle disposerait de l'avis de quelqu'un de relativement objectif – quelqu'un qui, contrairement à elle, n'avait pas de raisons personnelles d'en vouloir à Selina. Cela l'aiderait peut-être à conserver un semblant d'objectivité.

Forte de cette décision, elle quitta la salle de réunion pour rejoindre Wallace. Elle avait préféré lui demander de l'attendre à l'extérieur, ne se sentant pas le courage d'expliquer à tous ses frères et sœur qu'elle avait engagé un garde du corps parce qu'elle avait failli se faire tuer et qu'un admirateur psychotique lui envoyait des ours en peluche.

Elle ne s'était même pas encore résolue à parler de sa grossesse à sa famille. À ce stade, seuls Callum et son père étaient au courant.

Wallace avait accepté de patienter dans le couloir après s'être assuré que la salle de réunion ne comportait qu'un seul accès. Dès qu'elle sortit, il se porta à sa rencontre.

— Tout s'est bien passé ? lui demanda-t-il.

— Aussi bien que possible, étant donné les circonstances, répondit-elle. Mais je crois qu'il est temps de mettre mon projet à exécution et de découvrir ce que mijote vraiment ma chère ex-belle-mère…

Suivie de près par Wallace, Marlowe retourna dans son bureau d'où elle téléphona à Bowie. Il lui répondit à la première sonnerie.

— Marlowe ! s'exclama-t-il joyeusement. Qu'est-ce qui me vaut le plaisir de ton appel ?

— Je voudrais suivre Selina.

— C'est ce que tu m'as dit, en effet.

— Mais je voudrais la suivre dès ce soir. Je suis de plus en plus convaincue qu'elle fait pression sur mon père d'une façon ou d'une autre.

— Ça s'est manifesté pendant la réunion ?

— À plusieurs reprises, acquiesça-t-elle. Je suis pratiquement sûre qu'elle en sait plus qu'elle ne veut bien le dire au sujet de la substitution des bébés.

— Pourtant, elle devait n'être encore qu'une enfant, à l'époque.

— Je ne dis pas que c'est elle qui a procédé à l'échange. Juste qu'elle a pu découvrir quelque chose à ce sujet. Quelque chose qu'elle se garde bien de partager avec nous.

— Il y a quand même quelque chose que je ne m'explique

pas, dans cette histoire, remarqua Bowie. Si les bébés ont été échangés peu après leur naissance, comment se fait-il que ni ton père ni sa femme ne se soient aperçus de rien ?

— Je reconnais que c'est étrange. Et, très honnêtement, j'ai même soupçonné un instant mon père d'avoir procédé lui-même à l'échange. Mais il l'a nié farouchement, et je t'avoue qu'il m'a paru sincère. Évidemment, je ne suis pas totalement objective. Et c'est d'ailleurs l'une des raisons pour lesquelles j'aurai besoin de ton aide.

— Je ne suis pas certain d'être beaucoup plus objectif que toi vis-à-vis de ton ex-belle-mère, objecta Bowie. Tout ce que tu m'as raconté à son sujet me donne à penser qu'elle cherche à déstabiliser Colton Oil, bien que je ne comprenne pas encore très bien quel intérêt elle aurait à le faire…

— Elle a peut-être passé un accord avec ton père, suggéra ironiquement Marlowe.

— Très drôle.

— Désolée, s'excusa-t-elle en riant. C'est sorti tout seul. Plus sérieusement, moi non plus, je ne vois pas que pourrait être sa motivation, dans cette histoire. Cette compagnie lui rapporte beaucoup d'argent, tant sous forme de salaire que de dividendes. Et elle est très attachée aux avantages matériels que cela lui procure.

— Peut-être que la vengeance est encore plus importante que l'argent, à ses yeux, suggéra Bowie.

— Hier, Wallace m'a dit qu'elle était peut-être toujours amoureuse de mon père.

— L'un n'empêche pas l'autre : elle lui en veut peut-être de l'avoir laissée tomber.

— J'en doute, objecta Marlowe. Si elle avait vraiment voulu se venger de lui, elle l'aurait fait bien avant. Cela fait des années qu'ils ont divorcé.

— Tu sais ce que l'on dit : la vengeance est un plat qui se mange froid.

— Certes, concéda-t-elle sans grande conviction. Quoi

qu'il en soit, je veux m'assurer qu'elle ne compte pas s'en prendre à Ace.

— À quel Ace ? demanda Bowie.

— Celui avec lequel j'ai grandi, répondit Marlowe. Et l'autre aussi, à vrai dire... Après tout, lui non plus n'y est pour rien dans ce qui s'est passé. Et sa vie ne va pas tarder à se trouver totalement bouleversée.

— Je suis d'accord avec toi. Cet homme mérite de connaître la vérité sur ses origines, déclara Bowie. En espérant que vous parviendrez à le retrouver...

— Ainsley nous a suggéré d'engager un détective privé. Je crois que c'est une bonne idée.

— Et Ace ? Que pense-t-il de tout cela ? J'imagine que ça n'a pas dû être facile pour lui.

— En effet, reconnut Marlowe. Ça a même été d'autant plus dur que mon père ne s'est pas montré très diplomate.

— Quelle surprise ! ironisa Bowie.

— Même lui s'est rendu compte qu'il était allé trop loin. Mais entre-temps Ace a disparu.

— Disparu ?

— Personne ne semble l'avoir vu depuis qu'il a été forcé à renoncer à son poste de directeur général. C'est l'une des raisons pour lesquelles j'aimerais passer rapidement à l'action.

— Qu'espères-tu découvrir en suivant Selina ?

— Je voudrais surtout savoir si elle est en contact avec des concurrents de l'entreprise. Cela lui donnerait une raison de vouloir la saborder.

— Tu penses qu'elle pourrait déstabiliser Colton Oil de façon que la société soit rachetée par une entreprise rivale ?

— C'est possible. Et si elle est maligne, elle sera peut-être nommée P-DG, après la réussite de cette OPA hostile.

— C'est une théorie intéressante.

— Que j'espère pouvoir confirmer ou infirmer rapidement, précisa Marlowe. Quand penses-tu pouvoir me rejoindre ?

— Laisse-moi une quarantaine de minutes...

— J’espère qu’elle ne sera pas déjà partie.

— D’accord, soupira Bowie. Je serai là d’ici vingt minutes. C’est le mieux que je puisse faire.

— Parfait. Je t’attends.

16

Cela faisait presque une semaine que Bowie et Marlowe surveillaient Selina. Chaque soir, ils la suivaient dès qu'elle quittait les locaux de Colton Oil.

La plupart du temps, elle rentrait directement au ranch de la famille Colton où elle vivait. La petite maison qu'elle habitait avait initialement été conçue pour accueillir des invités de passage. Mais lorsque Payne et Selina avaient divorcé, il lui avait proposé de s'y installer aussi longtemps qu'elle le voudrait. Et elle n'en était jamais partie.

Cette surveillance rapprochée ne leur avait pas appris grand-chose – ni sur le mail qui avait été envoyé aux membres du conseil d'administration, ni sur la personne qui avait tiré sur Bowie à plusieurs reprises, ni sur ce qui s'était passé à l'hôpital de Mustang Valley, quarante ans plus tôt.

Selina ne semblait pas être en contact avec le moindre concurrent de Colton Oil. À vrai dire, elle paraissait mener une existence très routinière – à moins bien sûr qu'il ne s'agisse que d'une couverture.

Ce fut finalement Bowie qui finit par formuler à haute voix ce que Marlowe elle-même commençait à penser.

— Nous perdons notre temps, déclara-t-il après une nouvelle soirée passée à attendre dans sa voiture. Soit elle est innocente, soit elle redouble de prudence maintenant qu'elle a déclenché son offensive.

Marlowe ne put réprimer un soupir de frustration. Au bout

de six jours de filature passés confinés dans cette voiture à attendre, elle devait bien reconnaître qu'ils n'avaient toujours pas le moindre indice de la culpabilité de son ex-belle-mère. En revanche, la fatigue s'accumulait, rendant ses journées de travail nettement moins productives.

— J'ai bien peur que tu n'aies raison, admit-elle. Nous ne pouvons pas continuer de cette façon.

Elle jeta un nouveau coup d'œil en direction du cottage de Selina, espérant contre toute attente que quelque chose se produirait soudain. Mais ils n'eurent pas cette chance.

— Je suis pourtant convaincue qu'elle mijote quelque chose, ajouta-t-elle.

— Je suis d'accord, reconnut Bowie. Le simple fait qu'elle rentre chez elle tous les soirs me semble suspect. Selina n'a jamais été aussi casanière. D'après tout ce que j'ai pu lire à son sujet, elle mène d'ordinaire une vie mondaine trépidante. C'est ce qui en fait une si bonne directrice des relations publiques. Elle sait entretenir son carnet d'adresses.

— Elle s'est peut-être aperçue que nous la surveillions, suggéra Marlowe.

— C'est possible, hélas ! Peut-être aurions-nous mieux fait d'engager un détective privé…

— Tu n'as qu'à me ramener au siège de Colton Oil. Wallace doit m'y attendre.

— Tu pourrais l'appeler et lui dire de prendre ta voiture et de rentrer directement au ranch. Cela t'éviterait de faire un aller-retour. En attendant, nous pourrions aller manger un morceau. Je connais un très bon petit restaurant dans le coin.

— Je ne suis pas sûre que ce soit une bonne idée, objecta Marlowe.

— Pourquoi ? Tu ne tiens pas à être vue en ma compagnie ?

— Ce n'est pas cela, lui assura-t-elle. Très franchement, je me moque de ce que les gens peuvent bien penser. De toute façon, on apprendra tôt ou tard que je suis enceinte et de qui est le bébé. À moins que tu ne tiennes à le cacher, bien sûr, ajouta-t-elle précipitamment.

— Pas du tout, lui assura Bowie sans hésiter un seul instant. Cet enfant sera aussi le mien, et je compte bien passer du temps avec lui.

— C'est ce que je pensais.

— Alors pourquoi ne veux-tu pas aller au restaurant ?

— Je ne vois pas trop l'intérêt d'y aller juste pour grignoter un morceau de pain ou des crackers en buvant du thé, lui avoua-t-elle.

— Tu n'es toujours pas débarrassée de ces nausées ? s'étonna Bowie.

— Pas vraiment, soupira-t-elle. À vrai dire, le simple fait d'en parler me donne envie de vomir.

— Je suis vraiment désolé pour toi, lui dit-il d'un ton compatissant.

— Ce n'est pas ta faute, répondit-elle.

Marlowe sentit un sourire mi-amusé, mi-sarcastique se dessiner sur ses lèvres.

— À vrai dire, c'est en partie ta faute, se reprit-elle.

Bowie prit sa main et la serra affectueusement dans la sienne. Ce simple geste de connivence la fit frissonner malgré elle. Elle ne put s'empêcher de repenser à la façon dont il l'avait touchée, cette nuit-là, et sentit monter en elle un soudain accès de désir.

— Ça ne me dérange pas du tout de t'offrir un thé et des crackers, lui dit-il.

— C'est très gentil, mais je doute qu'un restaurant accepte de ne nous servir que du thé à cette heure-ci…

— Tout dépend du montant du pourboire, j'imagine, déclara Bowie. Pour cinquante dollars, je pense que nous aurons tout le thé que nous voudrons.

— Cinquante dollars pour un thé ? s'exclama Marlowe en riant.

— Et des crackers, lui rappela-t-il. N'oublie pas les crackers.

— C'est absurde, protesta-t-elle.

— Pas si cela me permet de passer la soirée en charmante compagnie, répliqua Bowie en la regardant droit dans les yeux.

Une fois de plus, elle se surprit à frissonner. Était-il en train de flirter avec elle ? Ou bien ne s'agissait-il que d'une forme de galanterie de sa part ?

— Alors ? reprit-il. Qu'est-ce que tu en dis ?

Marlowe hésita durant quelques instants. Jusqu'à présent, Bowie et elle s'en étaient tenus à des relations cordiales mais relativement distantes.

C'était ce qui leur avait permis de passer chaque soir plusieurs heures côte à côte sans que se manifeste la moindre ambiguïté. C'était aussi ce qui leur permettait d'envisager relativement sereinement l'idée de devenir parents.

Or, Marlowe savait à quel point cet équilibre était instable. Elle ne se faisait aucune illusion : l'attirance réciproque qui les avait conduits à passer une nuit ensemble n'avait pas disparu. Mais s'ils y cédaient, la situation deviendrait nettement plus délicate.

Elle se convainquit néanmoins que tous deux étaient des adultes responsables et qu'ils étaient parfaitement conscients de la situation.

— D'accord, répondit-elle enfin. Va pour un thé à cinquante dollars. Je te promets de le siroter à petites gorgées.

— Parfait ! s'exclama Bowie avec enthousiasme

Quinze minutes plus tard, ils se retrouvèrent assis Chez Lucia, un joli restaurant italien où Bowie semblait avoir ses entrées. Marlowe sirotait son thé en grignotant des biscuits apéritifs que l'on avait disposés en cercles concentriques dans son assiette.

Bowie, quant à lui, avait commandé un plat de *linguine* aux champignons qui paraissaient délicieuses mais que Marlowe n'aurait probablement pas pu avaler.

— Merci de m'avoir invitée, lui dit-elle.

— C'était vraiment le moins que je puisse faire, répondit-il. Après tout, comme tu me l'as fait remarquer, je suis en grande partie responsable de tes malheurs…

Elle lui décocha un pâle sourire.

— Ce n'est qu'un mauvais moment à passer, lui dit-elle. Et je tenais à te remercier pour la patience dont tu fais preuve à mon égard. Je sais que ça ne doit pas toujours être facile pour toi non plus.

— Franchement, j'ai le meilleur rôle, objecta-t-il malicieusement. Je n'ai qu'à attendre patiemment que notre enfant se décide à sortir.

En entendant ces mots, elle sentit son cœur se serrer dans sa poitrine. Contrairement à Bowie, elle avait encore du mal à se projeter au-delà de cette grossesse, à imaginer ce que serait sa vie après, une fois que le bébé serait né.

— Mais en attendant, tu dois supporter mes sautes d'humeur et mes idées tordues…

— Quel genre d'idées ?

— Passer six jours en planque sous les fenêtres de mon ex-belle-mère, par exemple.

— Ce n'était pas si terrible, répondit-il en souriant. Et puis, je te l'ai dit : je reste persuadé que tu as raison au sujet de Selina.

Marlowe hocha la tête, touchée par la patience et la sollicitude dont il faisait preuve à son égard. La plupart des hommes auraient certainement gardé leurs distances en attendant le moment de l'accouchement. Mais Bowie était quelqu'un qui avait un profond sens des responsabilités.

— Tu sais que tu es vraiment quelqu'un de bien, Bowie Robertson, lui dit-elle gravement.

Il la considéra avec étonnement.

— Fais attention. Tu ne voudrais pas que j'attrape la grosse tête.

Elle lui décocha un nouveau sourire.

— Je crois que je te dois des excuses, reprit-elle. Je ne me suis pas toujours montrée très aimable avec toi.

Bowie haussa les épaules.

— Ne t'en fais pas pour ça. Je suis un grand garçon. Et tu traverses une période difficile. L'important, c'est que tu prennes soin de toi et que tu écoutes tes envies. À ce propos, que valent ces crackers ?

— Ils sont… plats, dans tous les sens du terme.

— Que t'a dit ton médecin, au sujet de ces nausées ?

Marlowe haussa les épaules.

— Ne me dis pas qu'il t'a conseillé de poursuivre ce régime à base de biscuits. J'imagine qu'il doit bien exister un antiémétique qui fonctionne chez les femmes enceintes !

— Je n'en ai aucune idée.

— Ne me dis pas que tu ne lui as pas posé la question ! s'exclama Bowie.

— Ce n'est pas cela, répondit-elle, embarrassée. C'est juste que… Je ne suis pas encore allée chez le médecin.

— Tu n'es pas allée chez le médecin ?

— C'est ce que je viens de dire

— Mais qu'est-ce qui ne va pas, chez toi, Marlowe ? s'exclama-t-il. Pourquoi n'y es-tu pas encore allée ? Tu as bien conscience du fait que ta santé et celle du bébé sont en jeu ?

Marlowe soupira intérieurement. Au fond d'elle, elle savait bien que Bowie avait raison et qu'elle aurait dû aller consulter dès qu'elle avait eu connaissance de son état. Mais elle avait encore du mal à accepter le fait d'être enceinte. Et il lui semblait qu'en se rendant chez un obstétricien sa grossesse deviendrait une réalité concrète, indéniable, dont elle devrait affronter les conséquences pratiques – à commencer par le fait qu'il lui faudrait en informer sa famille.

— Au cas où tu ne l'aurais pas remarqué, j'ai été assez occupée, ces derniers temps, lui dit-elle.

— Ce n'est pas une excuse, objecta-t-il vivement. Cette

visite médicale doit être une priorité. Et ce n'est l'affaire que d'une heure, aller-retour compris.

— Je sais, soupira-t-elle.

— Si tu ne le fais pas pour toi, fais-le au moins pour ton bébé, insista Bowie.

Cet argument eut raison de la résistance de Marlowe. Elle se sentit soudain coupable de s'être montrée aussi égoïste. Cet enfant méritait mieux qu'une mère qui préférait se voiler la face plutôt que de se confronter à la réalité. En tant que parent, elle se devait de veiller sur lui, de faire tout son possible pour qu'il soit en bonne santé. Callum et Bowie avaient raison : cela commençait par un rendez-vous chez l'obstétricien.

— D'accord, murmura-t-elle enfin.

— Tu vas vraiment prendre rendez-vous, cette fois ? lui demanda-t-il, visiblement peu convaincu.

Elle ne pouvait réellement le lui reprocher.

— Oui, répondit-elle d'un ton plus assuré.

— Quand ? demanda-t-il.

— Dès que l'obstétricien sera disponible. Je l'appellerai dès demain matin. Est-ce que ça te va ?

— Si tu prends vraiment rendez-vous, oui, répondit-il. Mais appelle-moi dès que tu l'auras fait.

— Tu es vraiment insupportable ! s'exclama-t-elle.

— Mais au fond, tu m'aimes bien, répliqua-t-il sans se démonter.

Marlowe leva les yeux au ciel.

— J'aurais vraiment mieux fait de rentrer chez moi, après ce colloque…

— Ne me dis pas que tu regrettes la nuit que nous avons passée ensemble, protesta Bowie.

Marlowe se sentit rougir et regretta aussitôt d'avoir abordé le sujet.

— Moi, en tout cas, je ne regrette rien, déclara-t-il avec

assurance. C'était l'une des soirées les plus agréables que j'aie jamais passées.

— Même si, à cause de cette soirée, tu vas bientôt te retrouver papa ?

Bowie haussa les épaules.

— Je ne prétendrai pas que je voulais absolument un enfant, répondit-il. Mais c'est une perspective assez excitante. Et je crois que j'y suis prêt.

Marlowe secoua la tête d'un air incrédule.

— Je ne sais pas comment tu fais pour être aussi sûr de toi. Moi, ça me terrifie.

Bowie lui décocha un sourire rassurant.

— Dis-toi que des tas de gens font des enfants. Et tous ne sont pas des lumières. Je crois que l'important, c'est de s'efforcer d'agir selon ses valeurs, de faire ce qui est juste et de donner tout l'amour dont on est capable.

À ces mots, Marlowe sentit un mélange d'admiration et de tendresse l'envahir. Une fois de plus, elle se surprit à regretter que Bowie et elle ne forment pas un véritable couple. Car il avait toutes les qualités qu'elle aurait pu attendre d'un compagnon.

— Je vois que tu as terminé tes crackers, remarqua-t-il en désignant son assiette qui était effectivement vide. Est-ce que tu es prête à rentrer ?

— Oui, répondit-elle. Mais je crois que je préférerais dormir dans mon appartement, ce soir. Je ne tiens pas à croiser mes frères et sœur qui me bombarderont de questions s'ils te voient me déposer au ranch.

— Tu ne leur as toujours pas dit que tu étais enceinte ? lui demanda Bowie.

— Seul Callum est au courant, pour le moment.

Bowie hocha la tête d'un air compréhensif. Il devait savoir qu'étant donné les relations qu'entretenaient leurs familles respectives une telle révélation ne manquerait pas de faire l'effet d'une bombe.

— D'accord, lui dit-il enfin. Je vais appeler Bigelow pour qu'il te rejoigne à l'appartement.

— Ce n'est pas la peine, lui assura-t-elle. Ce n'est que pour une nuit.

— Je préfère ne courir aucun risque.

— Si tu as peur qu'il m'arrive quelque chose, tu n'as qu'à me servir toi-même de garde du corps, répliqua-t-elle sans réfléchir.

Elle prit aussitôt conscience de l'ambiguïté de cette proposition. Elle venait plus ou moins de proposer à Bowie de passer la nuit chez elle. L'espace de quelques instants, elle fut tentée de retirer ce qu'elle venait de dire. Mais elle s'aperçut alors que c'était précisément ce dont elle avait envie.

— Je ne suis pas sûr d'être très qualifié, remarqua alors Bowie.

— Et moi, je suis certaine que tu t'en sortiras à merveille, lui assura-t-elle.

Bowie soutint son regard durant quelques instants avant de hocher la tête.

— D'accord, répondit-il. Si tu es prête à te contenter d'un garde du corps de seconde zone, je suis partant.

Vingt minutes plus tard, Bowie et Marlowe arrivèrent à l'appartement de la jeune femme.

— Je vois que tu as fait réparer la vitre, constata Bowie lorsqu'ils se retrouvèrent dans le salon.

— Nous sommes au mois de janvier, lui rappela-t-elle. Et même en Arizona, les nuits sont plutôt fraîches.

Marlowe se dirigea vers le bar qui trônait au fond du salon.

— Est-ce que tu veux boire quelque chose ?

— Un whisky, si tu en as, répondit Bowie.

Elle choisit sa meilleure bouteille et lui versa un verre.

— Eau ? Glace ?

— Juste une goutte d'eau, s'il te plaît, répondit-il en s'approchant à son tour du bar.

Elle versa une goutte d'eau et huma le liquide ambré avant de lui tendre son verre.

— Si seulement je pouvais m'en servir un, moi aussi, soupira-t-elle. Ça m'aiderait peut-être à me détendre après cette interminable journée…

Comme Bowie paraissait sur le point de lui répondre, elle leva la main.

— Ne t'en fais pas, je sais que ce ne serait pas bon pour le bébé.

— Je n'en doute pas, lui assura-t-il.

Marlowe sortit un jus de pomme du réfrigérateur et s'en remplit un verre. Tous deux trinquèrent et demeurèrent quelques instants silencieux, se contentant de siroter leurs boissons. Loin d'être gênant, ce silence trahissait l'habitude qu'ils avaient prise au cours de ces derniers jours d'être ensemble, tout simplement.

Marlowe prit alors conscience de la profonde transformation qui s'était opérée dans leurs relations. La défiance et la rancœur qu'il lui inspirait initialement avaient depuis longtemps cédé place à un respect mêlé d'admiration et d'une profonde tendresse. En réalité, n'eût-été l'incontestable attirance physique qu'il continuait d'exercer sur elle, elle aurait pu le considérer comme un ami…

— À quoi penses-tu ? lui demanda-t-elle enfin.

— À vrai dire, j'étais en train de me demander si tu avais essayé le bouillon de poulet, répondit-il.

Elle le regarda avec étonnement.

— Le bouillon de poulet ? répéta-t-elle en souriant. Qu'est-ce qui a bien pu te donner une idée pareille ?

— C'est ce que prenait toujours ma mère lorsqu'elle se sentait un peu barbouillée. Ça vient tout juste de me revenir. Ça vaudrait peut-être le coup d'essayer…

— Malheureusement, je n'ai pas de quoi en préparer, répondit-elle.

— Ne t'inquiète pas pour ça, lui dit-il en sortant son téléphone de sa poche.

Il composa un numéro.

— Bonsoir, dit-il lorsqu'on lui répondit. Bowie Robertson à l'appareil. Je voudrais parler à Lucia, s'il vous plaît.

Quelques instants s'écoulèrent tandis que Marlowe se demandait qui pouvait bien être la Lucia en question. Une fois de plus, elle se demanda si Bowie n'avait pas une petite amie dont il aurait omis de lui parler. Cette idée éveilla en elle un pincement de cœur qui ressemblait beaucoup à de la jalousie.

— Lucia ! s'exclama alors Bowie. Je suis ravi de t'avoir ! Oui, nous sommes passés au restaurant tout à l'heure, mais la serveuse m'a dit que tu n'étais pas là… C'était délicieux, comme d'habitude. Et justement, je parlais à une amie de ton fameux bouillon de poulet aux champignons. Et je me demandais s'il serait possible de nous en faire livrer… Tu es sûre que ça ne te dérange pas ? Ce serait formidable… Je vais te donner l'adresse…

Tandis que Marlowe l'écoutait dicter son adresse à la gérante du restaurant où ils venaient de dîner, elle s'émerveilla de la facilité avec laquelle il parvenait à obtenir ce qu'il désirait tout en ménageant la susceptibilité de ses interlocuteurs.

Cela expliquait probablement d'où lui venait la réputation de négociateur redoutable dont il jouissait dans le milieu des affaires. Elle se promit de s'en souvenir, la prochaine fois que tous deux seraient en désaccord.

17

Assise à la table de la cuisine, Marlowe regardait d'un air méfiant l'énorme tupperware qui venait de leur être livré et dont Bowie avait ôté le couvercle.

Curieusement, l'odeur qui en émanait, loin de retourner son estomac très sensible, lui paraissait plutôt appétissante. Cela faisait pourtant plusieurs jours que le simple fait de sentir un quelconque aliment lui soulevait le cœur.

— Il y en a assez pour un régiment, remarqua-t-elle. Est-ce que je suis censée manger ce bouillon ou me baigner dedans ?

— Cela ne dépend que de toi, répondit Bowie. Mais personnellement, je crois que je commencerais par la goûter. Où est-ce que tu ranges tes bols ? ajouta-t-il en parcourant des yeux la cuisine méticuleusement ordonnée dans laquelle ils se trouvaient.

— Dans le placard d'angle, répondit-elle en le lui désignant du doigt.

Bowie alla chercher deux bols avant de prendre deux cuillères dans le tiroir.

— Tu as une louche ?

Elle lui indiqua où la trouver. Tandis qu'il s'activait de la sorte, elle s'étonna une fois de plus de la gentillesse dont il faisait preuve à son égard. Rien ne l'obligeait à lui témoigner une telle sollicitude.

— Je n'arrive toujours pas à croire que tu aies réussi à te faire livrer, remarqua-t-elle.

— Le restaurant ne le fait que pour ses clients les plus fidèles, répondit-il. J'y vais très souvent et je leur envoie régulièrement des clients.

— Tu es sûr que ce n'est pas plutôt parce que cette Julia a un faible pour toi ? lui demanda-t-elle.

Il la considéra avec étonnement.

— Qu'est-ce qui te fait dire ça ?

— Je ne sais pas. L'intuition féminine, peut-être…

— Julia et moi sommes brièvement sortis ensemble, répondit-il. Mais c'était il y a longtemps. Et ça n'a pas marché, entre nous.

Une fois de plus, Marlowe ne put réprimer un nouvel accès de jalousie qu'elle s'efforça aussitôt de réprimer. Après tout, Bowie n'était pas son petit ami, et elle n'avait strictement aucun droit sur lui.

Pendant qu'elle se livrait ce bref combat intérieur, Bowie avait rempli leurs deux bols. Il poussa alors celui de Marlowe dans sa direction.

— Tu devrais manger pendant que c'est encore chaud, lui conseilla-t-il.

Elle prit sa cuillère et joua avec avant de la reposer.

— Quelque chose ne va pas ? lui demanda Bowie.

— Je ne suis toujours pas certaine que mon estomac y résistera.

— Qu'est-ce que tu as à perdre ? demanda-t-il.

— Je pourrais vomir, répondit-elle.

Il haussa les épaules.

— Ce ne serait pas si terrible.

— Tu ne diras pas la même chose si je n'atteins pas les toilettes à temps, répondit-elle avec un sourire narquois.

— Je te promets que dans ce cas je t'aiderai à tout nettoyer, lui assura-t-il. Qu'est-ce que tu en dis ?

Elle le considéra d'un air stupéfait.

— Tu es vraiment sérieux ?

— Tout à fait, acquiesça-t-il gravement. Si tu doutes de ma

sincérité, sache que je suis un très mauvais menteur : lorsque j'affabule, je suis généralement trahi par un petit sourire en coin. C'est ce qui fait de moi un très mauvais joueur de poker. Allez, courage, essaye juste une cuillerée, Marlowe.

Craignant le pire, elle plongea sa cuillère dans le bouillon et souffla dessus avant de la porter à ses lèvres. Elle en avala une toute petite gorgée et attendit. Bowie avait fait de même, probablement pour la rassurer.

— Alors ? lui demanda-t-il.

— Pour l'instant, tout va bien, reconnut-elle. Et ce bouillon est vraiment délicieux…

Elle avala une deuxième cuillerée que son estomac accepta à son tour. La troisième ne provoqua pas plus de réaction hostile.

— Toujours rien ? demanda Bowie.

Elle hésita, craignant de se porter malheur.

— Marlowe ?

— Je vais bien, le rassura-t-elle. Très bien, même. Apparemment, ce bouillon résiste aux caprices de mon estomac.

— Voilà une excellente nouvelle ! s'exclama-t-il. Tâche de manger lentement. Ton corps doit se réhabituer progressivement à ingérer des aliments…

Marlowe considéra Bowie d'un œil songeur.

— Qu'y a-t-il ? lui demanda-t-il, étonné. Pourquoi est-ce que tu me regardes de cette façon ?

— Pourquoi est-ce que tu fais tout ça ? lui demanda-t-elle gravement.

— Tout ça ? répéta-t-il d'un ton incertain.

— Tu m'as emmenée dans les montagnes pour me protéger, tu m'as accompagnée chaque soir pour surveiller mon ex-belle-mère, tu m'as invitée au restaurant, tu as commandé ce bouillon… Cela ne cadre pas vraiment avec l'idée que je me fais de quelqu'un qui prétend fuir toute forme de responsabilité personnelle…

— Je me suis engagé vis-à-vis de toi et du bébé, lui rappela-t-il. Je t'ai promis que je serais là pour vous, et c'est exactement ce que je fais. Mon père n'a peut-être pas été un très bon modèle, et je ne prétends pas que je serai le meilleur des pères. Mais je sais au moins ce qui m'a manqué, lorsque j'étais enfant : voir mon père sur les gradins, lorsque je disputais un match de foot pour l'école, ou plus tard lorsque j'ai décroché mon diplôme au lycée. J'aurais voulu qu'il m'apprenne à jouer au base-ball, qu'il me fasse découvrir les livres et les musiques qu'il aimait, qu'il prenne le temps de venir se promener avec moi… Toutes ces choses que mon père n'a pas su faire, je suis bien décidé à les offrir à mon enfant…

— À notre enfant, le reprit-elle. Mais cela n'explique pas pourquoi tu fais tout ça pour moi.

— Parce que tu es la mère de cet enfant.

— C'est vraiment la seule raison ? lui demanda-t-elle en le regardant droit dans les yeux.

Elle le vit rougir légèrement tandis que le vert de ses beaux yeux se troublait soudain, lui rappelant la façon dont il l'avait regardée, le soir de la convention. Encouragée par cette réaction, elle se leva et contourna la table qui les séparait.

Tout ce qu'il venait de faire pour elle, tout ce qu'il venait de lui dire avait ébranlé les murailles qu'elle avait érigées pour se protéger depuis qu'elle avait repris contact avec lui. Il lui était devenu difficile de nier la réalité de ce qu'elle éprouvait pour lui. Et elle prenait soudain conscience du fait que ce qu'elle avait pu prendre pour de l'amitié était bien plus encore que cela.

Se campant face à lui, elle plongea les mains dans ses cheveux comme elle l'avait fait ce soir-là – comme elle avait eu envie de le faire dès l'instant où elle l'avait revu. Se penchant vers lui, elle effleura ses lèvres d'un baiser.

Elle ne cherchait pas à le lui imposer, lui donnant au contraire la possibilité de s'écarter. Mais il n'en fit rien. Au contraire, il lui rendit ce baiser sans la moindre retenue, laissant transparaître le désir impérieux qu'il avait d'elle.

Et lorsqu'elle s'écarta enfin de lui, elle lut dans ses yeux ce besoin ardent qui se mêlait d'étonnement. Il mit quelques secondes à se remettre de sa surprise et quelques-unes de plus à trouver ses mots.

— Qu'est-ce qui me vaut ce traitement de faveur ? lui demanda-t-il enfin.

— J'en ai assez de lutter contre moi-même, lui dit-elle. De m'interdire ce dont j'ai réellement envie.

Cette fois, elle n'avait pas bu la moindre goutte d'alcool. Elle était en pleine possession de ses moyens. Mais le désir qu'elle avait de Bowie n'en était pas moins intense. Elle avait envie de retrouver un peu de la magie qu'elle avait ressentie, cette nuit-là.

Elle l'embrassa de nouveau, le sentant céder à son tour à cette envie qu'ils avaient l'un de l'autre. Mais alors qu'ils étaient en train de se dévorer de baisers, il la repoussa, sans violence mais avec fermeté.

La frustration qu'elle éprouva se doublait d'un mélange de confusion et d'embarras. Était-il réellement en train de la rejeter ? S'était-elle méprise sur la réalité de son désir pour elle ? L'espace d'un instant, elle fut tentée de fuir. Mais elle se força à affronter son regard.

— Quelque chose ne va pas ? lui demanda-t-elle d'une voix mal assurée.

Il la considéra gravement.

— Marlowe, est-ce que tu es vraiment sûre que c'est ce que tu veux ?

Un profond soulagement l'envahit.

— Est-ce que tu veux que je t'envoie un CV et une lettre de motivation ? lui demanda-t-elle.

— Tout ce que je veux, c'est que tu ne te réveilles pas demain matin en te disant que tu as commis une erreur.

— Le seul regret que je pourrais éprouver, demain matin, c'est qu'il ne se soit rien passé entre nous, répondit-elle.

Il la regarda attentivement, comme s'il cherchait à lire en elle, à évaluer à quel point elle était honnête avec lui et avec elle-même.

— Dans ce cas, lui dit-il, faisons en sorte que tu n'aies rien à regretter…

Bowie se leva et prit Marlowe par la main pour l'entraîner jusqu'à sa chambre qui se trouvait à l'étage. Tandis qu'ils montaient l'escalier, il avait l'impression troublante que ce qui était sur le point de se produire avait été écrit dès l'instant où il avait pénétré dans le bureau de Marlowe, quelques jours auparavant. Peut-être même depuis le lendemain du colloque, lorsqu'il avait quitté sa chambre à l'aube avec l'impression diffuse qu'il était en train de commettre une énorme erreur…

Ce qu'ils avaient éprouvé l'un et l'autre cette nuit-là était bien trop intense pour demeurer un incident isolé. Jusqu'alors, Bowie s'était efforcé d'ignorer le désir que lui inspirait Marlowe. Il l'avait réprimé par peur que cela ne complique encore un peu plus une relation qui demeurait fragile et incertaine.

Mais au fil des jours, l'envie qu'il avait d'elle n'avait fait que croître, changeant chaque instant passé auprès d'elle en un délicieux supplice de Tantale. Il brûlait de l'embrasser, de la toucher, de sentir sa peau nue contre la sienne. Chaque nuit, il rêvait d'elle et se réveillait en proie à un besoin presque insoutenable.

À présent qu'elle se trouvait là, devant lui, entièrement offerte à ses caresses, il se sentait étrangement hésitant, en proie à une émotion qu'il ne parvenait pas réellement à expliquer. Peut-être pressentait-il confusément qu'en faisant l'amour avec elle il consommerait bien plus qu'une simple union physique.

Mais il savait aussi qu'il n'avait strictement aucune chance de résister à cette tentation. Se penchant vers elle, il posa doucement les lèvres au creux de son cou, effleurant sa chair brûlante et si douce, et lui arrachant un petit gémissement de pur contentement.

Elle rejeta la tête en arrière pour mieux s'offrir à ses baisers, et il entreprit de déboutonner lentement son chemisier, révélant la naissance de ses seins puis le doux renflement de son soutien-gorge. Il le dégrafa, exposant sa poitrine et la faisant frissonner doucement.

Ses lèvres glissèrent plus bas encore, cueillant un mamelon qu'il effleura du bout de la langue. Elle plongea une main dans ses cheveux, l'attirant plus près encore. Le goût et l'odeur de sa peau le rendaient fou, lui rappelant la nuit qu'ils avaient passée ensemble.

Tandis qu'il continuait à agacer son téton qui se dressait au creux de sa bouche, sa main se posa sur l'autre sein de Marlowe, qu'il massa délicatement.

Marlowe ferma les yeux, s'abandonnant corps et âme aux caresses que lui prodiguait Bowie. Elle le sentit confusément déboutonner sa jupe qui glissa le long de ses jambes pour venir mourir à ses pieds. Sa culotte ne tarda pas la rejoindre, et elle se retrouva entièrement nue face à lui.

Curieusement, elle n'éprouvait aucun embarras, peut-être parce qu'il avait déjà su attiser son désir, l'entraînant par-delà toute fausse pudeur. Elle brûlait de s'offrir à lui, de le sentir pénétrer en elle et satisfaire ce besoin incoercible qui allumait au creux de son ventre une boule de feu qui menaçait de la consumer tout entière.

Jamais encore elle n'avait éprouvé un désir aussi intense, aussi pur. Et cette fois, elle n'était pas engourdie par l'excès d'alcool. Lorsque les mains de Bowie se mirent à courir sur son corps, elle eut l'impression qu'elles allumaient sur sa peau des traînées incandescentes qui se propageaient en elle, attisant ce véritable brasier intérieur.

Il la repoussa alors doucement de façon qu'elle bascule sur le lit. Sa bouche se joignit à ses doigts, décuplant le plaisir qui pulsait en elle. Explorateur consciencieux, il ne négligeait aucun relief de son anatomie, et elle ondulait au gré de ses effleurements toujours plus précis à mesure qu'il faisait mieux connaissance avec son corps.

Lorsque sa bouche se posa enfin au creux de ses cuisses et qu'elle sentit sa langue entrer en elle, elle fut terrassée par un violent frisson qui la traversa de part en part. Ses mains se crispèrent sur les draps tandis que, encouragé par sa réaction, il se faisait plus audacieux encore.

Marlowe ne tarda pas à perdre le sens du temps et de l'espace. Plus rien n'existait que ce plaisir qui déferlait en elle, encore et encore, semblant ne jamais devoir prendre fin. Son corps se tordait au gré de ces vagues qui se succédaient impitoyablement menaçant à chaque instant de lui faire perdre complètement pied.

Alors qu'elle était sur le point de perdre la raison, Bowie consentit enfin à interrompre ses caresses, le temps qu'elle reprenne un semblant de self-control. Il en profita pour se déshabiller, et elle put le contempler dans toute la splendeur de sa nudité.

Il était magnifique – plus beau encore que dans son souvenir. Au prix d'un effort considérable, elle parvint à se redresser et posa les mains sur son torse puissant, sentant son cœur qui battait à tout rompre sous sa peau. Elle avisa aussi le désir qu'il avait d'elle, et cette vision la fit frissonner de plus belle.

— Tu es magnifique, lui dit-il.

— Tu n'es pas mal non plus, répondit-elle d'une voix si rauque qu'elle eut peine à la reconnaître.

Il se pencha vers elle pour l'embrasser avec passion, et tous deux basculèrent sur le lit, étroitement enlacés. Elle sentait ses avant-bras musclés autour de sa taille, ses jambes qui se mêlaient aux siennes. D'une main légèrement tremblante, elle guida sa hampe gorgée du désir qu'il avait d'elle entre ses cuisses, la laissant pénétrer très lentement en elle.

Elle la sentit plonger au plus profond de sa chair, lui arrachant un cri inarticulé. Puis elle se redressa, assise au-dessus de lui, les mains posées sur sa poitrine. Durant quelques instants, tous deux se dévorèrent des yeux, goûtant la magie de cet instant qu'ils attendaient l'un et l'autre depuis si longtemps.

Marlowe se mit alors à bouger, très doucement, allant et venant au-dessus de lui. Cette fois, il lui laissait prendre l'initiative, et le fait de se savoir maîtresse de leur étreinte ne la lui rendait que plus excitante. Luttant de toute la force de sa volonté pour contenir le plaisir qu'elle sentait renaître et croître en elle, elle entreprit de les entraîner toujours plus loin.

L'intensité de ce qu'elle éprouvait était telle que tous ses membres étaient parcourus de tressaillements. La chaleur qui s'était condensée au creux de son ventre avait explosé, se propageant dans chaque recoin de son être.

De nouveau, plus rien n'existait que cette extase qui enflait en eux, les emportant bien plus loin que tout ce qu'ils avaient pu connaître jusqu'alors. Chacune de leurs sensations était comme décuplée, se réverbérant à l'infini dans la chambre d'écho qu'étaient devenus leurs corps intimement enlacés.

Elle n'aurait su dire combien de temps dura ce moment qui semblait ne jamais devoir prendre fin. Puis, soudain, Bowie la fit rouler sur elle-même de façon à se retrouver au-dessus d'elle, profondément enfoui en elle. Son visage était un masque sublime, transfiguré par un plaisir qui confinait à la souffrance.

Elle le sentit alors capituler face à cette intensité qu'il ne pouvait plus endiguer. Le sentant se répandre en elle, elle perdit pied à son tour, emportée corps et âme par cette lame de fond qui déferlait en elle, l'emportant vers ce rivage d'éternité où Bowie et elle ne formaient plus qu'un seul être.

18

Lorsqu'elle se réveilla, ce matin-là, Marlowe prit instantanément conscience du fait qu'elle était seule dans son lit. Elle ne put réprimer un pincement de déception. Elle avait espéré que, cette fois-ci, Bowie resterait à côté d'elle et qu'ils auraient l'occasion de discuter de ce qui s'était passé cette nuit-là, de ce que cela changerait entre eux.

Mais son absence était sans doute une réponse suffisamment éloquente : cette nuit ne changerait rien. Si plaisante qu'elle ait été, il ne s'agissait que d'une simple passade dont il ne fallait rien attendre.

Cette idée emplit Marlowe d'un mélange de déception et de tristesse. Elle prit alors conscience du fait que sans se l'avouer elle avait espéré qu'il en irait autrement, que Bowie finirait par s'attacher à elle tout comme elle s'était attachée à lui.

Elle ne pouvait cependant lui reprocher de ne pas partager ses sentiments. Il s'était toujours montré parfaitement franc avec elle : il était prêt à assumer ses responsabilités vis-à-vis de leur enfant. En revanche, il n'avait aucunement l'intention de vivre en couple. Il le lui avait dit très clairement lorsqu'ils se trouvaient dans la montagne.

Il n'avait pas non plus cherché consciemment à la séduire, se comportant au contraire de façon amicale mais relativement distante au cours de ces derniers jours. C'était elle qui l'avait délibérément attiré dans son lit – en lui demandant de lui servir de garde du corps, cette nuit-là, puis en l'embrassant comme elle l'avait fait.

Bowie n'avait pas cherché à profiter de la situation, prenant soin au contraire de s'assurer que c'était bien ce qu'elle voulait. Et elle était convaincue que si elle avait changé d'avis au dernier moment, il se serait plié à sa décision sans élever la moindre objection.

Elle devait regarder la réalité en face : ce qui s'était passé entre eux avait été une expérience plaisante – plus que plaisante même. Mais elle ne pouvait se permettre d'en attendre quoi que ce soit.

Qui sait ? S'ils parvenaient à conserver de bons rapports, l'expérience en question se verrait peut-être réitérée. Mais elle ne devait en aucun cas s'attendre que Bowie s'engage dans une relation durable. Et elle ne pouvait se permettre de se bercer d'illusions à ce sujet.

De toute façon, sa vie était suffisamment compliquée comme cela, en ce moment. Elle devait découvrir qui les menaçait, Bowie et elle, et pour quelle raison. Elle devait comprendre qui était l'enfant qui avait été échangé avec Ace et pourquoi on l'avait fait. Elle devait enfin apprendre qui avait envoyé le mail qui leur avait révélé ce secret et quelles pouvaient bien être les motivations de cette personne.

Tout cela ne lui laisserait probablement pas beaucoup de temps pour s'apitoyer sur son sort. Mieux valait donc tourner rapidement la page et considérer les nuits de passion qu'elle avait passées auprès de Bowie comme des cadeaux que lui avait faits l'existence.

Réprimant un soupir, elle se leva et alla prendre sa douche avant d'enfiler un tailleur. Mais comme elle achevait de boutonner son chemisier, elle se rappela soudain que sa voiture se trouvait toujours sur le parking de Colton Oil.

Si elle voulait s'éviter une marche de plus d'une heure, elle allait donc devoir appeler Callum et lui demander de l'emmener. Elle espérait seulement qu'il ne la bombarderait pas de questions au sujet de Bowie.

Alors que Marlowe venait tout juste d'ouvrir la porte de sa chambre, elle se figea soudain, se demandant si elle n'était pas victime d'hallucination olfactive. Il lui semblait en effet que flottait dans l'air une appétissante odeur de bouillon de poulet.

Elle était pourtant convaincue que Bowie avait mis au réfrigérateur le reste de bouillon qu'ils n'avaient pas mangé la veille au soir. Curieuse, elle se dirigea vers la cuisine et ne put retenir un cri de stupeur en voyant que quelqu'un s'y trouvait. Il ne lui fallut que quelques instants pour comprendre qu'il s'agissait de Bowie qui s'activait derrière les fourneaux.

Ce dernier se retourna vers elle d'un air accusateur.

— Tu as failli me faire avoir une crise cardiaque ! s'exclama-t-il. Pourquoi est-ce que tu as crié comme ça ?

— Je croyais être seule dans l'appartement, lui dit-elle. Je ne m'attendais pas à te voir. Qu'est-ce que tu fais là ?

— Eh bien ! s'exclama-t-il en riant. Tu as l'art de faire sentir aux gens qu'ils sont désirés. Tu ne seras pas débarrassé de moi aussi facilement, tu sais ? Je me suis engagé à te servir de garde du corps, et c'est bien ce que je compte faire – jusqu'au moment où je t'aurai confiée de nouveau aux bons soins de Wallace.

— Je suis désolée, s'excusa-t-elle. Je ne voulais pas du tout dire que tu n'étais pas le bienvenu… C'est juste que…

— Tu pensais que j'avais filé à l'anglaise avant que tu te réveilles ?

— Quelque chose dans ce goût-là, reconnut-elle en s'efforçant de contenir la joie qu'elle éprouvait en découvrant qu'elle s'était trompée.

Evidemment, le fait qu'il soit resté ne signifiait pas pour autant qu'il comptait s'engager dans une relation durable. Ne lui avait-il pas expliqué qu'il se méfiait de toute forme d'engagement ? Il n'allait pas changer du jour au lendemain juste pour ses beaux yeux.

— Ça peut se comprendre, j'imagine, concéda Bowie. Après tout, c'est ce que j'ai fait, la dernière fois que nous avons passé la nuit ensemble. Mais je tiens à ce que tu saches que c'était surtout parce que je pensais qu'il valait mieux pour toi comme pour moi que nous ne soyons pas vus ensemble. Mustang Valley est une ville minuscule, et les rumeurs ont tendance à se répandre très rapidement. J'ai essayé de te rappeler dans les jours qui ont suivi, mais tu n'as pas répondu…

— Sur le moment, j'ai pensé que cette nuit avait été un simple coup de folie, avoua-t-elle. J'ai préféré tourner la page rapidement plutôt que de repousser l'inévitable conclusion.

— Mais tu es tombée enceinte.

— Et nous venons de repasser la nuit ensemble, ajouta-t-elle. Comme quoi, mon instinct en matière de relations n'est pas franchement au point… Tout comme ton sens du timing culinaire, apparemment. Tu sais que c'est l'heure du petit déjeuner, théoriquement ?

— Oui. Mais ce bouillon est l'un des rares aliments que ton estomac semble tolérer. Alors je me suis dit que j'allais t'en réchauffer un bol en attendant que nous trouvions d'autres plats qui ne te rendront pas malade. Comment te sens-tu, ce matin ?

— Je n'ai pas encore vomi, répondit-elle. Mais je ne suis pas réveillée depuis très longtemps.

— Ton enthousiasme est confondant, la taquina Bowie. Cela dit, c'est peut-être signe que les choses commencent à s'arranger, ajouta-t-il d'un ton qui se voulait encourageant.

— Peut-être, répondit-elle d'une voix rien moins que convaincue.

Elle s'attendait que son estomac se révolte d'un instant à l'autre contre l'odeur de bouillon qui flottait dans l'air.

— J'ai préparé du thé, au cas où, précis Bowie. Mais tu devrais d'abord essayer le bouillon.

À l'aide d'une louche, il remplit un bol qu'il posa ensuite sur la petite table de la cuisine.

— Tu n'étais vraiment pas obligé de faire ça, lui dit-elle, embarrassée.

Elle n'avait pas l'habitude que l'on prenne soin d'elle de cette façon. En général, elle n'aimait d'ailleurs pas se sentir redevable.

— Je sais bien, répondit Bowie. Mais j'avais envie de le faire. Qui sait ? J'ai peut-être besoin d'explorer mes talents de cuisinier…

— Je ne suis pas sûre que réchauffer un bol de bouillon soit vraiment considéré comme de la cuisine, remarqua-t-elle en souriant.

— Zut ! soupira Bowie d'un ton faussement tragique, encore un de mes rêves qui s'envole en fumée. Mais que cela ne t'empêche pas de manger, Marlowe.

— Tu n'es pas obligé de rester pour me regarder manger, tu sais, dit-elle à Bowie qui avait pris place en face d'elle. Je peux très bien demander à mon frère de passer me chercher.

— Je te l'ai dit : je compte prendre la place de Wallace tant que je ne t'aurai pas ramenée jusqu'à lui.

— À ce propos, je devrais peut-être l'appeler pour le rassurer…

— C'est fait, lui dit Bowie. Je lui ai dit que nous le retrouverions directement à Colton Oil. Franchement, ajouta-t-il, si je n'avais pas plus confiance en moi, je pourrais croire que tu essayes de te débarrasser de moi.

— Ce n'est pas cela…, objecta-t-elle d'un ton hésitant. C'est juste que… je ne veux pas que tu te sentes obligé de faire quoi que ce soit pour moi.

— Ce n'est pas une question d'obligation mais d'envie. Mais j'ai l'impression que tu as un problème avec ça. Tu détestes te sentir redevable, n'est-ce pas ?

— On ne peut rien te cacher. Mon père m'a toujours répété que le plus important dans la vie était de savoir faire preuve d'autonomie.

— Mais la vie n'est pas toujours affaire de compétition.

— Tu ne dirais pas ça si tu étais une femme travaillant au sein d'une compagnie pétrolière.

— Tu n'as qu'à venir travailler pour Robertson Energy, répliqua-t-il malicieusement. Nous avons beaucoup de collaboratrices et un programme très strict de promotion de l'égalité des chances.

— J'imagine la tête que ferait mon père, s'exclama-t-elle en riant.

— Marlowe, tu n'as toujours pas avalé une seule cuillerée de bouillon, lui fit remarquer Bowie.

— J'ai peur que ça ne me rende malade.

— Tu ne peux pas continuer à vous laisser mourir de faim, le bébé et toi.

— Cela aurait au moins le mérite de régler tous tes problèmes.

— Tu ne crois pas que c'est un peu mélodramatique ? lui demanda-t-il d'un ton moqueur.

— Peut-être un peu, reconnut-elle en riant.

— Si tu ne manges pas par toi-même, je vais finir par te nourrir moi-même, la menaça-t-il.

— Chiche ! s'exclama-t-elle.

Un large sourire se dessina sur les lèvres de Bowie tandis qu'il prenait la cuillère qu'il plongea dans le bol. Il souffla dessus avant de la tendre vers ses lèvres. Marlowe avala une gorgée de bouillon et constata avec un soulagement certain que son estomac ne se révoltait pas.

Bowie remplit à nouveau la cuillère, qu'il lui tendit. Mais la proximité de leur corps et le jeu de leurs regards ne tardèrent pas à prendre un tour nettement plus sensuel. Dans les yeux de Bowie, elle vit s'allumer une lueur de désir qui ne fit qu'attiser celui qu'elle sentait monter en elle.

Au bout d'un moment, il posa la cuillère et se pencha vers elle pour poser les lèvres sur les siennes. Elle répondit à son baiser avec une ferveur qui la prit elle-même de court. Bowie la souleva alors de sa chaise pour la ramener vers la chambre à coucher…

Lorsqu'ils quittèrent l'appartement pour se rendre au siège de Colton Oil, ils avaient déjà une bonne heure de retard sur leur planning. Pourtant, Bowie ne semblait pas particulièrement pressé.

— Tu es bien conscient du fait que cette voiture peut rouler beaucoup plus vite ? s'exclama-t-elle. À ce rythme, nous aurions aussi bien pu prendre des vélos…

— Nous ne sommes plus à cinq minutes près, objecta Bowie. Je te rappelle que tu n'es plus responsable uniquement de ta propre vie. Tu es sur le point de devenir mère.

— Si nous allons aussi lentement, je risque d'accoucher dans cette voiture, répliqua-t-elle. Accélère, Bowie !

Au lieu de lui obéir, il ralentit encore.

— Mais qu'est-ce que tu fabriques ? protesta-t-elle.

— Puisque tu ne sembles pas capable de lever le pied, je le fais pour toi, répliqua-t-il du tac au tac. Si tu ne commences pas à te ménager, tu risques de souffrir de pré-éclampsie.

— Pré-éclamp-quoi ? demanda-t-elle.

— C'est une complication de la grossesse qui peut se produire en cas de surmenage et d'hypertension. Elle se traduit par des œdèmes, toutes sortes de douleurs et des vomissements. Généralement, les femmes qui en souffrent sont condamnées à rester alitées jusqu'à l'accouchement. Et je suis prêt à parier que ça te rendrait complètement folle. Alors tâche de te détendre un peu.

Marlowe l'observa d'un air suspicieux, se demandant s'il n'avait pas tout inventé dans le seul but de faire pression sur elle.

— Comment est-ce que tu sais tout ça ? lui demanda-t-elle.

— Je te l'ai dit : depuis que j'ai appris que tu étais enceinte, j'ai commencé à lire un excellent ouvrage sur le sujet. Entre nous soit dit, je pense que tu devrais le lire aussi. C'est vraiment très instructif. Évidemment, si tu avais pris rendez-vous avec un médecin comme tu aurais dû le faire il y a déjà plusieurs jours, il t'aurait certainement mise en garde contre les risques de pré-éclampsie.

— D'accord, j'ai compris, soupira-t-elle. Je t'ai promis que j'irais consulter un obstétricien à la première occasion et je compte tenir parole. Maintenant, est-ce que tu pourrais accélérer un peu, histoire qu'on arrête de se faire doubler par les escargots ?

— Nous y sommes presque, lui répondit Bowie en désignant le bâtiment qui abritait le siège de Colton Oil.

Marlowe aperçut Wallace Bigelow qui se tenait près de l'entrée. Bowie avait dû lui envoyer un message pour le prévenir de leur arrivée. Lorsqu'il se gara à proximité du perron, le garde du corps vint galamment ouvrir sa portière.

— Bonjour, lui dit-il d'une voix enjouée.

— Si vous le dites, grommela-t-elle.

— Comme vous pouvez le voir, Wallace, Marlowe est d'une humeur charmante, ce matin. Je vous souhaite bien du courage…

— Ne vous en faites pas pour moi, monsieur Robertson. Je suis sûr que tout se passera bien.

— Veillez à ce qu'elle ne se surmène pas trop.

— Je ferai mon possible, déclara le garde du corps qui ne paraissait pas convaincu qu'une telle chose fût possible.

— Et n'oublie pas de m'appeler dès que tu auras pris rendez-vous avec ton médecin, ajouta Bowie à l'intention de Marlowe.

En guise de réponse, elle lui tira la langue avant de se tourner vers Wallace.

— Nous devrions y aller avant que je me décide à étrangler M. Robertson, lui dit-elle.

Bowie éclata de rire. L'instant d'après, il démarra en trombe et s'éloigna sur les chapeaux de rouesen faisant rugir son moteur.

— Je savais bien que cette voiture pouvait aller plus vite, murmura-t-elle sans parvenir à réprimer un sourire.

19

Marlowe fit rouler doucement sa tête pour soulager sa nuque douloureuse puis se massa les tempes, s'efforçant de chasser la migraine qui ne lui laissait pas de répit. Sa vision était légèrement trouble, et elle avait du mal à déchiffrer le document qui s'affichait sur l'écran de son ordinateur.

Avec un soupir, elle jeta un coup d'œil à sa montre. Cela faisait à présent une heure et demie qu'elle avait commencé à retravailler sur ce projet de rapport auquel elle n'avait pensé consacrer qu'une dizaine de minutes.

Mais chaque fois qu'elle pensait en avoir terminé, elle décelait une erreur ou une ambiguïté qui la forçait à reprendre le texte.

Elle commençait d'ailleurs à se demander si Bowie n'avait pas raison et si elle ne ferait pas mieux de lever un peu le pied. Mais elle devait tout d'abord finaliser ce compte rendu d'activité qu'elle comptait présenter lors de la prochaine réunion de la commission Énergie de l'Arkansas.

Hélas ! plus elle reformulait ce rapport et plus il lui paraissait confus et embrouillé. C'était d'autant plus frustrant pour elle que ce genre d'exercice ne lui posait d'ordinaire aucune difficulté particulière.

Fallait-il voir là un nouvel effet indésirable de sa grossesse ? Un simple signe de fatigue ? Ou bien encore la conséquence de cette nuit qu'elle avait passée avec Bowie et à laquelle

elle ne pouvait s'empêcher de repenser en se demandant ce qu'elle pourrait bien signifier pour leur avenir ?

Écartant ces questions intempestives, Marlowe se remit au travail. Pendant encore une quinzaine de minutes, elle s'acharna sur le texte avant de jeter l'éponge. Elle était tout simplement trop épuisée pour continuer. Une bonne nuit de sommeil l'aiderait peut-être à y voir un peu plus clair.

— Wallace, appela-t-elle, je suis prête à partir !

Percevant la tension qui l'habitait, il avait décidé un peu plus tôt dans la soirée de la laisser tranquille et d'aller s'installer dans le bureau de son assistante, le temps qu'elle termine son document.

Wallace demeura silencieux, ce qui n'était pas dans ses habitudes. Il pouvait se montrer discret – muet comme une tombe, même, lorsque les circonstances l'exigeaient – mais lorsqu'elle s'adressait à lui, il ne manquait jamais de lui répondre.

— Wallace ? Est-ce que vous m'entendez ? demanda-t-elle d'une voix un peu plus forte.

Le silence qui lui répondit ne manqua pas de l'inquiéter. Elle songea que Wallace était peut-être sorti durant quelques minutes pour prendre l'air. Mais cela ne lui ressemblait pas non plus. Il faisait généralement preuve d'une patience et d'un détachement dignes des plus grands maîtres zen et pouvait rester des heures sans bouger et sans parler, tout en restant à l'affût.

Peut-être s'était-il absenté pour satisfaire un besoin naturel. C'était l'explication la plus probable. Tout en se faisant cette réflexion, Marlowe quitta son bureau et alla ouvrir la porte qui donnait sur celui de Karen. Curieusement, la pièce était plongée dans la pénombre.

— Wallace ? appela-t-elle à nouveau d'un ton mal assuré.

C'est alors qu'elle aperçut une forme étendue à terre, partiellement dissimulée par le bureau de son assistante. Le cœur battant à tout rompre, elle se précipita dans cette direction et constata qu'il s'agissait bien de Wallace. Il était allongé de tout son long, et son front arborait un impressionnant hématome d'où s'écoulait un filet de sang.

Très inquiète, Marlowe s'agenouilla à côté de lui et posa les doigts sur sa gorge à la recherche de son pouls. Durant quelques secondes, elle ne le trouva pas et sentit redoubler son angoisse.

Puis, soudain, un faible frémissement se fit sentir au bout de ses doigts. Un soupir de soulagement s'échappa de ses lèvres.

— Vous m'avez fait une de ces peurs…, murmura-t-elle.

Elle ignorait ce qui avait bien pu lui arriver. Peut-être avait-il fait un malaise. Peut-être avait-il trébuché et s'était-il cogné contre le coin du bureau. Au fond, cela n'avait pas grande importance : tout ce qui importait, c'était qu'il soit pris en charge au plus vite.

— Je vais appeler l'hôpital, lui dit-elle en sortant son téléphone de sa poche.

Mais avant qu'elle ait eu le temps de composer le numéro des secours, une voix résonna dans les ténèbres.

— Je ne ferais pas ça, si j'étais vous.

Surprise, elle releva la tête et chercha l'homme qui venait de s'exprimer. Plissant les yeux, elle discerna sa silhouette qui se tenait à quelques mètres de là. Il s'avança, et elle vit qu'il s'agissait d'un jeune homme aux cheveux blonds dont le visage émacié lui paraissait vaguement familier, mais qu'elle ne put resituer.

À la main, il tenait un pistolet.

— Il est blessé, dit-elle en désignant Wallace. Il a besoin de soins.

Elle fit mine de téléphoner, mais l'homme braqua son arme droit sur elle.

— Ne vous occupez pas de lui, lui intima l'inconnu. Il n'est qu'un simple figurant dans cette histoire. Posez ce téléphone et regardez-moi !

Craignant qu'il ne s'en prenne à Wallace, Marlowe s'exécuta.

— Qu'est-ce que vous lui avez fait ? demanda-t-elle en s'efforçant d'adopter un ton autoritaire.

L'homme secoua la tête d'un air peiné.

— C'est toujours la même chose, commenta-t-il d'un ton révolté. Vous vous souciez de tout le monde sauf de moi. Mais on dirait que j'ai enfin réussi à capter votre attention !

Marlowe se creusa la tête, cherchant désespérément à identifier cet homme. Elle était pourtant sûre de l'avoir déjà vu quelque part…

— Il me serait tellement facile d'éliminer votre ami, déclara l'inconnu avec un rire sans joie. Une petite pression de l'index et pouf ! le voilà parti rejoindre ses ancêtres…

— Ne faites pas ça, la supplia-t-elle. Je vous en prie. Vous avez toute mon attention, je vous le jure. Mais ne le tuez pas.

L'homme la considéra avec soin, comme s'il cherchait à lire en elle.

— Est-ce que vous savez seulement qui je suis ? lui demanda-t-il.

Elle comprit qu'en répondant par la négative, elle risquait de le mettre de nouveau en colère et de le pousser à commettre l'irréparable.

— Bien sûr, répondit-elle avec toute l'assurance dont elle était capable.

L'espace d'un instant, elle crut être parvenue à le convaincre. Mais l'expression de son regard se teinta de doute.

— Vraiment ? fit-il. Alors quel est mon prénom ?

Marlowe ne répondit pas.

— Je le savais ! s'exclama le jeune homme d'une voix que l'émotion rendait légèrement tremblante. Cela fait deux ans que je vous observe, mais vous ne faites jamais attention à moi. Vous ne savez probablement même pas ce que je fais à Colton Oil…

— Ce n'est pas vrai, protesta Marlowe en fouillant sa mémoire à la recherche du moindre indice qui aurait pu la mettre sur la voie.

Il lui semblait effectivement avoir déjà croisé cet homme dans l'enceinte de l'entreprise – à la cafétéria, peut-être ? Ou à la réception ? Peut-être appartenait-il à l'équipe de nettoyage... Incapable de l'identifier, elle jugea préférable de gagner du temps.

— Je sais très bien qui vous êtes, déclara-t-elle avec une assurance feinte. Mais vous connaissez mon père : vous savez qu'il ne m'autoriserait jamais à vous fréquenter. S'il découvrait ce que j'éprouve pour vous, il vous renverrait sans hésiter...

Elle pencha la tête légèrement de côté et regarda l'homme droit dans les yeux.

— C'est la raison pour laquelle j'ai préféré faire comme si je ne vous avais pas remarqué, improvisa-t-elle. Je ne voulais pas que mes sentiments vous coûtent votre poste...

À ces mots, l'homme parut se détendre, et un sourire vint jouer furtivement sur ses lèvres. Mais il disparut presque aussitôt, remplacé par une expression de défiance.

— Si c'était le cas, pourquoi est-ce que vous auriez couché avec Bowie Robertson, le soir de la convention sur l'énergie ? lui demanda-t-il d'une voix accusatrice.

— J'avais trop bu, répondit-elle d'un air faussement contrit. J'ai eu tort. Mais je ne voulais pas vous blesser...

— Vous me prenez pour un imbécile ? Je sais que vous vous êtes revus à plusieurs reprises, au cours de ces derniers jours. Il a même passé la nuit dans votre appartement.

La voix de l'inconnu tremblait à présent d'une rage à peine contenue.

— Je vous en prie, l'implora-t-elle.

Il braqua de nouveau son arme sur elle.

— Vous essayez de me manipuler en vous servant des sentiments que j'éprouve pour vous. Vous devez croire que je suis vraiment stupide...

— Pas du tout, lui assura-t-elle. Je vous assure que je partage ces sentiments...

— Taisez-vous ! s'exclama-t-il rageusement. Comment avez-vous pu me faire ça ? Comment avez-vous pu me trahir de cette façon ?

Percevant l'intensité maladive qui transparaissait dans sa voix, Marlowe comprit qu'elle avait affaire à quelqu'un de plus profondément déséquilibré encore qu'elle ne l'avait imaginé. Un frisson glacé dévala le long de son échine tandis qu'elle cherchait désespérément une échappatoire.

Son téléphone se mit alors à sonner, les faisant tous deux sursauter. L'homme tourna son arme vers l'appareil comme s'il avait l'intention de tirer dessus.

— Éteignez-moi ça ou je le dégomme ! s'emporta-t-il.

— Tout de suite, répondit Marlowe en se penchant pour récupérer le téléphone. Je vais l'éteindre…

— N'utilisez que votre main gauche ! ordonna l'homme en pointant de nouveau son arme sur Wallace. Sinon, je tue votre garde du corps.

Luttant contre la terreur qui menaçait de lui faire perdre ses moyens, Marlowe fit mine de presser la touche qui permettait d'éteindre l'appareil. Mais, simultanément, elle prit l'appel.

— C'est fait ! s'exclama-t-elle en reposant le téléphone à terre, l'écran tourné vers le sol. J'ai coupé mon téléphone.

Cela faisait trois fois en l'espace d'une heure que Bowie tentait de joindre Wallace. D'ordinaire, le garde du corps de Marlowe lui répondait toujours. Et lorsqu'il ne pouvait décrocher, il lui envoyait un message pour le rassurer. En général, il le rappelait dans la demi-heure qui suivait. Mais cette fois-ci il ne donnait pas signe de vie.

Bowie essaya de se convaincre que Wallace avait probablement une très bonne raison de maintenir un tel silence radio. Mais il ne pouvait s'empêcher de penser à ce qui était arrivé à son propre garde du corps, quelques jours auparavant.

Dans sa voiture, alors qu'il venait de quitter le siège de

Robertson Energy pour rentrer chez lui, il tenta une fois de plus de contacter Wallace et tomba de nouveau sur son répondeur. En désespoir de cause, il se décida à appeler Marlowe pour s'assurer que tout allait bien.

Bowie s'attendait à tomber sur son répondeur mais, à son grand étonnement, la sonnerie retentit au creux de son oreille. Au bout de la cinquième, il faillit raccrocher. Mais Marlowe décrocha enfin. Alors qu'il s'apprêtait à lui parler, il entendit sa voix résonner de façon assez lointaine.

— C'est fait, disait-elle. J'ai coupé mon téléphone.

— Très bien, fit une voix masculine, encore plus distante. Maintenant écartez-vous de l'appareil.

Un frisson d'angoisse traversa Bowie de part en part.

— Là, c'est parfait…, reprit la voix. Maintenant, vous allez me suivre bien sagement. Et ne vous avisez pas de tenter quoi que ce soit.

— Je ne tenterai rien, répondit Marlowe.

Bowie tendit vainement l'oreille. Marlowe et l'homme s'étaient probablement trop éloignés du téléphone pour qu'il puisse continuer à les entendre.

Il écrasa l'accélérateur, faisant rugir son moteur. En dépit des circonstances, il ne put s'empêcher de songer que Marlowe aurait apprécié la vitesse à laquelle sa voiture avalait les kilomètres.

Fort heureusement, la route était quasiment déserte, à cette heure, et il ne lui fallut qu'une dizaine de minutes pour atteindre le siège de Colton Oil. Il ne prit même pas la peine de garer, abandonnant son véhicule au beau milieu du parking avant de se ruer en direction de la porte vitrée.

Il craignit un instant qu'elle ne soit verrouillée mais s'aperçut avec soulagement qu'elle était toujours ouverte. Il entra et chercha des yeux l'employé qui se trouvait d'ordinaire à l'accueil. Mais à cette heure il avait déjà dû quitter son poste.

Luttant contre la panique qui l'envahissait, Bowie se

dirigea en courant vers les ascenseurs et pressa le bouton d'appel. Simultanément, il composa le numéro des urgences.

— Police de Mustang Valley, je vous écoute.

— Ici Bowie Robertson. Je vous appelle du siège de Colton Oil. J'ai de bonnes raisons de croire que quelqu'un est en train de s'en prendre à Marlowe Colton en cet instant même. Je vais essayer d'intervenir.

— Vous ne devriez pas faire ça, objecta l'opérateur. Vous vous mettriez en danger, vous et Mlle Colton. Une voiture de patrouille ne va pas tarder à arriver.

— Je ne peux pas me permettre de l'attendre, répondit Bowie. Ce type a déjà essayé de me tuer à plusieurs reprises, et il a tiré sur mon garde du corps. Mais envoyez-nous vite vos collègues !

La porte de l'ascenseur s'ouvrit sur l'étage où se trouvait le bureau de Marlowe. Bowie raccrocha son téléphone et le glissa dans sa poche avant d'avancer dans le couloir. Il était plongé dans une quasi-obscurité, mais Bowie n'osa pas allumer la lumière de peur de se faire repérer.

À pas de loup, il se dirigea vers le bureau de Marlowe. Et comme il venait d'entrer dans celui de son assistante, il aperçut un corps allongé sur le sol. S'approchant de lui, il constata avec un soulagement coupable qu'il s'agissait de Wallace.

Le garde du corps de Marlowe arborait une vilaine blessure au front mais, fort heureusement, respirait toujours. Sachant qu'il ne pouvait perdre un seul instant, Bowie renonça à le ranimer pour l'interroger.

Suivant son instinct, il se dirigea vers le bureau de Marlowe. Comme il s'approchait de la porte, il crut discerner un bruit sourd provenant de l'intérieur. Cela ressemblait à un gémissement que l'on aurait essayé d'étouffer.

Sans hésiter, Bowie poussa le battant et entra dans le bureau à temps pour voir un homme qui tenait Marlowe contre lui, une main plaquée sur sa bouche. Il l'entraînait en direction d'une porte qui s'ouvrait au fond du bureau.

Bowie se rappela qu'elle desservait un escalier privé qui permettait de rejoindre directement le rez-de-chaussée. Il comprit aussi que s'il laissait au ravisseur le temps de s'y engager avec Marlowe, il ne pourrait les suivre sans offrir une cible presque immanquable.

Sachant qu'il n'avait qu'une poignée de secondes pour agir, il se rua en avant, traversant la pièce à toute allure. Se rappelant les années qu'il avait passées à pratiquer le football américain lorsqu'il était encore à l'université, il heurta l'homme de plein fouet, le projetant violemment par terre.

Marlowe fut déséquilibrée, elle aussi, et s'effondra sur le sol. Mais ce faisant, elle échappa à l'emprise de son ravisseur. Bowie se jeta sur l'inconnu, tentant de le plaquer. Ce n'est qu'alors qu'il prit conscience du fait que l'homme tenait un pistolet. Le cœur battant à tout rompre, il lui agrippa le bras pour l'empêcher de tourner l'arme contre lui.

Pendant ce temps, Marlowe s'était redressée. Paniquée, elle chercha des yeux une arme dont elle aurait pu se servir pour aider Bowie. Elle repéra alors une statue métallique que lui avait offerte son père et qui représentait une plateforme pétrolière.

S'en emparant, elle se précipita vers les deux hommes qui luttaient toujours au corps à corps. Mais ils étaient bien trop près l'un de l'autre pour qu'elle puisse viser son agresseur. Bowie essayait toujours d'arracher le pistolet de ce dernier. Et soudain, un coup de feu assourdissant résonna dans le bureau.

Marlowe ne put réprimer un cri d'effroi, et son corps tout entier se figea, comme pris dans une gangue de glace. Le cœur battant à tout rompre, elle fixa les deux hommes qui étaient l'un et l'autre couverts de sang, cherchant vainement à comprendre lequel avait été blessé.

Finalement, Bowie s'écarta de son adversaire et se redressa péniblement.

— Est-ce que tu es blessé ? demanda Marlowe, folle d'inquiétude. Est-ce qu'il t'a touché ? Dis-moi que tu vas bien…

Sa voix se brisa.

Mais avant que Bowie ait eu le temps de la rassurer, l'homme qui se trouvait à terre laissa échapper une sorte de hululement de souffrance et de détresse mêlées. Elle le vit presser les mains sur son aine droite qui saignait abondamment.

— Tu n'as rien ? demanda-t-elle de nouveau à Bowie.

— Tout va bien, lui assura-t-il. Il ne m'a pas touché.

Elle le prit dans ses bras et posa doucement la joue contre sa poitrine, éperdue de soulagement.

— Comment peux-tu me faire ça ? lui cria son agresseur d'une voix déchirante. Je t'aime, Marlowe…

Bowie tourna vers elle un regard curieux.

— Qui est-ce ? lui demanda-t-il.

Elle était sur le point de lui répondre qu'elle n'en avait strictement aucune idée lorsque la mémoire lui revint soudain.

— Il travaille au service Courrier, répondit-elle. Il s'appelle Gerard Jones…

— Edward Jones, gémit l'homme en se recroquevillant piteusement sur lui-même. Je m'appelle Edward…

20

Il ne s'écoula que quelques minutes entre la fin de la confrontation qui avait opposé Bowie à Edward Jones et l'arrivée de Barco et de ses hommes.

Lorsqu'ils parvinrent dans le bureau de Karen, Wallace venait tout juste de reprendre connaissance. Il essayait de se lever, mais Bowie qui se trouvait à côté de lui posa doucement la main sur son épaule.

— Ne bougez pas, lui conseilla-t-il. Il n'y est pas allé de main morte, et vous êtes bien cabossé.

Wallace était sur le point de protester lorsque Barco s'avança vers eux.

— Est-ce que tout va bien ? demanda-t-il.

— Nous sommes tous trois sains et saufs, déclara Marlowe qui se tenait dans l'embrasure de la porte de son bureau.

À la main, elle tenait le pistolet de Jones qu'elle pointait résolument vers son propriétaire. Ce dernier était toujours étendu sur la moquette de son bureau et gémissait de douleur.

— Bigelow a besoin d'une ambulance, ajouta-t-elle.

— Toi aussi, tu devrais te faire examiner par un médecin, remarqua Bowie.

— Ce n'est pas la peine. Je vais bien.

Le chef Barco la considéra d'un œil dubitatif.

— Je vous assure, insista-t-elle. Par contre, ce type-là va avoir besoin de soins, lui aussi, ajouta-t-elle en écartant du bout du pied le battant de la porte.

Barco découvrit avec stupeur l'homme qui était allongé dans le bureau.

— J'imagine que c'est l'agresseur que vous avez signalé lorsque vous avez appelé les urgences, dit-il à Bowie.

— En effet, répondit ce dernier en se redressant. Et je serais prêt à parier que c'est également lui qui nous a tiré dessus lorsque nous étions chez Marlowe et qui a blessé mon garde du corps.

— Quelle raison avait-il de vous en vouloir ? demanda Barco à Marlowe.

— Je crois qu'à sa façon il était amoureux de moi, répondit-elle. Il n'a pas supporté que je ne m'en sois pas rendu compte puis que je sois sortie avec Bowie…

— Nous sommes faits l'un pour l'autre ! s'exclama Jones d'une voix plaintive. J'aurais pu vous le prouver si vous m'aviez seulement laissé une chance…

Marlowe se tourna vers lui et le considéra gravement.

— Je crois que vous êtes malade, lui dit-elle.

— Je vous aime, Marlowe, déclara-t-il d'une voix déchirante.

— Si vous m'aimiez vraiment, vous ne m'auriez pas tiré dessus. Vous ne m'auriez pas attaquée et menacée avec une arme. Vous ne vous en seriez pas pris aux gens qui me sont chers.

Elle se tourna alors vers Barco.

— Une fois que les médecins l'auront remis sur pied, vous devriez faire venir un psychiatre, lui conseilla-t-elle. Je crois que cet homme a vraiment besoin d'aide…

— Vous le connaissez ? s'étonna le chef de la police.

Elle hocha la tête.

— Il travaille ici, au département Courrier.

— Plus maintenant, répondit Barco. Vous risquez de passer un certain temps à l'ombre, monsieur Jones.

À cet instant, ils furent rejoints par deux urgentistes qui placèrent Jones sur une civière. L'un d'eux entreprit d'arrêter son saignement tandis que l'autre s'occupait de Wallace.

Pendant ce temps, Barco entraîna Marlowe et Bowie un peu à l'écart.

— Je vous assure qu'il ne vous embêtera plus avant longtemps, déclara-t-il. Mais lorsque vous vous sentirez prêts à le faire, il faudrait que vous passiez au poste de police l'un et l'autre pour faire vos dépositions et répondre à quelques questions. En attendant, je vous conseille de rentrer chez vous et de vous reposer, tous les deux.

— Excellente idée, approuva Marlowe. Mais avant cela, je tiens à m'assurer que Wallace va bien.

Elle retourna auprès du garde du corps dont le front s'ornait à présent de sutures adhésives.

— Je maintiens que vous devriez venir à l'hôpital, déclara l'ambulancier qui s'était occupé de lui. Nous devons vous garder en observation, le temps de nous assurer que vous ne souffrez pas d'un traumatisme crânien.

— Ce n'est pas la peine, lui assura Wallace. D'ailleurs, je suis toujours de service...

— Ne soyez pas ridicule, Wallace, intervint Marlowe. Vous êtes blessé.

— Ce n'est qu'une égratignure, objecta-t-il.

— L'homme contre lequel vous me défendiez a été arrêté, l'interrompit Marlowe. Je n'ai donc plus besoin de vos services, pour ce soir en tout cas. Allez vous faire soigner !

Wallace fit mine de protester mais Bowie secoua la tête.

— Ne perdez pas votre temps, Wallace, lui dit-il. Marlowe est plus têtue qu'une mule, et vous n'avez strictement aucune chance de l'emporter dans un débat avec elle. Croyez-moi, je sais de quoi je parle...

Marlowe lui lança un regard amusé.

— Je suis heureuse de voir que tu as retenu la leçon, lui dit-elle d'un ton narquois.

Bowie leva les yeux au ciel d'un air faussement tragique.

— Vous voyez ce que je veux dire, dit-il à Wallace.

Ce dernier ne put s'empêcher de sourire.

— D'accord, capitula-t-il enfin. Si vous êtes sûrs que vous n'avez pas d'autres ennemis qui pourraient vous menacer…

Marlowe ne put s'empêcher de penser à la personne qui leur avait envoyé le mail concernant Ace.

— Certaine, répondit-elle. Prenez bien soin de lui, ajouta-t-elle à l'intention de l'urgentiste.

— C'est promis, mademoiselle.

Wallace la considéra alors d'un air un peu triste.

— Je suis vraiment désolé, lui dit-il.

— Pourquoi ? demanda-t-elle.

— Pour ne pas avoir su vous protéger…

Marlowe prit l'énorme main de son garde du corps et la serra affectueusement entre les siennes.

— Il vous a attaqué par surprise, lui dit-elle. Cela aurait pu arriver à n'importe qui.

— Justement. Je ne suis pas censé réagir comme n'importe qui. Je suis votre garde du corps.

— L'important, c'est que tout se soit bien terminé, lui assura-t-elle.

— Si vous le dites, concéda Wallace qui ne paraissait pas totalement convaincu.

— Reposez-vous bien, lui conseilla Bowie. Je passerai vous voir à l'hôpital demain matin.

Lorsque les ambulanciers se furent éloignés en emportant la civière, suivis par Wallace Bigelow, le chef Barco se tourna vers Marlowe et Bowie qui se tenaient côte à côte.

— Si vous n'avez plus besoin de moi, je vais y aller, déclara-t-il. Je vous félicite pour votre intervention, monsieur Robertson. Et je me réjouis du fait que désormais vous ne serez plus obligé de rester continuellement sur vos gardes, tous les deux.

Marlowe hocha la tête. Elle ne put cependant s'empêcher de penser que ses problèmes étaient encore loin d'être résolus : il paraissait en effet plus que probable qu'Edward

Jones n'avait aucun rapport avec le corbeau qui leur avait envoyé le mail concernant Ace.

Lorsque Barco et ses hommes eurent quitté le bureau à leur tour, Bowie passa le bras autour des épaules de Marlowe.

— Tu trembles, remarqua-t-il, surpris.

Elle s'aperçut alors qu'il avait raison : son corps tout entier était parcouru de frémissements irrépressibles. Elle s'efforça de dominer cette réaction mais en vain.

— C'est fini, lui assura Bowie en la serrant dans ses bras. Il ne peut plus te faire de mal, à présent.

Marlowe n'aimait pas se sentir aussi faible. Sa réaction semblait d'ailleurs prendre Bowie de court : il n'était pas habitué à la voir réagir de cette façon.

— Je sais, répondit-elle d'une voix légèrement tremblante. Je suppose que c'est le contrecoup de ce qui vient de se passer.

Elle prenait effectivement conscience du fait qu'elle aurait très bien pu se faire tuer. Wallace et Bowie avaient également risqué la mort par sa faute, et elle aurait aussi pu perdre son bébé. Toute l'horreur de cette situation lui apparaissait brusquement, et elle comprenait à quel point ils n'étaient pas passés loin de la tragédie.

— Je suis désolée, murmura-t-elle en essayant de chasser les larmes qui lui montaient aux yeux. Ça ne me ressemble pas…

— Tu n'as pas à avoir honte, remarqua Bowie. C'est une réaction parfaitement naturelle. Je t'avoue que je n'en mène pas large moi-même.

Elle leva les yeux vers lui, et il lui sourit.

— Prends tout le temps qu'il te faudra, lui dit-il.

Elle se nicha de nouveau contre lui et demeura immobile, se laissant bercer par les battements lents et réguliers de son cœur. Lorsque les tremblements commencèrent enfin à refluer, elle s'arracha à contrecœur à cette étreinte.

— Je crois que j'aimerais rentrer chez moi, lui dit-elle.

— Je vais te ramener. Est-ce que tu préfères aller au ranch ou à ton appartement ?

— Est-ce que tu resteras avec moi, si je vais à l'appartement ?

— J'espérais que tu me le proposerais, déclara Bowie en souriant.

Le lendemain matin, en ouvrant les yeux, la première chose que vit Marlowe fut le visage de Bowie qui était allongé à côté d'elle. Il était réveillé et la regardait attentivement.

— Bonjour, lui dit-elle d'une voix encore ensommeillée.

— Bonjour, répondit-il en se penchant vers elle pour déposer un léger baiser sur ses lèvres. Comment te sens-tu ?

— Mieux, répondit-elle.

La veille, en arrivant chez elle, elle avait de nouveau été prise d'une crise de sanglots. Bowie l'avait consolée avec une tendresse infinie qui, au gré de leurs baisers, n'avait pas tardé à se muer en passion. Ils avaient fait l'amour, puis Marlowe, brisée par ce tourbillon d'émotions contradictoires, avait sombré dans un profond sommeil.

— J'ai un peu mal au bras, avoua-t-elle. Jones me l'a tordu derrière le dos, hier soir. Il a bien failli me déboîter l'épaule.

— J'aurais peut-être dû t'emmener à l'hôpital en même temps que Wallace, remarqua Bowie. Mais il n'est pas trop tard pour cela. Nous pourrions y aller maintenant.

— Du calme, protesta-t-elle en riant. C'est juste une douleur à l'épaule. Je t'assure que tout va bien. Ce que nous devrions faire, en revanche, c'est nous rendre au poste de police pour faire nos dépositions. Je tiens à m'assurer que Jones ne sera pas libéré de sitôt. Ce type a sérieusement besoin d'une psychothérapie !

Bowie ne put réprimer un sourire.

— Je suis d'accord, acquiesça-t-il. Mais avant d'aller

témoigner, tu devrais vraiment manger quelque chose. Tu n'as rien avalé, hier soir.

— Tu sais que tu es une vraie mère poule ? s'exclama-t-elle en riant.

— Un papa poule, plutôt, objecta Bowie d'un ton moqueur. Je fais ça uniquement pour le bébé, tu sais.

Elle lui décocha un coup de coude.

— Que dirais-tu de tenter un véritable petit déjeuner, cette fois-ci ? Des œufs et des toasts, par exemple ?

Marlowe consulta son estomac, s'attendant à le sentir marquer sa désapprobation.

— Je veux bien essayer, répondit-elle. Mais je ne te promets rien.

— C'est déjà un progrès, déclara Bowie en se redressant.

Elle ne put s'empêcher de le dévorer des yeux tandis qu'il récupérait ses vêtements qui jonchaient le sol et se rhabillait. Cette seule vision suffit à éveiller une douce chaleur au creux de son ventre. Loin de l'immuniser contre l'attirance qu'elle éprouvait pour Bowie, chaque nuit qu'ils passaient ensemble paraissait l'attiser un peu plus.

Elle se doublait à présent d'une véritable tendresse, d'un attachement toujours plus profond qui commençait à l'inquiéter un peu. Elle n'avait pas l'habitude d'éprouver de tels sentiments.

Pour la première fois, quelqu'un avait réussi à fendre l'armure qu'elle s'était forgée au fil des années. Et elle savait déjà que lorsque Bowie finirait inévitablement par prendre ses distances, elle en souffrirait terriblement.

Tandis que Bowie préparait le petit déjeuner qu'il lui avait promis, Marlowe alla prendre une douche avant de s'habiller à la hâte. Elle était curieuse de découvrir si son estomac résisterait à un véritable repas.

L'odeur d'œufs au plat qui flottait dans l'appartement vint

lui caresser les narines, éveillant un gargouillement gourmand au creux de son ventre. Jugeant que c'était bon signe, elle rejoignit Bowie et prit place à la table de la cuisine.

Il posa alors devant elle une assiette qui, outre les œufs, contenait une petite portion de haricots à la sauce tomate ainsi que deux toasts beurrés et recouvert de confiture de framboises. La vue de ce festin ne lui souleva pas le cœur – bien au contraire.

Prudemment, elle prit sa fourchette et coupa un tout petit morceau de blanc d'œuf qu'elle porta à ses lèvres. Après l'avoir avalé, elle attendit, prête à se ruer vers la salle de bains. Mais contre toute attente, son estomac ne donnait toujours aucun signe de rébellion.

Elle piqua un deuxième morceau, un peu plus gros, celui-là.

— C'est délicieux, déclara-t-elle.

— On voit que tu n'as rien avalé depuis très longtemps, répondit Bowie en souriant. Ce n'est pas vraiment de la grande cuisine.

— Peut-être mais, en dehors du bouillon, c'est le premier plat que je parviens à avaler depuis plusieurs jours. En soi, c'est un véritable miracle.

— Tu es peut-être en train de passer le cap des nausées matinales, suggéra Bowie. Avec un peu de chance, tu vas retrouver ton appétit.

— Je l'espère, soupira-t-elle. En tout cas, je compte bien profiter de ce répit pour manger et reprendre des forces. Je vais en avoir besoin pour affronter les membres de ma famille.

— Pourquoi comptes-tu les affronter ? s'étonna Bowie.

— Il va bien falloir que je leur parle de ma grossesse, expliqua-t-elle. Je ne peux pas continuer indéfiniment à la leur cacher.

— Si tu veux, je peux t'accompagner, proposa Bowie.

À cette idée, elle ne put réprimer un sourire.

— Je doute fort que ça arrange les choses. À leurs yeux, tu fais partie de nos ennemis. Je crois qu'il vaut mieux que je leur annonce la nouvelle moi-même. Ta présence serait plus une source de distraction qu'autre chose.

— Pour toi ou pour eux ? demanda-t-il.

— Les deux, j'imagine, répondit-elle en riant. Mais pas tout à fait pour les mêmes raisons…

21

Bowie déposa Marlowe devant le siège de Colton Oil, après que tous deux furent passés au poste de police pour livrer leurs dépositions concernant Edward Jones. En arrivant dans son bureau, elle eut la surprise d'y trouver son père qui faisait les cent pas en l'attendant avec une évidente impatience.

— Barco m'a prévenu que tu ne tarderais pas, expliqua-t-il en avisant le regard étonné qu'elle lui lança. Comment se fait-il que tu ne m'aies pas appelé pour me parler de ce qui s'est passé hier soir ?

Marlowe réfléchit quelques instants à cette question. Sur le moment, elle s'était dit qu'il était inutile d'inquiéter ses proches en leur relatant sa confrontation avec Edward Jones. Mais a posteriori, elle se rendait compte qu'elle avait surtout cherché à éviter une nouvelle confrontation avec son père.

Au fond, elle lui en voulait de ne pas avoir réagi lorsqu'on lui avait tiré dessus. Tout ce qui l'avait préoccupé, sur le moment, c'était le fait qu'elle se soit trouvée en compagnie de Bowie Robertson, le fils de son ennemi juré. Après le lui avoir vertement reproché, il était parti sans prendre la moindre mesure pour assurer sa sécurité.

Aussi ne s'attendait-elle vraiment pas à la façon dont il réagit alors. Sans dire un mot, il traversa la pièce pour venir la serrer dans ses bras. Marlowe n'en revenait pas : elle pouvait compter sur les doigts d'une main les occasions où il s'était montré aussi démonstratif.

Elle ne put s'empêcher de repenser à la façon dont il s'était comporté lors de la dernière réunion du conseil d'administration. Son père serait-il en train de s'adoucir avec l'âge ? Commençait-il à comprendre que son attitude revêche et autoritaire risquait de lui aliéner les membres de sa propre famille ?

Finalement, Payne la relâcha et s'écarta d'elle.

— Le chef Barco est passé au ranch, hier soir, pour nous avertir qu'il venait d'arrêter l'un de nos employés qui avait essayé de te kidnapper, lui dit-il. Un certain Edward Jones qui travaillait au service Courrier, si j'ai bien compris.

— C'est exact, confirma-t-elle.

— Ta mère était folle d'inquiétude. Elle t'a appelée une bonne dizaine de fois, mais tu ne décrochais pas ton téléphone.

— Je l'avais éteint. Après ce qui venait de se passer, j'avais besoin d'un peu de tranquillité.

— Je peux le comprendre, concéda son père. Mais tu aurais tout de même pu nous appeler ! Ta mère tenait absolument à ce que nous passions à ton appartement. J'ai réussi à la convaincre d'attendre ce matin, mais tu devrais vraiment l'appeler pour la rassurer.

— Je le ferai, répondit Marlowe.

Percevant la pointe d'agacement qui perçait dans sa voix, Payne la considéra avec étonnement.

— Quelque chose ne va pas ? lui demanda-t-il.

— Tu veux dire, en dehors du fait que je me suis fait agresser par un malade qui faisait une fixation sur moi ?

Son père jugea apparemment préférable de ne pas relever.

— Barco m'a dit que c'était Bowie Robertson qui les avait prévenus, remarqua-t-il.

— C'est vrai.

— Comment se fait-il qu'il ait été au courant ?

— Le garde du corps qu'il avait embauché pour me protéger ne répondait pas à ses appels, répondit-elle en regardant son père droit dans les yeux.

Payne sembla tomber des nues.

— Un garde du corps ? répéta-t-il.

— Wallace Bigelow, précisa Marlowe. Bowie l'a engagé après que l'on nous a tiré dessus. Il s'inquiétait pour ma sécurité. À raison, semble-t-il…

— Nous aurions très bien pu recruter un garde du corps nous-même, protesta Payne. Nous n'avions pas besoin qu'un Robertson s'en charge.

— Apparemment, si, répliqua-t-elle un peu sèchement. Et Bowie ne s'est pas contenté d'embaucher un garde du corps. Lorsqu'il a compris que le silence radio de Wallace était anormal, il est venu en personne s'assurer que j'allais bien. C'est ainsi qu'il a surpris cette tentative d'enlèvement. Et il n'a pas hésité à intervenir, alors même que Jones était armé et pas lui. Sans Bowie, je serai peut-être enfermée dans la cave d'Edward Jones, en ce moment même !

— Je vois, déclara sobrement son père.

— Il m'a peut-être sauvé la vie, insista-t-elle. Tu pourrais au moins reconnaître qu'il a fait quelque chose de bien.

— C'est vrai, concéda Payne à regret. Mais après t'avoir mise enceinte…

Marlowe leva les yeux au ciel.

— Tu es vraiment impossible ! s'exclama-t-elle. Il n'y a pas moyen de parler avec toi…

— Il va bien falloir que tu essayes, pourtant, lui dit-il.

La façon dont il prononça ces mots éveilla la méfiance de Marlowe qui l'interrogea du regard.

— En tant que nouvelle directrice générale, tu seras amenée à discuter régulièrement avec le président de la compagnie – moi, en l'occurrence.

Elle le considéra d'un air ébahi.

— Tu n'es pas sérieux ? demanda-t-elle enfin.

— Au contraire, répondit-il. Je n'ai jamais été aussi sérieux.

— Mais pourquoi ?

— Parce que je commence à me faire trop vieux pour

cumuler les fonctions de président et de directeur général. De plus, je ne pense pas que ce soit bon pour l'image de Colton Oil. Je ne veux pas donner l'impression que nous nous raccrochons au passé : il est temps de laisser la place aux jeunes.

— Mais pourquoi moi ?

Son père haussa les épaules.

— Parce qu'en dehors d'Ace tu es la plus qualifiée pour ce poste, répondit-il comme s'il s'agissait d'une évidence. Tu connais parfaitement les rouages de l'entreprise et tu as toujours fait de l'excellent travail…

— Merci. Mais je ne sais pas si le moment est bien choisi. Après tout, je vais devenir mère d'ici quelques mois…

— Et alors ?

— Alors je ne sais pas si je pourrai assumer ces deux responsabilités de front.

— Tu te sous-estimes. Je suis sûr que tu t'en tireras à merveille.

Elle était loin de partager son optimisme – d'autant qu'elle n'avait aucune idée de ce à quoi pourrait bien ressembler sa vie de mère. Elle ne savait même pas si Bowie comptait vraiment s'occuper du bébé, lui aussi, ou s'il se contenterait d'assumer ses responsabilités morales et financières vis-à-vis de cet enfant.

— Je n'en suis pas aussi sûre, murmura-t-elle.

— Tout ce qu'il te faut, c'est une bonne nounou. Je suis même prêt à payer ses gages. Et voilà : Problème résolu !

— Ce n'est pas aussi simple…

— Tu n'es pas la seule mère qui travaille pour Colton Oil, tu sais, lui fit remarquer son père. Et les autres s'en sortent très bien.

Marlowe le considéra d'un air songeur.

— Justement, en sommes-nous vraiment sûrs ? demanda-t-elle. Peut-être sont-elles confrontées au même problème que moi. J'avoue que je n'avais pas vraiment réfléchi à la question, auparavant... Mais il y aurait peut-être une solution.

— Je ne peux quand même pas payer une nounou à toutes mes employées, plaisanta Payne.

— Non, répondit Marlowe. En revanche, nous pourrions très bien ouvrir une crèche d'entreprise.

Payne la considéra avec stupeur.

— Tu plaisantes ? s'exclama-t-il.

— Pas du tout. Et je m'en veux de ne pas y avoir pensé plus tôt.

— Mais nous sommes une compagnie pétrolière, protesta son père. Pas une garderie !

— Ce ne serait pas très compliqué à mettre en place, poursuivit Marlowe sans tenir compte de ses protestations.

— Marlowe, je pense que tu devrais vraiment prendre quelques jours de vacances.

— Je suis sérieuse, insista-t-elle. Je pense vraiment que cette idée de crèche d'entreprise est excellente. Si j'hésite à accepter le poste de directrice générale pour pouvoir mieux m'occuper de mon bébé, je ne suis probablement pas la seule à devoir faire face à ce genre de dilemme. Et je pense que tu devrais vraiment envisager de financer une telle structure.

— J'y réfléchirai, répondit évasivement son père.

— Je suis vraiment sérieuse, insista-t-elle à nouveau, bien décidée à obtenir gain de cause.

— Nous ne savons même pas combien cela coûterait, objecta-t-il.

— Vu les bénéfices que nous dégageons, nous avons largement les moyens de financer un tel projet. D'autant qu'il présenterait de nombreux avantages pour l'entreprise...

— Je ne vois vraiment pas lesquels...

— Les employées seraient à même de mieux organiser leur temps sans être dépendantes d'une structure extérieure. Cela aurait aussi un effet très positif sur leur moral et leur implication au travail. Sans parler du fait qu'une initiative de ce genre serait excellente pour l'image de Colton Oil...

Payne parut considérer ses arguments. Au bout de quelques instants, un sourire rusé se dessina sur ses lèvres.

— Si tu tiens vraiment à mettre en place une telle structure, tu pourras le faire en tant que directrice générale, lui dit-il. Après tout, tu n'auras plus aucune raison de refuser le poste si tu peux aller voir ton enfant chaque fois que tu en as envie.

Marlowe comprit qu'elle se trouvait prise à son propre piège.

— D'accord, acquiesça-t-elle. Je suis prête à accepter le poste si tu m'autorises à créer cette crèche.

— Marché conclu, répliqua son père. Monte le dossier et prépare un budget prévisionnel de façon que l'on puisse lancer ce projet aussi vite que possible.

— Merci, papa, lui dit-elle.

— Il n'y a pas de quoi.

— Il y a autre chose que je voulais te demander, ajouta-t-elle.

— Une salle de sport pour les employés ? ironisa-t-il. Une piscine ? Un sauna ?

— Rien de tout ça, lui assura-t-elle en riant. C'est au sujet du mail anonyme que nous avons reçu. Est-ce qu'Ainsley a engagé le détective privé dont elle parlait la dernière fois ?

— Pas encore. Mais Rafe m'en a reparlé ce matin même. Il semble penser que c'est une bonne idée, lui aussi.

— Je suis d'accord. Si nous ne le faisons pas, quelqu'un risque de découvrir le pot aux roses avant nous. Et dans ce cas, nous n'aurons plus aucun contrôle sur la façon dont l'information sera diffusée et présentée.

— Ce n'est pas faux, concéda son père.

— Merci, papa, répondit Marlowe d'un ton moqueur. Venant de toi, je prends ça pour un compliment.

Payne haussa les épaules.

— Si je ne pensais pas que tu étais compétente, je ne t'aurais pas proposé le poste de directrice générale, lui dit-il.

Il parut hésiter un instant.

— Et puisque nous en sommes à la distribution des bons points, reprit-il, tu transmettras mes remerciements à Bowie Robertson. Si ce que tu dis vrai, tu lui dois une fière chandelle, et moi aussi par la même occasion.

— Je le lui dirai, acquiesça Marlowe, touchée.

Il n'était pas dans les habitudes de son père de faire amende honorable de cette façon. Il était d'ailleurs évident que ces compliments mettaient Payne très mal à l'aise.

— Quoi qu'il en soit, je suis vraiment soulagé que tout se soit bien terminé, ajouta-t-il. Et j'espère que tu n'as pas été trop choquée par cette expérience.

— Je vais bien, lui assura-t-elle. Ne t'en fais pas pour moi.

— Je suis tout de même étonné que ton médecin ne t'ait pas conseillé de prendre un jour de congé pour te remettre de tes émotions.

Marlowe ne chercha même pas à dissimuler sa stupeur. C'était bien la première fois qu'elle entendait son père lui conseiller de lever le pied.

— Au fait, qu'est-ce qu'il t'a dit, au sujet du bébé ? ajouta-t-il.

Marlowe sentit monter en elle un mélange d'embarras et de gêne. Le fait que son père pense à ce genre de choses alors qu'elle ne cessait de remettre ce rendez-vous à plus tard avait probablement de quoi l'inquiéter.

— Rassure-moi, reprit son père que son silence semblait inquiéter, le bébé va bien, n'est-ce pas ?

Elle comprit que tant qu'elle ne lui aurait pas répondu, il continuerait à l'interroger. Il ne lui restait donc plus que deux possibilités : lui mentir éhontément ou bien lui dire la vérité, au risque de s'exposer à un torrent de reproches.

Jusqu'à ce jour, Marlowe avait toujours dit la vérité à son

père. À ses yeux, les mensonges étaient semblables à des sables mouvants : une fois que l'on s'aventurait sur ce terrain dangereux, ils avaient tendance à vous entraîner de plus en plus loin jusqu'à vous submerger totalement.

Et son père ne se laisserait pas abuser facilement. Cela faisait des dizaines d'années qu'il négociait des contrats de plusieurs millions de dollars, et il était passé maître dans l'art de repérer les mensonges.

— Je pense qu'il va bien, répondit-elle prudemment.

— Tu penses ? répéta son père en fronçant les sourcils. Que t'a dit ton obstétricien, exactement ?

— À vrai dire, je n'ai pas encore pris de rendez-vous, avoua-t-elle un peu piteusement.

Payne la fixa d'un air interdit.

— Écoute, lui dit-il enfin d'une voix étonnamment calme. Je sais que tu es quelqu'un de fort et de courageux. Mais il ne s'agit pas seulement de toi, cette fois-ci. Cela concerne aussi le bébé que tu portes. Et tu as une responsabilité envers lui, à présent.

Marlowe ne s'était pas attendue qu'il réagisse de cette façon. Après tout, cet enfant était celui d'un Robertson – ce serait aussi la petite-fille ou le petit-fils de son ennemi. Et pourtant, il se souciait de lui.

— Tu as raison, acquiesça-t-elle. C'est juste que j'ai été très occupée, ces derniers temps.

— Je sais. Mais ta santé et ton enfant doivent passer en priorité. Alors appelle immédiatement un médecin et prends rendez-vous, de préférence dans la journée. Raconte-lui ce qui t'est arrivé hier et dis-lui que tu t'inquiètes pour le bébé. Et ensuite, fais ce qu'il te dira.

— Et s'il me demande de m'arrêter de travailler ?

— Eh bien, tu t'arrêteras le temps qu'il faudra, répondit son père, la prenant de nouveau au dépourvu. Tiens-moi au courant, en tout cas. D'accord ?

— C'est promis, répondit-elle.

Il hocha la tête d'un air satisfait et la laissa seule dans son bureau, passablement déboussolée par les transformations qui semblaient s'être opérées chez lui.

22

Quelques coups frappés à la porte de son bureau tirèrent Marlowe de la lecture du budget qu'elle était en train de vérifier.

— Entrez !

Elle ne s'attendait pas du tout que ce soit Bowie qui pénètre dans la pièce.

— Qu'est-ce que tu fais là ? lui demanda-t-elle, surprise.

— Je suis venu te proposer de te raccompagner à la maison, lui dit-il.

Marlowe fronça les sourcils, se demandant ce qui lui valait une telle visite.

— Mais ma voiture est garée sur le parking, objecta-t-elle.

— Elle sera toujours là demain, répondit-il en haussant les épaules. Et j'imagine que vous devez avoir un vigile qui se chargera de veiller sur elle pendant la nuit.

— Ce n'est pas ce qui m'a empêchée de me faire agresser, lui rappela-t-elle.

— C'est vrai mais, connaissant ton père, l'homme qui était censé être de garde hier soir a déjà dû se faire remplacer.

— Tu exagères, protesta Marlowe. Il n'est pas si terrible que tu ne sembles le penser.

Bowie feignit d'être choqué par cette déclaration.

— Nous parlons bien de la même personne ? répliqua-t-il. Parce que j'ai entendu dire que Payne Colton était un ogre qui avait pour habitude de manger un stagiaire à chaque petit déjeuner.

— Je crois que tu as trop écouté ton père, répondit Marlowe en riant. Le mien peut être dur mais il n'est jamais injuste. D'ailleurs, il m'a chargée de te remercier.

Bowie la considéra avec stupeur.

— Tu es sûre qu'il parlait bien de moi ?

— Certaine. Il sait que c'est toi qui m'as sauvée, hier, et il t'en est reconnaissant. Je crois qu'il se sentait même un peu coupable à l'idée que ce soit toi et non lui qui ait pensé à engager un garde du corps pour me protéger.

— À sa décharge, nous pensions initialement que c'était moi que le tireur visait, dans ton appartement.

— C'est vrai, reconnut Marlowe.

— En tout cas, je suis heureux que cela ait redoré un peu mon image à ses yeux, déclara gravement Bowie. Après tout, Payne Colton sera le grand-père de notre bébé.

— Et il se pourrait fort qu'il soit moins dur avec lui qu'il ne l'a été avec ses propres enfants, remarqua Marlowe.

— Qu'est-ce qui te fait dire ça ?

— Le fait qu'il ait accepté d'ouvrir une crèche d'entreprise à Colton Oil.

Bowie laissa échapper un petit sifflement admiratif.

— Voilà qui est très en pointe de sa part. J'imagine que c'est toi qui lui as soufflé cette idée.

— Oui, reconnut Marlowe. Mais il a accepté. Il ne l'aurait probablement pas fait, voilà encore quelques mois.

— Mais à cette époque, il ne pensait pas devenir grand-père.

— Ce n'est pas uniquement cela, répondit-elle pensivement. Je crois qu'il s'adoucit un peu, avec l'âge.

— Je te promets que je ne le répéterai à personne, lui dit Bowie avec un sourire malicieux. Vos concurrents risqueraient d'en tirer avantage.

Marlowe referma le dossier qui était ouvert devant elle et le mit dans son attaché-case avant de se lever.

— Lorsque tu parlais de me raccompagner à la maison, à laquelle faisais-tu allusion ? demanda-t-elle à Bowie. La mienne ou la tienne ?

— Comme tu préfères, répondit-il.

Jusqu'alors, Marlowe ne s'était encore jamais rendue chez Bowie. Et elle était très curieuse de découvrir à quoi pouvait bien ressembler son appartement. Après tout, une telle visite serait probablement riche en enseignements. Elle lui donnerait l'occasion de découvrir les goûts de Bowie en matière de décoration, de livres ou de musique.

— Allons chez toi, proposa-t-elle.

— Excellent choix, approuva Bowie.

Ils quittèrent le bureau de Marlowe et empruntèrent l'ascenseur pour rejoindre le rez-de-chaussée. La voiture de Bowie était garée sur le parking, non loin de l'entrée principale.

— Comment va Wallace ? demanda Marlowe lorsqu'ils se furent installés à bord et qu'il eut démarré.

— Beaucoup mieux. C'est un garçon solide, et il se remettra très vite de ses blessures. Je lui ai dit qu'il pouvait s'accorder quelques jours de repos, le temps que nous fassions le point sur la situation.

— Maintenant que Jones est en prison, je ne devrais plus avoir besoin de ses services, remarqua Marlowe.

— C'est vrai. Mais nous ignorons encore ce que vous veut le mystérieux corbeau qui vous a contactés, ta famille et toi.

— Je n'ai pas l'impression qu'il soit du genre à s'en prendre à nous physiquement. Je crois qu'il cherche surtout à nous déstabiliser.

— Peut-être, concéda Bowie. Mais dans le doute, il serait peut-être plus sage que tu gardes Wallace près de toi – au moins durant la journée.

— Pourquoi pas le soir ?

Bowie haussa les épaules.

— Je me disais que le soir, c'est moi qui pourrais me charger de jouer les gardes du corps. Si tu es d'accord, bien sûr…

Marlowe ne put réprimer le sourire plein d'allégresse qui naquit sur ses lèvres. Jusqu'alors, ils n'avaient pas vraiment parlé de l'avenir de leur liaison. Elle n'était même pas certaine qu'ils eussent un futur en commun.

Mais la suggestion de Bowie laissait clairement entendre qu'il ne s'agissait pas à ses yeux d'une simple aventure et qu'il entendait bien leur laisser une chance d'explorer cette relation. Et pour quelqu'un qui disait se méfier de toute forme d'engagement, c'était un signe plutôt encourageant.

— Nous y sommes ! s'exclama Bowie en indiquant la jolie petite maison de ville devant laquelle il se gara. *Home sweet home !*

Marlowe observa attentivement les alentours. Le quartier dans lequel ils se trouvaient n'était pas le plus huppé de la ville mais c'était indéniablement l'un des plus agréables. Il y avait de nombreux cafés et restaurants dans les environs, et c'était un voisinage très prisé des célibataires et des jeunes couples. Il y avait aussi un certain nombre d'artistes qui vivaient dans les parages.

La maison était entourée d'un petit jardin. De grandes baies vitrées laissaient deviner un intérieur très lumineux.

— Est-ce que tu es prête ? lui demanda Bowie.

Elle lui lança un regard amusé.

— Tu dis cela comme si je devais m'attendre à quelque chose de terrible, remarqua-t-elle. Dois-je m'inquiéter ?

— À vrai dire, comme tu vas t'en rendre compte, je ne suis pas un spécialiste du rangement…

Marlowe se détendit un peu.

— Ça ne peut pas être si grave que cela, le rassura-t-elle.

Elle découvrit rapidement qu'il n'avait pas exagéré. Après être passés par une petite entrée relativement dépouillée, ils entrèrent dans un salon qui faisait figure de véritable caverne d'Ali Baba. Marlowe ne put retenir une exclamation de stupeur et d'émerveillement mêlés.

Trois des murs étaient tapissés de bibliothèques qui contenaient toutes sortes d'ouvrages, pour la plupart des essais traitant des sujets les plus divers. Mais devant ces rangées de livres étaient posés toutes sortes d'objets anciens : des masques africains, des armes datant du Moyen Âge et de la Renaissance, des compas et des sextants du XIXe siècle et de nombreuses statues en cuivre, en marbre ou en bois. Il y avait aussi une collection de pierres semi-précieuses dont certaines étaient réellement magnifiques.

— C'est un véritable musée ! s'exclama Marlowe, très impressionnée.

— Plutôt un bric-à-brac. Des souvenirs de mes voyages, pour la plupart…

— Tu as pas mal bourlingué, on dirait, remarqua Marlowe en reconnaissant un masque aztèque, un instrument de musique traditionnel balinais, un scarabée sculpté égyptien et une statuette de l'île de Pâques.

— C'est mon loisir préféré, lui apprit-il. Et toi, est-ce que tu voyages ?

— Pas autant que je le voudrais, reconnut-elle.

— Nous devrions partir quelque part avant que ta grossesse t'empêche de prendre l'avion, suggéra Bowie.

— C'est une excellente idée, répondit Marlowe, secrètement ravie de cette suggestion.

Une fois de plus, il semblait indiquer que leur relation était destinée à se développer au cours des semaines et des mois à venir. Et c'était bien plus qu'elle n'en avait espéré jusqu'alors.

— En attendant, reprit Bowie en la dévorant du regard, c'est à un autre genre de voyage que j'aimerais te convier.

En avisant la passion qui couvait dans son regard, elle sentit un frisson naître entre ses omoplates et dévaler le long de son dos.

— Je suis prête à te suivre n'importe où, répondit-elle.

Couvrant la distance qui les séparait, il la prit dans ses bras et l'embrassa avec une ardeur des plus communicatives. Elle lui rendit son baiser sans hésiter, sentant les battements de son cœur s'emballer dans sa poitrine. Presque instantanément, une irrépressible sensation de chaleur se répandit en elle.

Lorsqu'ils se séparèrent, haletants, Bowie lui tendit la main. Elle la prit, et il l'entraîna à l'étage où se trouvait sa chambre à coucher. Là, ils firent l'amour très lentement, prenant tout le temps d'explorer chacune des sensations délicieuses qu'ils s'offraient l'un à l'autre.

L'intensité de ce qu'ils éprouvaient lorsqu'ils étaient ensemble dépassait tout ce qu'ils avaient pu connaître jusqu'alors. Marlowe avait l'impression que Bowie lui permettait d'accéder à une partie d'elle-même dont elle n'avait jusqu'alors pas eu conscience.

Et lorsqu'ils retombèrent enfin côte à côte sur le matelas aux draps froissés, le souffle court et le corps vibrant encore du plaisir qu'ils venaient de se donner, Marlowe demeura longuement immobile, les yeux rivés au plafond, se prenant à rêver à un avenir commun, ce qu'elle s'était jusqu'alors interdit de faire.

— Marlowe, commença alors Bowie, il y a quelque chose que je voulais te dire…

Le ton presque solennel qu'il avait employé et l'expression très grave qui se lisait sur son visage ne manquèrent pas de l'inquiéter. S'apprêtait-il à lui rappeler ce qu'il lui avait dit lorsqu'ils étaient dans la maison de sa famille, dans les montagnes ? Qu'il l'appréciait beaucoup mais qu'il tenait à ce qu'elle sache qu'il n'avait pas l'intention de s'engager ?

Avant qu'il ait pu poursuivre, le téléphone de Marlowe se mit à sonner.

— C'est ma mère, lui dit-elle en reconnaissant la sonnerie spéciale qu'elle avait attribuée à son numéro.

— Tu devrais répondre, lui conseilla Bowie.

— Tu es sûr ? Je croyais que tu voulais me dire quelque chose ?

— Oui. Mais nous reprendrons cette conversation lorsque

tu auras raccroché. Il vaut mieux ne pas inquiéter ta mère, surtout après ce qui s'est passé hier soir.

— Tu as sans doute raison, concéda-t-elle en se rappelant ce que lui avait dit son père, ce matin-là.

Elle décrocha donc.

— Bonjour maman, fit-elle.

En guise de réponse, sa mère émit une série de hoquets convulsifs qui ressemblaient à des sanglots. Elle n'était pourtant pas du genre à perdre ses moyens de cette façon.

— Maman ? Que se passe-t-il ? demanda Marlowe.

Elle entendit sa mère prendre de profondes inspirations pour tenter de ravaler ses larmes.

— Marlowe…, parvint-elle à dire d'une voix hachée. Il faut… que tu… viennes…

— Tu veux que je vienne au ranch ? s'étonna Marlowe. Mais pourquoi ?

— Non, répondit sa mère. Pas au ranch…

— Pas au ranch ? répéta Marlowe qui commençait à se demander si sa mère n'avait pas complètement perdu la tête.

— Ton père…, commença sa mère.

Elle prit une nouvelle inspiration, cherchant visiblement à recouvrer un semblant de calme. Marlowe s'efforça de deviner où elle voulait en venir.

— Mon père aussi s'inquiète pour moi ?

— Ce n'est pas ça…, répondit sa mère.

— Que se passe-t-il, alors ? s'enquit Marlowe avec une pointe d'impatience.

— Ton père s'est fait tirer dessus, trouva la force de lui dire sa mère.

Marlowe se figea tandis qu'une sensation de froid glacial se répandait en elle.

— Est-ce qu'il est…, balbutia-t-elle sans trouver la force de terminer sa phrase.

— Marlowe ? fit alors la voix de son frère Ace qui avait dû prendre le combiné des mains de sa mère. Nous sommes à l'hôpital. Toute la famille est réunie, et nous attendons le pronostic des médecins qui sont en train d'opérer papa. Viens nous rejoindre aussi vite que possible.

— Qu'est-ce qui s'est passé, exactement ? lui demanda Marlowe.

Mais Ace avait déjà raccroché.

23

Marlowe s'efforçait de surmonter la sensation d'horreur qui s'était emparée d'elle et semblait la priver de toute volonté. Elle restait assise sur le lit, son téléphone à la main, cherchant vainement à prendre la mesure de ce qu'on venait de lui dire.

— Marl ? l'interpella doucement Bowie à côté d'elle. Que se passe-t-il ?

Elle se tourna vers lui et le considéra avec un mélange de douleur et d'effroi.

— Mon père s'est fait tirer dessus.

À ces mots, elle le vit pâlir.

— Est-ce qu'il est vivant ?

— Pour le moment, répondit-elle d'une voix tremblante. Il est à l'hôpital.

— Est-ce qu'on sait qui a fait ça ?

Marlowe secoua la tête.

— Je l'ignore. Maman était en état de choc. Et Ace m'a juste demandé de les rejoindre à l'hôpital au plus vite… Il faut que j'y aille…

Elle essuya les larmes qui lui montaient aux yeux. Pleurer ne servirait à rien. Elle devait réagir. Malheureusement, elle se sentait complètement perdue en cet instant.

— Habille-toi, lui dit Bowie. Je vais te conduire là-bas.

Sautant au bas du lit, il commença par ramasser les vêtements de Marlowe qu'il lui tendit avant de s'habiller lui-même.

— Est-ce que tu as besoin d'aide ? lui demanda-t-il.

Marlowe secoua la tête.

— Je vais me débrouiller.

Comme un automate, elle commença à enfiler ses habits. Cela ne lui prit que quelques instants.

— Parfait, déclara Bowie en lui tendant la main. Allons-y.

Elle le suivit jusqu'à la voiture et se laissa tomber sur le siège passager, toujours en proie à cette étrange sensation de vide intérieur. Elle se sentait coupée de la réalité, comme sonnée. Une partie d'elle avait néanmoins conscience du fait qu'il s'agissait d'un mécanisme de défense et que la réalité ne tarderait pas à la rattraper.

Le trajet qui les conduisit jusqu'à l'hôpital ne dura que quelques minutes. Dès qu'ils y arrivèrent, ils furent orientés vers le couloir des urgences où tous les membres de la famille Colton se trouvaient déjà réunis.

Tous étaient présents, y compris Ace qui avait pourtant disparu depuis plusieurs jours. Elle aperçut aussi deux autres de ses frères qui ne travaillaient pas pour Colton Oil : Asher, le contremaître du ranch de Rattlesnake Ridge, et Grayson qui était policier.

Il y avait aussi ceux qu'elle voyait plus souvent : Ainsley, Rafe et Callum, et même Selina qui se tenait légèrement à l'écart du petit groupe. Marlowe se dirigea droit vers sa mère, Genevieve, qui était d'une pâleur de craie et paraissait près de s'effondrer.

Elle la serra dans ses bras, incapable cette fois-ci de retenir ses larmes.

— Comment va-t-il ? lui demanda-t-elle. Est-ce que quelqu'un sait ce qui s'est passé, exactement ?

— C'est l'une des femmes de ménage qui m'a appris ce qui s'était passé, expliqua sa mère d'une voix un peu plus assurée qu'au téléphone. Elle m'a appelée du bureau de ton père où elle venait de le trouver allongé par terre…

— Est-ce qu'elle a vu qui lui a tiré dessus ?

— Non. Elle a juste entendu des coups de feu. Mais le

temps qu'elle arrive, il n'y avait personne d'autre que Payne dans le bureau.

— Cela valait sans doute mieux pour elle, murmura Marlowe en s'efforçant de dominer les émotions qui l'assaillaient et de réfléchir de façon rationnelle.

— Le tireur ne devait pas être très loin parce qu'elle m'a dit qu'elle avait entendu un bruit de course suivi d'un claquement de porte, au moment où elle approchait du bureau de ton père. Cela ne l'a pas empêchée d'aller voir ce qui se passait. Si elle n'avait pas fait preuve d'un tel courage, les secours ne seraient probablement pas arrivés à temps pour pouvoir sauver Payne. Il a été blessé à la poitrine et saignait abondamment. La femme de ménage a immédiatement appelé les urgences avant de me contacter pour me prévenir…

— Qu'ont dit les médecins ? s'enquit Marlowe.

— Il a été conduit au bloc dès qu'il est arrivé à l'hôpital, lui expliqua sa mère. Pour le moment, tout ce qu'ils nous ont dit, c'est que la blessure était très grave et que son pronostic vital était engagé…

La voix de Genevieve se brisa, et elle se remit à pleurer.

— Papa est solide, déclara Marlowe d'un ton qui se voulait réconfortant. Je suis sûre qu'il va s'en sortir.

Callum s'approcha pour prendre sa mère dans ses bras.

— Est-ce qu'on sait qui a fait ça ? lui demanda Marlowe.

Son frère jumeau secoua la tête.

— La police m'a dit qu'ils étaient en train de vérifier les caméras de sécurité au cas où l'une d'elle aurait filmé le coupable. Pour le moment, tout ce qu'on sait, c'est que cette personne a tiré sur papa à deux reprises, le touchant à la poitrine.

— Ce qui signifie que le tireur n'était pas un professionnel, ajouta Rafe.

— Peut-être ne cherchait-il pas à tuer mais juste à blesser, suggéra Asher.

— Si tel avait été le cas, il n'aurait probablement pas pris le risque de viser la poitrine, intervint Grayson. Il aurait plutôt touché le bras, l'épaule ou une jambe...

— Tu avais raison, murmura Marlowe en se tournant vers Bowie. Malgré l'arrestation d'Edward Jones, nous ne sommes toujours pas en sécurité. Et moi qui pensais que les choses allaient revenir à la normale...

Bowie la serra dans ses bras, et elle s'abandonna à cette étreinte, y puisant un peu du réconfort dont elle avait si cruellement besoin.

Bowie demeura auprès de Marlowe jusqu'au moment où le Dr Jonathan Bohan, le chirurgien qui avait opéré Payne, vint annoncer à la famille que l'intervention avait été couronnée de succès. Les balles qui avaient touché le patriarche des Colton n'avaient endommagé aucun organe vital.

— Est-ce que nous pouvons le voir et lui parler ? demanda Ace.

— Vous pourrez aller le voir d'ici une heure, lorsqu'il sera remonté dans sa chambre. En revanche, vous ne pourrez pas lui parler, j'en ai peur.

— Pourquoi ? lui demanda Ainsley.

— Parce que M. Colton est dans le coma, répondit sobrement le médecin.

— Combien de temps pensez-vous que cela durera ? lui demanda Rafe. Quand va-t-il reprendre connaissance ?

— Je ne peux malheureusement pas répondre à cette question, reconnut le Dr Bohan. Cela peut durer quelques heures ou quelques semaines... Il n'y a aucun moyen de le savoir.

Ace se rembrunit, comprenant aussitôt l'implication de ce que le médecin venait de leur dire.

— Est-ce qu'il pourrait ne jamais se réveiller ? demanda- t-il.

— Ce n'est pas impossible.

— En d'autres termes, tout est possible, résuma Marlowe, le cœur serré.

— J'en ai bien peur, concéda le médecin.

La nouvelle doucha l'enthousiasme initial de Marlowe et de sa famille. Visiblement désorientés par le tour que venaient de prendre les événements, ils décidèrent d'un commun accord de demeurer un peu plus longtemps à l'hôpital, moins parce qu'ils espéraient une évolution rapide de la situation que parce qu'ils rechignaient à l'idée de se séparer.

Bowie fit de son mieux pour réconforter Marlowe. Mais il ne pouvait s'empêcher de penser à son propre père. Ce qui était arrivé à Payne Colton lui avait fait prendre conscience de la fragilité de l'existence.

Même si Franklin Robertson n'était pas victime d'une tentative d'assassinat, il pouvait très bien succomber à une attaque ou à un AVC du jour au lendemain.

Or, cela faisait déjà bien longtemps que Bowie gardait pour lui certaines choses, se convaincant qu'il aurait toujours le temps d'en discuter, le moment venu. Mais il prenait conscience à présent du fait qu'un tel moment pouvait ne jamais venir.

Et il savait déjà que si son père devait disparaître brusquement, il regretterait éternellement de ne pas lui avoir dit ce qu'il avait sur le cœur.

Se penchant vers Marlowe, il lui parla à l'oreille.

— Cela ne t'ennuie pas si je m'absente pendant un moment ? lui demanda-t-il.

— Bien sûr que non, répondit-elle. Je te suis reconnaissante d'être resté aussi longtemps.

Elle hésita un instant avant de lui poser d'une voix hésitante la question qu'elle avait sur le cœur.

— Mais tu reviendras, n'est-ce pas ?

Bowie savait toute la valeur que revêtait cette question de la part de quelqu'un qui était si farouchement attachée à sa liberté et à son autonomie.

— Je reviendrai, lui promit-il, à moins que tu ne préfères rester un peu seule.

— Non. Reviens dès que tu le pourras.

— Je serai là aussi vite que possible.

Sur ce, il effleura ses lèvres d'un baiser avant de se détourner pour quitter la salle d'attente.

Durant le trajet qui le conduisit jusqu'au siège de Robertson Energy, Bowie réfléchit à ce qu'il allait dire à son père. Il avait beaucoup de mal à trouver une formulation qui lui parût adéquate. Peut-être avait-il attendu trop longtemps.

Il arriva à destination avant d'avoir trouvé ce qu'il allait dire exactement. Mais il se refusait à repousser plus longtemps cette conversation et monta directement jusqu'au bureau de son père.

Jeannie, l'assistante de ce dernier, le salua d'un sourire accueillant.

— Est-ce que mon père est là ? lui demanda-t-il.

— Oui, mais il est sur le point de partir, répondit-elle.

Bowie haussa les épaules d'un air fataliste.

— N'est-ce pas toujours le cas ?

Il alla frapper à la porte du bureau et entra sans attendre d'y être invité. Son père, qui était en train de préparer son attaché-case, le considéra avec étonnement.

— Je ne pensais plus te voir, aujourd'hui, remarqua-t-il d'un ton légèrement réprobateur.

— J'ai été très occupé, ce matin, répondit Bowie. Mais il faut que nous discutions.

Son père interrompit son rangement pour l'observer avec attention.

— Ça a l'air sérieux. Est-ce que cela peut attendre mon retour ?

— Non, répondit Bowie. Je préfère que nous en parlions maintenant.

— Très bien, répondit Franklin en écartant son attaché-case.

Il reprit place dans son siège et fit signe à Bowie de venir s'asseoir avant de croiser les doigts sous son menton.

— De quoi s'agit-il, au juste ?

— De quelque chose que j'aurais probablement dû te dire il y a plusieurs jours, répondit Bowie. Et je pense qu'il vaut mieux que tu l'apprennes de ma bouche plutôt que de celle de quelqu'un d'autre.

— Tu commences à m'inquiéter, murmura son père.

— Tu ne vas pas tarder à devenir grand-père.

Son père le considéra d'un air hésitant, ne sachant visiblement pas quoi penser.

— Est-ce une bonne nouvelle ? demanda-t-il enfin. Pour toi, je veux dire.

— Oui, répondit Bowie sans hésiter.

— Tant mieux, commenta son père. Je sais que tu as toujours été un garçon très soucieux de ton indépendance…

— C'est vrai. Mais cette fois, je crois que j'ai trouvé celle qu'il me faut. Et je compte bien la demander en mariage.

— Vraiment ? s'étonna Franklin. Et peut-on savoir qui est l'heureuse élue ?

— Marlowe Colton, répondit sobrement Bowie.

Les yeux de son père s'agrandirent sous l'effet de la stupeur.

— Ne me dis pas que tu parles de la fille de Payne Colton, lâcha-t-il enfin.

— Si.

— Mais… Pourquoi ?

— Parce que je l'aime, répondit Bowie sur le ton de l'évidence.

— Ce n'est pas possible, protesta son père. Dis-moi que c'est une mauvaise blague. Tu ne peux pas être sérieux…

— Je t'assure que je le suis. Tellement sérieux, à vrai dire, que je suis prêt à présenter ma démission si tu estimes qu'une telle alliance serait néfaste pour l'image de l'entreprise, ce que je pourrais comprendre. Je tiens à assumer mon rôle de père et de mari du mieux que je le pourrai. Le bébé et Marlowe ne méritent pas moins que cela.

— Tu serais vraiment prêt à renoncer à ta position au sein de l'entreprise ? lui demanda gravement son père.

— Sans hésiter. Je crois qu'il faut parfois savoir faire des choix et que ces choix s'accompagnent nécessairement de certains renoncements. Je sais aujourd'hui ce qui est le plus important pour moi. Cela ne veut pas dire que je serai à la hauteur, mais je ferai tout ce que je pourrai pour essayer.

— Je suis impressionné, déclara Franklin à la grande surprise de Bowie qui pensait le voir critiquer vertement sa décision. Et je t'avoue que je suis même un peu envieux. Je n'avais pas cette sagesse, lorsque j'avais ton âge, et il m'a fallu beaucoup de temps pour découvrir qu'il y avait des choses bien plus importantes dans la vie que la réussite.

Bowie ne chercha pas à dissimuler son étonnement.

— Quoi qu'il en soit, reprit Franklin, si tu veux épouser cette fille, tu as ma bénédiction. Mais je pense que tu devrais conserver ton poste. La compagnie a besoin d'un homme comme toi à sa tête. Je préférerais vraiment que tu restes.

Bowie ne s'était pas du tout attendu à une telle réaction. Connaissant l'irréductible animosité qui existait entre Payne Colton et son père il avait réellement cru que son mariage le condamnerait à la démission.

— Je serai ravi de le faire, déclara-t-il. Ce que nous faisons ici me paraît toujours aussi important.

— Espérons que ta future épouse le comprendra, elle aussi, répondit Franklin. En tout cas, dis-lui de ma part qu'elle a beaucoup de chance.

— Je crois que c'est moi qui en ai le plus, lui assura Bowie en souriant.

De retour à l'hôpital, Bowie se rendit directement dans la salle d'attente d'où Marlowe et sa famille n'avaient pas bougé. Il traversa la pièce à grands pas pour aller la serrer dans ses bras.

— Tu es revenu, murmura-t-elle en souriant.

— Je te l'avais promis. Quelles nouvelles de ton père ?

— Il n'y a pas eu de changement depuis que tu es parti. Au moins, il est vivant et il a une chance de s'en sortir. C'est déjà ça, j'imagine… Est-ce que tu as fait ce que tu avais à faire ? ajouta-t-elle, visiblement désireuse de changer de sujet.

— Oui, répondit-il. Je suis allé voir mon père. J'avais un certain nombre de choses à lui dire à notre sujet…

— Tu lui as dit qu'il allait devenir grand-père ? lui demanda-t-elle. Comment a-t-il réagi ?

— Plutôt bien.

— Mais est-ce que tu lui as dit qui était la mère de cet enfant ?

— Oui. Inutile de te dire qu'il était plutôt surpris.

— Sans blague…

— Mais contre toute attente, il ne m'a fait aucun reproche. Il ne s'est même pas mis en colère.

— Qui sait ? Si mon père se remet de ses blessures, nous parviendrons peut-être à les faire asseoir à la même table lors du baptême du bébé…

— Et même avant cela, si tout se passe comme je l'espère.

Marlowe l'interrogea du regard.

— J'ai aussi dit à mon père que si tu voulais bien de moi, j'avais l'intention de t'épouser.

— C'est une plaisanterie ? demanda Marlowe en fronçant les sourcils.

— Pas du tout, lui assura Bowie. Je veux vraiment me marier avec toi… Si tu es d'accord, bien sûr.

Cet aveu n'eut pas du tout l'effet escompté. Marlowe continuait à le considérer d'un air suspicieux.

— Tu as oublié ce que tu m'as dit lorsque nous étions dans le chalet de ta famille ? répondit-elle enfin. « J'ai toujours été quelqu'un de solitaire. Je n'ai jamais eu l'intention de vivre avec quelqu'un et de me marier. »

Bowie sentit les battements de son cœur s'accélérer dans

sa poitrine tandis qu'une bouffée d'angoisse affluait en lui. Curieusement, jusqu'à cet instant précis, il n'avait pas réellement envisagé que Marlowe puisse décliner sa proposition.

— J'ai changé d'avis, reconnut-il, luttant contre la panique qui menaçait brusquement de le submerger.

— Si c'est juste pour le bébé, ce n'est vraiment pas la peine, déclara Marlowe. Nous sommes au XXIe siècle, tu sais. Des tas d'enfants sont élevés par des couples séparés et sont parfaitement épanouis. Cela vaut infiniment mieux qu'un mariage de façade.

— Mais je ne veux pas d'un mariage de façade ! s'exclama Bowie.

Cet éclat de voix ne manqua pas d'attirer la curiosité des autres membres de la famille Colton qui leur jetèrent des regards intrigués.

— Je ne veux pas d'un mariage de façade, répéta Bowie d'une voix plus modérée. Je veux un vrai mariage.

— Pourquoi ? lui demanda Marlowe en le regardant droit dans les yeux.

— Parce que je t'aime, évidemment, répondit-il.

Un sourire rayonnant se dessina sur les lèvres de Marlowe.

— Bonne réponse, lui dit-elle.

Bowie la considéra d'un air hésitant.

— Alors ? lui demanda-t-il enfin. Qu'est-ce que tu en dis ?

— Je pense que je devrais pouvoir te supporter pendant quelque temps, répondit-elle malicieusement.

— En fin de compte, je vais peut-être me raviser, déclara Bowie sur le même ton.

— Ne t'avise pas de faire une chose pareille, Robertson ! Ce qui est dit est dit. Et, au fait… Moi aussi, je t'aime.

Sur ce, elle se jeta à son cou et l'embrassa avec passion sous l'œil médusé de sa mère et de ses frères et sœur.

Épilogue

Lorsque Marlowe et Bowie se séparèrent enfin pour reprendre leur souffle, elle le prit par la main et l'entraîna en direction de sa mère qui était assise auprès de Callum et les considérait avec une évidente stupeur.

— Maman, lui dit-elle, je sais que le moment n'est peut-être pas idéal, mais j'ai quelques annonces à vous faire à tous.

Elle parcourut du regard les membres de sa famille qui l'observaient d'un air intrigué.

— Je t'écoute, répondit sa mère.

— Bowie et moi allons avoir un enfant, déclara-t-elle.

Un concert d'exclamations stupéfaites résonna dans la salle d'attente.

— Il vient tout juste de me demander en mariage, ajouta-t-elle. Et j'ai accepté, s'empressa-t-elle de préciser.

Callum, le seul qui fût déjà au courant de l'existence du bébé, se leva pour serrer sa sœur jumelle dans ses bras. Il se tourna ensuite vers Bowie et lui décocha une bourrade amicale.

— Félicitations à tous les deux ! leur dit-il.

Leur mère ne paraissait pas partager son enthousiasme.

— C'est une excellente nouvelle, maman, lui assura Callum.

— Est-ce vraiment ce que vous voulez, tous les deux ? demanda-t-elle à Marlowe et Bowie.

— Oui, répondirent-ils d'une même voix.

La conviction dont ils venaient de faire preuve sembla apaiser les inquiétudes de Genevieve.

— Dans ce cas, j'en suis très heureuse pour vous, déclara-t-elle. Mais la nouvelle risque d'en surprendre plus d'un, à Mustang Valley…

— C'est le moins qu'on puisse dire ! s'exclama Rafe. Un Robertson qui épouse une Colton… Voilà une histoire digne de Roméo et Juliette !

— Espérons qu'elle ne se terminera pas de façon aussi tragique, répondit Marlowe en souriant.

Rafe la prit à son tour dans ses bras avant de serrer la main de Bowie.

— Bienvenue dans la famille, lui dit-il.

— Merci, répondit Bowie.

Ace vint les féliciter à son tour, suivi par Grayson, Ainsley et Asher. Bowie était visiblement surpris par cet accueil chaleureux. Au vu de l'inimitié qui régnait depuis des années entre les deux clans, il s'était probablement attendu à une réception nettement plus glaciale. Mais Marlowe savait que le bonheur qui l'habitait en cet instant devait transparaître sur son visage. Et ses frères et sœur ne voulaient que son bonheur.

Comme les effusions se terminaient, ils entendirent quelqu'un toussoter pour indiquer sa présence. Marlowe se tourna vers la porte de la salle d'attente dans l'encadrement de laquelle venait d'apparaître une jeune femme très mince aux cheveux roux.

L'expression solennelle qu'elle arborait dissipa l'allégresse de Marlowe. Un mauvais pressentiment se fit jour en elle. Ellc remarqua alors la réaction de Rafe qui s'était figé et considérait la nouvelle venue comme s'il s'agissait d'un fantôme.

— Excusez-moi de vous importuner, leur dit la jolie rousse en s'avançant dans la pièce. Je suis l'inspectrice Kerry Wilder.

— Est-ce que vous avez du nouveau, au sujet de ce qui est arrivé à mon père ? s'enquit Marlowe.

— Pas encore, j'en ai peur, répondit l'inspectrice Wilder. Nous sommes en train d'explorer plusieurs hypothèses de travail. À ce stade, il est beaucoup trop tôt pour avoir la moindre certitude.

Elle observa attentivement les membres de la famille.

— Lequel d'entre vous est Ace Colton ? demanda-t-elle enfin.

— C'est moi, répondit ce dernier en s'avançant vers elle.

— Est-ce que vous voulez bien me suivre ? lui demanda-t-elle.

— Où voulez-vous l'emmener ? demanda Grayson, sur la défensive.

Il était évident que, tout comme Marlowe, il considérait toujours Ace comme son frère et qu'il entendait bien le protéger.

— Au poste de police, répondit Kerry. Nous avons quelques questions à lui poser.

— Je vous suis, répondit Ace.

— Est-ce que vous l'arrêtez ? intervint Ainsley.

— Pas à ce stade, déclara Kerry d'un ton qui n'augurait cependant rien de bon.

Médusés, ils les regardèrent sortir, Ace et elle. Marlowe se demanda alors avec angoisse si les policiers soupçonnaient son frère aîné d'avoir tiré sur leur père. Ils devaient savoir en effet que Payne avait démis son fils de ses fonctions.

Peut-être avaient-ils même entendu parler de la colère dont il avait fait preuve à cette occasion. À leurs yeux, cela constituait peut-être un motif suffisant…

Marlowe n'avait aucun doute au sujet de l'innocence d'Ace. Mais elle n'était pas assez naïve pour croire que cette innocence le préserverait d'une telle accusation.

Elle se demanda avec inquiétude si ce nouveau rebondissement faisait partie du plan du mystérieux corbeau qui leur avait envoyé ce mail au sujet d'Ace. Avait-il informé la police de ce qui s'était passé lors de ce fameux conseil d'administration ?

Si tel était le cas, cela signifiait que le corbeau en question était très au fait de ce qui se passait au sein de l'entreprise – peut-être même qu'il en faisait partie. Machinalement, Marlowe chercha des yeux son ex-belle-mère. Et presque sans surprise, elle constata que Selina s'était éclipsée.

De toute évidence, les mois qui la séparaient de son mariage et de la naissance de son bébé risquaient d'être très mouvementés.

Mais elle savait qu'elle aurait désormais à ses côtés quelqu'un sur qui elle pouvait compter en toutes circonstances, quelqu'un qui serait là pour elle dans les instants difficiles comme dans les moments de bonheur, quelqu'un qui l'aimait et qu'elle aimait en retour.

Et, forte de cette certitude, plus rien ne lui faisait peur.

ELIZABETH HEITER

Dangereuse vérité

Traduction française de
ISABEL ROVAREY

BLACK ROSE

HARLEQUIN

Titre original :
SECRET INVESTIGATION

Prologue

D'abord, il y eut la tempête de sable. Puis vint la pluie de balles.

L'exercice s'était bien déroulé. Les locaux entendaient prendre en main les combats sur la terre qui était la leur, et le capitaine de l'armée américaine Jessica Carpenter était plus que disposée à les laisser faire. À laisser derrière elle cette chaleur de 35 °C – et c'était compter sans les vingt-cinq kilos de matériel qu'elle avait depuis chargés sur son dos, ce qui rendait la température encore plus intenable. À laisser le sable qui se soulevait tout à coup, vous rentrait dans les yeux, le nez et la bouche, crissait sous vos dents. Les pénibles ascensions de montagnes escarpées où, au moindre faux pas, vous pouviez basculer dans le vide, le long d'une pente caillouteuse, où rien ne viendrait stopper votre chute avant que vous vous écrasiez sur des rochers aiguisés, tout en bas.

À rentrer retrouver ses enfants. Son fils aîné entrait au collège cette année. Il aimait les jeux vidéo et le skateboard, et elle sentait bien que les échanges téléphoniques par satellite avec sa mère revêtaient moins d'intérêt à ses yeux quand ses amis attendaient qu'il les rejoigne dans la rue. La cadette allait entrer à l'école maternelle. Son bébé, qui n'avait jamais connu son père et pleurait chaque fois que sa maman partait en opération. Quelle ironie de penser que Jessica, qui avait toujours été partante pour aller en découdre sur le terrain, soit encore ici alors que son mari, ingénieur n'ayant eu aucun goût pour le combat, leur avait été enlevé par un stupide accident de la route, un soir d'orage qui avait rendu la chaussée glissante. Sa voiture avait quitté la route et fini sa course contre un pylône.

— Qu'est-ce que c'est que ça ? lança le jeune militaire à côté d'elle en épaulant son arme et en balayant de son canon l'espace devant lui même s'il était impossible de voir à dix pas.

Jessica abattit la main sur le dessus de son arme, abaissant son canon vers le sol.

— Ne tire pas tant que tu ne vois rien.

Elle s'efforça d'ignorer le battement accéléré de son cœur, qui lui soufflait que quelque chose ne tournait pas rond. Les tempêtes de sable survenaient sans crier gare par ici, et avec une violence telle qu'elles pouvaient vous érafler la peau, en plus de réduire la visibilité à zéro. Quant au bruit, il était si fort qu'il l'empêchait presque d'entendre ce que criait le soldat.

Elle posa la main sur son épaule, espérant le calmer, tandis qu'elle tendait l'oreille pour essayer de capter un son par-delà le rugissement de la tempête. Avait-elle imaginé les tirs ? Peut-être était-ce un combattant local, surpris par la férocité de la tempête de sable. Non, ce devait plutôt être l'un des nouveaux membres de son équipe, pas encore habitué à la violence des éléments dans cette partie du monde.

Le sable se souleva à ses pieds, piquant chaque centimètre carré de peau exposée comme autant de petites aiguilles. Dans des moments comme celui-ci, elle se félicitait de porter l'uniforme qui lui collait à la peau par forte chaleur et l'équipement complet de protection dont elle et son équipe étaient revêtues. Oui, cette opération n'était qu'un exercice, mais ils avaient opté pour l'effectuer dans un col dangereux afin de mettre à l'épreuve leurs approches tactiques. Dans un endroit comme celui-là, on ne pouvait jamais être sûr de ne pas tomber dans une embuscade.

Abaissant son masque de protection, Jessica cligna plusieurs fois des yeux pour en chasser le sable qui les irritait. Mais ils avaient beau larmoyer, le sable était toujours là. Sa vision était brouillée. Elle rentra la tête dans les épaules, s'efforçant de protéger la peau exposée du reste de son visage, mais ça ne servirait pas à grand-chose… Si la tempête persistait avec cette intensité, ses joues seraient bientôt à vif.

Il était temps de se replier. Elle sortit sa radio – sa meilleure chance d'être entendue de son équipe – pour leur ordonner de se replier vers les véhicules lorsqu'une nouvelle rafale de coups de feu retentit.

Instinctivement, elle se baissa, forçant le soldat à côté d'elle à en faire autant, et braqua son fusil d'assaut MP4 devant elle mais elle n'y voyait strictement rien. La menace était-elle bien réelle ? Ou quelqu'un avait-il cédé à la panique dans la tempête ?

— Au rapport ! cria-t-elle dans son émetteur.

Mais sa voix fut emportée par le vent.

Même si cela pouvait faire d'elle une cible aisément localisable, elle alluma la lumière de son casque. Sa main effleura la caméra qui y était fixée, ce qui lui rappela qu'elle avait lancé l'enregistrement de la session d'entraînement. Cela ne leur servirait à rien, désormais, au vu des conditions météorologiques, même si l'appareil en réchappait.

Elle ne s'était pas attendue que la lumière change la donne mais, étonnamment, elle améliora un peu la situation – jusqu'à ce qu'elle se rende compte que c'était en réalité la tempête qui s'apaisait aussi soudainement qu'elle s'était levée. Elle jouit d'un instant de soulagement avant de saisir un mouvement. Un insurgé, surgi d'un affleurement rocheux, dans la montagne, en surplomb de leur position, le canon de son arme automatique crépitant à tout-va.

— À couvert ! hurla Jessica en le visant.

L'insurgé plongea derrière un rocher mais, dans l'accalmie soudaine, le boum-boum-boum nourri d'armes automatiques résonna à ses oreilles. Le tireur n'était pas seul.

Jessica annonça dans sa radio :

— Nous sommes pris pour cibles. La tempête de sable se calme. Des insurgés…

Elle marqua une pause, regardant autour d'elle pour juger du nombre des attaquants. La peur lui étreignit la poitrine lorsqu'elle vit ses hommes détaler de toutes parts pour se mettre à couvert.

— Ils sont au moins vingt, peut-être plus. Envoyez-moi…

La radio s'envola de sa main avant qu'elle ait pu finir sa phrase, et Jessica braqua de nouveau son arme sans se soucier de la douleur qui lui brûlait l'autre main. Elle n'osa pas regarder pour évaluer la gravité de la blessure. La priorité, c'était de vérifier s'il n'y avait pas de victimes dans son équipe. Au moins les avait-elle obligés à revêtir leur équipement pare-balles. Flambant neuf, ce matériel était ce qui se faisait de mieux en matière de protection. Il était léger mais ultra-solide, muni de plaques blindées capables de stopper n'importe quelle munition, à l'exception de celles tirées par un calibre .50. Et ses hommes portaient tous l'équipement intégral aujourd'hui.

Cela ne les épargnerait pas en cas de tir dans le visage ou dans une partie du corps dépourvue de blindage, mais elle avait confiance dans leur entraînement et leur matériel.

Puis le soldat qui était près d'elle – la nouvelle recrue qui avait intégré son équipe moins d'une semaine plus tôt – poussa un gémissement qui lui noua l'estomac. Il s'effondra sur le sol, la tête orientée selon un angle impossible.

Jessica s'agenouilla près de lui malgré tout, cherchant un pouls sous la protection de son cou. Ce fut alors qu'elle vit les perforations des balles. Cinq trous bien nets, en pleine poitrine, selon une ligne en forme d'arc. Elle tapa du plat de la main sur son torse, furieuse qu'il n'ait pas mis son gilet pare-balles, mais une vive douleur remonta le long de son bras comme sa main heurtait une surface dure.

Son effroi s'accrut instantanément, une panique qu'elle n'avait encore jamais ressentie au cours des dix années passées à éviter les balles alors qu'elle servait dans l'armée. Elle releva brusquement la tête, observant la scène. Les locaux, fuyant pour se mettre à l'abri ou déjà étendus sur le sol, inertes. Ses hommes, touchés par des balles dont l'impact aurait dû les faire chuter mais pas les tuer, s'écroulant les uns après les autres sous le feu des insurgés.

Des insurgés en nombre beaucoup trop important.

La panique lui broya le cœur, tendant ses muscles et réduisant davantage encore sa vision – un tunnel, parsemé de grains de sable. Elle ne voulait pas mourir ici, à plus de dix mille kilomètres de chez elle. Elle ne voulait pas abandonner son équipe. Et moins encore laisser ses enfants qui comptaient plus que tout au monde pour elle. C'était justement pour pouvoir subvenir à leurs besoins qu'elle s'était engagée et avait pris ce travail dans l'armée, à l'époque où son mari étudiait encore en vue de l'obtention de son diplôme. Ce travail dont elle avait découvert qu'il lui plaisait suffisamment pour qu'elle continue à l'exercer même après le décès de son conjoint.

Mais elle ne voulait pas mourir pour lui.

Une douleur explosa dans son bras, et l'impact de la balle la fit tituber et reculer de deux pas. Elle était touchée. Elle transféra son MP4 dans l'autre main, le sang qui coulait de son pouce s'étalant sur le pontet de son arme tandis qu'elle ripostait. Le tir suivant la fit tomber à la renverse. Elle heurta lourdement le sol, le choc chassant brutalement l'air de ses poumons.

C'était l'effet que produisaient les balles lorsqu'elles percutaient l'équipement de protection. Elles vous coupaient la respiration et laissaient un bel hématome.

Mais, cette fois, la sensation d'oppression ne s'atténuait pas. Au contraire, elle empirait. Jessica chercha son souffle, essaya de relever le canon de son MP4 comme elle voyait un autre insurgé braquer son arme sur elle. N'y parvenant pas, elle voulut s'emparer de son arme de poing, beaucoup plus légère que le fusil d'assaut.

Ses doigts se refermèrent sur la crosse mais sa vision commença à se brouiller. Puis tout devint noir.

1

— Je suppose que tout le monde a vu le reportage, au journal télévisé, déclara Jill Pembrook, directrice de la Division Criminelle Tactique du FBI sans attendre que son équipe ait pris place dans la salle de réunion.

Debout à l'extrémité de la longue table, elle croisa les bras sur son tailleur bleu marine sur mesure. Sur un grand écran, derrière elle, une vidéo était en pause, l'image figée montrant le visage terrifié d'un militaire.

Pembrook était petite, si bien que le fait d'être debout face à son équipe, dont la majorité était désormais assise, ne suffisait pas à la mettre en position de domination. Mais elle n'avait pas besoin de cela. Elle travaillait pour le Bureau depuis près de quarante ans, ce qui signifiait que ses dirigeants avaient décidé de la garder au-delà de l'âge légal de départ à la retraite. Avec sa peau pâle et ridée, et ses cheveux gris bien coiffés, elle pouvait passer pour une gentille et inoffensive, quoique très chic, grand-mère… jusqu'à ce que vous croisiez son regard. Vous compreniez alors pourquoi le FBI lui avait confié la direction de la DCT – division d'intervention rapide capable de contrer pratiquement n'importe quelle menace.

Davis Rogers n'en revenait encore pas d'avoir réussi à intégrer cette unité. Il promena son regard sur les autres agents, dont les parcours étaient très variés. Certains étaient issus de l'armée, comme lui, d'autres étaient spécialisés dans la négociation en cas de prise d'otages, le profilage, la recherche de personnes disparues ou le piratage informatique. Il ne faisait partie de l'équipe que depuis quelques mois, mais avait été bien accueilli et avait tout de suite ressenti le genre de camaraderie qu'il n'avait éprouvée qu'avec ses familles – celle de l'armée et celle de la vie civile.

En sa qualité de nouveau venu, normalement, dans cette situation, il patientait sagement jusqu'à ce que la directrice lui assigne une mission. Attendait posément l'heure de faire ses preuves – sans frimer ni jouer les fiers-à-bras, travers que partageaient bien des rangers de l'armée. Mais aujourd'hui, ce n'était pas possible. Pas dans cette affaire.

Il serra les dents comme Hendrick Maynard venait se poster au côté de Pembrook. Hendrick était leur génie informatique maison. Avec sa grande carcasse dégingandée et son visage qui portait encore des traces d'acné, il semblait en âge de fréquenter le lycée, mais cette apparence juvénile cachait un esprit extrêmement brillant et une vraie maturité.

La mine plus sérieuse qu'à son habitude, le geek de l'équipe prit la télécommande et déclencha la lecture de la vidéo sur l'écran. C'était la vidéo qu'avait vu Davis la veille, au journal télévisé, puis de nouveau ce matin en version un peu plus détaillée sur YouTube.

Elle commençait brusquement, au beau milieu d'un échange de tirs avec le crépitement continu des détonations en fond sonore et le sable volant de tous côtés, l'intensité du vacarme perceptible même par le truchement de la vidéo. Le soldat dont le visage avait été figé sur l'écran acheva sa chute et ne se releva pas. Au travers du sable qui tournoyait, rendant l'ensemble de la scène difficile à voir, la caméra passa rapidement, en panoramique horizontal, sur les soldats américains et les combattants afghans qui, les uns après les autres, tombaient comme des mouches. Puis, soudain, tout s'éclaircit comme l'objectif plongeait vers le bas, révélant, en gros plan, un jeune soldat, les yeux et la bouche ouverts, mort. La caméra s'abaissa encore et une main apparut, se plaquant sur le gilet de protection très nettement transpercé en cinq endroits.

Un citoyen américain lambda n'aurait sans doute pas remarqué, dans ce bref extrait vidéo, que le soldat était revêtu d'un équipement de protection intégral. Mais cela n'avait pas échappé à la chaîne d'information. Ils avaient également su qui dirigeait la caméra : le capitaine décoré Jessica Carpenter. Veuve, mère de trois enfants, et depuis 6 h 52, heure du Tennessee, nouvelle victime confirmée des combats en Afghanistan.

Davis se la représenta telle qu'elle était, dix ans plus tôt, le jour où il l'avait rencontrée. À peine moins grande que son mètre quatre-vingt-trois, avec une peau sombre magnifique et des cheveux qu'elle rassemblait en tresse à l'arrière de son crâne, elle avait porté l'uniforme avec une confiance qu'il lui enviait. De cinq ans son aînée, elle avait eu deux mois d'expérience militaire de plus que lui, ce qui lui avait paru beaucoup à l'époque. Si elle n'avait pas été mariée, heureuse en ménage et mère d'un enfant en bas âge et d'un nourrisson, il aurait peut-être tenté sa chance avec elle.

Mais, la situation étant ce qu'elle était, ils étaient devenus amis. Elle l'avait même formé au tout début, avant qu'elle devienne capitaine et qu'il s'oriente vers les opérations spéciales. S'il n'avait pas été assis dans cette salle de réunion en ce moment à attendre qu'on lui donne une chance de découvrir les personnes responsables de sa mort, il se serait trouvé dans un avion, en route pour le Mississippi, afin d'assister à ses obsèques.

Davis serra le bord de la table pour se retenir de taper du poing dessus. Comme il reprenait le contrôle de lui-même, il se rendit compte que Hendrick avait éteint la vidéo et s'était rassis. Autour de lui, les agents hochaient pensivement la tête, d'un air professionnel. Seul l'agent Jace Cantrell – JC pour l'équipe – montrait des signes de colère. Mais JC avait été militaire, lui aussi. Et, comme le disait l'adage : « Soldat un jour, soldat toujours. »

Au Bureau, également, perdre la vie en mission était une possibilité connue et acceptée de tous les agents. Vous faisiez votre possible pour l'éviter mais, si cela arrivait, vous saviez que vous aviez défendu une cause en laquelle vous croyiez. Mais mourir de cette façon, comme Jessica était morte, en faisant confiance à l'armée et au matériel de protection dont on l'avait dotée… Non.

— Je tiens à me charger de cette affaire, déclara Davis.

Les regards se tournèrent vers lui : la profileuse, le Dr Melinda Larsen, l'évaluait en silence, le regard soupçonneux, comme si elle savait qu'il avait connu l'une des victimes. La toujours tirée à quatre épingles Laura Smith l'observait, silencieuse elle aussi, l'expression indéchiffrable, mais son cerveau formé par une grande école de l'Ivy League était probablement en train d'analyser la moindre nuance de ses propos. JC, lui, le fixait d'un air compréhensif même s'il ne savait pas que Davis connaissait Jessica. Aucun membre de l'équipe n'était au courant.

— Votre intérêt personnel dans cette affaire risque-t-il de poser problème ou représente-t-il, au contraire, un atout ? demanda Pembrook, le ton et le regard neutres.

Davis se raidit. Elle faisait allusion à son passé de militaire… Forcément. Mais, si elle pensait le mettre en difficulté par sa question, elle sous-estimait tout ce par quoi il était passé lors de sa formation de ranger.

— Un atout. Je connais le fonctionnement de l'armée. Et je connais le produit. J'ai moi-même porté les gilets pare-balles Petrov Armor.

C'était cette société qui avait fourni l'équipement porté par Jessica et son équipe lors de l'embuscade dans laquelle ils avaient péri. Ce matériel, censé être la technologie la plus performante et la plus récente sur le marché, avait essuyé un échec retentissant qui avait abouti à la mort de presque tous les soldats et combattants locaux. Trois militaires et un Afghan seulement en avaient réchappé. Du point de vue de Davis, ce n'étaient pas les insurgés qui avaient tué Jessica et ses hommes. C'était Petrov Armor.

Il ne fit pas état du reste. Il avait fait plus que simplement revêtir les gilets pare-balles de la société ; il avait eu l'occasion d'en tester l'efficacité au tout début, alors qu'il était encore membre de la force d'élite des rangers et que Petrov Armor était plus réputée pour les armes qu'elle fabriquait que pour ses équipements de protection. Il avait validé le test, ne tarissant pas d'éloges sur la capacité des gilets à stopper les balles et le confort qu'ils offraient à l'utilisateur. Avec enthousiasme, il avait avalisé l'achat d'équipements Petrov Armor par l'armée afin qu'ils soient employés régulièrement sur les théâtres d'opérations. Et c'était exactement ce qui s'était produit.

— Je ne parle pas du matériel de protection, répondit Pembrook, le regard braqué tel un rayon laser sur lui tandis que l'agent Kane Bradshaw rejoignait discrètement la salle de réunion, en retard, et se calait contre le montant de la porte. Je parle de Jessica Carpenter.

Sa voix s'adoucit.

— Je vous présente mes condoléances.

Les regards sur lui se firent plus insistants, mais Davis ne détourna pas les yeux et soutint le regard de Pembrook.

— Merci. Et non, cela n'affectera pas mon jugement dans cette affaire.

Pembrook hocha la tête, mais il ne put déterminer si elle le croyait. Reportant son regard sur le reste du groupe, elle poursuivit ses explications.

— Petrov Armor a décroché un gros contrat avec l'armée voilà cinq ans. L'équipement dont était munie cette équipe est ce qu'ils font de plus récent et de plus résistant. Il n'est pas encore très répandu sur le terrain, mais les versions antérieures de ce matériel sont, elles, couramment utilisées. L'armée s'apprête à tester l'ensemble des matériels de protection actuellement utilisés, et ce dans tous ses corps. Ils n'ont jamais eu de problème avec Petrov Armor auparavant et entendent bien ne pas en avoir d'autres à l'avenir.

— Dans le même temps, ils nous ont demandé d'ouvrir une enquête. On a eu de la chance qu'il y ait eu cette couverture médiatique. Nous ne savons pas encore d'où vient la fuite, mais toutes les informations n'ont pas été dévoilées. Ou, si elles l'ont été, la chaîne d'information n'a pas tout révélé. Quoi qu'il en soit, les journalistes ne semblent pas connaître le nom du fournisseur des équipements… Du moins, *pas encore,* acheva Pembrook.

— Rowan, nous n'aurons pas à nous inquiéter de la police, cette fois, reprit-elle. Vous vous occuperez des médias. Hendrick vous apportera un soutien informatique si nécessaire.

Rowan Cooper hocha la tête, l'air un peu plus pâle que d'habitude, mais assise bien droite sur sa chaise.

Les membres de la DCT, se déplaçant d'un bout à l'autre du pays et du monde, avaient souvent affaire aux forces de police. Parfois, leur aide était la bienvenue et la coopération, aisée. Mais les forces de l'ordre locales ne voyaient pas toujours d'un bon œil l'intervention des fédéraux, auquel cas il incombait à Rowan d'arrondir les angles. Davis n'enviait pas du tout cette tâche. Mais il enviait encore moins celle de devoir composer avec les journalistes.

— Quelle est notre lecture initiale de la situation ? demanda JC. La société Petrov Armor vient-elle juste de commencer à livrer des produits de qualité inférieure ou avons-nous affaire à une sorte de sabotage ?

— Au point où en sont les choses, nous n'en savons rien. L'armée n'a pas encore commencé les tests des matériels. Pour l'instant, ils en sont à prévenir les familles et à s'occuper du rapatriement des corps.

L'étau qui avait comprimé le cœur de Davis à la seconde où il avait entendu la nouvelle, la veille, se resserra encore.

Il n'avait jamais rencontré en personne les enfants de Jessica, mais il leur avait parlé une fois, par le biais d'une conversation vidéo incroyablement nette malgré les milliers de kilomètres de distance. Ils étaient orphelins désormais.

Davis prit une grande inspiration et essaya de se concentrer tandis que Pembrook continuait :

— Petrov Armor a récemment connu de grands changements. Il y a environ un an, son fondateur et P-DG, Neal Petrov s'est mis en retrait pour passer le flambeau à sa fille, Leila Petrov, anciennement en charge du service clientèle de la société. L'une des grandes transformations qu'elle a opérées a été de stopper la production d'armes pour concentrer l'activité de l'entreprise sur le matériel de protection, exclusivement. Mais vous pouvez parier que c'est Neal Petrov qui a convaincu le conseil d'administration d'approuver cette décision. Il était l'actionnaire majoritaire et, à ce titre, jouissait d'une très grande influence. Il a continué à s'occuper de l'entreprise jusqu'à voilà trois semaines, date à laquelle il a été victime d'une agression qui a mal tourné et a été tué.

— Vous pensez que la nouvelle P-DG rogne sur les coûts maintenant que papa n'est plus là pour veiller au grain ? demanda Kane sans bouger de l'endroit où il s'était posté, près de la porte.

Il avait certainement choisi cette position stratégique pour pouvoir s'éclipser rapidement en cas de besoin. L'agent, bénéficiant d'un statut à part, connaissait la directrice de longue date mais était l'un des seuls membres de l'équipe que Davis ne parvenait pas tout à fait à cerner. Il semblait toujours entrer et sortir du bureau à sa guise et passait plus de temps à l'extérieur, occupé à quelque mission secrète, qu'à collaborer avec l'équipe.

— Peut-être, répondit Pembrook.

Elle regarda JC.

— Je veux que vous l'ameniez ici. Allez-y avec Smitty.

Laura Smith inclina la tête, coinçant une mèche blonde derrière son oreille.

Davis ouvrit la bouche pour protester mais Melinda lui coupa l'herbe sous le pied. En profileuse qu'elle était, elle suggéra :

— Débrouillez-vous pour frapper les esprits. Emmenez-la au vu et au su de tous. On n'a pas suffisamment de preuves pour l'arrêter pour le moment, mais Leila Petrov n'a que trente ans, ce qui est très jeune pour être P-DG d'une entreprise. Techniquement, elle a pris ses fonctions voilà un an, mais on peut supposer que son père l'a guidée jusqu'à tout récemment. C'est certainement lui qui a convaincu le conseil d'administration de la laisser prendre les rênes de la société à sa suite. Si on la secoue un peu et qu'on la déstabilise d'entrée de jeu, elle sera plus susceptible de coopérer – et de laisser échapper quelque chose – avant d'appeler son avocat.

Pembrook hocha la tête et jeta un coup d'œil à sa montre.

— Allez-y dans une heure. Cela devrait laisser le temps à tous les employés d'être à leur poste quand vous l'embarquerez.

Davis pressait si fort les mains l'une contre l'autre sous la table qu'il sentait le sang pulser dans les veines de ses bras. Incapable de ronger son frein plus longtemps, il lança :

— Madame…

Mais il n'eut pas le temps d'en dire plus, car Jill Pembrook s'était tournée vers lui.

— Davis, je crois que votre expérience militaire pourra être utile également. Je vais vous laisser prendre les commandes de cette enquête.

Surpris, il en resta un instant sans voix, mais ses mains se dénouèrent, et il respira tout à coup plus librement.

— Je vous remer…

— Bien, conclut Pembrook. Je ne vous retiens pas plus longtemps… Au travail, tout le monde.

Elle se tourna vers lui.

— Suivez-moi, Davis. J'ai à vous parler.

Avant qu'il ait pu répondre, elle était déjà sortie.

Comme il passait devant Kane pour la suivre, l'agent le fixa, un sourcil arqué et un sourire sardonique aux lèvres, mais Davis l'ignora. Il se moquait de l'opinion de Kane comme il se moquait des mises en garde qu'allait lui asséner Pembrook.

Il était sur l'affaire. Que ce soit la nouvelle P-DG Leila Petrov qui soit en cause ou quelqu'un d'autre, il allait faire tomber le coupable.

Juste avant d'entrer dans le bureau de la directrice, il leva brièvement les yeux vers le ciel, adressant un adieu muet à sa vieille amie et lui promettant de venger sa mort.

— Le soldat que vous voyez a trouvé la mort dans l'embuscade. Le capitaine Jessica Carpenter, qui filmait l'exercice, a perdu la vie également, son gilet de protection ayant été transpercé par les projectiles. L'armée a ouvert une enquête. Nous vous tiendrons informés des suites de…

Eric Ross éteignit la télévision, et Leila Petrov dut se forcer à pivoter vers lui. Elle essaya de chasser de son visage l'horreur et l'incrédulité qui devaient y être peintes, mais Eric la connaissait depuis qu'elle avait treize ans. Il lui avait donné son premier baiser deux ans plus tard pour, trois ans après, lui briser le cœur.

Il lisait en elle en cet instant aussi facilement que par le passé.

— Peut-être que ce n'est pas notre matériel.

— Mais peut-être que si.

Petrov Armor avait fourni à l'armée des millions de dollars d'armes et d'équipements de protection au cours des trente dernières années. Les commandes avaient été modestes au début, son père parvenant à peine à en tirer un bénéfice les premières années. Mais, aujourd'hui, l'entreprise avait pris son essor grâce à l'armée qui était devenue son principal client et lui permettait désormais d'employer près de deux cents personnes. C'était le legs que lui avait laissé son père. Mais, maintenant, c'était elle qui en était la responsable.

Statistiquement, il y avait donc de grandes probabilités que ces soldats aient porté lors de cette embuscade du matériel provenant de Petrov Armor. Pourtant, cela semblait impossible. Petrov Armor ne badinait pas avec la qualité de ses produits. Toute faiblesse, si minime fût-elle, était repérée dans le centre d'essais. Si le blindage présentait un quelconque défaut, l'élément de protection était mis au rebut. L'entreprise pouvait se permettre cette perte-là ; elle ne pouvait pas se permettre la moindre erreur.

Leila prit une grande inspiration et expira lentement, par le nez, priant le ciel de ne pas être prise de nausée. Non qu'elle ait eu grand-chose à rendre. C'était à peine si elle parvenait à se nourrir depuis que son père avait tenu tête à son agresseur au lieu de lui abandonner son portefeuille sans discuter. En un instant, un stupide instant, elle avait perdu l'un des deux seuls proches qui lui restait. Les larmes lui montèrent aux yeux, et elle battit furieusement des paupières pour les refouler, ne voulant pas qu'Eric les voie.

Peut-être avait-il été son confident, son meilleur ami et son amoureux mais, maintenant, il était son employé. Elle ne voulait pas que quiconque, dans l'entreprise, puisse douter de ses qualités de dirigeante.

Elle avait dû lutter une année entière pour que ses employés la prennent au sérieux dans son nouveau rôle de P-DG Ses efforts, lui semblait-il, avaient fini par payer… jusqu'à la mort de son père. Elle avait alors découvert qu'il subsistait bien des ressentiments à l'idée qu'elle lui ait succédé. Loin de se décourager ou de lâcher pied, elle avait mis un point d'honneur à venir chaque jour, sans prendre de congé pour faire son deuil, en partie parce qu'elle savait que c'était ce que son père aurait voulu – qu'elle se concentre tout entière sur le travail – et en partie parce que s'immerger dans le travail était la seule chose qui pouvait l'empêcher de ressasser la douloureuse perte qu'elle venait de subir. Mais il s'agissait avant tout de montrer au personnel qu'elle méritait le poste qu'elle occupait. Il était hors de question de craquer maintenant, alors qu'il y avait tant en jeu.

Leila inspira de nouveau un grand coup et releva bravement le menton.

— Il faut agir, et vite. Commence à passer des coups de fil. Vérifie quels corps de l'armée ont passé commande, cette année. Il faut qu'on sache s'il s'agit de notre matériel afin de comprendre ce qui a pu se passer si c'est le cas. Et on ferait bien de tâcher de retracer le lot concerné. S'il y a d'autres problèmes, je veux être la première informée.

— Leila…

— Je veux que tu t'y mettes tout de suite, Eric. On n'a pas de temps à perdre.

— Tu devrais peut-être appeler ton oncle.

Joel Petrov, le frère cadet de son père et directeur de l'exploitation chez Petrov Armor, n'était pas encore arrivé. S'il n'avait pas vu le journal télévisé, elle voulait le laisser dans l'ignorance aussi longtemps que possible. Il avait géré tant de choses pour sa famille, avait maintenu l'entreprise à flot des années durant après la mort de sa mère, quand son père était tellement accablé par le chagrin qu'il en avait tout oublié, elle y compris. Son oncle avait comblé le vide, dans ce domaine-là aussi, s'assurant qu'elle mangeait correctement et arrivait à l'école à l'heure. Veillant à ce qu'elle se sente encore aimée et choyée par quelqu'un.

Pour l'heure, elle avait besoin de prendre un peu de recul. Après tout, ils allaient peut-être découvrir que ces morts terribles n'étaient pas dues à leur matériel. Elle avait travaillé dur pour que s'opère au mieux la transition entre l'entreprise qui avait fabriqué à la fois des armes et du matériel de protection, et celle qui, dorénavant, produisait exclusivement des équipements de protection. Elle avait souhaité que Petrov

Armor soit mondialement reconnue comme une entreprise sauvant des vies, et non comme un fabricant d'armes. Cette affaire remettait tout cela en jeu.

Peut-être que le vent de panique qui l'avait emportée dans son tourbillon ne serait plus qu'un mauvais souvenir avant même que son oncle ait quitté le lit de la conquête avec laquelle il avait probablement couché la veille, et qu'elle serait en mesure de lui annoncer calmement qu'elle avait réglé la crise qui s'était présentée.

— Nous cherchons Leila Petrov.

La voix inconnue résonna dans les bureaux en *open space* de Petrov Armor, franchissant la porte fermée de son bureau. Avant même que celle-ci soit brusquement poussée, livrant passage à un homme et une femme vêtus de costumes sombres, elle comprit.

Petrov Armor était dans le pétrin.

Elle s'avança, s'efforçant de dissimuler les émotions qui se bousculaient en elle – la peur, la culpabilité, la panique. D'une voix ferme et posée, elle annonça :

— Je suis Leila Petrov.

— FBI, déclara la femme d'une voix sévère qui instilla un sentiment de honte chez Leila. Agents Smith et Cantrell. Nous avons quelques questions à vous poser. Si vous voulez bien nous suivre…

Eric vint se poster à son côté, se plaçant légèrement en avant par rapport à elle.

— Vous n'avez pas de mandat ? Vous ne pouvez pas…

— Arrête, lui intima sèchement Leila.

L'autre agent prit la parole, sa voix portant suffisamment pour être entendue des employés, derrière lui. Des employés dont les têtes étaient toutes tournées vers son bureau derrière leurs cloisons de séparation.

— Nous pouvons parler ici, si vous préférez.

Leila attrapa son sac à main et secoua la tête.

— Non. Je vous accompagne, déclara-t-elle.

— J'appelle notre avocat, clama Eric, sa voix forte contrastant avec la discrétion du ton qu'elle avait employé.

La tête haute, elle remonta l'allée centrale des bureaux, adressant sur son passage des « Ne vous inquiétez pas » qui se voulaient rassurants tandis qu'elle suivait les agents Smith et Cantrell. Espérant que cette sortie humiliante ne serait pas le début de la fin de tout ce que son père avait bâti.

2

Bien que située dans un bâtiment quelconque à l'extérieur d'Old City, à Knoxville, dans le Tennessee, la Division Criminelle Tactique disposait d'une salle d'interrogatoire que lui auraient enviée la plupart des bureaux locaux du FBI. Peut-être était-ce dû à la présence dans l'équipe d'une profileuse qui croyait à l'intérêt d'agencer la pièce en fonction de chaque interrogatoire. Ce qui signifiait que la salle pouvait prendre des allures de confortable salon d'hôtel ou se présenter sous l'aspect austère d'une cellule de prison. Tout dépendait de ce que Melinda jugeait le plus approprié pour faire parler le témoin.

Aujourd'hui, c'était la formule « cellule de prison » qui avait été retenue. Des chaises inconfortables de part et d'autre d'une longue table grise, une lumière blafarde. Mais ce dont Davis avait surtout conscience, c'était de la caméra vidéo fixée dans un coin, prête à diffuser en temps réel tout ce qui se passait dans la salle au reste de l'équipe.

Ne perds pas ton sang-froid, s'intima-t-il comme la porte s'ouvrait. Il entendit Smitty dire à la P-DG de Petrov Armor d'entrer.

Il avait lu la biographie de Leila Petrov. Même lorsqu'on était titulaire d'un diplôme d'administration des affaires avec des options en communication et marketing, complété par un MBA, trente ans était un âge extrêmement jeune pour être à la tête d'une entreprise pesant peu ou prou un milliard de dollars. Mais, évidemment, le népotisme avait le don d'ouvrir les portes.

Il avait également vu sa photo. Elle était belle, indéniablement, avec des cheveux foncés, brillants et de grands yeux bruns. Mais elle évoquait davantage une étudiante préparant son premier entretien d'embauche qu'une dirigeante d'entreprise. Pour autant, il était bien décidé à ne pas la sous-estimer. Trop souvent, alors qu'il était en mission à l'autre bout du monde, il avait vu de jeunes soldats inexpérimentés perdre la vie simplement parce qu'ils avaient pensé qu'une inoffensive jeune fille ne pouvait pas être une bombe humaine.

Mais, lorsqu'elle franchit le seuil de la salle d'interrogatoire, il n'en éprouva pas moins un petit coup au cœur qui fit affluer d'un coup son sang dans les parties de son anatomie les plus inappropriées. Peut-être était-ce sa démarche déterminée, son menton relevé, l'air de dire : « Vous ne me faites pas peur », dans une salle qui mettait mal à l'aise des criminels endurcis. À la façon dont son regard se promena rapidement sur lui et dont ses joues rosirent, il sentit que l'attraction qu'elle lui inspirait était réciproque.

Elle se reprit plus vite que lui et fronça les sourcils en découvrant la salle d'interrogatoire.

— Si vous cherchez à m'impressionner, ça ne marchera pas. Je suis venue ici de mon plein gré. Je suis toute disposée à vous aider, mais je n'apprécie pas vos méthodes d'intimidation.

Il hésita à revoir son approche de l'entretien mais décida de faire confiance à Melinda. Il n'avait jamais travaillé avec un profileur avant d'entrer à la DCT mais, depuis le peu de temps qu'il était là, il avait eu l'occasion de constater que cela pouvait porter ses fruits.

— Si vous croyez que ça, c'est de l'intimidation, vous n'avez pas vocation à travailler en partenariat avec l'armée. Asseyez-vous.

Au lieu d'obtempérer, elle plissa les yeux et croisa les

bras, posant un pied en arrière comme si elle était prête à faire demi-tour.

Davis jura intérieurement, car si l'idée lui prenait de s'en aller, ils n'avaient aucun moyen de la retenir. Mais il avait choisi un angle d'attaque et il fallait s'y tenir. Il croisa donc les bras, lui aussi, arqua les sourcils et attendit.

Un bref sourire finit par relever les coins de sa bouche, puis elle tira l'une des chaises et se percha juste au bord. Sanglée dans son tailleur noir bien coupé, le dos très droit, le port altier, plutôt que de paraître sur le point de fuir, elle réussit à donner l'impression que c'était elle qui menait la danse.

Ne jamais sous-estimer une personne devenue P-DG à trente ans, quel que soit le contexte, se dit-il. Puis il tira une chaise, lui aussi, et s'installa face à elle. Il se pencha en avant, réduisant l'espace entre eux.

OK, le cadre de l'entretien ne l'avait pas intimidée, le fait que le FBI ait débarqué en fanfare dans son entreprise pour l'entendre non plus, mais peut-être son physique y parviendrait-il. Elle était grande – sans doute un mètre soixante-quinze sans les petits talons qu'elle portait – mais il l'était davantage, et il avait la musculature que lui avait value son passé de ranger.

Elle soutint son regard sans un battement de cils. Ses yeux avaient la couleur d'une tasse de café avec, peut-être, juste un soupçon de crème. D'aussi près, il voyait à quel point sa peau était lisse et unie, mais le rose de ses joues s'était accentué, désormais, sous l'effet de la colère. Et, bon sang ! elle sentait le citron, sans doute quelque fragrance hors de prix pour aller avec sa tenue de grand couturier.

Une tenue qui, malgré son excellente coupe, était légèrement trop grande, comme si elle avait récemment maigri. Il nota l'emploi d'une épaisse couche de maquillage sous ses yeux, qui ne parvenait pas tout à fait à dissimuler ses cernes foncés. La légère rougeur de ses paupières ne lui échappa pas non plus. Sans doute était-elle due au chagrin d'avoir brutalement perdu son père trois semaines plus tôt.

— Je suis l'agent spécial Davis Rogers. Je suis sûr que les agents Smith et Cantrell vous ont dit de quoi il s'agissait – à supposer que vous n'ayez pas entendu la nouvelle au journal télévisé.

Davis savait que Smitty et JC n'étaient pas entrés dans les détails, le but étant de l'ébranler en la confrontant à plusieurs agents d'affilée. Mais, jusqu'ici, cela ne semblait pas beaucoup l'émouvoir.

Il n'avait nulle envie de souligner son sang-froid mais c'était une qualité cruciale dans les opérations spéciales. Il ne put s'empêcher d'admirer cette aptitude chez une civile faisant face à une enquête de grande envergure sur la société qu'elle dirigeait, enquête qui pourrait lui valoir une peine de prison.

— Les soldats qui ont été tués dans une embuscade, répondit Leila. D'après les journalistes, ils portaient des tenues de protection. Je suppose, puisque je suis ici, que l'armée doit penser qu'elles venaient de chez Petrov Armor.

Il vit l'espoir briller au fond de ses yeux, le souhait qu'il rectifie sa déclaration et déclare que tout cela était une erreur ou qu'on l'avait amenée ici pour son expertise sur le sujet. Il éprouva l'ombre d'un remords l'espace d'une nanoseconde, puis se souvint de Jessica.

— Elle ne le *pense* pas. Cela a été confirmé.

Elle poussa un profond soupir, puis hocha la tête. Son regard demeura grave, sans trace de panique, simplement de la tristesse pointant derrière la détermination.

— Je demande à voir les plaques de blindage.

— Pardon ?

Elle plaisantait ?

— Ce sont des preuves dans une enquête en cours.

Sa réponse aurait dû la faire blêmir, mais non. La dureté de son regard s'intensifia.

— Il ne peut pas s'agir de notre matériel.

Il ne put retenir un ricanement étouffé. C'était *ça*, sa défense ?

Elle continua sur sa lancée avant qu'il ait pu trouver quoi répondre à une requête aussi ridicule.

— Nous soumettons nos matériels à une batterie de tests et de vérifications très performants. Mon père a intégré l'armée à dix-huit ans. Il y est resté pendant quatre ans et a vu mourir trois camarades pendant un exercice d'entraînement. Cela l'a beaucoup marqué, et il a voulu faire quelque chose. Il a décidé de se consacrer à la fabrication de matériels de protection plus efficaces. L'armée a financé sa formation, l'a aidé à acquérir les compétences et connaissances nécessaires à la création de Petrov Armor. Il était très important pour lui que son activité sauve des vies – et ça ne l'est pas moins pour moi. Dès le début, c'est principalement avec l'armée que nous avons travaillé.

Elle parlait d'un ton passionné, mais Davis avait été agent du FBI spécialisé dans la criminalité en col blanc pendant quatre ans, avant d'être recruté par la DCT. Il ne lui avait pas fallu longtemps pour se rendre compte que l'une des qualités les plus utiles aux P-DG d'entreprises véreuses était de savoir mentir effrontément. Il avait également appris que lorsque la situation devenait délicate, ces mêmes dirigeants s'empressaient de donner les autres pour sauver leur peau. Il se renfonça donc contre le dossier de sa chaise et attendit.

Leila se pencha en avant, se rapprochant de lui.

Il dissimula sa surprise devant son audace, s'efforçant de ne pas respirer son subtil parfum citronné.

— Rien ne sort de notre usine sans avoir été soigneusement inspecté. De plus, nous ne procédons à aucune modification sans l'avoir préalablement testée avec toutes les armes contre lesquelles nos équipements garantissent une protection. Donc, soit les balles tirées par les insurgés ont changé, soit ces soldats ne portaient pas un équipement Petrov Armor.

Comme elle ne démordait pas de sa version et qu'il ne

savait pas combien de temps cela durerait, Davis décida de lui tendre la perche.

— Qu'en est-il de la personne responsable des inspections ? Ou du personnel chargé d'effectuer les tests ? N'est-il pas possible qu'il y ait eu une volonté de réduire les coûts sans que vous vous en soyez rendu compte ?

Si elle avait deux sous de cervelle, elle allait en convenir, prendre de la distance pour le cas où toute l'affaire lui exploserait à la figure – ce qui, il en était sûr, n'allait pas tarder à se produire.

Mais la fureur flamba dans son regard.

— Vous pensez vraiment que je vais vous donner un nom ? Non. Ce n'est pas possible. Les postes à responsabilité comme ceux-ci sont occupés par des personnes travaillant pour Petrov Armor depuis longtemps. On ne concentre pas le pouvoir entre les mains de certains sans que des contrôles surprises soient effectués par d'autres membres de l'équipe. C'était la façon dont procédait mon père bien avant qu'il ait ouvert le capital de la société, et le conseil d'administration et moi-même nous y tenons toujours aujourd'hui.

Se sentant froncer les sourcils, Davis se ressaisit pour afficher un masque neutre. Soit elle était meilleure comédienne qu'elle ne le semblait, soit elle croyait vraiment ce qu'elle disait.

Le problème, c'était que lui croyait l'armée. Jessica avait porté un équipement Petrov Armor lorsqu'elle était morte. Ce qui signifiait que quelqu'un mentait.

Un mauvais pressentiment lui soufflait que c'était peut-être le père de Leila Petrov, l'homme qui avait dirigé l'entreprise pendant de longues années avant de trouver la mort, trois semaines plus tôt. Si Davis avait raison, il avait déjà manqué sa chance d'envoyer le coupable en prison et il ne pourrait pas véritablement venger la mort de son amie.

Depuis douze ans qu'elle travaillait pour le FBI, Melinda Larsen avait vu à l'œuvre quelques-uns des menteurs les plus doués du pays. Avant cela, alors qu'elle terminait sa thèse de psychologie, elle s'était entretenue avec des tueurs en série incarcérés. Ils lui avaient servi les histoires les plus convaincantes qu'elle ait jamais entendues pour prouver leur innocence, quasiment sans se trahir par le langage corporel. Ils lui avaient glacé le sang tant le mal qu'ils avaient chevillé au corps était profondément ancré en eux sous leurs dehors calmes, voire affables.

Ces visites avaient visé à la préparer à tenir son rôle au sein de la DCT, où elle ne disposait pas de mois ou d'années lors d'enquêtes au long cours, mais devait poser des diagnostics quasiment sur le vif. La mission était très difficile mais Melinda avait découvert qu'elle aimait ce défi-là.

C'était également la meilleure façon qu'elle avait trouvée au cours des dix dernières années pour ne pas s'appesantir sur les deuils qu'elle avait subis dans sa vie personnelle. Car, avant la DCT, elle avait eu beau se concentrer sur les dossiers qu'elle avait en charge, c'était toujours une certaine affaire non résolue qui était restée au cœur de ses préoccupations. Mais ici, ce dossier avait tendance à refluer à l'arrière-plan. Elle commençait à accepter qu'elle ne connaîtrait peut-être jamais la vérité concernant l'affaire la plus importante à ses yeux et sur laquelle elle n'avait jamais pu travailler officiellement. À la DCT, elle commençait enfin à pouvoir avancer dans la vie.

L'affaire Leila Petrov n'avait pas semblé présenter beaucoup de difficultés, mais Melinda avait tout de même émis sa mise en garde habituelle face à Davis et Pembrook car, si douée soit-elle – et elle était l'une des meilleures de sa discipline –, elle pouvait toujours commettre une erreur.

— Un unique entretien ne suffit pas pour établir une évaluation approfondie.

Jill Pembrook hocha la tête, un petit sourire mi-amusé,

mi-encourageant aux lèvres. Cette expression-là, Melinda la connaissait bien désormais. Davis, les bras croisés, avait lui l'air passablement agacé dans ce que Melinda considérait comme ses vêtements civils – un jean délavé et un T-shirt sombre qui soulignait ses bras et son torse puissants. Mais l'irritation de Davis n'était pas dirigée contre elle, elle le savait. Elle concernait le grand avocat qui avait débarqué au beau milieu de l'interrogatoire de Leila Petrov et l'avait sortie de là.

— Je pense qu'elle dit la vérité. Elle n'est pas au courant.

Devant la déclaration de Melinda, Davis parut lâcher un peu de pression.

— Oui, je suis d'accord, dit-il en secouant la tête. Et, soyons honnêtes, Petrov Armor n'est pas une petite société, mais ce n'est pas une multinationale non plus. À moins qu'il ne s'agisse d'une pure négligence – ce dont je doute étant donné le nombre d'années depuis lequel l'entreprise fournit l'armée –, il se passe quelque chose de bizarre.

— Réduction des coûts ? suggéra Melinda. Peut-être les procédures de test dont Leila Petrov pense qu'elles sont réalisées dans les règles ne le sont pas tant que ça. À moins qu'elle n'ait été trop ébranlée par la récente mort de son père pour remarquer qu'ils avaient commis une erreur sur une grosse livraison. Ou alors nous avons affaire à un sabotage.

Davis parut intrigué.

— S'ils réduisaient les coûts, ça signifierait sans doute que son père était au courant et qu'il cherchait à gagner plus d'argent en rognant sur la qualité du matériel et, peut-être, en se montrant moins regardant sur les tests. Pour ce qui est de la négligence, cela voudrait dire qu'un ou plusieurs de ses employés profitent de ce qu'elle est bouleversée par son deuil pour tirer au flanc. À moins qu'ils n'aient tous été chamboulés par la mort du patron historique… Mais un sabotage ? Tu penses à un employé ou à quelqu'un d'extérieur à la société ?

— Compte tenu de ce que j'ai lu concernant leurs procédures, un sabotage ne me semble possible que par un membre du personnel. Si c'est le cas, il pourrait s'agir de quelqu'un qui a une dent contre l'armée.

— Ce qui est également improbable, compte tenu de ce qu'a dit Leila concernant l'ancienneté des employés occupant des postes à responsabilité, intervint Davis. Et si ce micmac était en place depuis longtemps, quelles sont les probabilités que l'armée ne s'en soit pas rendu compte plus tôt ?

— Je suis d'accord, convint Melinda. Donc, si c'est un sabotage, c'est sûrement quelqu'un qui voulait discréditer Neal Petrov lui-même. Mais, franchement, je pense que le motif le plus probable est le plus évident.

— La cupidité, acquiesça Davis. Ils ont fourni des produits de qualité inférieure pour l'argent, pour engranger de plus gros profits. Eh bien, ça a fini par se retourner contre eux. Mais, si c'est le cas, cela nous ramène à Neal Petrov. En tant que P-DG puis actionnaire majoritaire, c'était lui qui était le plus susceptible d'avoir à y gagner. Maintenant qu'il est mort…

— JC était au téléphone avec l'armée pendant que vous interrogiez Mlle Petrov, déclara Pembrook. Il confirme que le lot de matériel porté par les soldats qui ont été tués a été livré après la mort de Neal Petrov. Il est possible qu'il ait prévu le coup auparavant, mais je pense qu'il pourrait y avoir un complice.

— Oui, renchérit Melinda. S'il y a véritablement autant de tests et d'inspections que le prétend Leila Petrov, il semble difficile qu'une seule personne puisse être en cause, fût-elle P-DG À deux, en revanche…

Davis approuva d'un vigoureux hochement de tête, l'étincelle d'impatience qui luisait de nouveau dans ses yeux indiquant à Melinda à quel point il était désireux d'envoyer les responsables de la mort de son amie derrière les barreaux. Cette affaire le touchait peut-être d'un peu trop près. Cela pouvait donner lieu à des erreurs ; d'un autre côté, cela pouvait aussi induire exactement la détermination farouche dont ils avaient besoin.

— Melinda et moi avons parlé d'envoyer quelqu'un de chez nous dans l'entreprise, dit Pembrook en le regardant.

— En infiltration ? Ce ne peut pas être moi puisque Leila Petrov me connaît, fit observer Davis d'un ton laissant transparaître sa frustration. De même que JC et Smitty.

— Si, je pense que ce devrait être toi, justement, répliqua Melinda.

Avant l'interrogatoire, Davis aurait été la dernière personne qu'elle aurait suggérée. Mais, en assistant à l'entretien, elle avait quasiment vu crépiter les étincelles entre eux, tant de colère que d'attirance, et c'était ce qui lui avait donné cette idée.

Davis la considéra comme si, à force d'entrer dans la tête de criminels, elle avait fini par perdre les pédales.

— Je ne vois pas comment je pourrais…

Melinda tendit son téléphone portable devant elle.

— Comme ça, le coupa-t-elle.

Elle avait trouvé une offre d'emploi d'assistant de Leila Petrov.

— On a de la chance.

— Mais Leila Petrov me connaît. Elle n'acceptera jamais.

— Je pense que si, répliqua Melinda tandis que Pembrook suivait l'échange avec intérêt, son cerveau passant sans doute déjà en revue un million de scénarios à la vitesse de l'éclair.

— Ah ? Et pourquoi ?

— À cause de l'attirance, déclara simplement Melinda.

Pendant qu'elle parlait, Kane Bradshaw passa devant la porte ouverte. Il ne s'arrêta pas, se contentant d'arquer un sourcil en la regardant, l'air amusé.

Se forçant à faire comme si de rien n'était, Melinda reprit :

— Il y a eu une attirance instantanée entre vous deux.

Comme Davis fronçait les sourcils, elle se hâta d'ajouter :

— C'est mon travail de saisir ce genre de choses. Je ne

dis pas que tu n'as pas été professionnel. Mais tu peux jouer de ça pour gagner sa confiance.

— Elle est à la tête de l'entreprise, insista Davis. Elle ne se laissera pas convaincre de manœuvrer de la sorte.

— Je crois que si.

— Parce qu'elle me trouve mignon ? Allons, Melinda. Nous ne sommes plus au lycée.

Elle ne put s'empêcher de lui retourner un petit sourire. Ce grand Afro-Américain athlétique *était* mignon, en effet, ce qui influencerait Leila Petrov, qu'elle le veuille ou non.

— Non, mais nous sommes tous deux tombés d'accord sur le fait qu'elle est probablement innocente. Je pense qu'elle veut connaître la vérité. Tu peux l'y aider, elle le sait.

Cela donna à réfléchir à Davis pendant quelques instants, mais il finit par froncer de nouveau les sourcils.

— J'ai très envie d'être celui qui mettra la main sur le coupable, je t'assure. Mais ça me paraît être un risque insensé.

— Vous êtes sûre de ce que vous avancez ? demanda posément Pembrook à Melinda.

Le cœur de celle-ci se mit à battre plus fort quand elle pensa qu'elle pourrait préconiser une mauvaise méthode qui ferait capoter une enquête de première importance. Mais, tandis qu'elle repassait dans sa tête l'entretien de Davis avec Leila Petrov, son instinct lui confirma ses premières conclusions.

— Il faut que Davis la persuade que c'est le seul moyen de sauver l'entreprise que son père a créée. Ce qui veut dire qu'elle doit penser qu'ils sont du même côté. S'il y parvient, oui, je suis sûre que ça fonctionnera.

Pembrook arrêta son regard d'acier sur Davis qui se tint immobile, comme s'il faisait l'objet d'une inspection militaire. Finalement, elle inclina la tête.

— D'accord. Davis, ce sera vous le sous-marin.

[illegible] rédige.

— Elle [illegible] Elle ne [illegible]

[illegible]

Elle ne [illegible]

[illegible]

[illegible]

Le [illegible]

[illegible]

[illegible]

[illegible]

3

— Il y a eu erreur. Le FBI a ouvert une enquête, et ils ne tarderont pas à trouver les vrais responsables. D'ici là, il faut qu'on se concentre sur la préparation de nos prochaines livraisons.

C'était par ces mots que Leila s'était adressée à ses collaborateurs afin de les remobiliser à son retour. Tous avaient hoché la tête et souri. Des sourires un peu crispés qui cédèrent la place à des murmures sitôt qu'elle fut entrée dans son bureau.

Avec un peu de chance, il y aurait de nouvelles commandes à honorer. 80 % de leur chiffre d'affaires était réalisé avec l'armée. Le reste se partageait entre les forces de l'ordre et les sociétés de sécurité privées. Ils avaient déjà surmonté un important manque à gagner lorsqu'ils avaient stoppé la fabrication d'armes. Maintenant que les équipements de protection constituaient leur activité exclusive, leur partenariat avec l'armée et leur réputation revêtaient une importance décisive. Leur source de revenus principale se tarirait si la tragédie survenue au Moyen-Orient leur était imputée.

Leila ferma la porte de son bureau, lassée de devoir feindre de ne pas entendre les chuchotis des employés. Puis elle poussa le long soupir qu'elle retenait depuis ce matin, quand les agents du FBI l'avaient emmenée pour être interrogée.

Lorsque Eric lui avait envoyé l'avocat de l'entreprise pour la tirer de là, elle avait été mi-soulagée, mi-agacée.

Soulagée parce que, même si elle avait fait mine de ne pas se laisser atteindre par la situation, cette salle sinistre et l'agent fédéral tout en muscles, avec son regard un peu trop pénétrant, avaient commencé à faire naître en elle une vraie inquiétude. Agacée parce que plus elle y songeait, plus elle était certaine qu'il y avait eu méprise. Leurs protections ne pouvaient pas être défectueuses.

Elle en aurait donné sa main à couper. S'asseyant dans le confortable fauteuil derrière son bureau, elle ouvrit son ordinateur portable, prête à se mettre au travail. Car ce n'était pas seulement sa réputation qui risquait d'être détruite si elle ne trouvait pas rapidement ce qui s'était passé.

La question était de savoir comment s'y prendre. Le FBI refusant de lui laisser voir le matériel incriminé, comment pouvait-elle prouver que ce n'était pas le leur ?

Elle aurait dû se mettre à creuser ce point sitôt que l'avocat était venu la chercher au FBI, mais elle avait été trop déstabilisée pour revenir directement au travail. Elle s'était d'abord rendue sur la tombe de son père, avait passé un long moment là-bas, à lui parler comme elle le faisait de son vivant. À cela près que la conversation était à sens unique désormais.

C'était la première fois qu'elle retournait au cimetière depuis le jour où elle avait jeté une pelletée de terre sur le cercueil et qu'elle l'avait regardé disparaître lentement à sa vue. Elle n'avait pas été préparée à voir son nom sur la pierre tombale en granit poli. Mais, après être restée assise là un long moment, elle avait commencé à sentir sa présence. Son amour. Cela l'avait aidée à se concentrer sur ce qu'elle avait à faire.

Un coup frappé à la porte la tira de ses pensées, et Leila lança distraitement un « Entrez ! » en prenant les dernières factures adressées à l'armée. Elle avait déjà demandé à Eric – le directeur commercial de l'entreprise – d'appeler ses contacts, mais peut-être devrait-elle décrocher son téléphone elle aussi. Entre ses connaissances et les relations de son père, peut-être quelqu'un pourrait-il lui fournir des détails concernant le matériel porté par ces soldats.

— Leila, je sais que c'est une journée complètement folle, mais j'ai une bonne nouvelle.

Leila regarda leur responsable des ressources humaines. Ben Jameson était jeune et nouveau dans l'entreprise, mais pressé de faire ses preuves. Jusque-là, il s'était montré efficace et très énergique.

— Ce ne sera pas du luxe.

— Je vous ai trouvé un assistant.

— Oh !

Il fronça les sourcils devant son manque d'enthousiasme mais, avec tout ce qui était arrivé, elle n'avait vraiment pas envie de devoir accueillir maintenant un nouvel employé qu'il faudrait former. Lançant un regard à l'écran de son ordinateur, elle hésita à repousser ce moment. Jusqu'à ce qu'elle ait surmonté le désastre de l'intervention du FBI.

— On a reçu son CV il y a quelques heures, s'empressa de continuer Ben. En temps normal, j'aurais procédé de manière plus classique, mais il était disponible immédiatement pour un entretien et il correspond exactement au profil. J'ai vérifié auprès des références qu'il m'a fournies, et je crois que nous avons tout intérêt à l'engager avant que quelqu'un d'autre nous le souffle. Et, cerise sur le gâteau, comme il était prêt à commencer dès aujourd'hui, j'ai pensé que c'était l'occasion de le familiariser avec les rouages de l'entreprise.

Voyant qu'elle ne répondait pas, il ajouta :

— Comme le quiproquo avec le FBI semble réglé…

Elle se décida enfin à lever les yeux et hocha la tête, espérant que son masque de P-DG ne lui ferait pas défaut.

— Super. Son aide me sera précieuse.

Le visage de Ben s'éclaira.

— Parfait ! Je vais vous le présenter.

Il se tourna vers la porte et appela :

— Davis !

Deux hommes prénommés Davis dans la même journée ?

Leila se leva, l'anxiété tendant sa nuque, et vit Davis Rogers entrer dans son bureau.

Ce matin, avec son jean et son T-shirt qui moulait ses muscles, il lui avait plutôt évoqué quelque patron de boîte de nuit costaud. Pour parachever le tableau, une barbe naissante avait même ombré son menton. Pas exactement l'image qu'elle se faisait d'un agent du FBI.

Mais, maintenant, il était rasé de près et portait un pantalon de costume et un blazer. Il aurait dû paraître moins attrayant dans ces vêtements qui dissimulaient sa plastique parfaite, mais cela la conduisit simplement à se concentrer davantage sur son visage. Sur ses ensorcelants yeux marron foncé dont le regard était rendu plus intense encore par d'épais sourcils bien dessinés. Sur sa peau brune et unie qui lui donnait envie d'y poser la main, d'y chercher les vestiges de sa barbe de ce matin. Sur ses lèvres généreuses qu'elle aurait volontiers embrassées.

Cette idée interrompit net le cours de ses pensées. Elle n'était pas du genre à se consumer de désir pour un homme qu'elle connaissait à peine. Mettant son étrange réaction sur le compte du trop-plein d'émotions qui bouillonnaient en elle – le stress, le chagrin et l'angoisse qui se mélangeaient et lui faisaient perdre le sens commun –, Leila tira machinalement sur les pans de sa veste, s'efforçant de se ressaisir.

— Qu'est-ce que…

— Je suis enchanté de vous rencontrer, la coupa Rogers, parlant haut et fort. Je suis tellement content d'entrer chez Petrov Armor.

— Je serai heureux de vous apporter toute l'assistance dont vous aurez besoin, ajouta-t-il avec une pointe de sarcasme trop subtile pour être captée par Ben.

Mais pas par Leila. Elle sentit son visage se plisser d'incrédulité sous le regard de Ben dont les yeux allaient de l'un à l'autre. Mais, avant qu'elle ait pu jeter Rogers dehors, un coin de ces lèvres si pulpeuses se souleva en un lent sourire. Un sourire tout à la fois amusé et plein d'assurance, comme s'il savait très exactement ce qu'elle pensait.

À quoi jouait-il ? S'imaginait-il vraiment qu'elle allait le laisser semer la pagaille dans sa société, parmi ses employés ?

Les lèvres de Leila s'étirèrent à leur tour, mais elle instilla dans son sourire une nuance glaciale destinée à le dissuader d'avancer d'un pas de plus. C'était un tour qu'elle avait appris bien avant de devenir P-DG, à l'université, lorsque des étudiants éméchés se permettaient de l'interpeller quand elle rentrait tard de la bibliothèque. Cela ne manquait jamais d'effacer les petits sourires suffisants que certains s'autorisaient.

Mais Davis Rogers s'approcha et lui tendit la main.

— Je crois que nous allons bien nous entendre pour accomplir tout ce qui doit l'être ici.

Quel culot ! Elle aurait dû s'y attendre de la part d'un agent du FBI. Et lui aurait dû s'attendre qu'elle dénonce son bluff immédiatement. Mais, par-delà ce sourire impudent, elle vit, au fond de son regard, quelque chose qui lui coupa l'herbe sous le pied, quelque chose qui ressemblait à de l'honnêteté.

— Merci, Ben, lança-t-elle en tournant les yeux vers son directeur des ressources humaines, qui ouvrit et ferma la bouche comme s'il cherchait quoi dire.

Puis il inclina la tête et recula avant de sortir de son bureau et de tirer la porte derrière lui. La laissant seule face à Rogers.

— Je vous ai permis de rester par pure curiosité, déclara-t-elle en croisant les bras. Mais vous avez, disons, deux minutes pour m'expliquer pour quelle raison je devrais vous laisser jouer ce petit jeu. Ensuite, je vous chasse, et mon avocat retournera dans vos locaux, histoire de vérifier un peu quelle est l'éthique du FBI.

Loin de paraître ennuyé, Davis Rogers s'avança encore, le regard vissé au sien avec une intensité qui fit naître la chair de poule sur ses bras et rendit sa respiration soudain laborieuse. Puis il brandit un dossier entre eux, presque sous son nez.

Elle fronça les sourcils, recula et le prit. Il lui suffit d'y jeter un coup d'œil pour comprendre le pourquoi de son sourire effronté. C'était une photo prise en gros plan d'un équipement de protection. On voyait distinctement qu'il était percé par trois impacts de balle. Et, là, estampillé près de la couture selon l'habitude de la marque, se trouvait le logo de Petrov Armor suivi de l'indication du degré de protection maximal, celui qui aurait dû stopper les munitions qui avaient causé ces perforations.

Elle reporta son regard sur lui tandis qu'un sentiment d'effroi montait en elle, lui nouait la gorge.

— Cet équipement provient d'un lot ayant été récemment livré. Je ne crois pas que vous ayez été au courant, sinon je ne vous en aurais pas parlé. Donc, maintenant, vous avez le choix : soit vous me laissez conserver ma couverture afin de découvrir discrètement comment ces équipements défectueux ont pu être fournis par votre entreprise, soit vous me dénoncez, ce qui ne sera pas sans conséquence : mon équipe débarquera en force pour tout mettre sens dessus dessous ici. Les mandats de perquisition sont déjà prêts.

Leila considéra de nouveau la photo. Elle pouvait avoir été truquée. Ou les balles pouvaient être issues d'une nouvelle technologie capable de transpercer leurs plaques blindées. Mais, en son for intérieur, elle *savait* que quelque chose ne tournait pas rond dans sa société.

Un lot récent… Ce qui signifiait probablement : « depuis qu'elle avait pris les commandes de l'entreprise ». Compte tenu du fonctionnement de Petrov Armor, il ne pouvait pas s'agir d'une négligence. C'était bel et bien intentionnel ; quelqu'un essayait de détruire ce que son père avait mis une grande partie de sa vie à édifier.

Elle croisa de nouveau le regard de Davis Rogers, se rendant tout à coup compte qu'il était peut-être sa meilleure chance de trouver le coupable. Que permettre à un étranger, agent du FBI, de s'introduire sous couverture dans l'entreprise était peut-être le seul moyen de sauver celle-ci. Une enquête secrète conduirait peut-être à l'identification d'un unique responsable, lui laissant une chance de sauver Petrov Armor. Une enquête publique – quelle qu'en soit l'issue – causerait leur perte.

— Je veux que vous me teniez informée de tout ce que vous ferez ici. Si je vous donne mon accord, vous me laissez participer à l'enquête, déclara-t-elle en tendant la main. Marché conclu ?

Le sourire reparut, moins large et plus sérieux cette fois, tandis qu'il mettait sa grande main dans la sienne.

— Marché conclu.

Leila se prit à espérer qu'elle ne venait pas de condamner sa société.

Au bout du compte, que Leila Petrov n'ait pas su que des produits défectueux avaient été livrés à l'armée importait peu. Ce n'en était pas moins elle la responsable de chacune des morts que ce matériel avait provoquées. À commencer par celle de Jessica.

Cette vérité aurait été plus facile à accepter si Davis n'avait pas été de plus en plus impressionné par cette femme. Elle était solide, déterminée. Jusqu'à présent, il avait constaté qu'elle était respectée dans l'entreprise. Parfois avec des réticences, mais le personnel, dans l'ensemble, semblait vraiment apprécier sa dirigeante.

Cependant, la plupart des employés avaient paru être attachés à son père. Il avait noté des gestes de sympathie sur leur passage, une réelle tristesse dans leurs regards quand ils mentionnaient son nom. Pourtant, si Leila n'avait rien su des défauts que présentaient leurs produits, quelles étaient les chances que son père n'ait pas été au courant non plus ? Plus il en apprenait sur leurs procédures de sécurité, plus cela semblait improbable. Car même si le lot incriminé avait été livré après la mort de Neal Petrov, il avait sans doute été fabriqué de son vivant.

Il était rapidement apparu que Petrov Armor ne plaisantait pas avec la sécurité. Les employés entraient et sortaient grâce à une carte individuelle, pour accéder non seulement au bâtiment, mais à chacune des zones sensibles. Il avait noté la présence de caméras de surveillance autour du site, mais également à l'intérieur des bâtiments. Qui que soit celui qui était à l'origine de l'envoi des produits défectueux, il savait comment contourner ces obstacles.

Prenant note mentalement de demander à visionner les enregistrements de ces caméras à l'époque où le lot incriminé avait été fabriqué, Davis plaqua un sourire sur son visage comme on le présentait à une autre employée.

— Davis, voici Theresa Quinn, responsable du service recherche et développement de Petrov Armor. Theresa, voici mon nouvel assistant, Davis Rogers.

Comme lors des précédentes présentations, Leila s'exprimait d'une voix ferme, et aucun des employés n'avait paru noter quoi que ce soit d'inhabituel, mais il percevait son malaise. Elle n'aimait pas leur mentir. Il espéra qu'elle n'allait pas craquer et leur révéler qui il était vraiment.

Il fallait qu'il reste le plus possible à côté d'elle. Mais une dirigeante dotée d'une vraie conscience professionnelle, c'était à la fois une bonne et une mauvaise chose. Une bonne parce que s'il avait raison et qu'elle n'était pas impliquée, cela signifiait que Melinda avait raison aussi et que Leila voulait connaître la vérité même si elle ne souhaitait pas la voir ébruitée. Et une mauvaise parce que mentir lui était difficile.

— Que s'est-il passé avec ces agents du FBI ? demanda Theresa du ton de quelqu'un qui était là depuis longtemps et jouissait d'une position d'autorité.

Une certaine irrévérence perçait dans son intonation, comme si elle se considérait comme l'égale de Leila et non comme une simple employée.

Davis examina Theresa plus attentivement. Vêtue d'un jean et d'un chemisier aux manches retroussées, ses cheveux brun acajou relevés en un chignon ébouriffé, elle paraissait plus jeune que les pattes d'oie autour de ses yeux ne l'attestaient. Davis jugea qu'elle devait avoir la cinquantaine. Il se demanda si l'assurance et l'autorité qu'elle dégageait tenaient seulement à son âge et à son poste ou si elle avait plus d'influence au sein de Petrov Armor que n'en avait généralement un responsable de R & D.

Leila se raidit visiblement à cette question, et Davis en conclut que les deux femmes ne s'appréciaient pas.

— Ainsi que je l'ai déjà dit, tout est réglé, répondit-elle.

Les yeux de Theresa se plissèrent.

— Comme ça ? Si facilement ?

— Comme ça, oui. Les produits ne venaient pas de chez nous.

— Savons-nous d'où ils provenaient ? demanda encore Theresa, d'une voix toujours un peu suspicieuse mais dans laquelle dominait la curiosité. Parce que cela va faire le ménage parmi la concurrence.

Davis se tendit en entendant ce commentaire perfide mais il s'appliqua à paraître calme et vivement intéressé par l'échange, ainsi que l'aurait fait, lui semblait-il, un assistant nouvellement embauché.

— Le FBI refuse de communiquer cette information, répliqua Leila, qui se tourna alors vers lui. Laissez-moi vous présenter notre directeur commercial.

Puis elle appela dans l'espace ouvert des bureaux :

— Eric !

L'homme qui se retourna semblait avoir approximativement le même âge que Leila et lui. Les cheveux blonds maintenus en place par du gel, les yeux bleu foncé exactement de la même teinte que son costume, il avait tout du parfait directeur commercial. Mais, comme il s'avançait dans leur direction et que son regard glissait brièvement sur lui pour s'arrêter sur Leila, tout ce que Davis vit c'était un homme qui avait le béguin pour sa patronne.

Trahir l'entreprise que celle-ci dirigeait n'était pas la meilleure façon d'entrer dans ses bonnes grâces. À moins que Leila ait repoussé ses avances et qu'Eric n'ait voulu se venger.

Comme Eric stoppait devant eux, son attention toujours tout entière braquée sur Leila, comme s'il n'y avait personne d'autre, Davis tendit la main.

— Davis Rogers, le nouvel assistant de Leila.

Les yeux d'Eric se plissèrent légèrement tandis qu'il l'examinait et lui décochait un sourire rien moins qu'authentique.

— Eric Ross. Directeur commercial.

Sa main serra la sienne un peu trop fort tandis qu'il ajoutait :

— Je suis heureux que Leila ait enfin un assistant. Elle travaille trop. J'espère que vous veillerez à ce qu'elle ne se surmène pas.

Avant que Davis ait pu répondre – ou, plutôt, trouvé comment répondre à une telle réflexion –, Eric laissa retomber la main et reporta son attention sur Leila. D'une voix sensiblement plus basse, il déclara :

— Ton père était comme un père pour moi aussi, Leila. Tu sais que tu peux me parler quand tu veux.

Sa main vint se poser sur son bras en un geste qui se voulait réconfortant mais qui était un peu trop familier.

— Personne ne t'en voudra si tu prends un peu de temps pour faire ton deuil.

Leila se dégagea d'un mouvement d'épaule tandis que ses joues se coloraient légèrement. Elle s'éclaircit la voix et baissa brièvement la tête.

— Je sais, Eric. Merci.

Davis les observa tour à tour, se demandant s'il y avait eu quelque chose entre eux, tandis que Theresa renchérissait, avec moins d'émotion :

— Votre père nous manque à tous. C'était un bon patron et un homme bien.

Puis elle tourna les talons, laissant Davis songeur quant au sens de sa remarque. S'agissait-il d'une marque de sympathie ou bien d'une pique subtile visant la façon dont Leila gérait l'entreprise ?

À en juger par le regard torve avec lequel Eric la regardait s'éloigner, la deuxième option devait être la bonne. Davis se focalisa de nouveau sur lui. Apparemment, il connaissait Leila et sa famille de longue date. Si Neal Petrov avait été comme un père pour lui, peut-être lui avait-il confié ses secrets… ou demandé de l'aider à gagner un peu plus d'argent hors comptabilité officielle.

Avant que Davis ait eu le temps de creuser cette hypothèse, un homme traversa les bureaux d'un pas pressé, fonçant droit sur Leila. Cinquante-cinq ans environ, les cheveux foncés, les yeux bleu clair, il était le portrait craché de l'homme dont Davis avait étudié les photos le matin même, en plus jeune, plus séduisant. Ce devait être le frère cadet de Neal Petrov, Joel.

Sitôt qu'il les eut rejoints, l'homme prit Leila par les épaules, plongeant le regard dans le sien.

— Ça va ? J'ai appris que le FBI t'avait emmenée pour t'interroger à propos de ce drame dans l'armée.

Le regard de Leila dériva un instant vers Davis puis elle répondit, sans regarder son oncle tout à fait dans les yeux :

— Ça va. Il s'agissait d'une erreur. Ne t'inquiète pas.

— Que je ne m'inquiète pas ? Tu sais bien que je m'inquiète toujours. Depuis que ton père nous a quittés…

Il soupira, adressa un sourire triste à Leila, puis la relâcha.

— Désolé, reprit-il plus doucement. Cette conversation est d'ordre privé. Mais j'aurais voulu que tu me préviennes. Eric m'a dit…

— Tout va bien, l'interrompit Leila. Oncle Joel, je te présente mon nouvel assistant, Davis Rogers. Davis, Joel Petrov, notre directeur général adjoint.

L'intensité du regard que Joel posa sur lui évoqua à Davis

un père jaugeant le premier prétendant de sa fille adolescente. Il se demanda fugitivement pourquoi Neal Petrov ne l'avait pas nommé, lui, P-DG plutôt que sa fille.

Puis Joel serra la main qu'il lui tendait.

— Bonjour, Davis. Heureux de vous rencontrer. Je suis sûr que vous vous plairez ici.

Mais rapidement, il la lâcha et détourna son attention de lui aussi clairement que s'il lui avait tourné le dos.

— Je suis soulagé que tout cela n'ait été qu'un malentendu, dit-il à Leila. Mais si quelque chose d'autre venait à se produire, je voudrais que tu me laisses t'aider. Tu as assez de soucis comme ça en ce moment.

Il lui pressa affectueusement la main puis se dirigea vers son bureau, situé en bordure de l'*open space* et ferma la porte.

— Finissons notre tour, lui dit Leila, passant devant le bureau de son oncle en direction du centre d'essais d'une démarche décidée, professionnelle.

Davis pressa le pas derrière elle, réfléchissant à toute allure. Joel était le n° 2 de la société, et pourtant quand Neal Petrov s'était retiré, il avait fait en sorte que ce soit sa fille de vingt-neuf ans qui prenne la relève. Et alors qu'il avait quitté ses fonctions de P-DG, il avait continué à venir au bureau. En tant que fondateur et actionnaire principal, il tirait toujours des revenus de l'entreprise. Peut-être avait-il renoncé à son poste de P-DG afin d'être exonéré de toute responsabilité si les choses tournaient mal. S'il avait favorisé la prise de pouvoir de sa fille, ce n'était peut-être pas par népotisme, mais parce qu'il l'avait jugée assez inexpérimentée pour ne pas s'apercevoir de ce qui se passait.

Il fronça les sourcils, se rappelant la tristesse qui avait voilé le regard de Leila quand Eric avait évoqué son père. Si ses soupçons étaient fondés, Neal Petrov n'avait pas véritablement aimé sa fille parce qu'en utilisant son inexpérience et sa confiance il l'avait également placée dans le viseur de la police si jamais la vérité venait à éclater. Il avait fait d'elle son bouc émissaire.

Davis était loin de pouvoir prouver quoi que ce soit, mais il regretta que Neal Petrov ne soit plus de ce monde pour le faire payer si jamais il avait raison.

— Je vais vous montrer notre centre d'essais, dit Leila d'une voix forte et assurée comme si le fait de lui montrer leurs protocoles de tests pouvait prouver que personne n'avait pu saboter les produits.

— Auparavant, nous testions les armes dans une aile séparée mais nous avons stoppé la fabrication d'armes, et elle a été convertie en un nouveau service de recherche et développement pour nos équipements de protection.

Elle se servit de sa carte clé pour franchir une nouvelle porte et la lui tint ouverte.

Comme il la suivait, son téléphone sonna, et Davis y jeta un coup d'œil. Un message de Hendrick s'afficha sur l'écran.

Cette affaire est de bien plus grande ampleur que nous ne le pensions. Le nom de Petrov Armor est déjà apparu dans des affaires traitées par le Bureau – de *nombreuses* affaires sur plus de dix ans. Il y a eu enquête mais ça n'a pas abouti.

Fronçant les sourcils, Davis pianota sur son téléphone.

Des affaires en lien avec l'armée ? Des produits défectueux ?

La réponse arriva presque immédiatement, et Davis jura sous cape.

Non. Des ventes d'armes à des criminels bien connus.

4

Kane Bradshaw n'appréciait pas du tout d'être confiné dans un bureau, au FBI, à éplucher de vieux dossiers. Il détestait tout spécialement le faire en compagnie du Dr Melinda Larsen.

Il coula un regard vers elle, la tête penchée sur son ordinateur portable, arborant l'expression sérieuse qu'elle affichait par défaut. Elle ressemblait plus à une universitaire qu'à un agent du FBI, avec sa petite taille et ses cheveux noirs qu'elle portait toujours lâchés sur les épaules. Ses origines asiatiques conféraient à sa peau des reflets dorés et, avec son visage parfaitement lisse en dépit de son travail stressant, elle paraissait dix ans de moins que sa petite quarantaine. Mais il lui suffisait de plonger le regard dans ses yeux brun foncé pour y lire chacune de ses années de travail, chaque affaire difficile.

C'était l'une des expertes les plus éminentes du FBI en matière de langage corporel et une sacrée bonne profileuse. Ils avaient collaboré occasionnellement au fil des années, mais il avait espéré ne jamais l'avoir pour équipière au sein de la DCT.

Il l'avait observée, au bureau : prompte à donner son opinion sur les affaires puis étudiant en silence ceux qui prenaient la parole. Esquissant mentalement leur profil, il en était sûr. Il n'y avait pas échappé, lui non plus. Si elle était à la hauteur de sa réputation, elle avait déjà dû s'introduire profondément dans son cerveau, dans son âme. Il n'avait pas l'intention de la laisser y pénétrer plus avant.

Il préférait garder ses secrets.

Si n'importe qui d'autre lui avait demandé de travailler avec Melinda, il aurait refusé. Mais il devait à Jill Pembrook plus qu'il ne pourrait jamais lui rendre. Donc, puisqu'elle avait voulu l'associer à cette trop sérieuse profileuse pour enquêter sur les liens entre Petrov Armor et le monde de la criminalité, il le faisait – à contrecœur mais sans piper mot.

— J'en ai une autre, annonça Melinda en orientant son ordinateur pour qu'il voie l'affaire qu'elle avait découverte.

Ils planchaient sur la question depuis la veille, quand Hendrick avait vu le nom de Petrov Armor mentionné à propos de plusieurs affaires dont s'était occupé le Bureau. Leur expert en informatique avait identifié tous les dossiers, mais Pembrook avait chargé Melinda et lui de parcourir chacun d'eux puisque Petrov Armor n'avait jamais pu être officiellement accusée.

Jusque-là, les éléments qu'ils avaient trouvés étaient trop minces pour être d'une quelconque utilité. Comme un seul pistolet Petrov Armor retrouvé sur la scène d'une tuerie de masse. Bien que le tireur ait été un criminel ayant déjà plusieurs condamnations à son actif, la preuve avait été faite que ce n'était pas lui qui avait acheté l'arme. Un ami, sans antécédents criminels, en avait fait l'acquisition et la lui avait prêtée si bien qu'aucune charge n'avait pu être retenue contre l'entreprise.

Melinda et lui avaient lu et éliminé plus d'une douzaine de cas de ce genre. Des armes en petites quantités et dont l'achat ne pouvait être imputé à des criminels notoires même si elles avaient fini par atterrir entre leurs mains. Sans rien de tangible prouvant que Petrov Armor avait facilité une vente illégale.

Néanmoins, de temps à autre, une affaire concernant des armes en nombre nettement supérieur se présentait. On en avait trouvé sur les lieux d'un important vol à main armée coordonné et planifié. Ou tout un lot dans le grenier d'une maison appartenant à un membre d'un gang connu. Bien que les armes aient été de marque Petrov Armor, les numéros de série avaient été effacés, si bien que les enquêteurs n'avaient pas pu établir que la société les lui avait vendues. Ce qui expliquait que Petrov Armor ait été entendue, mais jamais mise en cause.

L'entreprise avait le droit de vendre des armes à des civils ; ce qui était interdit, c'était bien sûr de les vendre à des criminels. Ce crime relevant également de la compétence de l'ATF, l'agence fédérale chargée de la lutte contre les armes à feu, la plupart des affaires dont Hendrick avait établi la liste étaient communes au FBI et l'ATF. Ce qui signifiait qu'il en existait peut-être d'autres.

— C'est quoi, cette fois ? demanda Kane en se penchant vers elle.

Comme chaque fois qu'il s'approchait un peu trop d'elle, Melinda s'écarta imperceptiblement. Elle non plus n'était probablement pas ravie de faire équipe avec lui. Bien que la directrice n'en parle jamais, le rôle qu'avait joué Kane dans la mort de la fille de Pembrook était connu de tous.

Kane serra les dents et s'efforça de ne pas s'agacer de sa réaction. C'était l'une des raisons pour lesquelles il aimait travailler seul. Mais Pembrook avait clairement indiqué qu'elle entendait associer dans cette affaire la capacité de Melinda à deviner les intentions des gens – même à la simple lecture d'un dossier – et la grande expérience de terrain de Kane, sous couverture parmi des criminels. Jusque-là, il devait reconnaître que leur équipe fonctionnait malgré tout plutôt bien… Sauf lorsque Melinda reculait à son approche.

— Un meurtrier condamné, qui a bénéficié d'une libération conditionnelle anticipée. Environ un mois après sa sortie de prison, il a enfilé un gilet pare-balles Petrov Armor, s'est muni d'un pistolet Petrov Armor et a tué cinq personnes sur son ancien lieu de travail, dont la personne qui l'avait dénoncé. Il avait acheté le matériel de protection directement à Petrov Armor, ce qui n'a rien d'illégal. Mais pour l'arme, c'est une autre histoire. L'ATF n'a jamais pu trouver d'où il la tenait mais son ami, criminel lui aussi, a dit aux agents du FBI que l'achat du pistolet avait été plus aisé encore que celui de l'équipement de protection. Après ça, il n'a plus rien voulu dire. Mais il s'est sûrement procuré les deux en même temps, l'un officiellement et l'autre, non.

Kane se renversa contre le dossier de sa chaise et, d'une poussée des talons, la fit tenir en équilibre sur ses deux pieds arrière. Il fixa le plafond, les mains croisées derrière la tête.

— Peut-être voulait-il simplement dire qu'il est facile d'emprunter une arme achetée légalement par un ami. Ça se pratique couramment.

Même s'il ne la voyait que dans son champ de vision périphérique, il nota la moue dubitative de Melinda.

— Tu parles, grommela-t-elle. Une protection *et* une arme… Si un ami à toi, un ami avec un lourd passé criminel, venait d'acheter un gilet pare-balles, lui prêterais-tu une arme sans poser de questions ?

Kane haussa les épaules. Melinda était plus douée que quiconque pour lire en vous, mais elle n'avait jamais travaillé sous couverture. Lui, à l'inverse, avait passé tant de temps à faire semblant d'être quelqu'un d'autre que sa véritable identité lui semblait parfois floue. Ce qui n'était pas plus mal, à son avis.

Cela lui avait appris à quel point les gens étaient prompts à croire ceux qu'ils aimaient, même contre toute logique, même quand tout indiquait qu'ils avaient tort. De là à prêter une arme à un criminel en se mentant et en se disant que c'était par peur, parce qu'il cherchait à se protéger – peut-être d'un système dont vous vous étiez également persuadé qu'il l'avait condamné d'avance –, il n'y avait qu'un pas.

— OK, admit Melinda. Cette affaire est peut-être moins

parlante que d'autres impliquant des armes en quantité. Mais si on les met toutes bout à bout, on tient quelque chose.

— Je ne sais pas, nuança Kane. Beaucoup d'armes se vendent au marché noir. Ça ne signifie pas que Petrov Armor ait été impliquée.

Se redressant sur sa chaise, Melinda croisa les mains devant elle sur la table. Kane reconnut ce geste. Elle s'apprêtait à faire valoir ses arguments.

Il dissimula un sourire tout en lui accordant son attention.

— La vente illégale d'armes est synonyme d'énormes marges bénéficiaires. Les criminels sont prêts à payer plus cher parce qu'ils ont besoin de passer par des voies détournées. Mais, l'an dernier, Leila Petrov a stoppé cette partie de leur activité.

Kane laissa retomber sa chaise sur ses quatre pieds, regrettant de n'avoir pas fait le lien avant.

— Donc, maintenant, celui qui se livrait à ces ventes illégales – si c'est bien ce qui se passait – comble la perte de profit en vendant des équipements de qualité moindre au prix fort.

— Voilà, acquiesça Melinda, lui souriant enfin.

C'était probablement le premier vrai sourire qu'elle lui adressait depuis qu'ils travaillaient ensemble à la DCT, ou même depuis que leurs chemins s'étaient croisés avant cela. Il nota à quel point ce sourire changeait son apparence. Non qu'elle ne soit pas jolie, mais il n'avait jamais apprécié le genre intello et un peu trop perspicace. Toutefois, il devait fuir davantage encore une Melinda souriante et fière.

— Il faut qu'on trouve le moyen d'examiner les comptes de l'entreprise, déclara-t-elle.

— Ils tiennent probablement une double comptabilité, dit Kane, mettant de côté son bref et ridicule moment d'attirance. Peut-être qu'on devrait essayer d'organiser une transaction. Se faire passer pour un truand qui veut leur passer commande.

Une opération sous couverture de ce genre est facile à monter. Je l'ai fait des centaines de fois.

S'il était occupé à tenter de faire affaire avec quelqu'un de chez Petrov Armor, au moins ne serait-il pas enfermé dans un petit bureau avec Melinda Larsen, à faire mine de ne pas se soucier qu'elle ait le pouvoir de mettre quelqu'un à nu d'un seul coup d'œil. À faire mine de ne pas se soucier qu'elle puisse le mettre à nu, lui.

— Non, répondit Melinda. Il faut d'abord travailler en amont, préparer le terrain, sinon on risquerait de tout faire capoter et d'éveiller les soupçons de celui qui est derrière tout ça à l'encontre de Davis.

Kane se retint d'insister. Il mourait d'envie de retourner sur le terrain, d'endosser une nouvelle personnalité comme il aurait enfilé un nouveau costume, d'échapper au regard pénétrant de Melinda, mais elle avait raison, il le savait.

Il devrait patienter avant de retrouver l'action et le danger qu'il adorait, la chance de s'élancer sous une pluie de balles comme son ancienne partenaire – la fille unique de Pembrook – l'avait fait. La chance de mourir en accomplissant quelque chose d'utile. Ainsi qu'il aurait dû le faire des années plus tôt, à son côté.

Davis était sous couverture dans la société depuis un jour et demi, mais Leila avait l'impression qu'il était là depuis une semaine.

Le fait de devoir surveiller ses moindres paroles la rendait anxieuse, et elle devait en permanence résister à l'envie de lui lancer des regards, ce que le personnel aurait pu trouver suspect. Peut-être pas le personnel dans son ensemble, mais cela aurait assurément mis la puce à l'oreille d'oncle Neal ou d'Eric. Elle était même surprise que cela ne se soit pas encore produit.

Mais elle ne leur mentait jamais, ni à l'un ni à l'autre.

Un lien spécial l'avait unie à Eric autrefois, un lien dont elle avait pensé qu'il ne se romprait jamais. Il avait été l'ami qui l'avait arrachée à une profonde dépression trois ans après la mort de sa mère, son premier amoureux, deux ans plus tard. Puis lorsque leur liaison avait pris fin, ils avaient fini par redevenir des amis. Ce ne serait plus jamais comme lorsqu'ils étaient adolescents, mais Leila ne pouvait oublier tout ce qu'il avait fait pour elle ni l'importance qu'il revêtait aux yeux de sa famille.

Son oncle et elle étaient proches. Ils ne se fréquentaient pas beaucoup en dehors du bureau, mais c'était surtout dû au fait qu'ils passaient tous deux le plus clair de leur temps au travail – et le reste, s'agissant de son oncle, avec des femmes qu'il semblait séduire avec une étonnante facilité. C'était un don qu'elle n'avait jamais eu avec le sexe opposé et, après la façon dont Eric avait rompu avec elle, qu'elle ne regrettait guère de ne pas posséder.

Cette idée lui fit jeter un coup d'œil à Davis tandis qu'il l'accompagnait jusqu'à sa voiture. Eric marchait de l'autre côté, se répandant avec une inutile prolixité sur les conditions de la dernière vente qu'il avait conclue, ce qui révéla à Leila qu'il y avait *une* chose qu'il avait bel et bien remarquée : son attirance pour Davis.

Eric la connaissait trop bien. Il avait sans doute noté qu'elle consultait Davis du regard un peu trop souvent. Ce qu'il ne pouvait pas savoir, en revanche, c'était que l'attrait qu'il exerçait sur elle n'était pas seul en jeu. Elle s'inquiétait aussi à cause de la raison pour laquelle Davis était là.

Eric était jaloux, songea-t-elle non sans une certaine frustration doublée d'un peu de colère. Il avait perdu le droit de l'être il y avait bien longtemps, lorsqu'il lui avait brisé le cœur.

— Non, ce n'est pas vrai, c'est une blague ! s'exclama-t-elle, dépitée, en regardant son pneu avant droit complètement à plat. Saleté de chantier de construction… C'était ma roue de secours.

Davis s'inclina en avant, les sourcils froncés.

— Et je suppose que vous n'en avez pas d'autre. Si vous en aviez une deuxième, je pourrais changer le pneu.

— Oui, soupira Leila. Moi aussi, je le pourrais mais je n'ai pas de deuxième roue de secours, évidemment. J'ai dû encore rouler sur un clou.

Elle fit taire la petite voix intérieure qui lui soufflait que c'était peut-être l'un de ses employés. Elle n'ignorait pas que certains d'entre eux n'avaient pas apprécié qu'elle ait pris la suite de son père. Pourtant, ils auraient dû s'y attendre. Depuis qu'elle avait fait ses premiers pas dans la société, cinq ans plus tôt, elle avait travaillé aux côtés de son père plus que n'importe qui d'autre dans la société. Petrov Armor était une entreprise familiale, et le conseil d'administration avait bien vu l'intérêt de continuer dans ce sens. Personne ne pouvait le nier. Et sûrement pas de cette façon puérile.

— Je vais te raccompagner, proposa Eric en posant une main sur son bras.

— Ce n'est pas un problème. Je peux m'en charger.

La curiosité qui se peignit sur le visage de Davis lui indiqua qu'il avait lui aussi remarqué la jalousie d'Eric à son égard.

Avant que Leila ait pu dire qu'elle allait appeler un taxi, Davis ajouta :

— Je suis son assistant, après tout. Ce sera l'occasion pour nous de parler de ce que je peux apporter à Petrov Armor.

— Votre rôle consiste à aider Leila dans son travail, commença Eric. Pas à…

— Oui, c'est une bonne idée, le coupa Leila. Merci.

Elle prit rapidement congé d'Eric puis pivota sur ses talons pour suivre Davis jusqu'à son véhicule.

Elle sentait encore le regard désapprobateur d'Eric dans son dos lorsqu'elle prit place dans le SUV noir de Davis mais ne se retourna pas. Elle s'enfonça dans le confortable siège baquet de ce qu'elle supposait être son véhicule du FBI et ferma les yeux. Les deux derniers jours avaient été stressants, et les trois dernières semaines parmi les pires de sa vie.

Elle avait eu beau se plonger dans le travail, comment aurait-elle pu oublier que son père avait créé l'entreprise à partir de rien, qu'il avait été à l'initiative de toutes les décisions la concernant ? Il avait choisi le mobilier et la décoration des locaux, lui avait réservé le bureau à côté du sien. Puis, lorsqu'il lui avait transmis les rênes de la société, ils avaient simplement retiré la plaque P-DG fixée à la porte de son bureau pour la remplacer par une autre indiquant Fondateur. Elle n'y était plus entrée depuis qu'il était mort.

Comme elle songeait à ce terrible moment où elle avait reçu l'appel lui annonçant son décès, elle sentit sa gorge se serrer. Ravalant son chagrin, elle rouvrit les yeux, battit rapidement des paupières pour refouler ses larmes et se força à reporter son attention sur la seule chose qu'elle était encore en mesure de contrôler : le legs de son père.

— Alors, qu'avez-vous découvert ?

Son cœur se mit à battre plus vite tandis qu'elle attendait et redoutait tout à la fois sa réponse. Certes, il était vrai qu'elle ne connaissait pas personnellement chacun de ses deux cents employés. Mais elle connaissait sa « garde rapprochée », ceux qui occupaient des postes clés et des fonctions qui auraient pu leur permettre ce genre de manipulation. Et elle faisait confiance à chacun de ces employés-là. Plus éloquent peut-être encore, son père avait eu toute confiance en eux. Il avait bénéficié de trente-quatre ans d'expérience soit en tant que propriétaire de Petrov Armor soit, après l'ouverture de son capital, en tant qu'actionnaire principal. Et même après qu'elle en était devenue la dirigeante, il avait toujours été là pour guider ses pas.

— Votre sécurité semble inattaquable, déclara Davis sans quitter la route des yeux. Mais, demain, j'aimerais visionner les enregistrements de vidéosurveillance de la période où les équipements concernés ont été fabriqués puis expédiés.

Je veux aussi avoir accès aux registres d'entrées et de sorties de vos cartes clés. Voir qui a eu accès à des zones sensibles alors qu'ils n'avaient rien à y faire, qui était présent à des heures inhabituelles.

— Bien sûr.

Son esprit se révoltait à l'idée de laisser une personne extérieure à l'entreprise examiner les vidéos des caméras de surveillance, mais mieux valait que ce soit Davis qui trouve la vérité plutôt qu'une vaste enquête publique du FBI. À supposer qu'elle puisse être certaine qu'il la tiendrait au courant de tout ce qu'il découvrirait et la laisserait régler la trahison au mieux, sans trop de retombées médiatiques.

Elle n'était pas naïve au point de penser que la presse pourrait être tenue éternellement à l'écart. Mais il était préférable que l'annonce vienne de Petrov Armor plutôt que sous la forme d'un communiqué du FBI.

— Et concernant les suspects ? Qui a pu faire ça, à votre avis ? Est-il possible qu'un échange ait été effectué après que la commande a quitté notre site ?

À peine eut-elle formulé cette idée qu'elle fit son chemin dans son esprit, lui redonnant espoir. Peut-être subsistait-il une chance qu'elle ne se soit pas totalement trompée sur le compte d'un des responsables de son entreprise.

— Je ne suis là que depuis un jour et demi, répondit Davis. Pour l'instant, tout le monde est suspect.

— Vous voulez que je coopère avec vous, n'est-ce pas, Davis ? Alors, il faut que vous jouiez franc jeu aussi avec moi. Je ne peux pas vous dire ce que je sais de quelqu'un si je n'ai aucune idée des personnes sur lesquelles vous voulez enquêter en priorité.

Il tourna à demi la tête et sonda son expression un bref instant comme s'il y cherchait quelque chose.

— Parlez-moi d'Eric Ross.

Elle faillit s'étrangler tant sa suggestion était grotesque.

— Eric ? Un traître ? Je le connais depuis mes treize ans.

Il était presque aussi proche de mon père que moi-même. Croyez-moi, il n'a rien à voir avec tout ça.

— Vous êtes sûre que vous êtes tout à fait impartiale ? Eric en pince pour vous, ça saute aux yeux.

— Non, il ne…

Elle poussa un profond soupir.

— C'est ridicule. Écoutez, j'ai bien conscience que j'ai dû mal juger quelqu'un dans la société. Mais ce n'est pas Eric.

Elle se tourna sur son siège pour le regarder et se laissa distraire par l'allure et la prestance qu'il avait dans son pantalon de ville et son blazer. Une bosse, sur sa hanche, retint son attention.

— Vous portez une arme.

Il lui lança un nouveau coup d'œil, inquisiteur.

— Toujours. Même si je n'y étais pas tenu par le règlement du FBI, j'ai été ranger dans l'armée avant de rejoindre le Bureau. J'aime être préparé.

Un ranger. Leila le visualisa dans un uniforme de l'armée, avec, vissé sur la tête, le révéré béret beige qui l'identifiait comme appartenant à l'unité d'élite des forces spéciales. Il était facile de l'imaginer sautant en parachute d'un avion, pilotant un bateau rempli de soldats sur une rivière, dans la jungle, ou descendant en rappel une falaise. C'était quelque chose dans l'assurance tranquille de son regard, l'insolence de son sourire et la puissante musculature que son blazer peinait à dissimuler.

Se forçant à chasser cette image de son esprit, elle plaisanta :

— Donc, si vous êtes toujours paré, qu'y a-t-il dans le coffre ? Un bateau pneumatique et un parachute ?

Il coula un nouveau regard dans sa direction, mais il y avait cette fois de l'amusement au fond de ses yeux et dans ce sourire sexy qui incurvait ses lèvres.

Il l'avait probablement déjà cataloguée dans son esprit : chef d'entreprise sérieuse, résolue à suivre l'exemple de papa et à se montrer à la hauteur. Pas vraiment une personne normale, équilibrée, qui rentrait chez elle le soir dans une maison trop silencieuse, ne pouvait dormir sans bruit de fond et aimait danser seule dans son salon pour décompresser.

Leila regretta aussitôt de lui avoir donné un aperçu de son ridicule sens de l'humour. Elle ramena sa jambe gauche par terre et reprit sa position initiale sur son siège, face au pare-brise. Mais il était dur de ne pas penser à ce sourire, à ces lèvres. Son ventre se tendit de désir, et elle se demanda si cela aussi faisait partie de son arsenal.

Se servait-il souvent de son sex-appeal pour parvenir à ses fins lorsqu'il travaillait sous couverture ?

Et que voulait-il exactement ? Il avait sous-entendu qu'il soupçonnait Eric, émis la suggestion ridicule que celui-ci avait le béguin pour elle. Mais il avait sûrement fait des recherches sur elle, sur son passé. Savait-il qu'Eric et elle étaient sortis ensemble pendant trois ans ? Puis qu'il lui avait brisé le cœur ? Savait-il à quel point il lui avait été difficile d'intégrer l'entreprise dans laquelle Eric travaillait, d'essayer de le traiter comme un simple collègue ?

Comme Davis s'arrêtait devant sa maison, Leila réalisa qu'elle ne lui avait pas donné son adresse. Un sentiment de malaise s'installa en elle, se substituant au désir qu'il lui avait inspiré.

Bien sûr qu'il savait tout cela. Et sans doute bien d'autres choses aussi. Pis, il ne lui avait communiqué aucun élément concret concernant l'enquête.

Était-ce délibéré ? Ou comptait-il partager ses informations au compte-gouttes, lorsqu'il aurait besoin d'elle ?

Elle n'en savait rien, mais une chose était certaine en tout cas : elle ne pouvait pas lui faire confiance.

5

— Vous vous rendez compte que je pourrais révéler qui vous êtes n'importe quand, n'est-ce pas ?

Plissant les yeux, Leila Petrov le considéra, les lèvres pincées, les bras croisés sur la poitrine. Elle avait de nouveau pivoté sur son siège après avoir débouclé sa ceinture et ne manifestait aucune intention de sortir du véhicule.

Si furieuse qu'elle paraisse, Davis savait que l'inquiétude qui l'habitait, lui, ne transparaissait pas dans son expression. Après toutes les années qu'il avait passées à pénétrer en territoire ennemi que ce soit en courant sous le feu de l'adversaire ou en sautant en parachute, sans renforts pour venir leur porter secours, à lui et son équipe, il était habitué à feindre l'assurance dans les pires moments de doute. Si ses camarades soldats n'y avaient vu que du feu, il en irait de même avec la jeune dirigeante de Petrov Armor.

— Eh bien ? demanda-t-elle comme le silence se prolongeait.

Une envie de sourire lui vint, que Davis s'empressa de réprimer.

Elle n'était pas du tout telle qu'il se l'était représentée en ouvrant son dossier. Qu'elle ait ou non fait l'objet de favoritisme parce qu'elle était la fille de son fondateur, elle connaissait parfaitement l'entreprise. Elle n'avait pas froid aux yeux et ne craignait pas de lui rappeler l'accord qu'ils avaient conclu. Et il ne s'était pas attendu à cet humour pince-sans-rire.

Il fut repris de l'envie de rire en pensant à son commentaire concernant la présence d'un bateau pneumatique dans sa voiture. Si elle avait su combien de fois ce genre de précaution lui avait sauvé la mise lorsqu'il était ranger…

— Vous vous moquez de moi ? lança-t-elle. Parce que vous savez, si ces gilets sont vraiment les nôtres, j'ai bien l'intention de découvrir qui est derrière tout ça. Que ce soit avec votre aide ou…

— Je ne me moque pas de vous, la coupa Davis en se penchant vers elle et en voyant sa poitrine se soulever plus vite. Pour quelle raison voudriez-vous me dénoncer ?

— Vous ne respectez pas votre parole. Et je n'apprécie pas que vous me manipuliez en usant de votre charme, en…

Elle agita la main devant elle d'un geste vague, désignant leur proximité.

Cette fois, Davis eut conscience de trahir sa surprise. Il se redressa, s'efforçant de ressaisir.

Leila pivota un peu plus sur son siège, empiétant à son tour sur son espace personnel comme elle l'avait fait dans la salle d'interrogatoire.

— C'est ainsi que vous procédez quand vous êtes en infiltration ? Vous essayez de vous mettre vos contacts dans la poche par la séduction ?

— Je ne…

Davis s'interrompit et poussa un soupir qui s'acheva par un petit rire.

— C'est la première fois que je travaille sous couverture.

Et cela le mettait plutôt mal à l'aise. S'introduire en territoire ennemi en tant que ranger ou participer à des assauts dangereux en tant qu'agent du FBI lui correspondait beaucoup mieux que de se glisser dans la peau d'une personne qu'il n'était pas. Manipuler les gens pour obtenir des informations lui était étranger et lui donnait vaguement l'impression de mal agir, même si ces gens étaient animés d'intentions criminelles.

— La première fois ? Oh !

Elle se renfonça dans son siège, se tournant de nouveau vers l'avant, ce qui permit à Davis d'étudier son profil.

Elle ne ressemblait pas à Jessica Carpenter. Le dossier de Leila indiquait qu'elle avait des origines russes et pakistanaises tandis que Jessica était afro-américaine. Leila avait un profil délicat alors que Jessica avait le port d'un soldat. Mais il y avait quelque chose de similaire sous la surface, quelque chose dans l'équilibre entre le sérieux de l'apparence et un côté plus doux, un peu gauche, que toutes deux tentaient de dissimuler.

À ceci près que Leila était toujours là et qu'elle s'efforçait de protéger une entreprise qui avait tué Jessica.

Le fait qu'elle n'ait rien su n'y changeait rien. Le fait qu'il l'apprécie de plus en plus au fur et à mesure qu'il passait du temps en sa compagnie n'y changeait rien. Tout ce qui comptait, c'était utiliser tous les moyens à sa disposition pour garder sa confiance et identifier le ou les responsables.

Il s'obligea donc à lui faire un lent sourire entendu.

— Je n'y peux rien si je vous trouve séduisante.

Ses lèvres s'entrouvrirent comme si elle était sur le point de dire quelque chose, mais il ne lui en laissa pas l'occasion.

— Je respecte notre marché. Je vous ai dit que je cherchais des renseignements sur Eric Ross.

Elle tourna vivement la tête vers lui. *Touché !* Le lien entre Eric et elle n'était pas que professionnel. Son stratagème avait fonctionné : il avait réussi à détourner son attention de la vraie question – à savoir, s'il lui disait tout. Ce qui n'était pas le cas, évidemment. Et ne le serait jamais.

L'accès de jalousie qu'avait fait naître en lui sa réaction le surprit, mais il l'ignora et persista :

— À moins que ce ne soit là que le bât blesse ? Que vous ne vouliez pas que j'enquête sur votre ex ?

Elle encaissa l'attaque l'espace d'une seconde puis fronça farouchement les sourcils.

— Jusqu'où êtes-vous allé fouiner pour savoir avec qui je sortais quand j'étais adolescente ?

Davis n'avait pas été au courant mais, sentant que sa colère pouvait conduire à des réponses, il haussa les épaules.

— Je suis du FBI. Nous nous appliquons à en savoir le plus possible sur les suspects lorsqu'une enquête est ouverte.

— Les suspects ? releva Leila. Je croyais que nous avions dépassé ce stade.

— C'est le cas, répondit Davis, s'exprimant avec une lenteur et une mesure qui contrastaient avec ses répliques rapides. Mais vous savez bien que nous devons commencer par le haut, Leila. Nous en savons beaucoup sur vous.

Ses joues s'empourprèrent.

— Donc, vous savez qu'Eric m'a soutenue quand je rejetais tout le monde après la mort de ma mère ? Qu'il m'a fait aider avant que j'en sois arrivée à me faire du mal ? Et qu'il est sorti de ma vie sans explication quand j'ai eu mon diplôme de fin d'études secondaires ? Qu'il m'a appelée tous les soirs depuis que mon père est mort juste pour s'assurer que je ne retombe pas dans la dépression ?

La jalousie céda la place à une certaine reconnaissance vis-à-vis d'Eric qui avait été là quand Leila en avait besoin. Davis avait vu la façade de Leila se fissurer quand il était question de la disparition de son père, mais il ne l'imaginait pas dépressive, encore moins animée de velléités autodestructrices. Cette idée lui serra le cœur.

La voix de Leila vacilla encore un peu puis la colère reprit le dessus.

— Pourquoi le FBI a-t-il besoin de connaître les moments les plus douloureux de ma vie ? Est-ce pour les utiliser contre moi ?

Regrettant immédiatement sa tactique, Davis résista à l'envie de lui prendre la main.

— Rien de tout cela ne figure dans notre dossier, Leila.

Du moins, pas vraiment. Il avait appris que sa mère était morte vingt ans plus tôt, mais il n'avait rien su d'Eric.

— J'ai simplement deviné, pour vous et Eric, à la façon dont il se comporte avec vous.

— Oh !

Elle baissa les yeux avant de planter de nouveau son regard sur lui, l'air un peu perdu mais plein d'espoir.

L'estomac de Davis se contracta, sous l'effet de la culpabilité et de la nervosité. S'en prendre à un ennemi qui représentait une menace, c'était une chose. C'en était une autre que d'essayer de gagner la confiance de quelqu'un tout en sachant qu'il serait peut-être amené à trahir cette confiance par la suite.

Mais c'était son travail. Son collègue Kane faisait ça tout le temps – et il semblait aimer ça. S'il fallait en passer par là pour que justice soit rendue à Jessica, Davis devrait s'y employer de son mieux.

S'efforçant de tenir la culpabilité à distance, il déboucla sa ceinture et se tourna pour lui faire face.

— Comment vous en sortez-vous depuis la mort de votre père ?

Un pli barra son front, comme si elle essayait d'évaluer sa sincérité. Puis elle soupira.

— Mon père et moi, nous étions comme deux meilleurs amis. Ma mère est morte lorsque j'avais dix ans. Je n'ai jamais connu sa famille, si ce n'est quelques cousins que j'ai vus par vidéo. Ils vivent tous au Pakistan. En venant vivre ici avec mon père, ma mère les a pour la plupart perdus de vue. Ils ne lui ont jamais vraiment pardonné son départ. Du côté paternel, la famille… n'est pas exactement idéale. À l'exception de mon oncle. Mon oncle est merveilleux. Il m'a aidée à surmonter la perte de ma mère et il m'aide, maintenant, après celle de mon père.

Elle soupira de nouveau et renversa la tête contre son siège.

— Je n'arrive pas à croire qu'il ne soit plus là.

— Je suis désolé.

— Il a fallu qu'il résiste à cet agresseur, dit-elle avec un petit rire amer. C'est mon père tout craché. Ne jamais céder à qui que ce soit.

Le cœur de Davis se comprima tant la souffrance était perceptible dans la voix de Leila. Il comprenait la réaction qu'avait eue Neal Petrov. D'après le rapport de police, il avait une arme à sa ceinture. Ce n'était apparemment pas inhabituel ; il possédait un permis de port d'arme. Il avait dû croire pouvoir maîtriser son agresseur, mais c'était lui qui s'était fait tuer.

— Ce devait être une forte personnalité, souligna-t-il.

— Oui. Mais pas avec moi. Il était tendre et sentimental.

— Vous étiez sa fille unique.

Sans le regarder, elle hocha la tête.

— À la mort de ma mère, il a craqué. Il s'est coupé de tout et de tous – moi y compris.

Davis fronça les sourcils. Pas étonnant qu'elle ait sombré dans la dépression. À dix ans, non seulement elle avait perdu sa mère mais son père s'était en plus désintéressé d'elle.

— Je suis heureux pour vous qu'Eric ait été là, alors.

Elle le fixa, surprise.

— Je n'ai rencontré Eric que trois ans plus tard. Mais mon oncle s'est occupé de moi. Avant cela, oncle Joel était…

Un sourire un peu désenchanté et vaguement amusé souleva un coin de sa bouche avant de disparaître.

— Disons, superficiel, instable. Il ne pensait qu'aux femmes et à l'amusement. Non qu'il ait changé de ce point de vue-là. Mais, quand il a vu à quel point mon père était effondré, incapable de réagir, il est intervenu. C'est pour ainsi dire lui qui m'a élevée pendant quelques années, qui a dirigé l'entreprise également, jusqu'à ce que papa remonte la pente. C'est alors que mon père et moi sommes devenus réellement proches. Et c'est juste avant que j'ai fait la connaissance d'Eric.

— Donc, c'est votre oncle qui a tenu les rênes de l'entreprise pendant un temps.

— Oui. Il y a même consacré tant d'énergie qu'il a perdu son propre emploi.

— Comment cela ?

— Il ne travaillait pas pour Petrov Armor avant cela. Il était commercial pour un groupe pharmaceutique. Mais quand mon père a repris le dessus, il a offert un emploi à oncle Joel pour le remercier de tout ce qu'il avait fait.

Davis hocha la tête, s'efforçant de garder l'air détaché pour demander :

— Après tout ça, comment se fait-il que votre père n'ait pas proposé au conseil d'administration de nommer votre oncle P-DG de l'entreprise quand il s'est retiré ?

— Qu'est-ce qui vous fait croire que mon père pouvait forcer la main aux membres du conseil ?

— Ce n'est pas le cas ? Il était actionnaire principal, non ? Avant que ses parts soient réparties entre Leila et Joel à sa mort.

— Oui, mais…

— Dans ce cas, pourquoi ne pas avoir confié cette fonction à votre oncle ?

L'oncle en avait-il conçu du ressentiment ? Suffisamment, peut-être, pour vouloir saboter l'entreprise…

Leila se mit à rire.

— Oncle Joel, P-DG ? Non, impossible. Enfin, évidemment, il a *de facto* dirigé l'entreprise quand j'étais enfant. Il en est capable. Il l'a même développée. Mais il ne veut pas de cette responsabilité-là. Il n'en a jamais voulu. Être directeur général adjoint lui convient. Il a la sécurité et son mot à dire concernant la gestion de l'entreprise, mais sans en endosser toute la responsabilité.

— Et comment prend-il le fait de devoir vous rendre des comptes ?

— Bien, dit-elle en haussant les épaules. C'est un peu

étrange… C'est mon oncle, après tout. Mais il s'en accommode tout à fait. Bien mieux que certains autres.

— Comme Theresa Quinn, par exemple ?

La responsable R & D ne lui avait pas paru enthousiasmée par le fait d'avoir Leila pour patronne.

— Comment avez-vous deviné ? demanda Leila avec un soupir. Elle n'est pas la seule, cela dit. Mais ils me connaissent, tous ; ils savent à quel point je tiens à l'entreprise que m'a léguée mon père.

Elle lui décocha un regard dur.

— Ils finiront par s'habituer.

Comme elle avait formulé ces derniers mots avec moins d'assurance, Davis souligna :

— J'en suis sûr.

L'expression de Leila se fit songeuse mais, tandis qu'elle le regardait, l'anxiété qui hantait ses yeux s'estompa peu à peu. Ses lèvres s'entrouvrirent, et il l'entendit déglutir. Tout à coup, il lui sembla que la chaleur était subitement devenue intenable dans l'habitacle.

Puis elle s'inclina vers lui, les paupières closes.

Il se sentit basculer vers l'avant lui aussi tandis que sa main se posait sur sa joue et que sa bouche se tendait vers la sienne, irrépressiblement. Mais le bon sens reprit le dessus juste à temps.

Se redressant brusquement, Davis détourna les yeux.

— Je ferais mieux de m'en aller. Appelez-moi si vous avez besoin de quoi que ce soit ou si vous pensez à quelque chose concernant l'affaire, d'accord ?

Elle le dévisagea, clignant des yeux, l'air affreusement embarrassée. Puis, en un battement de cils, son trouble s'effaça, remplacé par un masque dur, professionnel.

— Bonne nuit, Davis.

Elle descendit du véhicule et remonta l'allée pavée qui conduisait à sa maison sans un regard en arrière.

Quel idiot il faisait !

Leila Petrov avait été à deux doigts de l'embrasser, et il s'était dérobé. Résultat : non seulement il avait laissé passer sa chance de savourer le goût de ses lèvres, mais il avait également gâché le début de confiance qui s'était instauré entre eux. Mais c'était une limite que son éthique professionnelle l'empêchait de franchir.

De plus, elle avait été vulnérable à ce moment-là. Et il lui avait menti. Pendant chacun des fichus moments qu'il passait avec elle, il lui mentait. Car, si elle savait qu'il était là pour enquêter sur l'origine des produits défectueux, elle ne se doutait pas à quel point il voulait voir le coupable puni. Comment aurait-elle pu imaginer que même si elle était innocente, il la tiendrait toujours pour responsable puisqu'elle était à la tête de Petrov Armor ?

Il l'aimait bien – trop, sans doute – et refusait de l'utiliser. Même pour faire avancer l'enquête. Même pour venger la mort de Jessica.

Davis tapa du poing sur le volant tandis qu'il s'éloignait du domicile de Leila. Son corps lui criait de faire demi-tour, de frapper à sa porte et de s'ouvrir à elle. Dans le même temps, son cerveau lui envoyait le même message – à ceci près que c'était pour les besoins de l'enquête.

Mais il ne pouvait pas se prêter à ce jeu-là. Elle avait déjà trop perdu dans la vie.

Son portable se mit à sonner, et Davis appuya sur la touche Bluetooth de son volant, les yeux rivés sur la route. Un coup d'œil au tableau de bord lui apprit que c'était Melinda Larsen et non Leila.

Il en éprouva une déception telle que cela le prit de court.

— Allô ? Davis, tu es là ?

— Oui, dit-il avant de s'éclaircir la voix. Qu'y a-t-il ?

— Kane et moi nous sommes penchés sur les ventes d'armes illégales que Petrov Armor a pu réaliser, comme tu le sais.

Quelle étrange équipe ils formaient, ces deux-là. Davis avait du mal à imaginer la toujours calme et pondérée Melinda Larsen et l'insaisissable Kane Bradshaw, jamais là où on l'attendait, travaillant ensemble.

— Vous avez trouvé quelque chose ?

— Peut-être. On a des photos d'une affaire menée conjointement par le FBI et l'ATF. Les ventes d'armes illégales n'étaient qu'une partie de l'affaire, mais on passe au crible tout ce qu'on trouve. La plaque minéralogique d'une Lexus apparaît partiellement sur une photo prise en ville. Le conducteur n'est pas visible mais le numéro, même s'il est incomplet, renvoie à une certaine Theresa Quinn, responsable de…

— La recherche et du développement de Petrov Armor, acheva Davis à sa place.

— Attention, reprit Melinda. Des centaines de Lexus rouges pourraient correspondre à ce numéro partiel. Mais dans le Tennessee ? Et à proximité de l'endroit où se tenait la réunion d'un gang ?

— Comment ça, « à proximité » ? Qu'est-ce que ça signifie ?

— Qu'il est possible qu'il n'y ait pas de lien. Mais une Lexus dans les bas quartiers de la ville ? Tout près du lieu où un membre de gang avait rendez-vous avec quelqu'un pour une vente d'armes ?

— Qui était le vendeur ?

— On ne sait pas. Ni l'un ni l'autre ne se sont présentés au rendez-vous. L'ATF pense que le type a eu peur. Ou la fille, si le véhicule appartient bien à Theresa Quinn.

C'était indubitablement une piste, songea Davis. Theresa ne semblait pas porter Leila dans son cœur, ce qui pouvait résulter du fait qu'elle avait collaboré à des ventes d'armes illégales avec son père pendant des années sans que la jeune P-DG s'en soit rendu compte.

— OK. Je fais un crochet par le bureau, annonça Davis.

— Bien. Kane et moi sommes toujours en train d'éplucher

les dossiers, mais on aimerait savoir comment ça se passe pour toi, vu de l'intérieur.

— Je suis sûr que c'est beaucoup plus amusant, commenta la voix de Kane à l'arrière-plan.

— Pas vraiment, non, marmonna Davis. À tout de suite.

Il ne lui fallut pas plus de cinq minutes pour arriver à destination. Il trouva Kane et Melinda assis de part et d'autre de la longue table de conférence où l'équipe tenait ses réunions, chaque matin. Chacun scrutait l'écran d'un ordinateur portable, et Davis se demanda combien d'heures ils avaient réussi à tenir sans échanger un mot.

— Si aucun chef d'accusation n'a jamais pu être retenu contre Petrov Armor, ce n'est pas par hasard, dit Kane. Si, comme je le pense, ils vendent des armes au marché noir à des criminels, c'est sans doute qu'ils ont mis au point un dispositif bien huilé. Il va falloir creuser de ce côté-là.

Une boule noua l'estomac de Davis. Ça aurait dû être une bonne nouvelle – non que Petrov Armor excelle dans l'art de dissimuler des ventes illégales, mais qu'il existe des façons détournées de recueillir des preuves –, mais Davis ne pensait qu'à une chose : l'espoir dans les yeux de Leila quand elle avait suggéré que le matériel avait peut-être été échangé après le départ de l'usine.

Elle croyait sincèrement que le cœur de sa société était sain. Mais, apparemment, elle se trompait.

— Pas facile, le travail sous couverture, hein ? demanda Melinda.

Davis la regarda, se disant qu'elle avait probablement décrypté chacune de ses émotions.

Et, tout à coup, l'attention de Kane, elle aussi, se fixa sur lui. Davis s'obligea à hausser les épaules. Essaya de chasser Leila de ses pensées.

— C'est une grosse entreprise. Mais le nombre de personnes qui auraient pu à la fois vendre des armes sous le manteau *et* produire des équipements de qualité inférieure est sans doute assez réduit. À supposer qu'il s'agisse d'une seule et même personne.

— C'est forcément quelqu'un qui occupe un poste important, confirma Kane. Peut-être plus d'une personne, d'ailleurs, puisque Neal Petrov était probablement impliqué. Tu as quelqu'un dans le collimateur ?

— Theresa Quinn est forcément en tête de liste, intervint Melinda avant d'arrêter son regard sur Davis. Qu'en est-il du frère de Neal Petrov, Joel ?

— Peut-être, éluda Davis, n'aimant guère l'idée que non seulement le père, mais aussi l'oncle de Leila puissent être des criminels. On ne peut pas exclure que Neal et Joel Petrov aient été de mèche. Après la mort de la femme de Neal, c'est Joel qui a pris en charge la société pendant quelques années, donc peut-être a-t-il géré également la partie illégale des affaires de son frère. Ce qui expliquerait qu'il l'ait gardé après son retour.

Les sourcils de Melinda s'arquèrent.

— Tout cela est prometteur. Même si on n'a encore aucune certitude concernant cette Lexus rouge.

— Et le directeur commercial ? demanda Kane.

— Eric Ross.

L'ex de Leila qui lui avait brisé le cœur il y avait longtemps, mais l'appelait chaque soir depuis trois semaines pour s'assurer qu'elle allait bien après la mort de son père.

— C'est aussi une possibilité. Il a accès à tout, et son travail l'amène à se déplacer souvent. Personne ne se serait étonné de le voir emporter des échantillons à montrer à ses clients… Il était aussi très proche de Neal Petrov, donc ils auraient très bien pu être associés.

— Même si, en tant que fille de Neal Petrov, elle était la coupable toute désignée, Leila Petrov a paru véritablement ébranlée lors de son interrogatoire, déclara Melinda. Il y a un an, c'est elle qui a décidé de stopper la fabrication d'armes pour recentrer l'activité de l'entreprise sur le matériel de protection. Elle n'aurait jamais agi ainsi si elle avait gagné des fortunes avec la vente d'armes sur le marché parallèle.

— Leila n'est pas impliquée, asséna Davis avec force.

Les mots lui avaient échappé avant qu'il ait eu le temps de réfléchir.

Kane haussa les sourcils mais se borna à dire :

— Est-ce que tu as envisagé que son père eût pu la mettre en place parce qu'elle ne risquait pas de soupçonner quoi que ce soit ? Qu'elle serait facile à tromper ? Si c'est le cas, ça s'est retourné contre lui quand elle a décidé de fermer la filière de fabrication d'armes. Mais elle n'en constituait pas moins toujours un bouc émissaire acceptable.

Melinda fronça les sourcils.

— C'est extrêmement cynique.

— Peut-être bien, mais as-tu lu le dossier du monsieur ? répliqua Kane en poussant une enveloppe en papier kraft de l'autre côté de la table.

Davis l'intercepta.

— Qu'est-ce que c'est que ça ?

La plupart des dossiers étaient informatisés, au FBI, sauf ceux qui dataient d'il y a si longtemps que le transfert n'avait pas été effectué.

— Le rapport de police concernant l'agression dont a été victime Neal Petrov. Je viens juste de le parcourir. Mais il y a aussi un très ancien dossier des services sociaux. Il y a vingt ans, un voisin les a appelés pour signaler qu'une petite fille de dix ans, Leila, était toute seule depuis une semaine. La police s'est rendue sur les lieux et malgré les dénégations de la fillette qui a prétendu que son père venait de s'absenter, l'état de la maison l'a contredite. Il s'en est fallu d'un cheveu que les services de protection de l'enfance ne soient informés. L'oncle est intervenu et a arrangé les choses.

— La femme de Neal venait de mourir, dit Davis, sentant ses épaules s'affaisser tandis qu'il lisait le compte rendu faisant état d'une enfant sale, affamée, livrée à elle-même, mais s'efforçant malgré tout de faire bonne figure face aux policiers.

Sachant que l'histoire s'était bien terminée et ayant l'impression de s'immiscer dans une partie de sa vie à laquelle elle n'avait pas souhaité lui donner accès, Davis reporta son attention sur le rapport relatif à l'agression de Neal Petrov.

Il était bref. Davis parcourut rapidement la relation des faits et s'apprêtait à refermer le dossier lorsqu'un petit détail capta son attention. Il poussa un juron et se redressa d'un coup sur son siège.

— Qu'y a-t-il ? demanda Kane.

— Je ne crois pas que cette agression ait été le fait du hasard. Je pense que Neal Petrov a été assassiné.

6

— Assassiné ? répéta Kane. Mais ce n'est pas ce que conclut le rapport.

— Officiellement, quelqu'un a sauté sur Petrov, lequel a cherché à s'emparer de son arme pour se défendre et a été abattu par l'agresseur. Mais ce dernier n'a jamais été arrêté.

— Et ? demanda Kane. Il était dans un secteur où les agressions sont fréquentes. Comme il a cherché à résister, une issue fatale était malheureusement à craindre. L'agresseur aura pris peur et tiré.

— L'arme de Petrov était rangée à l'arrière de sa ceinture.

Davis survola rapidement le dossier une dernière fois pour s'assurer que rien ne lui avait échappé, mais il jura de nouveau dans sa barbe. Il avait raison.

— D'après ce rapport, son bras droit était positionné en arrière, comme pour s'emparer de son arme.

— Ce qui cadre avec la thèse de l'agression, souligna Kane, l'air d'attendre cependant la suite.

— Le bras de Petrov ne montrait aucune blessure. Pas la moindre égratignure. Pas de fracture des doigts ni du poignet attestant qu'il avait tenté d'amortir sa chute. Pas d'éraflure sur l'avant-bras provoquée par le choc avec le trottoir. Comme si…

— Comme si son bras avait été placé dans cette position après coup, acheva Melinda, l'air pensif.

— Précisément.

— Eh bien, l'affaire vient de prendre une nouvelle tournure des plus intéressantes, déclara Kane.

En effet, c'était capital. Car, s'il ne s'agissait plus d'une banale agression mais d'une mise en scène, cela signifiait que l'auteur était quelqu'un que Petrov connaissait. Et que le meurtrier devait avoir un rapport avec l'équipement défectueux qui sortait des chaînes de fabrication de Petrov Armor. Cela jetait un éclairage tout à fait différent sur ce qui se tramait à l'intérieur de l'entreprise.

Mais Davis pensait en cet instant à la tristesse dans la voix de Leila lorsqu'elle avait évoqué la perte de sa mère, au chagrin qu'il avait lu dans ses yeux quand ses employés avaient parlé de son père. Il n'avait pas envie d'être la cause de nouvelles souffrances. Il n'avait pas envie de lui annoncer qu'une personne qu'elle connaissait sans doute avait assassiné son père.

— Donc, qui aurait pu vouloir la mort de Neal Petrov ? reprit Melinda.

Davis dut se faire violence pour recentrer son attention, mais il ne réussit qu'à moitié à chasser le regard triste de Leila de son esprit.

— Pas mal de gens s'il était impliqué dans des ventes illégales d'armes à feu et de matériel défectueux.

— Ou, même s'il était innocent et qu'il a découvert ce qui se passait au sein de sa société, ajouta Kane. Mais je reste quand même partisan de la première hypothèse – à savoir que c'est lui l'instigateur. À mon avis, il tirait énormément d'argent de ces ventes illégales puis il s'est retiré à l'âge de soixante ans. Avec lui pour partenaire toujours dans la place, la personne que nous recherchons jouissait toujours de tous les accès nécessaires. Petrov aussi puisqu'il était toujours dans l'entreprise au titre de consultant et de membre du conseil d'administration. Il pouvait donc se concentrer sur le versant illégal de son activité. Je parie qu'il a promu sa fille au rang de P-DG parce qu'il savait qu'elle ne croirait jamais cela de lui.

Kane s'interrompit pour regarder Davis d'un air interrogateur.

Celui-ci hocha la tête à contrecœur.

— Leila adorait son père. Elle ne l'aurait effectivement jamais soupçonné d'actes répréhensibles de ce genre. Mais, franchement, elle n'arrive toujours pas non plus à croire que ce puisse être un employé de la société. Elle pense qu'un échange a pu s'opérer après que la commande a quitté le site de Petrov Armor.

— Ça aurait pu être plausible – même si c'était improbable – quand nous pensions que seul un lot d'équipements était en cause. Elle ne sait pas que l'affaire a pris une autre dimension, qu'elle concerne aussi des ventes illégales d'armes, répliqua Kane. Donc, Petrov installe sa fille dans le fauteuil de P-DG pour avoir les coudées franches. Et voilà qu'elle arrête la production d'armes. Pour tirer son épingle du jeu, il se rabat sur la fourniture d'équipements de protection au rabais en troquant les matériaux habituels contre des matériaux de moindre qualité. Ça tendrait à suggérer que Quinn est aussi dans le coup.

— Et qu'elle l'aurait fait tuer ? intervint Melinda. Mais pour quelle raison ?

— Peut-être pour empocher seule tous les profits, suggéra Davis. Elle n'acceptait pas que Leila ait pris la direction de l'entreprise. Peut-être en voulait-elle à Neal Petrov de l'avoir promue à ce poste et de lui avoir donné la possibilité de stopper la fabrication d'armes, et donc de tuer la poule aux œufs d'or.

— À moins que ce ne soit pas Quinn qui l'ait tué, reprit Melinda. Peut-être s'agit-il de quelqu'un qui a découvert ce que faisait Petrov et a voulu se venger.

— Mais les protections défectueuses n'ont causé des morts qu'après le meurtre de Petrov, souligna Davis.

— Du moins, à ce que nous en savons, répondit Melinda. Mais si c'est quelqu'un de la société ? Quelqu'un qui avait appris pour les ventes d'armes et voulait que tout cela s'arrête ? Quelqu'un qui a peut-être même envoyé le lot défectueux pour qu'une enquête soit ouverte puis, voyant que c'était trop long, aura fait tuer Petrov.

— Il aurait été plus simple de prévenir la police de façon anonyme, souligna Davis. La fourniture de matériel défectueux, ça me paraît un peu extrême.

— Oui, mais quel meurtre commis par vengeance n'est pas extrême ?

— D'accord… S'il s'agit d'une vengeance. Mais je ne le pense pas. Il semble plus probable qu'il ait été tué par son partenaire de ventes illégales d'armes, non ?

Davis lança un regard à Kane, se demandant quel était son avis. Melinda était peut-être profileuse, mais Kane avait passé la majeure partie de sa carrière sur le terrain, en infiltration. Il avait collaboré de façon répétée avec la CIA et connaissait mieux que personne les tractations illicites des criminels pour les avoir souvent observées de près. La rumeur courait même qu'il y avait occasionnellement participé afin de ne pas se trahir.

— Peut-être, déclara finalement Kane, dubitatif. Moi, c'est le timing qui m'intéresse. Que s'est-il passé voilà trois semaines pour que Neal Petrov soit abattu ? C'est proche de la date d'envoi de ce lot défectueux. Et puis il y a cette histoire d'arrêt de la fabrication d'armes, l'an dernier. Quelque chose me dit que tout cela est lié.

— Leila est d'accord pour me laisser visionner la vidéosurveillance et consulter les registres d'accès à l'époque de la fabrication du lot incriminé, les informa Davis. Peut-être que ça nous fournira un indice.

— D'ici là, veille à te comporter comme si l'enquête portait toujours uniquement sur le lot défectueux, recommanda Melinda. Il ne faut pas que Leila apprenne que son père a été tué sinon elle risquerait de tout dévoiler, ce qui serait désastreux pour notre enquête.

— Je sais, répondit Davis en évitant de la regarder dans les yeux.

Il n'avait pas l'intention de révéler la vérité à Leila, du moins pas tant qu'ils n'auraient pas procédé à une arrestation. Mais il avait déjà du mal à lui mentir sur des points peu importants, fût-ce par omission… Alors, comment allait-il lui cacher quelque chose d'aussi énorme ?

Il faisait 22 °C, et le soleil brillait mais Kane Bradshaw était planqué dans un passage souterrain, dans un recoin sombre. À quinze mètres de là, une transaction de drogue était en train de s'opérer. Trente mètres plus loin, un amas de cartons et de couvertures abritait plus de SDF qu'un endroit aussi exigu ne pouvait en contenir.

Mais Kane ne se souciait pas de cela. Adossé à un pilier, il balaya la zone du regard jusqu'à ce qu'il repère son informateur. Dougie Zimmerman arriva de sa démarche sautillante, l'air fanfaron comme toujours, remontant un pantalon qui refusait obstinément de rester au-dessus de ses hanches osseuses. Comme il avait rasé le peu de cheveux encore plantés sur son crâne et arborait un bouc qui dissimulait en partie la peau vérolée de son visage, Dougie paraissait plus arrogant que réellement menaçant.

La vérité se situait quelque part entre les deux.

Dougie avait quitté l'école et commencé à conduire des camions chargés de marchandises illégales à dix-sept ans. Parvenu à l'âge de dix-neuf ans, il avait déjà fait deux courts séjours en prison et n'avait jamais dénoncé personne. Ce qui lui avait valu la confiance du milieu criminel dans lequel il évoluait et de nouvelles missions illégales. Un an plus tard, il s'était de nouveau fait prendre, cette fois avec une quantité de drogue suffisante pour l'envoyer croupir de longues années en prison.

Mais la partenaire de l'époque de Kane avait fait disparaître le procès-verbal de l'arrestation et avait fait de Dougie un informateur du FBI. Cela s'était passé huit ans plus tôt. Depuis lors, Dougie était l'un des meilleurs indicateurs de Kane. Ce dernier avait aidé à faire oublier plusieurs chefs d'accusation pour détention de stupéfiants, un pour détention illégale d'arme à feu et même un pour vol qualifié afin que Dougie puisse rester dans la rue. Car il transmettait plus de précieuses informations qu'il ne causait de dommages.

Pour autant, si Dougie avait endossé le costume du parfait informateur, c'était pour ne pas retourner en prison et pour l'excitation que lui procurait le fait de jouer ce double jeu. La journée terminée, il était toujours un délinquant. Et Kane, un agent du FBI.

Bien qu'il gardât les mains le long du corps, Kane se tenait sur le qui-vive, prêt à réagir au moindre signe de coup fourré. De toute la DCT, c'était lui qui avait les meilleurs réflexes. Jamais encore une rencontre avec un informateur ne s'était mal passée pour lui, mais il avait connu de nombreuses opérations d'infiltration qui avaient mal tourné si bien qu'il était toujours prêt. En général, avec plusieurs armes dissimulées sur lui.

Une fois, une seule – celle qui avait coûté la vie à sa partenaire –, sa préparation n'avait pas suffi. C'était pourquoi il était seul dans ce passage sombre et n'avait même pas voulu dire à Melinda où il se rendait. Puisque Pembrook le forçait à travailler avec Melinda, celle-ci n'avait qu'à se charger de la partie de l'enquête consistant à lire des dossiers dans un bureau climatisé. Lui s'occuperait du reste.

— Alors, qu'est-ce que tu as pour moi ? demanda-t-il en promenant rapidement son regard sur Dougie.

Mais les vêtements mal ajustés de Dougie ne permettaient guère de cacher une arme. Et Kane doutait qu'il soit venu accompagné. Si celui-ci avait noué de nombreux contacts dans le milieu du crime du Tennessee, il n'aimait pas travailler longtemps avec quelqu'un. Sa relation avec Kane était certainement la plus durable qu'il ait jamais entretenue.

La tête de Dougie pivota lentement de droite à gauche, dans un ralenti qui évoquait plus l'indétermination qu'une façon de surveiller son environnement. Puis il hocha brièvement la tête.

— Le bruit court que, si on recherche des armes, on peut trouver des pistolets Petrov Armor dans le coin. J'ai essayé d'en savoir le plus possible sans éveiller les soupçons, mais personne ne semble savoir exactement qui est le contact.

Kane fronça les sourcils. Dougie connaissait tout le monde. Alors si quelqu'un fournissait illégalement des armes de chez Petrov Armor depuis plus de dix ans, c'était qu'il savait dissimuler à la fois son activité illicite et son identité.

— Y a-t-il eu des ventes, récemment ?

La filière de fabrication d'armes avait beau être désormais fermée, cela ne signifiait pas que Petrov Armor n'avait pas de stocks encore disponibles. Quelqu'un pouvait très bien les écouler sous le manteau au prix fort.

— Je ne sais pas si c'est vraiment récent, mais…

Dougie inspecta de nouveau les alentours puis se pencha en avant et baissa le ton.

— On dit que la FAEP a acheté beaucoup d'armes dernièrement. Il paraît qu'ils ont une salle remplie de pistolets de chez Petrov Armor.

Un courant électrique se propagea sur la peau de Kane. Son instinct lui soufflait que le renseignement était exact et qu'il tenait là une piste.

La Fraternité pour une Amérique Ethniquement Pure était un groupe de fanatiques haineux qui avaient fait de la lutte contre l'égalité leur cheval de bataille. Le FBI les avait à l'œil depuis qu'ils étaient apparus sur leurs radars, quatre ans plus tôt, mais jusque-là les violences ciblées commises ici et là par ses membres n'avaient pas pu être reliées de façon suffisamment probante au groupe lui-même pour procéder à des arrestations à grande échelle.

— Tu pourrais me présenter ? demanda Kane.

Dougie secoua la tête.

— Hein ? Pas question. Ces types sont dingues. Je ne veux pas avoir affaire à eux.

— Tu n'en as pas besoin. Dis-leur simplement que je veux les rencontrer.

Dougie fit la moue, ce qui lui conféra une apparence plus patibulaire encore.

— Je n'ai pas de contacts chez eux, mais je connais un gars qui en a. C'est lui qui m'a parlé des armes. Je peux te mettre en rapport avec lui… À condition d'être remercié pour ma peine, bien sûr.

En général, Kane répliquait que Dougie devait s'estimer heureux d'être libre, mais l'enjeu était cette fois trop important. Il acquiesça d'un bref hochement de tête.

— Quand peux-tu arranger ça ?

— Je ne sais pas. Peut-être demain, dit Dougie en jetant un nouveau coup d'œil autour de lui. Je t'appelle.

Kane attendit encore cinq bonnes minutes avant de partir dans la direction opposée. D'après le protocole, il était censé transmettre l'information à sa partenaire – en l'occurrence, Melinda. Mais elle ne manquerait pas de s'opposer à son intention d'entrer en contact avec la FAEP. Elle arguerait que c'était trop dangereux, qu'il fallait travailler en amont… Ou, pis, qu'elle voulait venir avec lui.

La seule idée de Melinda Larsen l'accompagnant sur le terrain lui provoqua un frisson. Et celle de travailler avec elle sous couverture l'effraya davantage encore.

Pourtant, il fallait agir. Ils ne pouvaient pas attendre que Davis identifie le coupable. D'autant qu'il s'attachait de plus en plus à Leila Petrov. Et ce n'était pas seulement une attirance physique. Kane s'en était rendu compte en écoutant

Davis, la veille, quand il était passé au bureau. Il avait parlé d'elle avec admiration et avec empathie.

Davis était un type bien. Il faisait merveille dans le combat au corps à corps ou dans une fusillade, et Kane l'aurait sans hésiter choisi comme partenaire dans la plupart des situations dangereuses. Mais l'infiltration ? Ce n'était pas son point fort. Il avait l'esprit trop… militaire, il était trop franc, trop direct. Il n'avait pas l'art et la manière d'habiter un personnage comme si c'était sa seconde peau.

Et cette lacune-là pouvait être fatale.

7

Pour ce qui lui sembla être la centième fois de la journée, Leila jeta un coup d'œil à la porte fermée de son bureau. Elle avait à peine échangé trois mots avec Davis depuis son arrivée, ce matin-là. Il avait proposé de passer la prendre, mais elle s'était levée tôt et avait appelé un taxi afin de l'éviter.

Elle n'arrivait pas à croire qu'elle ait essayé de l'embrasser la veille. Oh ! il n'avait rien dit mais, à en juger par la façon dont il s'était rétracté, ce n'était pas nécessaire. Apparemment, même s'il avait usé du flirt et de l'attrait qu'il exerçait sur elle pour obtenir des informations, elle avait franchi une ligne en agissant comme elle l'avait fait.

Elle aurait dû se féliciter qu'il y ait mis le holà. Débordée par les émotions, elle avait réagi de façon inappropriée. S'il l'avait laissée faire, elle se serait sûrement sentie plus mal à l'aise encore aujourd'hui. Et pourtant, comme elle aurait aimé se blottir contre ce torse large, se perdre dans ses baisers... ne fût-ce que l'espace d'un moment, pour s'extirper de la dure réalité, oublier que son père n'était plus là et que son entreprise – son précieux héritage – était en proie à de graves difficultés.

Fermant les yeux pour ne pas céder à l'envie de pleurer, Leila se força à inspirer et à expirer lentement jusqu'à ce qu'elle ait réussi à dominer son chagrin. Lorsqu'elle les rouvrit, Davis était sur le seuil de son bureau et refermait doucement la porte derrière lui.

C'était bien sa chance qu'il soit arrivé juste au moment où elle craquait. Elle s'obligea à plaquer un sourire sur son visage, espérant masquer ainsi son désarroi.

— Alors, le visionnage des vidéos et la consultation des registres d'accès ont-ils donné quelque chose ?

Le matin même, elle lui avait fourni le code du programme informatique qui recensait tous les déplacements du personnel dans la société. Elle lui avait aussi remis les bandes vidéo de la sécurité interne et externe. Les premières n'étaient conservées qu'une semaine, mais s'agissant de la sécurité externe ils les archivaient pendant plusieurs mois.

Visiblement pris au dépourvu, car il s'apprêtait sans doute à lui demander si elle allait bien, il fronça les sourcils.

— Eh bien ? le pressa-t-elle.

Elle ne reproduirait pas la même erreur. Dorénavant, elle garderait en permanence à l'esprit qu'ils étaient, à leur corps défendant, partenaires dans une enquête menée sous couverture par le FBI afin de découvrir la vérité sur ce qui était arrivé à ces soldats. Point final.

Même s'ils collaboraient, même si elle respectait son intelligence et son expérience d'enquêteur, ils ne seraient jamais du même côté de la barrière. Certes, ils tendaient vers le même but pour l'instant, mais une fois le coupable identifié savoir si l'arrestation de celui-ci entraînerait ou non Petrov Armor dans sa chute serait le cadet de ses soucis. Et ça, elle ne pouvait l'accepter.

— Oui, j'ai trouvé quelque chose.

Le cœur de Leila se mit à palpiter beaucoup trop vite. Elle agrippa le bord de son bureau et se leva.

— Quoi ?

Ou plutôt : « Qui ? », songea-t-elle, le cœur battant.

— Il n'y avait rien sur les vidéos externes. Pas vraiment, du moins, commença Davis, contournant l'angle de son bureau et venant se placer à côté d'elle pour se mettre à taper sur l'écran de son ordinateur. Je ne savais pas exactement quel moment précis je devais cibler, donc faire le tri parmi toutes ces vidéos a été un peu fastidieux. Mais il manque des enregistrements. Je ne sais pas si c'est une erreur du système ou une suppression délibérée. Mais ce qui est certain, c'est que ça évoque des agissements suspects – comme un camion qu'on aurait chargé de nuit, par exemple.

— Je persiste à penser qu'un échange a pu être effectué après que la commande a quitté notre entrepôt, assura-t-elle en se rasseyant et en regardant ce qu'il faisait sur l'ordinateur.

Elle vit ses doigts s'immobiliser en suspens au-dessus du clavier, son corps tout entier se figer. Cela ne dura qu'un instant, mais la bouche de Leila s'assécha subitement. Il y avait quelque chose qu'il ne lui disait pas.

Avant qu'elle ait pu développer sa pensée, il tourna l'ordinateur vers elle.

— Ceci est un peu plus intéressant.

Leila approcha le visage de l'écran et parcourut les lignes du registre. Chaque fois qu'un employé utilisait sa carte de sécurité pour pénétrer dans le bâtiment ou dans l'une des zones sécurisées, le système en gardait la trace.

— Theresa Quinn était ici, tard le soir, pendant la période où ce lot d'équipement était en préparation.

Leila soupira.

— Ce n'est pas exactement une preuve irréfutable, Davis. Theresa ne vit que pour le travail. Elle vient même le week-end, parfois.

— Oui, mais ces incursions, au beau milieu de la nuit, ne semblent pas si fréquentes, sauf pendant cette période.

Se penchant de nouveau, Leila consulta les dates en question et constata qu'il avait raison.

— Ce n'est quand même pas concluant.

Theresa n'avait jamais été favorable à sa nomination au poste de P-DG, mais elle n'avait jamais paru briguer ce poste. Elle pensait simplement que Leila était trop jeune, qu'elle ne l'avait pas mérité et n'était pas à la hauteur.

Mais, en vraie professionnelle, une fois Leila en place, elle n'avait plus émis le moindre commentaire et n'avait rien fait qui puisse nuire à la bonne marche de l'entreprise.

— Theresa et vous ne vous entendez pas, nota Davis.

— Oh ! vous avez remarqué ? souligna Leila non sans ironie. C'est mon oncle qui l'a fait entrer dans la société à l'époque où il remplaçait mon père. Mais quand papa a repris ses fonctions, il a dit que l'embauche de Theresa avait été l'une des meilleures initiatives de son frère. Elle n'a pas un caractère facile, mais jamais elle ne trahirait la société qu'elle contribue à développer depuis vingt ans.

— Comment a-t-elle pris votre décision de fermer la branche vente d'armes ?

Déroutée par ce changement de sujet, Leila se renfonça dans son fauteuil pour mettre de la distance entre eux.

— Elle n'était pas contente mais, à vrai dire, aucun des cadres ne l'était. Mais j'y réfléchissais depuis longtemps et, l'an dernier, cela m'a paru être le bon moment. L'armée avait testé nos nouveaux équipements protecteurs ultra-légers, et c'était un vrai succès. Les commandes affluaient. Il était temps de cesser de nous disperser et de nous recentrer sur ce qui avait été le cœur de l'activité au tout début. Et puis, en toute franchise, j'ai toujours préféré traiter avec l'armée. Donc fabriquer du matériel solide, capable de protéger efficacement les soldats paraissait être la voie à suivre, d'autant que l'activité était de plus en plus florissante et profitable.

— Ne restait-il pas des stocks d'armes invendus ?

— Ils ont été détruits pour la plupart, répondit-elle en levant les yeux pour le regarder. Pourquoi vous intéressez-vous tant au virage stratégique opéré par la société ?

— Il me surprend un peu, voilà tout. Votre père était d'accord ? Il avait consacré du temps au développement de cette activité.

— Mais lui et le conseil d'administration m'avaient confié les rênes de l'entreprise. Bien sûr, ce n'aurait pas été son choix. Nous n'étions pas toujours d'accord, mais il a toujours soutenu mes décisions. Il me savait déjà en butte aux réticences des salariés concernant ma nomination…

Elle baissa les yeux.

— S'il ne m'avait pas apporté son soutien sur cette question, cela aurait remis en cause ma légitimité. Je pense qu'il le savait.

— C'était un bon père, déclara Davis.

Ne sachant trop s'il s'agissait d'un constat ou d'un sarcasme, elle souligna avec chaleur en le regardant bien en face :

— Oui. Le meilleur.

Elle imaginait sans peine ce qu'il se disait. Que c'était son oncle qui avait dû pallier son absence après la mort de sa mère. Mais c'était de l'histoire ancienne ! Son père avait grandi dans un foyer dysfonctionnel, auprès de parents violents. Joel et lui n'avaient pu compter que sur eux-mêmes. Il lui avait dit une fois que lorsqu'il avait rencontré sa mère à l'étranger, où il se trouvait pour affaires, un seul regard lui avait suffi pour changer la trajectoire de sa vie. Leila avait bien conscience que c'était le souvenir idéalisé d'un homme qui avait profondément aimé son épouse et l'avait perdue trop jeune, mais cette pensée lui tirait toujours un sourire attendri.

— Il a mis du temps à surmonter la mort de sa femme, c'est vrai. C'est assez normal, non ? Mais il a fini par remonter la pente et, ensuite, ça a été un père formidable.

Elle sourit au souvenir de la première fois qu'elle avait amené Eric à la maison et l'avait présenté à son père. Elle n'avait alors que treize ans et ne voyait en lui qu'un ami. Mais son père avait dû voir que l'intérêt que lui portait Eric, de trois ans son aîné, était d'une nature différente.

— Qu'y a-t-il de si drôle ? demanda Davis.

— Rien… Je me disais juste que si mon père vous avait rencontré, il vous aurait sacrément eu à l'œil.

Davis la fixa, perplexe, pensant peut-être qu'elle faisait

allusion à l'enquête et au fait que son père aurait percé à jour sa couverture. Ayant simplement voulu plaisanter à propos de leur attirance mutuelle et de cette situation impossible, Leila précisa :

— Je ne parlais pas de l'enquête, même s'il aurait sans doute deviné la raison de votre présence ici. Non, il vous aurait eu à l'œil pour une raison tout autre.

Elle arqua les sourcils d'un air appuyé, attendant qu'il ait compris.

Finalement, ses lèvres s'étirèrent lentement, comme à son habitude, en même temps qu'une lueur s'allumait dans son regard.

— Vraiment ?

Elle déglutit, résistant à l'envie de passer la langue sur ses lèvres. Ce n'avait été qu'une boutade de sa part, mais elle était de nouveau en train de sortir de son rôle de patronne d'entreprise, et pourtant ça ne lui semblait pas étrange cette fois. En fait, être elle-même lui était plus facile avec Davis que cela ne l'avait été avec n'importe qui d'autre depuis bien longtemps.

Se détournant de lui, elle essaya de relever sa garde. Elle ne pouvait pas se sentir tellement *à sa place* auprès de cet homme. Surtout si peu de temps après la mort de son père. Surtout compte tenu de qui il était et de ce qu'il faisait ici.

L'enquête terminée, il s'en irait. Et Petrov Armor ne se remettrait peut-être jamais de son passage.

Quoi qu'elle puisse ressentir à son égard, elle ne pouvait pas permettre que Davis détruise la seule chose qu'il lui restait.

— Des nouvelles ? demanda Davis à Melinda.

Il s'était réfugié dans sa voiture, dans le parking de Petrov Armor, pour parler sans risque d'être entendu. Le soleil tapait sur les vitres du véhicule, mais Davis ne pouvait enlever sa veste à cause de l'arme qu'il portait à la ceinture.

— Kane est allé quelque part, en rendez-vous, annonça-t-elle, l'impatience transparaissant dans sa voix. Voilà un moment qu'il est parti.

— Comment ça se passe, la collaboration avec Kane ?

Il n'avait pas pu s'empêcher de poser la question. Il avait apprécié Melinda dès la minute où il avait fait sa connaissance. Intelligente, toujours prête à mettre son expertise psychologique au service des affaires sur lesquelles ils travaillaient, elle était calme et avait tendance à rester un peu sur son quant-à-soi, mais ça ne le dérangeait pas. Si elle gardait sa vie personnelle jalousement cachée, ça ne l'empêchait pas de se montrer amicale.

À l'inverse, Kane, lui, réussissait le tour de force d'être à la fois un charmeur et un loup solitaire. Tout le monde, dans l'unité, savait qu'il avait autrefois fait équipe avec la fille de Pembrook, notamment lorsque celle-ci avait trouvé la mort, mais personne ne connaissait les circonstances exactes du drame. Sa méthode, c'était d'éviter de frayer avec l'équipe et de mener ses propres opérations de son côté. Davis se demandait pourquoi Pembrook le laissait n'en faire qu'à sa guise mais une chose était sûre : l'homme obtenait des résultats.

— Bien.

La concision de sa réponse était en soi éloquente, et comme elle ne pouvait pas voir son visage, il s'autorisa un sourire. Ce fut ce moment-là qu'Eric Ross choisit pour passer à proximité de la voiture, rentrant probablement d'une visite chez un client. Il lui jeta un regard un peu étonné, continua son chemin et entra dans le bâtiment.

Ross lui inspirait une antipathie viscérale, que Davis s'efforçait de combattre car, tout bien considéré, il n'avait rien fait pour la mériter si ce n'est avoir été il y a bien longtemps le petit ami de Leila.

Se concentrant de nouveau sur Melinda, Davis relata ce qu'il avait appris sur Neal Petrov et qui soulevait de nouvelles interrogations.

— Donc, d'après Leila, son père a appuyé sa décision d'arrêter la production d'armes alors qu'il n'était pas d'accord avec cette idée, résuma Melinda. C'est intéressant. Tu crois qu'elle dit vrai ?

— Pourquoi mentirait-elle ? Je sais bien qu'elle incline naturellement à défendre son père, mais elle croit toujours que l'enquête ne porte que sur un lot de matériel défectueux. D'ailleurs, j'ai failli me trahir en lui parlant de ce que j'avais trouvé dans les registres d'accès sécurisé.

Dieu merci, il s'était rattrapé avant de révéler qu'il cherchait la trace d'autres anomalies. Il n'avait pas échappé à Leila qu'il lui cachait quelque chose, mais il était à peu près certain qu'elle ne savait pas quoi.

C'était une erreur de débutant. Le « besoin d'en connaître » était une notion primordiale pour tout agent du FBI. Et ce n'était pas comme s'il n'avait pas été rompu à la manœuvre : déjà, à l'armée, la plupart des missions auxquelles il avait participé en tant que ranger avaient été classifiées comme hautement confidentielles. Seulement, quelque chose en elle le poussait à parler un peu trop librement.

— Mentir, peut-être pas, lui accorda Melinda, le rappelant au moment présent. Mais son père aurait pu se dire qu'il n'avait pas besoin de s'opposer à son projet si l'ensemble des salariés s'en chargeait à sa place. Et nous ne savons pas combien de personnes sont impliquées… Peut-être Petrov avait-il prévu de poursuivre la fabrication d'armes à l'insu de Leila. À moins qu'il n'ait eu suffisamment de stocks pour qu'il estime pouvoir se contenter de vendre ces derniers pendant un certain temps.

— D'après elle, les stocks ont été détruits.

— C'est peut-être ce que son père voulait lui faire croire.

Davis considéra d'un air pensif l'entrée du site de Petrov Armor.

Kane décrivait Neal Petrov comme un personnage impitoyable, mais Leila parlait de lui avec amour et affection. Se pouvait-il que l'amour filial l'ait aveuglée à ce point ? Son père avait-il été si bon comédien ? Ou la vérité était-elle plus complexe ?

— Davis ? À quoi penses-tu ? demanda Melinda.

Il avait dû garder le silence longtemps, s'avisa-t-il. Ce qu'il pensait, c'était qu'il se sentait coupable de ne pas avoir dit à Leila qu'il soupçonnait son père de n'être pas étranger à la mort de ces soldats. Et plus coupable encore de ne pas lui avoir révélé que celui-ci avait peut-être été assassiné pour cette raison.

Plutôt que d'avouer à Melinda à quel point les sentiments que lui inspirait Leila étaient compliqués, il soupira.

— Je me demandais si Petrov avait soutenu Leila tout simplement parce qu'il l'aimait.

— Suffisamment pour renoncer au juteux marché qu'il menait en sous-main depuis plus de dix ans ? Un marché qui devait lui rapporter des millions, en plus des revenus qu'il en tirait légalement ? Ça paraît peu probable, mais j'ai beau avoir l'habitude de décortiquer les motivations des gens, d'analyser le terreau dans lequel elles ont pu prendre racine, l'être humain ne cesse jamais de me surprendre. Et l'amour est un moteur puissant.

— Et s'il avait voulu mettre un terme à ces affaires illégales pour elle ?

Plus il y pensait plus l'idée prenait corps dans son esprit. Si quelqu'un valait la peine de renoncer à des millions de dollars et de changer de façon de vivre, n'était-ce pas une personne comme Leila Petrov ? Une dirigeante courageuse, résolue, toute dévouée à la société dont elle tenait les rênes, qui se refusait à soupçonner ceux en qui elle avait confiance d'agissements criminels ? Une jeune femme qui s'efforçait de dissimuler son côté maladroit et un peu loufoque de peur que les gens ne la prennent pas au sérieux ? Plus d'une fois il avait ri à ses plaisanteries absurdes, l'avait surprise en train de fredonner des airs populaires tout en travaillant à son bureau ou vue se mettre à dodeliner de la tête en cadence avec la musique sitôt qu'elle montait dans sa voiture.

Toutefois, elle était d'un sérieux irréprochable lorsqu'il s'agissait de ses responsabilités de chef d'entreprise. Et elle avait des principes. Elle se faisait un devoir de coopérer à l'enquête interne qui visait son entreprise – mettant ainsi en jeu ses moyens d'existence – afin de faire éclater la vérité.

— Bien, reprit calmement Melinda. Donc, il l'a suivie lorsqu'elle a stoppé la fabrication d'armes. Après tout, il n'a peut-être pas du tout voulu utiliser sa fille comme paravent pour le cas où les choses tourneraient au vinaigre. S'il avait vu là l'occasion de remettre l'entreprise sur le droit chemin ? De lui léguer une affaire saine, exempte de cette menace ?

— Mais le matériel défectueux ? Ce serait purement accidentel ?

— J'en doute, dit Melinda, dont le scepticisme faisait écho au sien. Et si c'était son complice qui avait saboté la branche Équipements pour que la fabrication d'armes soit relancée ?

— En attirant délibérément l'attention sur Petrov Armor ? Ça semble bien risqué.

— Ou alors Neal Petrov a eu l'occasion de réduire les coûts en utilisant des matériaux moins chers, et il n'a tout bonnement pas résisté à la tentation. Dix ans passés à frayer avec le milieu de la criminalité… C'est long. Tout arrêter d'un coup ne doit pas être facile. Et puis il n'y a pas que l'argent, rappela Melinda. Le risque en lui-même peut être excitant.

Oui, c'était plausible. Et ça ouvrait même de nouvelles perspectives concernant le mobile du meurtre de Petrov.

— OK. Donc, Neal Petrov appuie la décision de sa fille. Son complice n'apprécie pas. Theresa – ou quelqu'un d'autre - pense qu'elle va le convaincre de renoncer… Mais quand elle comprend que ça n'arrivera pas, elle le tue.

8

Theresa Quinn – ou une autre personne de chez Petrov Armor – avait-elle réellement assassiné Neal Petrov ?

Davis jeta un coup d'œil à Leila depuis le coin de son bureau où il s'était installé. Il avait réussi à l'éviter presque toute la journée, la veille, mais ça ne pouvait pas durer. Il avait besoin de certaines informations auxquelles elle seule pouvait lui donner accès.

Il devait reconnaître que lorsqu'il avait demandé à voir la comptabilité de la société, bien qu'un peu contrariée, elle avait tout de suite accepté, ce qui était tout à son honneur. Depuis, il épluchait les livres de compte. Le problème, c'était que si les finances de Petrov Armor avaient été falsifiées, le responsable avait dû s'appliquer à leur donner une apparence légale. Davis devrait peut-être les faire examiner par un expert-comptable.

Selon Leila, Theresa Quinn n'avait pas accès à ces documents. Donc, si elle essayait toujours de vendre des armes de façon illégale ou de livrer des équipements défectueux à l'armée, la comptabilité de ces dernières semaines, depuis la mort de Neal Petrov, laisserait peut-être apparaître des anomalies.

Et même si tout semblait normal dans les écritures passées pendant cette période, Petrov lui-même avait pu commettre une erreur. Et si Theresa n'était pas impliquée, il avait pu faire preuve d'une négligence que quelqu'un aurait remarquée. Peut-être ce quelqu'un avait-il essayé de le faire chanter. S'il avait refusé de payer, cela pouvait aussi expliquer son assassinat.

Pour l'instant, tout n'était que conjectures. Davis soupira et étendit ses jambes sous le bureau que Leila lui avait fait installer.

Pour ce qui devait être la millième fois depuis son arrivée ce matin, il coula un regard dans sa direction. Un léger parfum d'agrume flottait dans la pièce, celui-là même qu'il avait senti lorsqu'elle avait été interrogée dans les locaux de la DCT. Il était en passe de développer une vraie tendresse pour le citron.

Depuis qu'il l'avait rencontrée trois jours plus tôt, il ne l'avait vue vêtue que de tailleurs-pantalons gris, noirs ou bleu marine. Son maquillage était toujours très discret, ses cheveux invariablement tirés en chignon serré. C'était comme si elle se présentait sous un jour aussi austère que possible pour faire oublier sa jeunesse et sa beauté. Mais même l'apparence la plus stricte ne pouvait tout masquer.

Mais, depuis qu'elle avait lancé cette blague à propos du bateau pneumatique, il la voyait sous un jour différent. Il l'imaginait aisément dans un jean et une large chemise, les cheveux lâchés sur les épaules. Et, au lieu d'arborer son expression sévère, elle riait.

Si ce n'est qu'elle n'avait aucune raison de se réjouir pour le moment. S'il avait raison concernant le meurtre de son père, les choses ne pourraient qu'empirer.

Au stade où ils en étaient, il pouvait ne s'agir que d'une hypothèse farfelue, mais il se sentait coupable de ne rien lui avoir dit.

— *Quoi ?* demanda Leila au bout d'un moment, un demi-sourire flottant sur ces lèvres qui avaient été si proches des siennes l'autre jour.

— Je n'ai rien dit.

— Oh ! c'est inutile. Vous ne cessez de me dévisager.

Elle se leva, traversa la pièce et vint se planter devant lui.

— Qu'y a-t-il ? Qu'avez-vous découvert ?

Davis baissa les yeux pour fixer son ordinateur.

— Rien de spécial. Je cherche des incohérences.

— Parce que les équipements de protection se composaient de matériaux meilleur marché ? Vous pensez que l'achat de ces fournitures faisait l'objet d'une comptabilité parallèle ?

— C'est possible, dit-il, évasif.

Il avait travaillé dans la criminalité en col blanc suffisamment longtemps pour savoir qu'il y avait peu de chances que quelqu'un qui avait truqué ses livres de compte pendant dix ans commette une erreur aussi grossière. Mais la DCT ne voulait pas que Leila sache que Petrov Armor avait trempé dans des ventes illégales d'armes. Il ferma son ordinateur pour qu'elle ne voie pas les dates qu'il consultait.

— Cessez de me mentir.

Il finit par relever les yeux, surpris par sa véhémence.

— Je ne mens pas. Je ne sais pas ce que je vais trouver. Sans doute rien. Mais s'il y a un endroit par où commencer, c'est ici.

— Vous ne savez pas ce que vous allez trouver mais vous cherchez quelque chose de précis, n'est-ce pas ? insista-t-elle d'un ton accusateur.

Ses yeux se plissèrent.

— À moins que vous ne me cachiez quelque chose. Vous suspectez quelqu'un d'autre que Theresa ? Et ne venez pas me reparler d'Eric.

— Non, il ne s'agit pas d'Eric.

Il n'était pas en tête de liste de ses suspects pour l'instant… Ce qui ne voulait pas dire que Davis l'en avait définitivement éliminé. Et puisque Leila avait parlé de lui…

— Vous m'avez dit qu'Eric et votre père étaient proches. Votre rupture n'a pas entamé cette proximité ?

— Mon père avait engagé Eric alors que nous n'étions déjà plus ensemble. Plus âgé que moi, Eric a commencé à travailler très jeune dans la société tout en poursuivant ses études en cours du soir. Moi, j'étais encore au lycée. Il n'y a que cinq ans que je travaille à plein temps pour Petrov Armor – j'ai commencé deux ans avant que mon père ouvre le capital. Eric, lui, a dix ans d'ancienneté. Bref… Pour répondre à votre question, Eric était un peu le fils que mon père n'a jamais eu, étant donné que son géniteur était le plus souvent absent.

Davis plissa les yeux, essayant de déchiffrer son masque impassible. Jalousait-elle la position d'Eric dans la vie de son père ? Eric en voulait-il à Leila d'avoir été catapultée au poste de P-DG après seulement quelques années dans la société alors que lui y travaillait depuis dix ans ?

Leila poussa un soupir exagérément profond et planta les poings sur ses hanches.

— Croyez-moi, *jamais* Eric n'aurait trahi mon père.

— Et vous, vous aurait-il trahie ?

Elle lui décocha un regard noir.

— Vous pensez vraiment qu'Eric aurait expédié des équipements défectueux pour m'atteindre, moi ? Pour quelle raison ? Il y a plus de dix ans qu'il a rompu avec moi. Et notez bien que c'est *lui* qui a rompu, pas moi. Il occupe l'un des postes clés de la société. Chercher à me détruire en nuisant à la société reviendrait à scier la branche sur laquelle il est assis.

Davis hocha lentement la tête. Son raisonnement se tenait, mais il ne pouvait s'empêcher de se représenter l'expression d'Eric quand Leila l'avait laissé la raccompagner chez elle deux jours plus tôt. Quoi qu'en pense Leila, ce type-là nourrissait des sentiments à son égard.

Puisqu'il l'avait déjà mise sur la défensive en évoquant Eric, Davis se dit qu'il pouvait tout aussi bien poursuivre avec le reste des questions désagréables.

— Qu'en est-il de votre oncle ?

Ses mains tombèrent de ses hanches le long de son corps tandis qu'elle secouait la tête.

— Vous plaisantez ? Vous soupçonnez la seule personne, à part moi, qui soit plus investie qu'Eric dans l'entreprise ? Il a renoncé à sa carrière pour aider papa à maintenir la société à flot et ne l'a plus jamais quittée.

— Mais, justement, suggéra Davis. Peut-être en a-t-il nourri du ressentiment.

— Ça, j'en doute, rétorqua-t-elle. Il gagne nettement plus d'argent qu'avant ; il fixe lui-même ses horaires. Papa lui laissait une totale liberté, et j'ai continué sur à le faire. Je lui devais bien ça après tout ce qu'il a fait pour nous. S'il le voulait, il pourrait partir à la retraite dès maintenant. Je pense qu'il reste pour moi.

— D'accord, mais…

— Davis, je comprends. Vous ne connaissez pas ces personnes. Pour vous, c'est une affaire comme une autre. Mais, moi, c'est *ma* vie. C'est sur *ma famille* que vous enquêtez.

Elle s'interrompit pour prendre une grande inspiration.

— Il semblerait qu'il y ait un fruit pourri chez Petrov Armor, vous avez raison sur ce point. Et je comprends que vous commenciez par le sommet. Mais aucun des cadres sur lesquels vous vous interrogez ne passe commande des matériaux bruts. Aucun d'entre eux ne s'occupe des expéditions. Vous l'avez dit vous-même, nous avons un bon système de sécurité et de tests du matériel. De toute évidence, quelqu'un a trouvé le moyen de contourner ces obstacles. Mais ce ne peut pas être mon oncle. Ni mon ex. Et, sincèrement, malgré les données de la carte d'accès de Theresa, je ne l'imagine pas non plus dans ce rôle.

— Leila…

— Je sais. Vous allez me dire que je ne suis pas objective, que vous devez faire votre travail. Et, moi aussi, je veux trouver les coupables et les voir traînés en justice. Mais je dois protéger ma société dans le même temps. Quand le coupable sera identifié vous partirez, et celui-ci sera appréhendé – à juste raison. Mais tous les autres employés et moi-même devrons nous serrer les coudes et faire front. Je ne permettrai pas que cette affaire détruise la société que mon père a passé sa vie à construire. Je ne permettrai que *vous* la détruisiez.

— Je ne veux rien détruire du tout, riposta sèchement Davis. Ce n'est pas *moi* qui ignorais que des produits entachés d'un défaut fatal sortaient des lignes de fabrication de *mon* entreprise !

Les épaules de Leila s'affaissèrent d'un coup tandis que la colère peinte sur son visage se muait en un mélange de culpabilité et de douleur.

Voyant à quel point sa réplique l'avait blessée, il regretta instantanément ses paroles.

Son regret s'intensifia encore lorsqu'elle déclara posément :

— Si vous me tenez pour responsable de tout cela, je ne suis pas sûre que ce soit une bonne idée de m'avoir demandé de collaborer avec vous pour trouver la vérité. Et, par voie de conséquence, je ne suis pas sûre non plus que vous ayez votre place ici, Davis.

Dougie y était arrivé.

Kane sourit en lisant le SMS sur son téléphone professionnel. Il allait lui décrocher un rendez-vous avec le fumier de la FAEP. Apparemment, Dougie avait cru bon d'en rajouter une couche en précisant à l'intermédiaire, son contact, que Kane avait peut-être sa propre filière pour se procurer des armes à feu. Cette partie-là n'était pas vraiment idéale mais il s'en arrangerait.

— Pourquoi souris-tu ? demanda Melinda d'un ton suspicieux.

Kane rangea son portable et la regarda.

— J'ai un rendez-vous galant ce soir.

Elle battit des paupières, signe qu'il l'avait prise de court, mais ses yeux en amande se plissèrent aussitôt après.

— C'était ton téléphone professionnel, non ?

Il haussa les épaules d'un air dégagé, se félicitant de sa réputation de forte tête.

— Hum ! Il s'agit d'un autre agent.

Melinda continua à le dévisager, les yeux toujours plissés.

Il était excellent menteur, par la force des choses – compte tenu du nombre de fois où il avait opéré en immersion, il n'aurait plus été de ce monde si ce n'avait été le cas. Mais, apparemment, Melinda n'était pas en reste non plus dans son domaine, le profilage, puisqu'elle semblait toujours savoir quand il ne jouait pas franc jeu avec elle.

Plutôt que de soutenir son regard, il opta pour changer de sujet.

— J'ai aussi eu un retour de mon indic. Il a un ami qui connaît un membre de la FAEP et serait susceptible de me renseigner sur la fraternité et leurs liens avec Petrov Armor. Je vais creuser de ce côté-là, voir si on peut trouver quelque chose dans nos dossiers sur une connexion éventuelle.

— Je m'en suis déjà occupée, répliqua Melinda, reportant son attention sur son ordinateur. Si nous n'avons jamais réussi à réunir des preuves contre la FAEP, c'est parce que ce réseau est très nébuleux. On les considère comme un groupe mais, en réalité, ils ne sont pas clairement organisés. Ce qui est délibéré, à mon avis. Ça permet à chacun des membres de nier toute appartenance au groupe et de revendiquer un acte isolé s'il se fait prendre.

— C'est ce qui est souvent arrivé, confirma Kane.

Le groupe était surtout connu pour être en relation avec des individus ayant posé des bombes dans des sociétés dont les dirigeants étaient issus des minorités et même dans des lieux de culte. Le nom de la FAEP était fréquemment revenu dans la bouche des coupables, certains ayant notamment déclaré avoir appris à fabriquer des bombes grâce à un de leurs sympathisants mais si cela avait en deux ou trois occasions abouti à une arrestation, jamais le FBI n'avait pu procéder à un coup de filet d'envergure.

Pour ne rien arranger, la FAEP ne possédait ni registres officiels ni listings de membres. Et, au lieu d'utiliser Internet comme bon nombre d'organisations criminelles, ses membres s'en tenaient à la bonne vieille méthode du bouche-à-oreille. En théorie, cela aurait dû faciliter l'infiltration du groupe. Mais en théorie seulement. Car, en plus d'être de dangereux fanatiques, les membres de la FAEP avaient tendance à se montrer extrêmement paranoïaques.

— Et donc ? Tu envisages de rencontrer le contact de ton indic ? demanda Melinda.

— Je ne pense pas, non, prétendit Kane. Mais ce pourrait être le moyen de coincer Petrov Armor s'ils vendent réellement des armes à des membres de la FAEP.

— Je ne te crois pas.

Melinda s'était exprimée d'un ton posé, sans manifester colère ni frustration. Étrangement, ce fut précisément cette absence d'émotion qui fit que Kane se sentit coupable de lui cacher la vérité. Mais, en réalité, il lui rendait service.

— Pense ce que tu veux, répondit-il en jetant un coup d'œil à son téléphone dont le bip venait de lui annoncer l'arrivée d'un nouveau SMS.

— Je reviens, déclara-t-il en se levant et en sortant dans le couloir sans lui laisser le temps d'argumenter.

Le message émanait encore de Dougie.

C'est bon. Mon contact peut t'avoir un rendez-vous avec quelqu'un de la FAEP. J'ai dit exactement ce que tu m'avais demandé de dire. Que je t'avais connu quand j'étais à Vegas. Que tu avais dû quitter la ville parce que la situation devenait tendue pour toi, comme tu avais incendié des commerces tenus par des Asiatiques et des natifs du Moyen-Orient. J'ai dit aussi que tu serais intéressé par l'achat d'armes mais que le contact que tu avais ici n'était plus valide.

Kane sourit. C'était lui qui avait soufflé l'histoire des

incendies à Dougie. Les faits s'étaient réellement produits, mais le vrai responsable était six pieds sous terre, victime d'une vengeance qui avait mal tourné. Kane était intervenu trop tard pour sauver cette ordure et l'envoyer en prison. Mais plutôt que de divulguer la vérité, il l'avait tue afin de pouvoir utiliser cette information, le cas échéant. Elle s'était avérée parfaite pour ce cas précis, la FAEP étant connue pour ses incitations répétées à la haine raciale et à la violence.

Concernant les armes à feu, Dougie avait improvisé mais Kane avait déjà géré bien pire.

Joli travail. Quand, le RV ?

La réponse arriva immédiatement.

Demain.

Vendredi. Kane hocha la tête. Il aurait préféré le week-end, ce qui lui aurait évité d'avoir à s'expliquer vis-à-vis de Melinda, mais il n'allait pas se plaindre.

Parfait. Merci, vieux.

Rangeant l'appareil dans sa poche, il fit demi-tour pour rentrer dans la salle de réunion et faillit entrer en collision avec Melinda.

— Un autre rendez-vous galant ? demanda-t-elle d'une voix où perçait l'ironie. Allez, ne me raconte pas d'histoires. Quand a lieu la rencontre ?

— Il n'y a pas de rencontre, Melinda, répondit-il en commençant à la contourner.

Mais elle se déplaça d'un pas, lui barrant le passage.

Il arqua un sourcil. Certes, elle avait suivi la même formation du FBI que lui, mais il la dépassait d'une vingtaine de centimètres et devait peser trente kilos de plus qu'elle.

Refoulant son agacement, il tourna les talons et s'éloigna dans la direction opposée. Une chose que Melinda devrait apprendre, le concernant, c'était que, lorsqu'il s'agissait d'une infiltration, il entendait bien travailler seul. Sans renforts. Sans filet. Cela valait mieux pour tout le monde.

— Je te rappelle qu'on est censés être partenaires ! lança Melinda derrière lui d'un ton irrité, mais moins qu'il ne l'ait cru.

Kane serra les dents et s'abstint de répondre. L'image du corps désarticulé de la fille de Pembrook, à l'issue de cette mission qui avait tourné au drame, s'imposa à son esprit.

Jamais plus il n'emmènerait de partenaire sur le terrain, Melinda Larsen encore moins que quiconque.

9

Davis lui en voulait. Il la tenait responsable de ce qui était arrivé. Des morts de ces soldats.

Cette idée lui était douloureuse et lui comprimait la poitrine, l'empêchant de respirer. Parce que la vérité, c'était qu'elle aussi s'en voulait.

Comment avait-elle pu ne pas voir que quelqu'un sapait l'entreprise de l'intérieur ? Que des équipements inefficaces étaient fabriqués à son nez et à sa barbe ? Et tout cela pourquoi ? Pour gagner plus d'argent ? La société était bénéficiaire. Les ventes étaient en hausse. Ils s'apprêtaient à étendre leurs marchés. Mais, évidemment, si quelqu'un en était arrivé à de pareilles extrémités, ce n'était pas pour renflouer les comptes de la société – qui n'en avaient pas besoin – mais bien pour s'enrichir personnellement.

Jamais des équipements de qualité douteuse n'auraient dû pouvoir sortir de leur usine. Son père avait géré l'entreprise pendant vingt-neuf ans sans le moindre incident. Elle l'avait fait pendant trois semaines, et une tragédie s'était produite.

Pourtant, elle n'avait rien changé aux procédures ni aux méthodes. Le manque de concentration dû à son deuil éprouvant en avait-il été la cause ? Mais un lot d'équipements de protection ne se fabriquait pas en une nuit. Il avait fallu tout préparer, introduire les matériaux bon marché, veiller à ce que les équipements frauduleux passent les batteries de tests… Certaines de ces étapes s'étaient forcément déroulées quand son père était encore là.

Leila considéra la zone d'expédition située à l'arrière du site où les commandes d'équipement étaient chargées dans les camions. Elle était actuellement vide, les prochaines expéditions devant s'effectuer la semaine suivante.

Mais même ces livraisons-là étaient sujettes à caution. Elle n'en avait pas informé le personnel mais, à moins de trouver très vite le coupable, l'armée annulerait très probablement les commandes en cours. Cet incident marquerait peut-être la fin de son entreprise. La fin de tout ce que son père avait construit.

Concentre-toi, s'admonesta-t-elle. La zone d'expédition était cachée de la route mais visible de certaines des fenêtres de l'arrière du bâtiment, là où ils entreposaient les stocks. L'endroit était calme. Si quelqu'un avait chargé des produits défectueux en dehors des heures ouvrées, comment cela avait-il pu fonctionner ?

Le service Recherche et Développement de Theresa était situé à l'arrière, lui aussi. Il n'était pas équipé de fenêtres, mais Theresa passait son temps à aller et venir, arguant que marcher l'aidait à affiner ses idées. Elle travaillait souvent très tard. Donc, le chargement d'un camion à des heures inhabituelles était extrêmement risqué… sauf si Theresa était impliquée.

En temps normal, les bons d'expédition étaient toujours signés par un cadre. Elle poursuivit son raisonnement.

Peut-être celui ou celle qui avait signé ceux des équipements défectueux était-il de mèche avec un employé de la zone d'expédition.

Cette piste potentielle lui redonna courage, allégeant l'anxiété qui l'oppressait. Elle passa sa carte de sécurité dans la fente prévue à cet effet pour retourner dans le centre d'essais désert. Elle se dirigea vers l'ordinateur et ouvrit le journal des expéditions. Le premier point qui attira son attention fut la date : le lot incriminé avait été expédié non pas après la mort de son père, quand elle était susceptible d'avoir commis des erreurs inexcusables parce qu'elle était bouleversée, mais *avant*.

Mais ce fut le nom qui figurait dans le journal qui la cloua contre le dossier du siège habituellement occupé par Theresa.

C'était celui de son père qui figurait en regard de la commande.

Avait-il bâclé l'inspection des produits ?

Leila se pencha en avant pour examiner la copie de la signature. Pouvait-elle avoir été falsifiée ?

— Que se passe-t-il, ma chérie ?

Leila se redressa sur son siège en entendant la voix de son oncle. Il la considérait, l'air préoccupé.

— Tu as l'air soucieuse… Nous n'avons aucune expédition prévue avant la semaine prochaine.

Il regarda autour de lui.

— Je me doute bien que tu n'es pas venue ici pour bavarder avec Theresa. Alors, qu'y a-t-il ?

Theresa les avait-elle vraiment trahis ? L'idée lui laissait un goût amer mais lui semblait toujours aussi invraisemblable. Theresa était fière de la qualité des équipements que son service avait contribué à mettre au point, et à juste titre. Avant d'en faire l'acquisition de grandes quantités, l'armée les avait testés dans toutes les situations que rencontraient les soldats des opérations spéciales sur le terrain, ce qui n'était pas rien. Le matériel avait passé les tests haut la main.

Theresa n'était pas mariée, elle n'avait pas d'enfants. Il lui arrivait de parler d'une sœur plus âgée et d'un neveu et, de temps en temps, d'un homme qu'elle voyait de loin en loin depuis des années. L'entreprise était sa vie. Même si c'était elle qui était la mieux placée pour avoir trahi, Leila ne parvenait tout bonnement pas à l'imaginer dans ce rôle.

Cependant, si elle l'avait fait, quelle pouvait en être la raison ? La colère que Leila ait été nommée P-DG ? Elle avait eu une année entière pour agir. Ou alors pour donner sa démission et aller mettre ses talents d'innovation au service d'une autre société. Mais non. Elle était restée, et Leila avait continué à lui octroyer des primes bien méritées.

— Leila ? répéta son oncle Joel en s'avançant et en posant la main sur son bras.

Elle battit des paupières et sentit ses lèvres s'étirer malgré elle en un sourire doux-amer. Il ressemblait tant à son père.

Elle n'était censée parler à personne de ce qui se passait réellement. C'était l'accord qu'ils avaient conclu avec Davis. Mais ce n'était pas comme s'il avait véritablement respecté leur pacte de son côté. Et son oncle, de toute façon, était la dernière personne qui aurait trahi l'héritage de son père.

— Oncle Joel, il y a quelque chose que…

— Leila.

La voix de Davis, ferme et un brin incisive, l'interrompit. Elle jeta un coup d'œil en direction du couloir qui donnait accès au centre d'essais et le vit, les bras croisés, l'air courroucé.

Comme son oncle se retournait vers lui, son expression se fit plus neutre.

— J'ai trouvé les chiffres que vous vouliez, annonça-t-il.

Son oncle lui fit de nouveau face, et Leila s'efforça de garder le sourire aux lèvres.

— Peu importe, oncle Joel. Ce n'était rien.

Sa main demeura sur son bras.

— Tu es sûre ?

— Oui, affirma-t-elle en se levant pour emboîter le pas à Davis, consciente que son oncle la suivait du regard.

Mais il y avait pis que cela : Davis avait compris ce qu'elle s'apprêtait à faire. Quelles étaient les chances, désormais, qu'il lui confie des informations ?

Leila Petrov avait failli saboter son enquête, songea Davis en remontant les couloirs au pas de charge. Lorsqu'ils furent parvenus dans le bureau de Leila, il fit volte-face, le visage crispé, prêt à lui faire la leçon.

Mais il se domina et commença par contenir sa fureur. Lui passer un savon ne servirait à rien. Il avait déjà perdu une fois son sang-froid et l'avait accusée d'être la responsable. C'était sans doute cela qui l'avait conduite à chercher conseil auprès de son oncle. S'il aggravait la situation, ce serait sa faute si l'enquête tournait court. Et il aurait gâché ses chances de faire ses preuves à la DCT et d'obtenir justice pour Jessica.

Il prit donc plusieurs longues inspirations ainsi qu'il le faisait avant de se lancer dans une mission, quand il était ranger. Son corps reconnut ce signal, et les battements de son cœur s'apaisèrent aussitôt.

— Alors, vous avez trouvé quelque chose dans le grand livre ? demanda Leila, une once de provocation dans la voix.

Elle avait le menton relevé, les mâchoires contractées, le défiant du regard dans l'attente des reproches qui allaient pleuvoir.

— Non. J'ai dit ça pour vous donner une raison de sortir du centre d'essais. C'est une enquête *secrète*, Leila. Le FBI aurait pu envoyer n'importe qui ici sous couverture sans vous en aviser.

Il était si près d'elle qu'il l'entendit déglutir.

Bien. Elle était nerveuse… Encore heureux. Après ce qu'elle avait été sur le point de faire, c'était bien un minimum.

— Nous n'avons pas essayé de vous cacher ce que nous faisions. La DCT a fait le choix de m'envoyer, moi, car nous croyions que vous étiez innocente. Nous pensions que vous nous aideriez à trouver la vérité, par respect pour ces soldats qui ont été tués.

Elle ouvrit la bouche pour répliquer mais il poursuivit :

— Je comprends que vous ayez confiance en votre oncle, mais il pourrait parler à quelqu'un en qui *lui* aurait confiance, et cette personne pourrait être tentée, elle aussi, se confier à une autre. En un clin d'œil, notre chance de coincer le coupable – et, potentiellement, de sauver votre société – serait réduite à néant.

Leila laissa échapper un grand soupir. Son air de défi avait disparu, remplacé par une expression circonspecte et… quelque chose d'autre aussi.

Il fallut à Davis quelques secondes pour comprendre que c'était de la culpabilité.

Subitement, ce fut son tour d'éprouver le même sentiment. Pouvait-il vraiment lui en vouloir de ne pas avoir identifié un criminel au sein de son entreprise ? N'était-ce pas là son travail, à lui ?

Cette pensée inattendue fit retomber sa colère.

— Écoutez, je suis désolé de ce que je vous ai dit à propos de votre responsabilité…

Il marqua une pause, puis prit une grande inspiration.

— Je connaissais l'un des soldats qui ont été tués.

Les lèvres de Leila s'arrondirent, et elle cligna de nouveau des paupières mais, cette fois, il vit ses yeux s'embuer.

— Jessica Carpenter. C'était une amie à moi, continua Davis, pas très sûr de savoir pourquoi il lui confiait ces informations, mais désireux tout à coup qu'elle sache. C'est elle qui filmait la séquence vidéo, sans doute dans le cadre de l'exercice. Elle était veuve et mère de trois enfants. Ces gamins sont maintenant seuls au monde. Jessica était quelqu'un de bien. Courageuse, intelligente, forte, car il faut de la force pour être une femme dans un rôle d'encadrement que trop d'hommes considèrent devoir leur revenir de droit.

De nouveau, il s'interrompit, s'apercevant que cette description aurait pu tout aussi bien concerner Leila.

Chassant cette idée, il poursuivit :

— C'est pour Jessica que je suis ici. Je *veux* trouver la vérité – pour elle. Peu importe à qui vous croyez pouvoir faire confiance s'agissant de notre enquête. Si je pense que vous allez dire à quelqu'un qui je suis, c'est terminé. Je m'en vais, et c'est le FBI qui débarquera avec tous les mandats voulus pour démanteler tout le bâtiment, service par service.

Leila le fixa, horrifiée, et il comprit que, par sa tirade, il venait de détruire le peu de confiance qu'il avait regagné. Pourquoi ne parvenait-il pas à trouver le juste équilibre avec elle ? Pourquoi ne pouvait-il pas, à l'instar de Kane Bradshaw, se glisser dans la peau du personnage qu'il fallait pour mener à bien sa mission sans se soucier de notions telles que l'honnêteté et les sentiments des gens ?

— Je ne…

Il ne savait pas ce qu'elle était sur le point de dire, mais il ne la laissa pas aller plus loin. Il n'y avait qu'un moyen de remédier à son erreur pour restaurer le lien avec elle. C'était d'être plus sincère avec elle de façon qu'elle pense pouvoir avoir confiance en lui.

— Leila… Le lot d'équipements défectueux n'est plus le seul problème. Même à l'époque où votre père dirigeait la société, des transactions illégales se produisaient.

— Quoi ? murmura-t-elle dans un souffle en écartant les pieds comme pour se préparer à encaisser un choc physique.

— Quelqu'un de chez Petrov Armor vend des armes à des criminels depuis longtemps.

10

L'ancien chantier de construction où le membre de la FAEP joint par le biais de Dougie avait fixé la rencontre était typiquement le genre d'endroit où l'on pouvait tuer quelqu'un sans que son corps soit retrouvé avant des semaines, voire des mois.

Pour ajouter à l'atmosphère sinistre, le soleil déclinait, jetant sur les lieux des ombres inquiétantes. Kane était adossé à un mur à demi monté, sans trop s'y appuyer de peur que seule la gravité le maintienne encore debout. Le contact de Dougie était en train de se frayer un chemin parmi les vestiges des constructions abandonnées, croyant passer inaperçu. Feignant de ne pas avoir repéré l'homme, ni l'avancée furtive de ses renforts armés, Kane consulta ostensiblement sa montre et fronça les sourcils.

L'heure fixée était dépassée de près de vingt minutes. Kane avait été observé dès l'instant où il avait garé sa voiture sur le bord de la route pour descendre à pied jusqu'au site. L'endroit était bien choisi pour un rendez-vous de ce genre : tous les points d'accès en étaient faciles à surveiller, et il était idéalement désert. C'était typiquement le genre d'endroit où un agent averti ne serait pas venu seul.

Comme l'homme se décidait enfin à se montrer, Kane lui adressa un sourire arrogant. Il s'était trouvé en pire situation des dizaines de fois. À choisir entre ne compter que sur lui-même pour inventer une histoire ou un personnage crédible et s'appuyer sur quelqu'un d'autre pour assurer sa sécurité, il optait invariablement pour la première solution. C'était probablement pour cela qu'il était encore en vie.

— Kane Bullet ? C'est un drôle de nom, ça.

Son sourire insolent toujours plaqué sur les lèvres, Kane ne bougea pas d'un pouce pour aller à sa rencontre.

— Il ne vous plaît pas ? Dommage. C'est celui que j'ai pris.

L'homme rit. Blond, aux yeux bleus, il était solidement charpenté et portait un jean déchiré et un T-shirt orné d'une inscription Armé et Dangereux. Bien que le vêtement ne soit pas ajusté, il était clair que le premier qualificatif, au moins, était vrai. Une bosse soulevait le tissu au niveau de sa hanche.

— Alors, comme ça, il paraît que vous avez eu des ennuis à Vegas et que vous voulez prendre un nouveau départ dans le Tennessee ?

— Oui, acquiesça Kane avec un vague haussement d'épaules en se détachant du pan de mur.

Il garda les mains bien le long du corps de façon à ne pas donner au type ou à ses amis de raison de s'alarmer.

— J'ai regardé sur le Net, pour ces incendies. Sale histoire.

Kane lui servit un commentaire qu'un membre de la FAEP serait tout disposé à gober.

— S'ils ne voulaient pas griller comme des sardines, ils n'avaient qu'à s'en aller d'eux-mêmes.

Le type rit de nouveau, d'un rire gras qui aurait fait grincer Kane des dents s'il n'avait été dans la peau d'une ordure du même acabit que son interlocuteur. Pour l'instant, Kane Bradshaw n'avait pas voix au chapitre ; il était profondément enfoui sous une couche d'abjection et de haine nommée Kane Bullet.

D'arrogant, son sourire se fit donc hargneux.

— J'aurais bien voulu en faire davantage, à Vegas, mais vous savez ce que c'est… Je n'aurais pas été utile du fond d'une cellule. Donc, j'ai filé avant de les avoir aux trousses.

L'homme avait repris son sérieux.

— Votre ami… Il a dit que vous l'aviez échappé belle.

Il plissa les yeux comme s'il essayait de deviner à l'expression de Kane si les flics n'étaient pas sur leur piste en ce moment même.

Kane leva les yeux au ciel d'un air blasé.

— Pas tant que ça. Vous savez comment sont les flics. Ces chiens adorent se vanter. S'ils avaient vraiment eu quelque chose de sérieux, ça aurait fait la une des journaux alors que là c'était : « Nous poursuivons les investigations… L'enquête suit son cours… bla-bla-bla ». J'ai préféré mettre les voiles avant qu'ils m'aient dans le collimateur, mais ne vous inquiétez pas… ce n'est pas moi qui vous attirerai des ennuis. Je veux qu'on soit amis, pas ennemis.

L'homme se détendit visiblement.

— Tant mieux parce que chez nous la trahison, ça ne pardonne pas.

— Je n'ai aucun problème avec ça. Moi, tout ce que je cherche, c'est un contact. Je ne sais pas si Dougie vous l'a dit, mais j'avais un plan, ici, pour des armes à feu. Malheureusement, il n'est plus d'actualité.

Il secoua la tête de droite à gauche, l'air dépité, puis ajouta, décidant de courir un risque :

— J'avais une ouverture chez Petrov Armor mais depuis que cette idiote de nouvelle patronne a stoppé le versant légal de leurs ventes d'armes, la filière parallèle s'est un peu asséchée aussi.

Son interlocuteur se raidit puis rejeta vigoureusement les épaules en arrière. Il fit craquer ses vertèbres cervicales en tournant la tête à droite puis à gauche avant de lui décocher un petit sourire crispé.

— Ah oui ?

Les cheveux se dressèrent sur la nuque de Kane. Il avait commis une gaffe. Mais laquelle ? Leila Petrov était-elle impliquée, contrairement à ce qu'ils avaient cru ? Les renseignements concernant la filière de la FAEP étaient-ils été erronés ? Si tel était le cas, il perdait son temps.

Le type porta la main à sa poche, et Kane se tendit mais ce fut un téléphone qui apparut. Il tapa quelque chose sur l'appareil, puis le rangea.

— C'était qui, ce contact ?

Kane s'efforça de rétropédaler sans éveiller les soupçons.

— Écoutez, peut-être que ce contact m'a mené en bateau depuis le début. Mais je ne suis pas une balance. Je ne peux pas dévoiler son nom. Même si, apparemment, il m'a raconté n'importe quoi. C'est ça, mon problème, vous comprenez. Je ne connais pas les gens du Tennessee comme je connaissais ceux de Vegas. C'est pour ça que j'ai demandé à Dougie.

Le type hocha la tête, mais il le fixait toujours, les yeux plissés.

— Pas facile de faire confiance à des gens qu'on ne connaît pas, hein ?

Kane fit semblant de ne pas saisir le double sens.

— Pas vraiment, non. Mais j'ai suffisamment entendu parler de la FAEP pour savoir que je peux avoir confiance en vous. Et j'espère que vous en avez assez vu, vous aussi, concernant mes actions, pour savoir qu'on est du même côté.

L'homme parut enfin se détendre vraiment.

— Et quelles sont celles que vous envisagez pour l'avenir ? Les armes, ça n'a rien à voir avec les incendies.

Kane prit un ton dur, sérieux.

— Même objectif, méthode différente. Sans compter que les flics ont un peu trop fourré leur nez dans les histoires d'incendies de Vegas. Je me suis dit qu'il était temps de passer au cran au-dessus.

— Je vois. Histoire qu'ils commencent à se faire vraiment du mouron, hein ?

Le type le dévisagea pendant de longues secondes puis, voyant que Kane ne bronchait pas et ne baissait pas les yeux, finit par sourire.

— Je crois qu'on va pouvoir vous aider.

— Chéri !

L'estomac de Kane se contracta subitement lorsqu'il entendit résonner cette voix féminine, trop nasillarde et haut perchée. Il éprouva un accès de peur tel qu'il n'en avait pas connu depuis longtemps. Il pivota sur lui-même, sachant déjà qui il allait voir.

Melinda avançait au milieu des débris, juchée sur des talons d'une hauteur vertigineuse, affublée d'une robe si moulante que personne n'aurait pu imaginer qu'elle puisse dissimuler une arme.

Il déversa intérieurement une bordée de jurons comme elle venait se poster auprès de lui et lui passait le bras autour de la taille.

— Je me suis fait du souci pour toi, geignit-elle, avec, peinte sur le visage, une expression stupide qu'il n'aurait jamais cru possible de voir chez la belle et sagace Melinda.

Le maquillage dont elle s'était barbouillé le visage, occultant sa beauté naturelle, n'y était peut-être pas étranger.

Elle jouait un rôle que le FBI avait dévolu à ses agents femmes pendant des décennies, celui de la petite amie collante et jalouse. Cela marchait tout particulièrement dans les affaires liées à la mafia, où les cibles ne laissaient pas les femmes se joindre à eux, mais offraient souvent les services de prostituées à leurs nouvelles recrues. Refuser s'assimilait à un affront.

Mais, dans le cas présent, l'initiative n'aurait pas pu tomber plus mal.

Avant même qu'il se soit retourné vers son interlocuteur, il sut que celui-ci avait dégainé son arme.

Melinda poussa un petit rire idiot.

— Hé ! du calme ! Je voulais juste savoir où était mon homme, moi ! J'ai regardé dans son téléphone.

Elle lui caressa le bras, ce qui eut pour effet de le faire se crisper davantage encore.

Le contact de la FAEP la toisa rapidement puis arrêta un regard dur sur Kane.

— Vous détestez les Asiatiques au point de faire brûler leurs boutiques mais vous sortez avec l'une des leurs ?

Kane sentit les doigts de Melinda se contracter autour de son bras comme elle comprenait son erreur.

Le type de la FAEP pointa son arme sur le front de Kane.

— Alors, comme ça, vous avez voulu m'embobiner ?

Il sourit et déplaça le canon de son arme vers Melinda.

— Eh bien, vous allez pouvoir la regarder mourir avant que je vous tue, vous aussi.

« Quelqu'un de chez Petrov Armor vend des armes à des criminels depuis longtemps. »

La phrase de Davis hantait toujours Leila tandis qu'elle quittait rapidement les bureaux, concentrée sur le claquement de ses petits talons sur le sol pour ne pas se mettre à hurler.

Qui était le loup qu'ils avaient laissé entrer dans la bergerie ?

Un sentiment de colère et de trahison grandit en elle au point qu'elle avait l'impression qu'une boule de plomb comprimait sa poitrine, mais elle continua à marcher en s'efforçant de maîtriser ses émotions. Elle dévia de la trajectoire qui l'aurait conduite au centre-ville, là où elle aurait pu croiser des connaissances.

Le crépuscule tombait déjà, l'heure où Old City, la vieille ville de Knoxville, commençait à s'animer avec l'ouverture des bars branchés. Mais, dans la direction opposée, tout était calme, tranquille. Des rues bordées de grands arbres centenaires et une belle rivière au cours rapide. L'endroit idéal pour réfléchir à tout ce qu'elle avait fait de travers.

Elle avait planté là Davis, prétendant se rendre aux toilettes. Il devait croire qu'elle y était toujours. Mais elle avait éprouvé le besoin impérieux de sortir. De s'éloigner de tout et de tout le monde.

Ces dernières semaines, ses seuls moments de solitude avaient été le soir, lorsqu'elle rentrait chez elle. Des moments qu'elle avait passés à essayer de ne pas pleurer de chagrin ou de colère, désespérant de jamais retrouver le sommeil. Pendant la journée, elle s'abîmait dans le travail, s'efforçait de rassurer le personnel tout en s'appliquant à faire que l'entreprise continue de tourner et à convaincre chacun qu'elle tenait fermement la barre.

Et tout cela pourquoi ? Pendant ce temps-là, quelqu'un l'avait continuellement trahie. C'était pire qu'un lot unique d'équipements défectueux. Les armes de Petrov Armor qui avaient atterri dans des mains criminelles avaient dû causer des centaines, des milliers de tragédies au fil des années !

Et elle en était responsable. Son père aussi. Ni l'un ni l'autre n'avait rien vu. Ni l'un ni l'autre n'avait soupçonné qu'une chose aussi terrible puisse se produire.

Comment cela avait-il pu arriver ?

Elle ralentit le pas comme elle traversait une passerelle, regardant l'eau au-dessous. La balustrade était basse… Il aurait été facile de l'enjamber et de laisser les flots emporter tous ses soucis.

À ceci près qu'elle n'était plus cette personne-là. Elle était toujours à la tête de cette entreprise, elle en était toujours la responsable. Elle ne se déroberait pas, même si cela devait la détruire, et détruire le legs de son père.

Elle allait aider Davis à trouver le coupable et veiller à ce qu'il paye pour ce qu'il avait fait.

Ce devait être quelqu'un en qui elle avait confiance. Quelqu'un qu'elle connaissait depuis longtemps. Qui était venu chez son père. Peut-être même quelqu'un en compagnie de qui elle avait pleuré lors de ses obsèques.

À cette pensée, elle serra les poings. Comment cette personne avait-elle pu faire ça à son père ? À elle ? Aux soldats qui étaient tombés sous les balles ennemies à l'autre bout du monde en se croyant protégés par le matériel Petrov

Armor ? Et à tous ceux qui avaient subi les conséquences de cette trahison et qu'elle ne connaissait pas ?

Le craquement de la passerelle lui apprit que quelqu'un approchait. Leila se redressa, s'apercevant qu'elle avait été si absorbée par ses pensées qu'elle ne l'avait pas entendu. Il était déjà là, tout près.

Son cœur se mit à cogner lorsque, du coin de l'œil, elle aperçut un éclat métallique indiquant que la personne était armée.

Son instinct prit le dessus, renforcé par les cours d'autodéfense que son père avait exigé qu'elle suive avant son départ pour l'université. Leila tendit le bras, écartant l'arme juste au moment où le coup partait. La détonation résonna dans l'air, faisant siffler ses oreilles, tandis que la balle allait se perdre dans l'eau sombre.

Le tireur grimaça, l'air étonné, et recula légèrement. Les détails s'imprimèrent dans l'esprit de Leila alors même que le temps semblait subitement ralentir. Il était plus grand qu'elle. Blanc, les cheveux bruns, des yeux gris qui avaient l'éclat de l'acier. Elle ne le connaissait pas.

Puis la main de son agresseur se dirigea de nouveau vers elle, et le temps retrouva soudainement son cours normal. Au lieu de tourner les talons pour s'enfuir – et de recevoir à coup sûr une balle dans le dos, piégée qu'elle était, sur cette passerelle, elle se rapprocha encore. Pivotant sur le côté, elle agrippa de ses mains les doigts qui tenaient l'arme pour la lui faire lâcher.

Mais il était fort. De son autre main, il lui attrapa les cheveux et tira assez fort pour que la douleur se diffuse tout au long de sa colonne vertébrale.

Elle perdit l'équilibre, mais ne lâcha pas prise. Tombant sur la passerelle, elle l'entraîna avec elle.

L'arrière de sa tête l'élançait, et sa vision se troubla, mais elle maintenait toujours le poignet de son agresseur de ses mains. Elle imprima une brutale rotation dans un sens puis dans l'autre. L'homme poussa un cri, mais tenait toujours le pistolet. Elle redoubla d'efforts pour s'emparer de l'arme, prenant appui contre la balustrade pour tirer de toutes ses forces.

Et la rambarde, tout à coup, ne la retint plus. Le fragile garde-corps avait cédé. Ils basculèrent tous les deux dans l'eau, en contrebas.

11

Davis ne reconnut pas le son de sa voix lorsqu'il cria en voyant Leila et son agresseur tomber de la passerelle.

Il s'était trouvé trop loin pour intervenir lorsque l'homme avait surgi de nulle part, l'arme au poing. Il avait veillé à rester à bonne distance de Leila pour qu'elle ait le temps d'assimiler ce qu'il venait de lui confier. Il l'avait donc laissée prendre de l'avance, s'était arrêté pour demander par SMS à Kane et Melinda s'ils avaient du nouveau. Puis il avait perdu de précieuses secondes à regarder impatiemment son téléphone, attendant leur réponse, avant de consulter ses autres messages. Bref, il s'était laissé distraire, et cela avait peut-être coûté la vie à Leila.

Cette pensée lui noua la gorge, l'empêchant de respirer tandis qu'il courait plus vite, puis plongeait dans l'eau à l'endroit où les deux corps avaient disparu, happés par les remous.

Davis était bon nageur. Cela avait fait partie de son entraînement de ranger. Mais le courant était particulièrement rapide ce soir, probablement en raison de l'orage qui avait éclaté dans la journée. Il l'entraîna sous l'eau avant de le renvoyer à la surface comme une coquille de noix ballottée par les flots, mais Davis se reprit rapidement.

Seulement… un nageur moins entraîné ? Désorienté, il pouvait se mettre à nager dans la mauvaise direction, se laisser happer vers le fond au lieu de remonter.

Et si cette personne était déjà affolée et paniquée parce qu'elle s'efforçait d'échapper à un agresseur…

— Leila ! appela-t-il, balayant la surface du regard tandis qu'il se laissait porter par l'eau.

Il ne la voyait nulle part.

Prenant son souffle, il plongea, cherchant à repérer un mouvement. Intérieurement, il maudit Leila et ses tenues de couleur sombre, neutre. Bon sang ! pourquoi n'avait-elle pas une prédilection pour le rouge ou le jaune ? N'importe quelle couleur vive aurait été plus facile à localiser.

Il nagea avec le courant, espérant l'apercevoir, jusqu'à ce qu'il manque d'air et doive remonter à la surface. Il cria encore son nom, le cœur battant beaucoup trop vite pour être au maximum de ses performances.

Il inspira une nouvelle fois à fond, manquant de peu de boire la tasse comme l'eau de la rivière le soulevait de nouveau. Mais même la méthode éprouvée à laquelle il avait maintes fois eu recours pour se calmer lors de périlleuses missions ne fonctionnait pas.

Nom d'un chien, où est-elle ?

Il ne pouvait pas être arrivé trop tard.

Mais il ne la voyait pas. Si elle était restée si longtemps sous l'eau, ce n'était probablement pas de sa propre volonté.

La panique menaçait, mais il refusait de s'avouer vaincu. Puis le courant l'emporta et, tout à coup, après un méandre, elle fut là, à quinze mètres devant lui, luttant toujours contre son assaillant.

Mus par le soulagement et la fureur, ses bras et ses jambes se mirent à battre l'eau avec une puissance redoublée tandis qu'il gardait le regard fixé sur l'homme qui voulait du mal à Leila. L'homme qu'il allait bientôt étrangler.

Avec l'impression que cela avait duré une heure, il les rejoignit moins d'une minute plus tard. Mais juste avant qu'il puisse arracher les mains de l'homme du cou de Leila, le poing de cette dernière s'éleva et s'abattit sur le nez de son agresseur.

La tête de l'homme bascula brutalement en arrière avec un bruit qui lui fit grincer des dents. Le sang se mit à couler, et il disparut sous la surface.

— Ça va ? demanda Davis, attrapant Leila par les bras, prêt à la ramener jusqu'au rivage.

Elle se libéra, cherchant son souffle et inspirant à grandes goulées saccadées l'air qui lui avait manqué.

— Ou-oui, murmura-t-elle d'une voix rauque. Attrapez-le. Il faut le coin…

Elle s'interrompit, prise d'une quinte de toux.

Davis tendit de nouveau le bras pour la stabiliser mais elle lui donna une tape sur la main.

Il hocha la tête. Si elle avait été assez coriace pour tenir tête à son agresseur alors qu'il tentait de l'étrangler, elle pouvait rejoindre seule le rivage.

Lui lançant un dernier coup d'œil, il plongea de nouveau. L'homme était en train de couler et toujours emporté par le courant.

Davis ajusta sa position et prit de la vitesse pour pouvoir le rattraper avant que lui-même manque d'air. Il passa les bras sous ses aisselles et, battant furieusement des jambes, les propulsa tous deux vers la surface.

Alors le poids familier d'un corps à sauver réveilla son instinct. Il nagea vers le rivage et sortit l'homme de l'eau. Cherchant un pouls, il sentit son cœur battre faiblement. Mais l'inconnu ne respirait plus.

Il releva un instant les yeux, vit Leila assise par terre, les genoux remontés contre la poitrine, puis reporta son attention sur son agresseur. Davis mourait d'envie de serrer les mains autour de son cou, mais il ne constituait plus une menace et avait besoin d'assistance.

Davis se pencha et pratiqua le bouche-à-bouche jusqu'à ce que l'homme, dans un hoquet, recrache l'eau qui l'avait étouffé. Se redressant, il le regarda tousser et reprendre tant bien que mal son souffle, semblant ne pas savoir où il était.

Enfin, l'agresseur leva les yeux. Davis éprouva un choc. Il connaissait ce type ; il avait vu sa photo dans les fichiers que Melinda lui avait montrés l'autre jour.

Il était lié à la FAEP.

Une nouvelle fois, il allait perdre sa partenaire en mission. Une nouvelle fois, une femme qui s'était fait un nom au FBI au fil de tant d'affaires dangereuses et à qui il tenait avait été désignée comme son équipière, et, désormais, c'était la fin.

À ceci près que, cette fois, il allait tirer sa révérence avec elle.

Kane essaya de s'arracher à ce fatalisme, de reprendre la posture de matamore de Kane Bullet. Combien de fois n'avait-il pas eu une arme pointée sur sa tête ? Et il s'en était toujours sorti.

Mais que pouvait-il inventer pour expliquer *cela* ?

D'une brutale bourrade, il poussa Melinda derrière lui, assez fort pour qu'elle trébuche sur ses impossibles talons et tombe. La main tendue vers elle, paume ouverte, il lui enjoignit de rester là où elle était.

— Vous fichez tout mon plan par terre, mon vieux, proféra-t-il, avançant d'un pas menaçant dans la direction du membre de la FAEP tout en espérant qu'il n'allait pas prendre une balle dans la tête. Ou que, si cela se produisait, Melinda, à tout le moins, pourrait maîtriser le type et le désarmer une fois que lui serait mort.

Ce qui, bien sûr, ne l'aiderait pas à semer ses renforts, qui devaient être en train de se rapprocher.

Le pistolet revint se braquer sur Kane. Comme pour déjouer une éventuelle entourloupe, le type le tenait fermement, des deux mains. Mais la curiosité l'emporta.

— Qu'est-ce que j'ai fichu en l'air, exactement ?

— Je me servais d'elle depuis des mois pour approcher son père et accéder à la grande agence bancaire qu'il possède en centre-ville, une agence dont la sécurité est réputée inviolable. Vous avez tout gâché.

Les yeux de son interlocuteur se plissèrent tandis qu'il étudiait Melinda d'un air calculateur.

L'espace de quelques secondes, Kane crut qu'il avait mordu à l'hameçon. Puis le type partit d'un petit rire dénué d'humour.

— Vous me prenez pour un abruti ? Vous êtes flic.

C'était terminé. Kane avait opéré en infiltration assez souvent, dans des situations complètement différentes, pour savoir qu'il ne regagnerait pas la confiance de l'homme. Il s'était trop précipité pour accepter cette rencontre, n'avait pas pris suffisamment de précautions. S'il avait été seul, il aurait sans doute pu lui sauter dessus et s'emparer de son arme. Il l'aurait alors utilisé comme bouclier humain en tablant sur le fait que ses comparses ne tireraient pas sur leur chef pour l'avoir, lui. Mais, avec Melinda toujours au sol, avec ses hauts talons, c'était risqué.

Par intermittence, Kane voyait des hommes progresser parmi les décombres dans son champ de vision périphérique.

Il était temps de tenter le tout pour le tout.

— Je n'approcherais pas davantage si j'étais vous ! lança-t-il d'une voix de stentor.

Son contact jeta instinctivement un coup d'œil par-dessus son épaule, mais Kane ne put tirer parti de l'occasion. Son arme se trouvait dans un holster de cheville… Pas l'endroit le plus aisément accessible. Et il ne pouvait prévenir Melinda sans alerter également le type de la FAEP.

Il jura intérieurement puis déclara à haute voix :

— Je ne suis pas flic, non. Mais vous avez raison, concernant ces incendies… C'était *vraiment* une sale affaire. Mais ce n'était pas moi. Je me suis dit que vous préféreriez cette histoire-là à ce que je veux réellement.

Il avança encore d'un pas, vit les yeux de son contact s'arrondir brièvement sous l'effet de la surprise et, aussi, de la peur.

C'était exactement le but recherché. Qu'ils s'interrogent, qu'ils se demandent pourquoi il n'avait pas peur alors qu'il aurait dû être terrifié. Ce subterfuge avait déjà fonctionné par le passé. Mais c'était le pari le plus risqué qu'il ait jamais pris. Et, cette fois, il n'y avait pas que sa vie en jeu.

— Je suis un ancien militaire. Un ex-ranger, pour être précis, ajouta-t-il, sautant sur la première idée qui lui vint à l'esprit, l'unité des opérations spéciales dans laquelle Davis avait travaillé. Mes amis et moi, on a été radiés des cadres pour cause d'indignité après un... petit incident. Bref, on avait tous des fusils et des pistolets avant d'entrer dans l'armée, mais maintenant, après la cour martiale...

Il fit la grimace, instillant dans son expression autant de rage qu'il le put afin que son air conquérant se mue en un faciès menaçant.

— Plus moyen d'acheter une arme. Et, pour nous venger de l'armée comme nous l'avons prévu, il nous en faut.

Le regard de son interlocuteur dériva brièvement vers Melinda, et il secoua la tête.

— Parce que vous pensez qu'on va vous aider maintenant ?

Kane haussa les épaules, s'efforçant de réinsuffler à son personnage un peu de son attitude bravache. Mais cela tomba à plat cette fois-ci, comme s'il ne parvenait pas à entrer pleinement dans la peau de son personnage et demeurait encore en partie Kane Bradshaw, agent du FBI terrifié à l'idée de perdre une autre partenaire.

— Non. Mais si vos renforts approchent encore – ou si vous appuyez sur cette détente, mes camarades rangers se feront un plaisir de cribler votre front de jolis petits trous depuis leur poste de tir, à cent cinquante mètres d'ici.

Du pouce, il désigna un emplacement derrière lui.

Les yeux de son contact se déportèrent vers la direction

indiquée et, machinalement, il recula d'un pas. Puis ses lèvres se relevèrent en un ricanement méprisant, et Kane comprit que le bluff n'avait pas pris.

Cette fois, c'était fini.

Tout en songeant fugitivement que c'était inutile, Kane n'en pivota pas moins sur lui-même pour se jeter sur Melinda et lui faire bouclier de son corps. Il entendit l'air s'échapper d'un coup de ses poumons en même temps qu'une détonation retentissait.

Puis il la sentit remuer au-dessous de lui et, tandis qu'elle le repoussait, il s'aperçut qu'elle tenait un petit pistolet. Où diable avait-elle bien pu le dissimuler ?

Il empoigna l'arme fixée à sa cheville tout en jetant un coup d'œil au type de la FAEP, qui était étendu sur le sol, puis en direction de ses renforts. Il les vit, les bras en l'air, tandis que des agents s'avançaient vers eux. Apparemment, son bluff n'en avait pas été un.

Roulant sur le côté pour rendre sa liberté de mouvement à Melinda, il leva une main à l'adresse de Laura Smith qui sortait de la cachette où elle s'était embusquée. Elle avait tout d'une cadre d'entreprise dans son ensemble bien coupé, mais était la preuve vivante que les apparences pouvaient être trompeuses.

Puis son regard revint se poser sur sa partenaire qui avait deviné non seulement ce qu'il mijotait mais l'endroit où la rencontre devait se tenir. Plutôt que de tenter de le dissuader, elle avait décidé d'intervenir. Ce faisant, elle avait non seulement gâché leurs chances d'infiltrer la FAEP, mais également compromis son informateur. Maintenant, le FBI devrait aider Dougie à disparaître de la circulation. Il fixa en silence Melinda, sentant la fureur l'envahir. Lorsqu'il retrouva finalement l'usage de la parole, il crut qu'il allait se mettre à crier, mais ce fut d'une voix presque inaudible qu'il déclara :

— Bon sang ! mais qu'est-ce qui t'a pris ?

12

Leila était assise, grelottante de froid, regardant d'un œil hagard la rivière qui avait bien failli l'engloutir.

Davis avait attaché les poignets et les chevilles de son agresseur avec des liens en plastique, puis avait prévenu la DCT de l'agression. À son tour, elle avait averti la police locale afin qu'elle se charge de l'arrestation, car l'équipe de Davis s'était portée à la rescousse de Kane et Melinda qui avaient eu un problème lors d'une rencontre avec un contact de la FAEP.

Ce qui n'était pas une coïncidence, Davis en était certain. Mais il ne pouvait pas se soucier de cela pour le moment.

À l'arrivée des policiers, il leur montra son badge et s'entretint à voix basse avec eux afin de leur demander de garder l'agresseur le temps que quelqu'un de la DCT vienne le récupérer pour l'interroger. Puis il leur tourna le dos et regarda Leila.

Le choc avait déjà été rude lorsqu'il lui avait parlé des ventes illégales d'armes mais, maintenant, elle avait l'air complètement perdue.

Et c'était loin d'être terminé. Il devrait encore lui révéler la vérité concernant son père.

Mais, pour l'heure, l'urgence était de la ramener chez elle. Elle ne pouvait rester plus longtemps assise là, à grelotter, trempée jusqu'aux os.

Il s'agenouilla devant elle, attendant qu'elle lève les yeux.

Au bout d'un moment, elle finit par se rendre compte de sa présence. Son expression égarée disparut, remplacée par de la méfiance et de la peur.

— Ça va aller, promit-il doucement. On va élucider cette histoire d'agression.

Ses paroles ne parurent pas la rassurer, mais la méfiance céda la place à la colère. Il passa les mains sous ses bras et l'aida à se mettre debout.

— Je vais vous raccompagner chez vous.

Elle se laissa guider docilement comme il demandait à l'un des policiers de les reconduire. Il s'inquiéterait de leurs véhicules plus tard.

Par chance étant donné qu'elle n'avait pas ses clés, l'ouverture de la porte de chez elle était commandée par un Digicode si bien qu'ils purent accéder à son domicile. Elle entra dans la maison, comme en pilotage automatique, suivie de Davis, qui referma la porte derrière eux.

Comme le cliquetis de la serrure résonnait dans la cuisine toute de carrelage et granit, elle se tourna vers lui, l'air perplexe. Elle ouvrit la bouche comme pour dire quelque chose mais il s'avança. Il la prit par les coudes, comme il l'avait fait près de la rivière, se remémorant la peur qu'il avait eue lorsqu'il l'avait crue noyée.

— Davis, croassa-t-elle, la voix encore éraillée.

L'une de ses mains quitta son coude et vint frôler sa joue.

— Ça va ?

Elle laissa échapper un rire étranglé.

— Vous plaisantez ? Bien sûr que non. Mais peut-être que ça, ça me fera du bien, dit-elle en se pelotonnant contre lui.

Il recula vivement, ramenant la main sur son coude.

— Moi aussi, j'en ai envie, croyez-moi, murmura-t-il, d'une voix soudain un peu voilée. Mais…

— Quoi ? L'odeur de la vase n'est pas aphrodisiaque ? ironisa-t-elle avant de détourner les yeux et de se détacher de lui.

Un sourire tremblota sur ses lèvres. Elle ne jouait plus la chef d'entreprise constamment drapée dans un sérieux et un professionnalisme exagérés. Malgré les impairs qu'il avait commis, elle commençait à baisser la garde et à lui laisser entrevoir un peu de sa véritable personnalité. Et plus il apprenait à la connaître, plus elle lui plaisait.

Mais il n'arrivait pas à croire qu'ils aient encore failli s'embrasser. Il n'était pas question de franchir cette ligne-là. Il avait beau être persuadé de son innocence, le FBI ne l'avait pas totalement éliminée de sa liste de suspects. Il existait en tout cas un lien entre elle et le coupable et s'il voulait coincer celui-ci, il devait conserver son impartialité.

Mais, à la regarder maintenant, dans ses vêtements dégoulinants d'eau boueuse, les cheveux emmêlés et le maquillage coulant sur ses joues, il se prit à regretter que les circonstances ne soient pas différentes. Il aurait tellement voulu être libre de lui faire la cour, pouvoir lui pardonner d'être la patronne de l'entreprise ayant fourni le matériel qui avait provoqué la mort de Jessica…

Lorsque leurs regards se croisèrent de nouveau, il comprit, à la façon dont ses pupilles se dilatèrent, qu'elle avait vu le désir flamber dans le sien. Puis son masque indéchiffrable revint, mais quelque chose avait changé – quelque chose d'important. Il le vit à son expression, le sentit à son attitude tout à coup plus détendue.

— Je vais aller prendre une douche chaude et me changer. Je n'ai rien à vous prêter, mais il y a un sèche-linge dans le vestibule, côté entrée de service. On est passés devant en entrant. Ensuite, nous discuterons.

Puis elle tourna les talons et sortit sans lui laisser le temps de répondre.

Lorsqu'elle redescendit au rez-de-chaussée quelques minutes plus tard, il avait mis son pantalon, sa chemise et ses chaussettes à sécher, déposé son badge et son arme sur la table basse et s'était enroulé dans un plaid qui traînait sur le canapé, dans le séjour, à côté d'un roman d'amour.

Son regard glissa sur lui, traçant sur sa peau un chemin de feu tandis que les coins de ses lèvres se soulevaient irrépressiblement.

— Très seyant.

Puis elle se laissa tomber à son tour sur le canapé, mais à distance raisonnable de lui.

Elle avait passé un pantalon de jogging et un T-shirt, nettoyé son visage et libéré ses cheveux des vestiges de ce qui avait été un chignon serré, lesquels cascadaient maintenant en mèches mouillées sur ses épaules. L'envie le prit d'y plonger les doigts, de suivre les gouttelettes d'eau qui roulaient le long de ses bras nus.

Il resserra résolument le plaid autour de lui et déclara :

— Eric est passé pour voir comment vous alliez. Je lui ai dit que vous étiez épuisée et que je vous avais ramenée.

Elle hocha la tête, l'air peu intéressée, et il attendit qu'elle le bombarde de questions. Elle allait sûrement réclamer des détails concernant les ventes illégales d'armes. Lui demander s'il savait qui était son agresseur ou pourquoi il l'avait suivie. Mais lorsqu'elle parla enfin, ses propos le surprirent.

— Merci de m'avoir secourue, Davis. Merci d'avoir été là pour moi. C'est réconfortant de savoir que j'ai quelqu'un sur qui compter quand tout mon univers semble s'écrouler.

Elle était revenue au travail comme si de rien n'était. Comme si elle n'avait pas échappé à une tentative de meurtre la veille.

Leila frissonna dans son bureau fermé, là où personne ne pouvait voir à quel point elle était effrayée. Elle avait monté le chauffage plusieurs fois, mais ça ne semblait toujours pas suffire.

Au moins était-on samedi. Il y avait donc peu de personnel, ce qui était très bien ainsi. Personne ne serait témoin de son comportement étrange. Davis et elle étaient convenus de ne rien dire de sa mésaventure de la veille. Il lui avait confié que l'agresseur appartenait à un groupe auquel Petrov Armor était suspecté d'avoir vendu illégalement des armes. Il ne savait toujours pas pourquoi l'homme s'en était pris à elle. Jusque-là, il avait refusé de parler. Et Davis s'était arrangé pour que le rapport de police ne parvienne pas aux oreilles des médias.

Bien qu'elle ait probablement été suivie depuis son bureau la veille, elle se sentait plus en sécurité ici que toute seule chez elle. Peut-être était-ce aussi grâce au petit pistolet qu'elle dissimulait au fond de son sac à main, même si sa présence la mettait mal à l'aise. Elle avait beau diriger une entreprise qui avait fait commerce d'armes pendant des années, elle n'avait jamais aimé tirer. Les cours que son père lui avait fait prendre régulièrement afin qu'elle garde la main n'y avaient rien changé. Mais, aujourd'hui, elle se félicitait quand même de les avoir suivis. Elle tâta le contour du pistolet sous le cuir du sac, puis rangea ce dernier dans le tiroir de son bureau.

L'objectif, en venant ici aujourd'hui, avait été de se changer les idées en s'absorbant dans le travail, mais c'était surtout Davis qui monopolisait son attention. Lui aussi était venu, d'une part pour profiter de ce qu'il n'y avait presque personne pour fureter dans des endroits où l'assistant de la patronne n'avait rien à faire et, d'autre part, pour garder un œil sur elle. Il avait également dormi chez elle la veille, sur son canapé, roulé dans son plaid. Plaid qui l'avait tenue éveillée une partie de la nuit… Qu'avait-il dissimulé ? Portait-il ou non quelque chose au-dessous ?

Mais elle avait réussi à se tenir éloignée de lui et avait passé la nuit à se tourner et à se retourner dans son lit. Dès le premier jour, elle n'avait pu s'empêcher d'éprouver de l'attirance physique pour Davis. Mais, hier, la donne avait changé. Il avait paru abasourdi quand elle avait été sur le point de l'embrasser. Et la façon dont il l'avait regardée ensuite… Elle inclinait à croire qu'il commençait à ressentir quelque chose pour elle.

À cette idée, elle sentait le sourire lui monter aux lèvres et avait des papillons dans l'estomac. Mais ça n'aboutirait jamais à rien. Il enquêtait sur son entreprise. S'il se passait quelque chose entre eux, l'intégrité de l'enquête pourrait être remise en cause, et cela pourrait semer le doute sur son compte dans l'esprit des gens, et ce même si le coupable était arrêté. Contrairement à une aventure avec un bel agent du FBI au sourire fascinant et à l'éthique admirable, ce soupçon perdurerait, ce qui pourrait mettre son travail en péril.

— Leila.

Elle releva la tête d'un coup. Perdue dans ses pensées, elle n'avait pas entendu la porte s'ouvrir.

— Eric.

Son directeur commercial refermait la porte derrière lui, avec les sourcils froncés et cette mine chagrinée qu'elle connaissait bien.

Elle retint un soupir. Cela partait d'un bon sentiment de sa part. Son père leur manquait terriblement à tous les deux. Eric avait pris quelques jours de congé après les obsèques et l'avait appelée tous les jours pour l'inciter à faire de même. Mais la perspective de ne pas venir travailler, d'essayer de combler le manque autrement l'avait angoissée. Elle l'angoissait, encore aujourd'hui.

— Que se passe-t-il ?

Elle secoua la tête, désarçonnée par sa question.

— Comment ça ?

— Que s'est-il passé hier ? Tu es partie en laissant ton sac à main au bureau et tu n'es pas revenue chercher ta voiture. Je suis allé jusque chez toi, et c'est ton assistant qui m'a ouvert, trempé des pieds à la tête.

Il marqua une pause comme s'il attendait une explication puis continua :

— Il m'a assuré que tu allais bien, que tu étais allée

faire une promenade puis que tu t'étais aperçue que tu étais trop fatiguée pour conduire et qu'il t'avait raccompagnée. Je m'apprêtais à l'écarter de mon chemin pour voir par moi-même si tout allait bien quand j'ai entendu l'eau de la douche à l'étage. Leila, je sais que ce ne sont pas mes affaires mais...

— Je ne couche pas avec mon assistant, Eric, le coupa-t-elle, espérant qu'il ne noterait pas l'intonation un peu trop aiguë de sa voix.

— Bien.

Les sourcils d'Eric retrouvèrent leur courbure naturelle, mais il y avait toujours de la préoccupation dans sa voix. Il contourna son bureau pour venir la rejoindre, et elle éprouva une sensation bizarre, comme s'ils étaient revenus à l'époque où ils étaient plus que de simples collègues et amis.

— Leila, j'ai paniqué quand j'ai vu que ta voiture était toujours ici au moment où je m'apprêtais à rentrer chez moi. J'ai vraiment eu peur. Je veux dire, après ce qui est arrivé à ton père...

Il ferma les yeux, poussa un soupir dont elle sentit le souffle sur son visage et ajouta :

— Je me suis rendu compte à quel point tu me manquais, Leila.

Elle éprouva un soudain accès de nervosité et d'incertitude, et s'efforça de prendre ses paroles à la légère.

— On se voit tous les jours, Eric.

Il posa les mains sur ses bras, les laissa glisser jusqu'à ses mains, qu'il prit entre les siennes.

Ce contact lui sembla familier, mais étrange. Ses mains lui semblaient plus grandes aujourd'hui, mais leur chaleur était aussi réconfortante qu'elle l'avait été la première fois qu'il avait tenu sa main quand elle avait treize ans.

— Je me soucie vraiment de toi, tu sais, dit-il d'une voix forte et claire en la regardant dans les yeux. Beaucoup plus que ce ne devrait être le cas compte tenu du fait que nous ne sommes plus ensemble depuis longtemps.

Le cœur de Leila s'emballa, mais elle s'efforça de faire abstraction de sa proximité et essaya de se comporter comme s'il était normal qu'il soit en train de lui tenir les mains, dans son bureau.

— On est amis depuis longtemps, Eric. On a partagé beaucoup de choses. C'est normal que tu te fasses du souci.

— Je me disais... Nous n'aurions peut-être pas dû rompre.

Clignant des paupières, elle le considéra, sans voix, tandis qu'un mélange d'émotions tourbillonnait en elle. De la joie, de la confusion, de l'incertitude. Elle avait attendu si longtemps d'entendre ces paroles. Il avait été son premier amour, celui qui l'avait quittée.

Mais les années avaient passé, les choses avaient changé. Ils n'étaient plus tout à fait les mêmes personnes que lorsqu'ils étaient amoureux. Et pourquoi lui disait-il tout cela maintenant ? Était-ce la peur de la perdre ou le chagrin causé par la mort de son père qui lui faisait dire des choses qu'il regretterait par la suite ?

Il la connaissait assez pour sentir son hésitation.

— Notre histoire appartient au passé, Eric.

Formuler ce constat était douloureux, mais douze longues années s'étaient écoulées depuis qu'il lui avait brisé le cœur sans un mot d'explication. Douze ans au cours desquels ils étaient devenus les personnes qu'ils étaient aujourd'hui. Douze ans de travail au fil desquels une vraie amitié s'était tissée entre eux, débarrassée du poids de leur ancienne relation.

— Ne dis pas ça, protesta-t-il en secouant la tête et en s'approchant encore, le bout de ses pieds touchant les siens, les lèvres à quelques centimètres de sa bouche.

— C'est toi qui as rompu, Eric. Tu...

— C'est ton père qui m'a demandé de cesser de te voir.

— Quoi ? répliqua-t-elle, reculant d'un pas sous l'effet de la stupeur. Mais pourquoi ?

Il soupira, passa une main dans ses cheveux blonds, ce

qui eut pour résultat de les ébouriffer comme quand il était adolescent.

— Je m'étais juré de ne jamais te le dire pour que tu ne lui en veuilles pas. Il voulait que tu abordes l'université avec l'esprit libre, que cela marque une vraie coupure. J'ai d'abord protesté, mais il pensait qu'il était important que tu trouves ta propre voie seule, que tu apprennes à être forte.

Il haussa les épaules, l'air totalement désemparé.

— Je me disais qu'il changerait d'avis. Mais ensuite, tu as commencé à travailler ici et… honnêtement, c'était inconfortable. Je ne savais pas sur quel pied danser ni comment me comporter. On a eu des aventures, chacun de notre côté… Puis, tu es devenue ma patronne, et la situation a de nouveau pris une tournure très étrange. Mais, pour moi, il n'y a jamais eu quelqu'un comme toi, Leila.

Elle secoua la tête, ne sachant pas le moins du monde comment répondre à cela. Elle avait rêvé tant de fois qu'Eric lui tienne ce langage, lui dise qu'il avait eu tort ! Dans ses rêves, elle se jetait alors dans ses bras. Mais jamais elle n'aurait imaginé que son père ait pu être à l'origine de leur rupture. Ni qu'elle puisse un jour éprouver tant d'hésitation à l'idée de renouer avec Eric.

— Je comprends que tu sois ébranlée, dit Eric devant son silcnce qui se prolongeait. Mais réfléchis-y, d'accord ? Pour ce qui est de l'entreprise, toi et moi, nous pourrions peut-être vendre nos parts et repartir de zéro ensemble… Nous associer dans une nouvelle aventure.

Il sourit, le regard plein d'espoir, puis porta sa main à ses lèvres et y déposa un baiser.

Comme elle continuait à le regarder, pétrifiée, son sourire s'élargit puis il se détourna et se dirigea vers la porte. Il se retourna une dernière fois avant de l'ouvrir et manqua entrer en collision avec Davis qui se tenait sur le seuil, la mine renfrognée.

— Davis, le salua-t-il avec raideur.

Puis il s'éloigna, et Davis vint droit sur elle. Elle se rendit compte que c'était lui qu'elle avait eu en tête lorsqu'elle avait dit à Eric que leur histoire appartenait au passé.

Pourtant, ça n'avait pas de sens ! Elle le connaissait à peine alors qu'Eric avait toujours fait partie de sa vie.

— Ce n'est pas l'homme qu'il vous faut, décréta Davis en contournant le bureau pour venir se planter devant elle, exactement comme Eric l'avait fait.

— Pardon ?

Il avait écouté leur conversation ? À partir de quand ?

Au lieu de répondre, il glissa les mains autour de sa taille et l'attira à lui, si près que ses lèvres effleurèrent les siennes.

— Leila ?

Pour toute réponse, elle noua les bras autour de son cou et se souda à lui. La langue de Davis se glissa entre ses lèvres, et un long frisson la parcourut. Elle en eut l'absolue conviction : quoi qu'il puisse advenir dans le futur, en cet instant précis sa place était exactement là où elle se trouvait.

13

Il avait embrassé Leila Petrov. Et ce n'était pas une erreur ponctuelle née d'un accès de désir auquel il n'avait pas su résister. Non, c'était bien plus profond que cela. S'ils ne s'étaient pas trouvés au bureau…

Son objectivité était compromise. Il devait parler à Pembrook, lui demander de le retirer de l'affaire. L'étape suivante, c'était l'obtention de mandats de perquisition et l'intervention de la cavalerie, ainsi qu'il l'avait dit à Leila.

Mais même si le FBI s'efforçait d'être discret, quelqu'un filmerait les agents en train de fouiller les bureaux ou parlerait à la presse. Qui que soit le coupable derrière tout ça, la réputation de Petrov Armor en pâtirait. Il ne pouvait pas faire ça à Leila.

— Tu es trop proche d'elle désormais.

La voix de Kane le fit sursauter et pivoter sur lui-même. Il ne demanda pas à son collègue ce qu'il voulait dire.

Il ne s'était pas justifié en expliquant pourquoi il avait répondu aussitôt après avoir entendu son téléphone vibrer lui indiquant l'arrivée d'un SMS. Ni pourquoi il avait accouru immédiatement après avoir lu le message qui l'informait d'un prochain débriefing sur la rencontre de Kane avec un membre de la FAEP. Il s'était simplement détaché des lèvres de Leila, effleurant de ses mains sa peau tandis qu'il se dégageait, s'efforçant de mémoriser la saveur de ses lèvres, de sa peau, le parfum de ses cheveux, de fixer dans son esprit l'expression interdite de ses magnifiques yeux bruns. Parce qu'il savait que cela ne pourrait pas se reproduire.

Il devait impérativement recouvrer son impartialité. Parce que, même s'il aurait dû le faire, il n'avait aucune intention de renoncer à sa mission en immersion. Il mènerait l'enquête jusqu'à son terme.

Ignorant la remarque de Kane, il demanda :

— Qu'est-ce qui est arrivé là-bas ?

— Melinda est arrivée, répliqua Kane, les lèvres pincées, tout en jetant un coup d'œil autour de lui pour s'assurer que leur collègue ne l'entende pas et en tirant la porte de la salle de réunion.

Melinda les attendait à l'intérieur, un ordinateur portable ouvert devant elle. Vêtue de l'un de ses chemisiers à encolure ras du cou, ses cheveux lisses bien coiffés, elle ne portait qu'une légère touche de maquillage. La tension qu'exprimait son visage et les égratignures qui couvraient ses avant-bras suggéraient que le rendez-vous s'était déroulé plus mal encore que Davis ne l'avait imaginé.

— Nous pensons savoir ce qui s'est passé, pour l'agression de Leila, annonça Melinda avant même que Kane et lui aient eu le temps de s'asseoir.

Kane fit la grimace comme elle le regardait avec insistance, mais il prit la parole :

— C'est mon informateur qui a organisé la rencontre. Il a dit à son ami qui connaissait un membre de la FAEP que j'avais un contact ici susceptible de me vendre des armes, mais que le plan ne fonctionnait plus. J'ai tâté le terrain pour voir la réaction du type avec qui j'avais rendez-vous. J'ai prétendu que mon contact était chez Petrov Armor, mais que les ventes d'armes illégales semblaient s'être taries quand la nouvelle direction avait mis fin à la fabrication d'armes. Le type a alors envoyé un SMS à quelqu'un, expliqua Kane en grinçant des dents. Désolé, mon vieux…

C'était donc sûrement à cause de ce texto que quelqu'un

avait suivi Leila et tenté de la tuer. L'homme refusait toujours de se mettre à table et, maintenant, le contact de Kane à la FAEP était mort.

Davis serra les poings sous la table, mais il contint rapidement son accès de colère. Kane avait agi selon la logique. Ils savaient que quelqu'un de chez Petrov Armor vendait des armes sous le manteau. N'importe quel bon enquêteur – un enquêteur non aveuglé par son faible pour une cible visée par l'enquête – aurait abordé le sujet.

— La bonne nouvelle, reprit Melinda, son regard allant de Kane à lui. C'est que cela nous apprend quelque chose : le type avec qui Kane avait rendez-vous ne savait pas pourquoi la production d'armes avait été arrêtée. Quand il l'a découvert, il a voulu se venger.

— Et le fait que la source interne, le vendeur, n'ait pas dit à la FAEP que c'était Leila qui avait pris cette décision nous en apprend une autre : il cherchait à la protéger et ne voulait pas que la FAEP, ou d'autres acheteurs, la tienne pour responsable du tarissement de la filière, nota Davis.

— Il semble de plus en plus probable que le père de Leila ait été derrière ces ventes illégales. Son complice l'aura sans doute assassiné à cause du tournant décidé par sa fille.

— D'après Leila, les stocks d'armes restants ont été détruits, mais je présume que c'est ce qu'on lui a dit, et que Neal Petrov ou son complice ont simplement évacué les marchandises pour les écouler au marché noir, ajouta Davis. Mais tout de même… si Petrov n'y était pour rien ?

Davis songea à la photo qui trônait sur une étagère, derrière le bureau de Leila. Un portrait d'elle et son père, assis côte à côte dans ce qui semblait être une fête en extérieur, la tête renversée, riant aux éclats.

— S'il n'avait jamais rien su de ce qui se passait ?

Kane fit la moue et secoua la tête.

— Tu n'es peut-être pas tout à fait objectif.

— C'est possible, reconnut Davis parce qu'il n'avait

effectivement pas envie que le père de Leila soit impliqué – non pas à cause de l'enquête, mais parce qu'il voulait éviter à Leila de découvrir que le père qu'elle aimait tant lui avait infligé pareille trahison. Mais écoutez-moi… Son père est mort voilà trois semaines. Si son complice l'a tué parce qu'il était furieux que Petrov ait soutenu le changement de cap de sa fille, pourquoi n'a-t-il rien dit à ses clients une fois Petrov éliminé ? C'était l'occasion pour lui de se faire mousser auprès d'eux, de proclamer qu'il avait renversé la vapeur, que les armes allaient de nouveau affluer. Or, ce n'est pas ce qui s'est passé : trois semaines après la mort du principal intéressé, ceux-ci ne savaient toujours rien.

Melinda hocha lentement la tête, et Kane lui-même parut pris d'un doute.

— Peut-être que le complice de Petrov essaye, lui aussi, de la protéger, suggéra Melinda. Ce qui tendrait à désigner le frère… Ou le directeur commercial que Petrov considérait comme son fils mais qui n'était *pas* son fils.

— Oui, acquiesça Davis, même si cette hypothèse-là ne le satisfaisait guère non plus. Joel et Eric auraient sûrement voulu préserver Leila. Mais quant à savoir s'ils auraient tué Petrov ? Ils ont l'air profondément affectés par sa mort.

— Entre l'air et la chanson…, observa Kane. Tu appartiens au FBI depuis assez longtemps pour savoir que les criminels les plus avertis ont deux visages. Ils ont tous des familles qu'ils aiment probablement. Ils sont appréciés de leur entourage professionnel. Mais une seule chose les anime : être le n° 1. Et celui qui a si bien caché son jeu depuis au moins dix ans – et, franchement, depuis sans doute bien plus longtemps, selon moi – ne peut être qu'un criminel averti.

— Ça tendrait à éliminer Theresa de la liste des suspects, souligna Melinda. Leila et elle n'avaient pas d'atomes crochus, n'est-ce pas ? Donc, elle n'aurait eu aucune raison de vouloir la laisser en dehors de tout ça.

— Exact, acquiesça Davis dans un soupir. Mais c'était

elle la mieux placée pour procéder à l'échange d'équipements. Ni Joel ni Eric n'avaient de raison d'aller manipuler les matériaux bruts.

— Néanmoins, ils avaient accès à l'ensemble du site, eux aussi. Y compris en dehors des heures ouvrées, observa Kane. Tu as trouvé quelque chose de ce côté-là ?

Davis secoua la tête, s'efforçant toujours d'échafauder un scénario n'impliquant pas le père de Leila. La seule possibilité était qu'il n'avait été au courant de rien et qu'il avait récemment découvert le pot aux roses.

— Et si Petrov avait été tué parce qu'il avait découvert la vérité ? Si son meurtrier était à la fois derrière les ventes d'armes illégales *et* la fourniture d'équipements défectueux ? Il n'y a peut-être jamais eu de complice.

Kane et Melinda semblaient sceptiques, mais Melinda lui accorda le bénéfice du doute en déclarant :

— Peut-être. Ça signifie tout de même que c'est quelqu'un qui voulait protéger Leila. Empêcher ce qui est finalement arrivé quand Kane a par inadvertance révélé que c'était elle la responsable de l'arrêt de la fabrication d'armes.

— Quel que soit l'angle sous lequel on considère la situation, renchérit Kane, son regard braqué sur Davis indiquant clairement qu'il le jugeait trop impliqué personnellement, c'est quelqu'un qui est proche de Leila qui est derrière tout ça. Et cette personne est également à l'origine de la mort de son père.

— Alors, on va en parler, oui ou non ? demanda Melinda, debout sur le seuil de la salle de réunion, les mains appuyées contre le chambranle, barrant le passage à Kane.

Davis était parti une heure plus tôt, ne voulant pas laisser Leila longtemps seule au bureau. Après son départ, Melinda et Kane s'étaient penchés sur le passé de Joel Petrov et d'Eric Ross dans l'espoir d'y trouver une indication que l'un d'eux avait empoché des millions de façon irrégulière. Puis Kane avait relevé la tête, l'épuisement peinant à dissimuler la colère dans ses yeux, et annoncé qu'il arrêtait là pour aujourd'hui.

— Je ne trouve rien ni sur l'un ni sur l'autre, déclara-t-il, faisant semblant d'avoir mal compris sa question. Notre meilleure chance de découvrir un indice est notre cheval de Troie, lequel, à mon avis, aurait bien besoin d'un cours accéléré de travail sous couverture.

— Davis est pris entre deux feux, ne put s'empêcher de répondre Melinda tout en ayant conscience qu'elle se laissait manipuler. Il éprouve des sentiments pour Leila.

— C'est bien le problème, souligna Kane en rejetant une mèche qui lui tombait sur le front. C'est l'un des pires dangers qui guettent lorsqu'on est en immersion. Il faut véritablement entrer dans la peau de quelqu'un d'autre, ce qui signifie qu'il est facile, partant de là, de *devenir* celui qu'on fait semblant d'être. De voir l'humain derrière le criminel. Personne n'est à 100 % mauvais. Mais, une fois cette ligne franchie, il est compliqué de faire machine arrière, d'assister à son arrestation sans un battement de cils.

— Comment fais-tu, toi ? demanda doucement Melinda.

C'était une question qu'elle s'était toujours posée, le concernant. La profileuse, en elle, savait bien qu'il aimait le danger, qu'endosser l'habit d'un autre était pour lui un moyen de disparaître. De s'effacer, d'échapper, mission après mission, à tout ce qu'il souhaitait oublier dans sa vie.

Melinda ne savait pas exactement ce qui s'était passé entre lui et la fille de Pembrook. Mais ce qui était certain, c'était qu'il n'avait jamais pu se défaire de la culpabilité qui le hantait, s'agissant de la mort de sa partenaire.

— C'est simple, répondit Kane en levant le bras et en retirant sa main du chambranle. J'agis toujours seul.

Il passa devant elle, plongeant les yeux dans les siens un bref instant avant de détourner le regard. Il était grand, beau, auréolé de danger et de mystère. Le genre ténébreux dont elle serait tombée raide dingue, adolescente.

Mais elle était adulte aujourd'hui, et bien trop calée en psychologie pour ne pas voir clair dans son jeu. Elle se retourna vers la haute silhouette qui s'éloignait.

— Tu penses que j'ai tout fait rater.

Il fit volte-face, l'air tellement furieux qu'elle manqua reculer. *Presque.*

— Oui, c'est ce que je pense, en effet. Et ce n'est pas tout. Tu as aussi compromis Dougie, qui était une ressource précieuse pour moi, pour le FBI. Et tu as failli…

Il poussa un profond soupir et n'acheva pas sa phrase.

Mais c'était inutile. Elle avait failli causer leur mort à tous les deux, elle le savait.

Son jugement la blessa, même si elle ne lui donnait pas tort sur ce point. Elle n'avait pas prévu que le seul fait qu'elle soit asiatique suffirait à démolir sa couverture. Mais comment l'aurait-elle pu ? Il avait agi en solo, sans l'informer de rien, sans même l'aviser de l'existence de ce rendez-vous. Elle avait dû le suivre, fouiller dans son téléphone pour en découvrir le lieu et l'heure, parce que, à la minute où il était sorti répondre à l'appel de son indicateur, elle avait deviné ce qu'il mijotait.

— Et tu ne crois pas que si tu avais été honnête avec moi, nous aurions pu préparer ensemble un plan en vue de cette rencontre ? Cela aurait présenté deux gros avantages : tu aurais eu des renforts, et j'aurais su que je ne devais pas intervenir de cette façon.

— Il n'y avait pas besoin de s'y mettre à deux pour concevoir un plan, riposta sèchement Kane. J'en avais un. Je travaille seul – j'ai *toujours* travaillé seul.

— Pas toujours, non.

Melinda avait bien conscience de pousser le bouchon un peu loin en évoquant – fût-ce en creux – la fille de Pembrook.

Mais elle ne s'était pas attendue à voir flamber une telle rage dans ses yeux.

— Tu n'as *aucune* idée de ce que c'est que de voir quelqu'un à qui tu tiens mourir sous tes yeux. Alors, ne viens pas me servir ton discours de profileuse et me reprocher de ne pas jouer collectif alors que c'est *toi* qui as tout fait capoter.

Melinda vit la seconde précise à laquelle Kane se rendit compte qu'il était allé trop loin, le moment où la fureur se mua en regret. Et elle en connaissait aussi la raison.

De son côté, Kane avait compris à son expression qu'elle *savait.*

— Tu as raison, je n'ai jamais perdu… de partenaire, reconnut-elle d'une voix atone en laissant retomber les bras et en s'écartant de la porte.

L'envie la démangea de porter la main à la bague qu'elle portait en pendentif, sous son chemisier, mais elle résista à la tentation. Sa vie privée ne regardait personne, surtout pas Kane Bradshaw.

Dans le Tennessee, Pembrook était la seule à savoir qu'elle avait eu un mari, un fils, une *vie* en dehors du travail. C'était justement pour échapper aux regards empreints de pitié des collègues qui étaient au courant de sa perte qu'elle avait accepté ce travail ici.

Un sourire chargé d'ironie étira ses lèvres quand elle pensa que, d'une certaine façon, Kane et elle se ressemblaient plus qu'elle ne l'aurait cru. Tous deux fuyaient leur chagrin, la différence étant qu'elle s'y employait en se plongeant dans l'aspect intellectuel du travail tandis que lui fonçait bille en tête au-devant du danger.

— Melinda, je suis…

— Tu as aussi raison sur un autre point, Kane, poursuivit-elle. Toi et moi, nous ne sommes pas vraiment partenaires. Mais, pour l'instant, il y a un groupe de fanatiques fous furieux qui achètent illégalement des armes à feu et se croient autorisés à éliminer celle qui a osé leur porter atteinte en stoppant la filière par laquelle ils se procuraient ces armes. On va mener cette affaire jusqu'à son terme. Ensuite, on pourra reprendre les choses comme avant.

Les muscles palpitèrent sous la peau de sa mâchoire et ses yeux se plissèrent tandis qu'il la jaugeait, mais il finit par se borner à incliner la tête.

— D'accord.

À l'instant où il se détournait pour s'en aller, elle regretta tout ce qui venait de se passer. Elle regretta de s'être à demi trahie à propos de la perte de son mari et de son fils, tués ensemble. De lui avoir montré comment s'y prendre pour la contrarier, la rejeter. Et, plus que tout peut-être, d'avoir proposé de continuer à collaborer avec lui sur les mêmes bases qu'avant.

14

Lorsque la sonnette tinta à près de minuit le dimanche soir, Davis fronça les sourcils et glissa son arme dans la ceinture de son jean avant d'aller coller son œil au judas. Puis il jura sous cape et ouvrit grande la porte à Leila.

Elle entra sans attendre d'y avoir été invitée, et il jeta un coup d'œil dans la rue, cherchant du regard la voiture de patrouille qu'il avait requise afin de surveiller son domicile jusqu'à ce que l'affaire soit résolue. Jusqu'à ce qu'ils soient certains que d'autres membres de la FAEP ne s'en prendraient pas à elle.

De fait, une voiture blanche et noire stationnait devant chez lui.

— J'ai dit aux flics que je venais ici, et ils ont insisté pour m'accompagner, expliqua-t-elle.

Il referma la porte à clé tandis qu'elle examinait le séjour, au-delà de l'entrée, avec curiosité.

À quand remontait la dernière fois qu'une femme avec qui il sortait était venue chez lui ? À trop longtemps. Non qu'il n'ait eu aucune aventure récemment, mais elles n'étaient jamais assez durables pour qu'il en arrive au stade du « Passe chez moi, ce soir ». Quelques sorties lui suffisaient pour se faire une opinion. Et plutôt que de blesser l'intéressée en prolongeant une liaison qui ne menait à rien, il préférait arrêter les frais rapidement. Les choses se passaient ainsi depuis si longtemps qu'il en était venu à se dire qu'il n'était pas fait pour une relation stable.

Mais la présence de Leila ici, chez lui, ne lui semblait pas du tout incongrue. Comme elle passait devant lui pour aller s'asseoir, sans invitation, sur son grand canapé confortable, il réprima un sourire.

Il ne l'avait pas appelée. Hier matin, il l'avait embrassée comme si cela lui était aussi indispensable que l'air qu'il respirait, puis il était parti pour la DCT. À son retour, il avait pris soin de ne pas se retrouver seul avec elle afin d'éviter une conversation embarrassante ou un autre baiser enfiévré. Parce que, s'agissant de Leila, il ne pouvait plus compter sur sa volonté : elle fondait comme neige au soleil. Pour autant, il avait une affaire à résoudre avant de se demander sérieusement si une relation avec Leila Petrov était envisageable.

Mais il aurait dû se douter qu'elle lui forcerait la main. Qu'elle n'attendrait pas sagement qu'il décide si oui ou non il était prêt.

Il la suivit dans le séjour et, craignant de ne pouvoir résister à l'envie de la toucher s'il prenait place à côté d'elle sur le canapé, il opta pour la prudence et s'assit dans un fauteuil, en face d'elle.

Elle plissa légèrement les yeux en voyant le siège qu'il avait choisi puis se pencha en avant.

— Parlez-moi de ces ventes illégales d'armes.

— Quoi ?

Un bref sourire passa sur son visage, aussitôt remplacé par le masque sérieux de la chef d'entreprise.

— Vous vous attendiez que j'exige des explications concernant ce baiser, dans mon bureau ? demanda-t-elle en arquant un sourcil. Ne vous inquiétez pas, on va y venir.

Il ne put se retenir de rire.

Décidément, Kane avait raison : il perdait le sens commun dès lors qu'il s'agissait de Leila. Mais était-ce si surprenant qu'il ne sache pas lui résister ? S'il l'avait rencontrée dans d'autres circonstances, il l'aurait depuis belle lurette invitée chez lui.

Cette pensée dissipa bien vite le reste de sourire qui flottait sur ses lèvres. Il allait tout faire pour lui épargner les répercussions des agissements de celui qui avait utilisé son entreprise aux fins d'activités illégales. Mais, ensuite, il devrait partir, retourner à son travail et la laisser tenter de recoller les morceaux, seule. Car il avait beau espérer de tout son cœur que tout s'arrangerait pour elle, il y avait peu de chances que sa société s'en sorte indemne. Que *Leila* s'en sorte indemne.

Quant à bien dissocier ses sentiments grandissants pour Leila et l'enquête à proprement parler, c'était bien difficile. Quand tout serait fini, elle lui en voudrait, c'était certain. Et, abstraction faite de ce qu'il ressentait pour elle, serait-il, lui, capable de faire la part des choses entre ce que lui dictait son cœur et ce qui était arrivé à Jessica ? Lui pardonnerait-il jamais sincèrement d'avoir dirigé la société qui avait causé la mort de son amie ?

— Ah non ! n'allez pas vous fermer comme une huître, se récria Leila, se méprenant sur les émotions qui avaient dû transparaître sur son visage. Je sais que l'enquête est en cours, mais on est censés collaborer, vous et moi, non ? Vous m'avez dit que ce commerce illégal durait depuis plus de dix ans. Alors, essayons de creuser cette piste ensemble. Depuis combien de temps, exactement, à votre avis ? *Beaucoup* plus de dix ans ? Et de quelle quantité d'armes parlons-nous ?

Davis l'étudia. Regard intense, jean moulant et grand T-shirt. Elle avait de nouveau les cheveux lâchés, le visage exempt de maquillage, et il s'aperçut qu'il aimait vraiment son allure « civile », dépouillée de son uniforme de P-DG. La vraie Leila, celle que le personnel de son entreprise ne voyait jamais. Mais elle lui avait ouvert la porte, permis de voir sa vulnérabilité. Elle lui avait fourni des informations sensibles sur l'entreprise qui lui tenait tant à cœur, avait placé sa confiance en lui pour l'aider à trouver qui l'avait sabotée en sous-main tout en évitant sa destruction.

Il déglutit péniblement, conscient qu'il ne méritait pas entièrement cette confiance. Se représentant Kane dans cette situation, il prit sur lui et planta un regard chargé de ce qui ressemblait à la plus grande sincérité dans celui de Leila. Il pouvait lui révéler la vérité concernant les détails – la durée et le volume des transactions illégales qui s'étaient opérées à son insu –, mais il resterait toujours trop de choses qu'il devrait lui cacher.

— On est du même côté, lui rappela-t-elle doucement.

Hochant la tête, il chassa de son esprit ses sentiments mitigés et se concentra.

— Le temps durant lequel ce commerce illégal s'est déroulé ? Nous n'avons pas de certitude. Au moins onze ans, c'est sûr, mais cela pourrait couvrir une vingtaine d'années.

— *Vingt* ans ? Pratiquement aucun des employés n'était là il y a vingt ans, objecta Leila, accablée, en se laissant retomber contre les coussins du canapé.

Seulement son oncle et Theresa, songea à part lui Davis. Mais même s'ils parvenaient à apporter la preuve que des armes se vendaient illégalement depuis vingt ans, ça ne réduisait pas nécessairement le cercle des suspects. Parce que son père était toujours soupçonné d'avoir piloté ce commerce clandestin en parallèle de ses affaires légales. Auquel cas il pouvait très bien s'être associé à quelqu'un *par la suite*. À quelqu'un comme Eric.

Il n'avait pas dit à Leila que le FBI avait restreint le nombre des suspects. Ce n'étaient plus seulement les employés jouissant d'un accès privilégié au site qui étaient dans leur collimateur, mais désormais ceux qui tenaient aussi suffisamment à elle pour vouloir la protéger des crapules de la FAEP. Mais elle n'était pas bête. Elle avait compris que ses principaux suspects étaient des gens qu'elle connaissait bien, des gens auxquels elle était attachée.

Et pourtant, elle ne lui avait pas retiré son soutien. Une émotion qu'il ne put tout à fait identifier se fit jour en lui. De la fierté ? De l'attachement ?

— Et pour ce qui est du nombre d'armes ?

— Beaucoup. Au prix du marché noir bien sûr, une quantité suffisante pour représenter des millions de dollars.

— Des *millions* ? répéta-t-elle en regardant longuement le plafond avant de reporter son regard sur lui, s'efforçant visiblement de digérer l'information. Petrov Armor ne se remettra jamais d'un coup pareil.

Davis se tendit, luttant contre l'envie de se précipiter à côté d'elle pour la réconforter, lui dire qu'elle se trompait, que si un criminel isolé était à l'origine de ce trafic, Petrov Armor pourrait, une fois cette personne éliminée, restaurer sa réputation. Mais ne serait-ce pas mentir ? La branche Vente d'armes n'existait plus. Si l'enquête mettait en évidence la responsabilité de Petrov Armor s'agissant des équipements défectueux, quelles que soient les circonstances, l'armée lui accorderait-elle de nouveau sa confiance ? Rien de moins sûr. Or, c'était son principal client.

— Peut-être pas, admit-il.

Puis il avança le seul argument qui n'était pas un mensonge.

— Mais si quelqu'un peut réussir à sauver la société, c'est vous.

Elle lui adressa un sourire incertain puis quitta le canapé et combla la distance qui les séparait.

Comme il s'apprêtait à se lever, à s'éloigner peut-être, elle s'agenouilla devant son fauteuil et posa les mains sur ses genoux. Les muscles de ses jambes se contractèrent malgré lui, et le sourire refleurit sur le visage de Leila, durablement cette fois.

De ses genoux, ses mains se portèrent à ses joues, ses doigts effleurant la surface légèrement rugueuse de son menton qu'il avait négligé de raser ce matin.

Le souffle de Davis se fit plus court, et il dut agripper les bras de son fauteuil pour se retenir de se pencher en avant et de souder ses lèvres aux siennes. Comme il demeurait immobile, le petit sourire de Leila s'accentua, plissant le coin de ses yeux, tandis qu'elle se redressait légèrement, rapprochant le visage du sien.

Sa bouche n'était plus qu'à quelques centimètres de la sienne lorsque la panique le poussa à révéler l'information qu'il lui avait jusqu'alors dissimulée.

— Leila… La mort de votre père n'était pas un accident.

La mort de son père ne résultait pas d'une agression qui avait mal tourné. C'était… un meurtre ! Commis par quelqu'un en qui son père avait eu confiance et qui avait utilisé son entreprise pour fournir des armes à des criminels et des équipements de médiocre qualité à l'armée. Tout ça pour quoi ? Pour de l'argent !

Leila essaya de refouler ses larmes mais, déjà, elles débordaient de ses paupières et inondaient ses joues en un torrent impossible à juguler.

Et ce n'était pas seulement parce qu'elle venait d'apprendre que c'était un proche qui avait probablement tué son père. C'était la perte de son père en elle-même. Quelque chose qu'elle avait enfoui profondément dans son esprit, en se focalisant sur son travail, sur cette enquête afin de ne pas avoir à affronter l'implacable réalité.

Mais il était bel et bien parti. L'être qui lui était le plus cher sur terre.

Ses sanglots s'intensifièrent, secouant spasmodiquement ses épaules. Et Davis, agenouillé devant elle, l'encercla de ses bras. Elle se cramponna à lui, pleura dans son giron tandis qu'il lui caressait les cheveux, jusqu'à ce que les larmes se tarissent.

Il tira alors sur le bas de son T-shirt pour le lui offrir.

Elle réussit à rire et accepta de l'utiliser pour éponger ses joues. C'était le genre de geste qu'elle aurait pu avoir, adolescente, avec le T-shirt d'Eric, quand elle pleurait la perte de sa mère. Et voilà qu'aujourd'hui, si longtemps après, c'était auprès de Davis qu'elle trouvait du réconfort.

Avec lui, elle se sentait en sécurité. Elle pouvait être elle-même, sans craindre de paraître faible ou pas de taille à assumer son rôle de chef d'entreprise. L'ironie de la chose, c'était qu'elle aurait dû se méfier de lui plus que de tout autre du fait qu'il était du FBI !

L'évidence s'imposa soudainement à elle : elle était en train de tomber amoureuse de lui.

Peut-être même cela s'était-il produit dès le premier regard. Elle aurait dû comprendre que cet homme représentait un danger, non seulement par le seul attrait physique qu'il avait d'emblée exercé sur elle, mais également par le risque qu'il faisait courir à son cœur.

Les mains agrippant toujours le bas de son T-shirt, elle leva les yeux et le fixa. L'expression de ses yeux noisette était tellement soucieuse. Lui aussi tenait à elle. Il ne l'avait pas dit, mais elle le lisait dans son regard.

Pour autant, il n'en était pas moins du FBI. Et il enquêtait sur tous les membres de son personnel. Les informations qu'il venait de lui communiquer désignaient sans erreur possible un employé haut placé chez Petrov Armor. Il ne s'agissait pas d'un incident isolé, d'un échange ponctuel de matériel. Quelqu'un sabotait son entreprise depuis longtemps, de façon régulière. Quelqu'un qu'elle connaissait bien.

— Je ne devrais pas être ici, murmura Davis.

Ses paroles n'avaient pas de sens, et elle secoua la tête.

— Vous êtes pourtant chez vous.

Il rit, ce qui eut pour effet d'atténuer la tension de ses traits.

— Je veux dire : « avec vous », Leila.

Il prit son visage en coupe entre ses mains, et elle ne put que le laisser faire, s'abandonner à leur caresse.

— Mais c'est plus fort que moi… Je n'y arrive pas.

Plutôt que de lui rappeler que c'était elle qui s'était présentée à sa porte sans y avoir été conviée, elle laissa glisser les mains de son T-shirt vers le creux de son dos. Juste au moment où elle le sentait sur le point de céder à ses avances et de s'incliner vers elle, son téléphone vibra, les faisant sursauter tous les deux.

Elle le vit tourner la tête en direction de l'appareil, débattre intérieurement avant de finalement grommeler :

— Il faut que je réponde.

Il se redressa, s'écarta d'elle et décrocha.

— Davis Rogers, annonça-t-il d'un ton professionnel.

Il la fixait toujours, le regard doux comme une caresse. Puis, tout à coup, son expression se durcit.

— Une seconde, dit-il d'un ton bref.

Il écarta l'appareil de son oreille et déclara :

— Je reviens dans une minute.

Tandis qu'il sortait de la pièce, elle se leva lentement et se servit de son propre T-shirt pour se tamponner les yeux. Regardant autour d'elle, elle découvrit un intérieur plus coloré que les vêtements généralement bleu marine ou noir qu'il portait ne l'auraient laissé deviner. Avisant un miroir au-dessus d'une console, elle s'en approcha.

Elle avait les yeux rouges et gonflés, le nez aussi. Le reste de sa peau était anormalement pâle. Le manque de sommeil de ces dernières semaines avait laissé des traces. Elle avait survécu comme elle pouvait depuis la mort de son père, s'abrutissant de travail pour éviter de craquer, craignant qu'une fois les larmes venues elle ne puisse plus jamais les endiguer. Mais le fait de s'être épanchée sur l'épaule de Davis avait eu un effet libérateur. Cela avait soulagé un peu de sa perpétuelle tension, lui avait rappelé qu'elle n'était pas un robot en pilotage automatique.

Davis y avait contribué, lui aussi. Par sa présence, il l'avait obligée à éprouver des émotions, arrachée à l'espèce d'hébétude dans laquelle elle s'était retranchée après la mort de son père pour tenir le coup. Elle était loin d'avoir fait son deuil mais c'était un début. Avec un peu de chance, quand cette enquête serait terminée – quelle qu'en soit l'issue – peut-être Davis serait-il encore là.

Il avait dit qu'il n'aurait pas dû être ici, avec elle, mais il ne lui avait pas demandé de partir. Et c'était lui qui s'était incliné vers elle juste avant que cet appel sur son téléphone les interrompe.

Leila sentit s'épanouir sur son visage un large, un irrépressible sourire. Ce qui se passait entre eux ne tenait pas simplement au fait qu'elle avait besoin de quelqu'un pour l'aider à surmonter sa peine. Si tel avait été le cas, elle se serait sans doute tournée vers Eric, l'homme dont elle s'était encore crue à moitié amoureuse jusqu'à ce qu'il lui avoue vouloir la récupérer, se remettre en couple avec elle. Mais la notion de couple lui avait évoqué Davis, pas lui.

Ce qui existait entre eux était authentique. Et, à en juger par ce qu'avait dit Davis un moment plus tôt, il le sentait aussi.

Oui… Cela pourrait marcher entre eux. Une fois l'enquête terminée, ça pourrait marcher. Oh ! ce ne serait pas facile, surtout si elle devait prendre un nouveau départ professionnel, selon l'issue de l'affaire et la façon dont Petrov Armor s'en tirerait. Mais Davis en valait la peine.

Ellc s'avança vers la porte de la pièce dans laquelle il avait disparu. Sa communication devait être terminée à présent. Elle brûlait d'envie de lui dire qu'elle était prête à attendre jusqu'à la clôture de l'enquête, mais pas plus longtemps. Qu'elle le désirait et qu'une fois que tout aurait été tiré au clair…

— Oui, je sais bien que Leila fait toujours officiellement partie de la liste des suspects.

Les paroles de Davis, formulées dans un soupir agacé, lui firent l'effet d'une douche froide. Elle se figea.

Sa voix s'abaissa encore jusqu'à n'être plus qu'un murmure, si bien qu'elle dut tendre l'oreille.

— Oui, je comprends, Kane. Mais on sait tous les deux

que ce n'est pas elle. C'est quelqu'un qui la protège tout en soufflant des millions à son entreprise à son nez et à sa barbe… Oui, je parierais sur l'oncle ou l'ex.

Il marqua une pause avant de reprendre :

— Oui, Theresa est toujours dans la course, même si elle est en bas de ma liste maintenant.

Les oreilles de Leila se mirent à siffler. Elle se sentit tellement déstabilisée qu'elle dut prendre appui contre le mur. Bien sûr, après les révélations de Davis sur les ventes d'armes, elle savait que le coupable ne pouvait être qu'une personne occupant un poste à responsabilité.

Mais elle avait pensé qu'il l'avait écoutée quand elle avait expliqué que jamais son oncle ni Eric n'auraient trahi son père. Elle avait également cru qu'il se fiait à son jugement, s'agissant de Theresa.

Sans bruit, elle recula sur la pointe des pieds en se tenant au mur. Elle avait besoin d'air.

Davis avait des sentiments pour elle. Cela, elle en était certaine. Mais il se servait toujours d'elle pour obtenir les informations dont il avait besoin pour son enquête.

C'était pire que le sentiment de trahison que lui avait laissé l'abandon d'Eric. Davis lui avait fait croire qu'ils travaillaient main dans la main pour coincer le saboteur et, pendant ce temps-là, il complotait avec ses collègues pour lui enlever un autre être qu'elle aimait.

Parvenue dans l'entrée, elle tourna doucement la poignée et ouvrit précautionneusement la porte, puis se rua vers sa voiture. Insérer la clé dans le démarreur lui parut prendre des heures mais, enfin, elle mit la voiture en route et s'éloigna à vive allure.

Il était temps que tout le monde cesse de lui mentir. Il était temps d'arrêter de compter sur le FBI pour trouver la vérité. Désormais, si elle voulait prouver que les gens qu'elle aimait n'étaient pour rien dans cette affaire, elle devait prendre elle-même les choses en main.

15

Le FBI la considérait toujours comme suspecte. Pas seulement d'avoir triché sur la qualité du matériel vendu à l'armée, pas seulement d'avoir vendu illégalement des armes. Mais sans doute aussi d'avoir tué son père.

Que Davis ne la croie pas responsable importait peu. En dépit de toutes ses promesses, il continuait à la tenir à l'écart. Elle lui avait donné accès à tout, sans restriction, l'avait aidé de son mieux, quitte à ce que cela détruise sa carrière. Et, malgré tout cela, il ne lui disait toujours pas l'entière vérité.

Elle ne pouvait donc plus se fier à lui pour obtenir des informations. Ni pour ménager tous ceux de ses employés qui n'étaient *pas* coupables.

Après sa fuite de la veille, il l'avait appelée. Sachant que si ellc ne répondait pas, il déboulerait aussitôt afin de s'assurer que tout allait bien, elle avait pris une grande inspiration pour se calmer, puis avait décroché.

Elle avait été surprise de s'entendre lui expliquer d'une voix normale qu'elle avait éprouvé le besoin de rentrer chez elle pour assimiler la nouvelle concernant le meurtre de son père. Il avait formulé les regrets appropriés, lui avait même proposé de venir la rejoindre. Il avait semblé si sincère qu'elle avait serré le téléphone jusqu'à en avoir mal à la main, mais l'en avait dissuadé d'une voix égale, en instillant dans son intonation juste la dose de tristesse qui convenait.

Ce matin, elle avait attendu dans sa voiture qu'il arrive

au bureau puis l'avait pris à part avant qu'il entre pour lui signifier qu'elle entendait désormais se consacrer entièrement à la découverte de l'identité du meurtrier de son père et à son arrestation, et s'occuperait de ce qui se passait entre eux ensuite. Elle avait même réussi à le lui dire de l'air le plus sérieux du monde, en le regardant bien en face.

Il avait acquiescé puis effleuré sa main et promis :

— On y arrivera, Leila.

Il lui avait fallu se faire violence pour ne pas se mettre à hurler. Elle avait même envisagé une demi-seconde de le chasser séance tenante, de lui interdire l'accès à l'entreprise, mais cela n'aurait servi à rien. Ils devaient toujours découvrir qui s'était employé à saborder Petrov Armor de l'intérieur, qui avait provoqué la mort de ces militaires. Mais elle veillerait à ne plus fournir à Davis le moindre détail sur ceux qui lui étaient chers.

Il aurait toute latitude pour examiner tous les dossiers qu'il voudrait, les comptes de la société, les registres d'accès… Peut-être cela finirait-il par porter ses fruits et faire éclater la vérité : que le responsable était quelqu'un d'autre qu'oncle Joel ou Eric – et que Theresa, même si elle ne l'appréciait pas spécialement.

De son côté, Leila avait commencé ses propres investigations. Sa première mesure avait été d'ajouter un niveau d'alerte supplémentaire au système de sécurité afin d'être avertie au cas où quelqu'un essayerait de désactiver un dispositif manuellement. Aucune tentative de contournement des procédures pour sortir des équipements du site ne devait plus passer au travers des mailles du filet.

Maintenant, il était temps de se faire épauler, de s'adjoindre le concours de la personne à qui elle avait confié ses secrets les plus intimes depuis qu'elle avait treize ans.

Elle composa un numéro en interne sur son poste.

— Eric ? Tu peux venir me retrouver au quai de chargement ? Je voudrais te parler de quelque chose.

Eric figurait toujours sur la liste de suspects de Davis, mais il n'avait pas de raison d'avoir voulu du mal à la société, ni à elle et son père. S'il avait brigué une promotion, voulu plus d'argent, il aurait pu aisément l'obtenir sans recourir au meurtre et au sabotage.

Elle raccrocha avant qu'il ait eu le temps de la questionner puis sortit par l'entrée principale. Ce matin, elle avait installé Davis à un ordinateur situé près de l'endroit où travaillait Theresa, et lui avait donné accès à leur base de données d'armes afin qu'il recherche les numéros d'identification de celles qui ne correspondaient pas à des ventes officielles. La tâche ne s'annonçait pas aisée, les numéros de série des pistolets Petrov Armor trouvés par le FBI dans différentes affaires ayant, au dire de Davis, été effacés. Mais elle lui avait suggéré de procéder par date et de voir s'il pouvait trouver des opérations d'apparence suspecte.

En vérité, elle priait le ciel qu'il trouve quelque chose, une preuve quelconque qui incriminerait quelqu'un d'autre que Joel, Eric ou Theresa. Après tout, ils n'étaient pas les seuls à être dans l'entreprise depuis assez longtemps pour avoir été mêlés à ce commerce illégal depuis au moins onze ans *et* avoir eu accès aux matériaux de blindage. D'autres employés, même s'ils n'étaient pas très nombreux, remplissaicnt ces critères.

Repensant à Theresa, elle fronça les sourcils. C'était la seule des trois avec qui elle n'entretenait pas un lien privilégié. Theresa n'était pas toujours tendre vis-à-vis de Leila, son comportement frisait même parfois l'insubordination. Mais elle était grassement payée et adorait la recherche et le développement. Pourquoi aurait-elle risqué de tout perdre ?

Quoi qu'il en soit, ces recherches dans la base de données allaient prendre du temps, et Davis n'était pas près d'en venir à bout. Ce qui signifiait qu'elle avait le champ libre pour conduire son enquête, seule, de son côté. Du moins, *presque* seule.

Lorsque Eric l'aperçut en arrivant dans la zone d'expédition, il lui adressa un grand sourire. Elle ne put s'empêcher de le lui retourner. Eric avait beaucoup changé depuis l'époque où elle l'avait rencontré. D'adolescent boutonneux et dégingandé, il était devenu l'homme qu'il était aujourd'hui : le directeur commercial d'une grande société. Mais son sourire était toujours le même. Leur relation était d'une nature différente aujourd'hui, mais elle n'oublierait jamais qu'il avait été là quand elle avait eu désespérément besoin de soutien.

Son oncle aussi s'était montré très présent à l'époque, allant même jusqu'à emménager chez eux pendant quelque temps après la mort de sa mère. Il lui avait préparé à manger, l'avait conduite à l'école, aidée dans ses devoirs, lui avait prouvé de mille façons qu'elle était toujours aimée, même si son père, à ce moment-là, n'était pas en état de lui témoigner sa tendresse.

Ni l'un ni l'autre n'aurait trahi son père. Ni l'un ni l'autre ne l'aurait trahie, elle. Et, surtout, ni l'un ni l'autre n'aurait tué celui à qui tous deux avaient été totalement dévoués.

Lorsqu'il l'eut rejointe, au lieu de s'arrêter, il l'attira à lui et la serra avec effusion entre ses bras. Ce qui conduisit Leila à s'apercevoir que, contrairement à douze ans plus tôt, il n'était pas du tout en phase avec elle. Il croyait qu'elle l'avait convoqué après sa suggestion de l'autre jour, quand il lui avait proposé de ressusciter le couple qu'ils avaient autrefois formé.

Elle s'avisa tout à coup qu'elle ne lui avait jamais dit non en termes clairs et précis.

Lorsqu'elle leva les yeux pour le détromper, elle le vit qui la fixait, son large sourire se muant peu à peu en une expression entendue, plus intime.

Elle se dégagea doucement.

— Eric, j'ai quelque chose à te dire.

— Je sais que la situation était ambiguë entre nous, Leila, mais tout va changer maintenant, je te le promets.

Comme il plongeait la tête vers elle, Leila recula d'un pas et lança de but en blanc :

— Davis est un agent du FBI sous couverture.

Davis avait à peine vu Leila depuis lundi. Trois jours s'étaient écoulés depuis et, désormais, il était assis à son bureau, qu'elle avait fait déménager à l'extérieur du sien, prétextant que sa présence la déconcentrait. D'abord, il avait trouvé l'argument plutôt flatteur, mais il lui était rapidement apparu que quelque chose n'allait pas.

Elle l'évitait. Pis, elle passait de plus en plus de temps avec Eric. L'un de ses principaux suspects. Ce que, bien sûr, il ne pouvait lui avouer, d'autant que l'autre était son oncle.

Joel Petrov ne passait pas beaucoup de temps au bureau. Pour autant que Davis puisse en juger, il s'acquittait de son travail avec autant de diligence que possible puis filait avec un sourire charmeur aux lèvres et un signe de la main. Rattrapant sans complexe toutes les heures supplémentaires accumulées vingt ans plus tôt quand son frère avait eu besoin de lui pour tout gérer à sa place. Il avait accès à tout mais, d'après ce que Davis avait appris en glanant des informations auprès des uns et des autres et en consultant les mouvements de la carte de Joel dans le registre, il ne s'était jamais trouvé dans des zones d'accès restreint à des heures inhabituelles. En revanche, il s'absentait assez souvent pour avoir pu rencontrer des contacts cherchant à acheter illégalement des armes, mais ne les aurait vraisemblablement pas joints par ses canaux de communication professionnels.

Eric Ross, lui, était ici la plupart du temps. Davis avait découvert avec surprise que son niveau d'accès était aussi élevé que celui de Joel et de Theresa. Et que celui de Neal Petrov lui-même. Contrairement à Joel, sa carte *à lui* révélait une activité singulière, ce qui avait échappé à Davis au premier examen des registres. Ses nombreux rendez-vous extérieurs liés à des transactions légales pouvaient en camoufler d'autres qui l'étaient moins. Ou peut-être même ces rendez-vous n'avaient-ils tous été que des écrans de fumée. Ne lui aurait-il pas été facile de prétendre que des tractations commerciales n'avaient pas abouti quand elles n'avaient en réalité servi qu'à couvrir des marchés occultes passés avec des criminels ?

Était-ce là la raison pour laquelle il ne quittait plus Leila ? Parce que le fait qu'elle sache qu'il y avait un traître au sein de la société l'inquiétait ? Ou n'était-ce que de la jalousie, parce qu'il sentait le lien de plus en plus étroit qui les unissait, Leila et lui ?

Et puis il y avait Theresa. Mais le fait qu'elle n'ait eu aucune raison de vouloir protéger Leila plaidait plutôt en faveur de son innocence.

Il s'apprêtait justement à lui rendre visite au centre d'essais, à l'arrière des bâtiments. Eric mis à part, elle était la seule dont la carte d'accès fasse apparaître des allées et venues en dehors des heures ouvrées. S'il avait conscience de devoir marcher sur des œufs s'agissant de Joel et Eric en raison de leur proximité avec Leila, il en allait différemment de Theresa.

Lorsqu'il ouvrit la porte de la zone où Theresa passait le plus clair de son temps, même lorsque aucun test n'était en cours, Davis vit tout de suite à quel point l'endroit était idéalement placé. D'une part, personne ne pouvait passer par là sans être vu de la responsable R & D. Et, d'autre part, il offrait la possibilité d'échanger le matériel de protection et de trafiquer les registres en toute discrétion, à l'abri des regards.

Elle leva les yeux à son arrivée, l'expression empreinte d'un mélange de dédain et de méfiance. Il regarda le bloc-notes qu'il tenait à la main, les sourcils froncés.

— Nous avons relevé quelques anomalies dans les données des registres d'accès. Leila m'a demandé d'en trouver l'origine.

Theresa se redressa sur son siège et fronça les sourcils

à son tour, l'air attentif. Mais n'était-ce pas un soupçon d'inquiétude qu'il lisait dans ses yeux ?

— Quel genre d'anomalies ?

— Une utilisation fréquente de votre carte d'accès à des heures inhabituelles, répondit Davis, guettant sa réaction.

Elle parut sincèrement stupéfaite.

— Vous voulez dire, le week-end ? Mais tout le monde sait qu'il m'arrive de venir le week-end, dit-elle, sur la défensive.

— Non. Je veux dire, le soir, quand vous revenez à des heures tardives après avoir fini votre journée.

Theresa secoua la tête.

— Vous faites erreur, objecta-t-elle en se levant et en croisant les bras. Je travaille souvent tard. Mais, une fois partie, je ne reviens pas.

— On a noté votre présence il y a trois semaines, vendredi soir. Vous êtes revenue vers minuit…

L'espace d'un instant, il crut qu'elle n'allait pas lui répondre du tout. Puis elle leva les yeux au ciel et secoua la tête, l'air sûre d'elle.

— Il y a trois semaines, j'assistais à un concert le vendredi soir. Attendez…

Elle prit son sac à main, fourragea à l'intérieur et en sortit son téléphone, sur lequel elle pianota rapidement.

— Tenez, regardez… Encore que je me demande bien pourquoi j'accepte de me justifier auprès de l'*assistant* de Leila. Voilà une photo du concert. Vous voyez l'incrustation de la date sur l'image ?

Il prit le téléphone, regarda l'écran et le lui rendit.

— Alors, comment se fait-il que le registre indique l'utilisation de votre carte ce soir-là ?

— Je ne sais pas.

Il la fixa d'un air dur, essayant de trouver la faille en elle.

— Écoutez, je sais que Leila ne me porte pas particulièrement dans son cœur. Et c'est réciproque. Attention, ne vous méprenez pas : je trouve qu'elle fait du bon travail à la tête de cette société. Pourtant, croyez-moi, j'étais sceptique au départ. Chacun sait qu'elle n'aurait jamais obtenu ce poste si son père n'avait pas été le fondateur de l'entreprise.

— Cependant, vous ne voyiez pas d'un très bon œil cette promotion ?

Theresa fit la grimace.

— C'est vrai. Elle n'avait pas assez d'expérience.

— Qui, selon vous, était plus qualifié pour ce poste ? Vous ?

Theresa laissa échapper un petit rire.

— Peut-être… si on parle purement d'expérience de l'entreprise. Mais devoir gérer tout l'aspect administratif d'une société ?

Elle frissonna ostensiblement.

— Très peu pour moi ! Ce que j'aime, c'est être au cœur de l'action, améliorer les produits. Je n'ai aucune envie de quitter la recherche et le développement.

— Mais, au bout du compte, ce n'est pas vous qui choisissez les orientations de l'entreprise, qui prenez les décisions. C'est Leila.

Theresa acquiesça d'un lent hochement de tête.

— Comme l'arrêt de la fabrication d'armes ? Oui, c'est vrai. Je pense que c'était une erreur stratégique. Mais je ne suis pas la seule. Son père lui-même était de cet avis. Il a simplement préféré ne pas en faire état publiquement.

Davis fronça les sourcils. Ça recoupait ce qu'il avait entendu dire par ailleurs et ça cadrait avec l'idée que le père de Leila avait été derrière le commerce illégal d'armes, mais avait été prêt à y renoncer pour sa fille. Ce qui tendait à prouver qu'il avait aimé celle-ci, quels qu'aient été ses défauts par ailleurs. Plus Davis passait de temps chez Petrov Armor, moins il croyait Neal Petrov capable d'avoir placé Leila là où elle était pour en faire un bouc émissaire.

Peut-être était-ce là la raison de son assassinat. S'il avait voulu rentrer dans le droit chemin pour la protéger, son complice ne l'avait peut-être pas entendu de la même oreille.

Mais qui était ce mystérieux complice ? Theresa ? Ce n'était pas impossible. Peut-être s'était-elle sentie prise à la gorge, dans l'incapacité de fournir les armes commandées par la FAEP. Peut-être avait-elle espéré que la production en serait relancée après la mort de Neal Petrov.

Il secoua la tête. Ce n'était pas impossible mais cela lui semblait de plus en plus improbable.

Il avait dû garder le silence un peu trop longtemps car, tout à coup, Theresa lâcha :

— Écoutez, je ne sais pas ce dont Leila me croit coupable ni ce qui se passe avec ma carte d'accès. Elle et moi, nous ne sommes pas les meilleures amies du monde mais quand j'ai fait savoir à son père que je ne la croyais pas prête à prendre les rênes de la société, il m'a fait promettre de lui apporter quand même mon soutien. Neal, Joel et moi nous connaissions depuis très longtemps. Bon sang ! j'ai connu Leila enfant. Alors, quand Neal est mort, je me suis juré de protéger sa fille par loyauté envers sa mémoire. Et, croyez-moi, j'ai largement tenu parole.

À l'intensité de son regard, il comprit qu'elle estimait avoir fait quelque chose de réellement important en ce sens. Avait-elle pu tuer Neal Petrov pour avoir sabordé leur lucrative manne de revenus illégaux puis avoir voulu se racheter en ne lâchant pas sa fille ?

Tandis qu'il soutenait sans ciller son regard, Davis songea que c'était tout à fait envisageable.

Theresa Quinn venait subitement de remonter en tête de sa liste de suspects.

16

— Et si ce n'était pas qu'une histoire de matériaux à moindre coût permettant à quelqu'un de se remplir les poches ni vu ni connu ? suggéra Eric.

— Comment ça ? demanda Leila.

C'était étrange, cette enquête qu'ils menaient en catimini tous les deux. Il l'avait aidée à justifier auprès du personnel la non-expédition d'équipements de protection cette semaine – prétextant que le retard venait de l'armée. Ses employés avaient paru y croire.

Mais, au lieu de lui donner l'impression de partager quelque chose avec lui, tout ce temps passé auprès d'Eric la mettait chaque jour un peu plus mal à l'aise. Il fallait absolument qu'elle lui rappelle ce qu'elle lui avait déjà dit, à savoir que ses sentiments pour lui n'étaient plus ceux qu'elle avait autrefois nourris à son endroit. Mais cette discussion devrait attendre. Il y avait trop à faire par ailleurs concernant l'avenir de l'entreprise – à commencer par débusquer le traître qui était parmi eux.

Chassant ses tracas personnels concernant Eric, Leila s'efforça de revenir à ce qu'il venait de suggérer.

— Qu'est-ce que tu veux dire, exactement ?

— Réfléchis, reprit-il avec animation. Si *deux* lots d'équipements avaient été fabriqués ? Un peu comme pour les armes… Si un lot de moindre qualité avait été envoyé à l'armée tandis que celui qui leur était initialement destiné était vendu avec une marge bien supérieure au marché noir ? Les grands criminels peuvent avoir besoin de gilets pare-balles. Si le volume des ventes illégales d'armes est aussi considérable que Davis semble le penser, qui nous dit que les criminels qui en font l'acquisition n'achètent pas aussi des équipements de protection ?

Cette idée la secoua d'un frisson si violent qu'elle attrapa le blazer qu'elle avait enlevé une heure plus tôt quand ils avaient commencé à éplucher les factures. Si Eric voyait juste, c'était de très mauvais augure. Des gens ayant besoin à la fois d'armes et de tenues de protection sophistiquées, c'était forcément synonyme d'un massacre en préparation, non ? Elle devait mettre un coup d'arrêt à tout ça.

Elle ne pouvait changer le passé, mais elle pouvait contribuer à démasquer le coupable. Et, avec un peu de chance, une fois qu'il aurait été appréhendé, le FBI lui arracherait, en plus de ses aveux, la liste de ses clients afin que tous soient enfin traduits en justice.

— Même en tenant compte du coût d'achat des équipements de qualité inférieure, la marge bénéficiaire serait beaucoup plus importante, continua Eric sur sa lancée sans même se rendre compte qu'il n'avait pas besoin de la convaincre que sa théorie se tenait. Je sais que tu penses que Davis est complètement fou mais…

Il fit la moue.

— Et, crois-moi, ce n'est pas de gaieté de cœur que je lui donne raison. Mais qui est la personne qui, dans l'entreprise, peut circuler partout *et* a le plus facilement accès au matériel de protection ?

— Theresa, admit Leila presque à regret.

Car, sans trop savoir pourquoi, malgré ses préventions, elle avait toujours du mal à croire que Theresa ait pu trahir Petrov Armor.

— C'est forcément elle, insista Eric, percevant sa réticence. Ça tombe sous le sens.

Il la dévisagea avec intensité jusqu'à ce qu'elle finisse par opiner du chef. Peut-être avait-il raison. Peut-être Davis et lui avaient-ils tous deux raison.

— On n'a plus besoin de Davis, asséna Eric, l'air soulagé qu'elle ait fini par convenir de l'implication de Theresa. Dis-lui ce que tu soupçonnes et renvoie-le là d'où il vient pour continuer l'enquête de l'extérieur.

— Je ne peux…

— Leila… Après la mort de ton père puis tout ce qui vient d'arriver, tu as besoin d'une coupure. Une coupure franche et nette. Je sais à quel point tu es attachée à l'entreprise. Je sais que tu la considères comme le legs de ton père mais tu as tort…

Elle esquissa un geste de dénégation.

Il lui sourit de nouveau, mais d'un sourire désenchanté et grave cette fois.

— Tu ne vois donc pas, Leila ? Le véritable héritage de ton père, c'est *toi*. Si tout ce que tu m'as dit est vrai, cette entreprise est finie. Ce qu'il faut maintenant, c'est limiter les dégâts. Et tout recommencer. Créer une nouvelle entreprise. Pas forcément dans le Tennessee. On peut partir, aller quelque part pour prendre du recul afin d'y réfléchir.

Il la regardait avec ces grands yeux bleu foncé qui l'avaient séduite voilà si longtemps.

— Peut-être à l'étranger, sur une plage quelque part ? Et ensuite…

Elle secoua la tête. Non. Elle aurait donné très cher pour que rien de tout cela ne se soit produit, mais elle ne pouvait pas tout laisser en plan en se défaussant sur quelqu'un d'autre pour tenter de sauver ce qui pouvait l'être.

C'était *son* entreprise. *Sa* responsabilité. Elle devait bien ça aux soldats qui étaient morts, au personnel qui, comme elle, avait été floué, abusé pendant si longtemps. À son père.

Elle vit la déception poindre dans les yeux d'Eric avant même qu'elle ait répondu.

— Je dois aller jusqu'au bout. Quoi qu'il advienne.

Hier, en fin de journée, Leila s'était éclipsée à l'insu de Davis. Elle l'avait informé par SMS qu'elle rentrait chez elle se reposer et le verrait le lendemain. Mais elle avait passé toute la matinée barricadée dans son bureau. Lassé d'attendre qu'elle en sorte et lui explique pourquoi elle l'évitait, Davis se leva et alla avec détermination vers la porte de son bureau. Il avait la main sur la poignée lorsqu'il entendit la voix d'Eric à l'intérieur. Il se figea. Certes, qu'elle s'entretienne avec son directeur commercial n'avait rien d'anormal en soi mais, alors que la semaine passée elle s'était bornée à répondre avec concision et efficacité à ses questions, ils semblaient désormais être constamment fourrés ensemble.

Un mauvais pressentiment se logea au creux de son estomac. Se pouvait-il qu'elle se soit confiée à Eric, à propos de l'enquête ?

Comme c'était régulièrement le cas depuis quelques jours, les persiennes du bureau vitré de Leila étaient fermées. Mais il nota un interstice sur un côté, là où deux lattes un peu déformées étaient disjointes. Jetant un coup d'œil par-dessus son épaule pour s'assurer qu'il n'était pas observé, Davis approcha le visage de l'ouverture.

Leila était assise derrière son bureau, comme d'habitude, mais Eric, au lieu de se trouver en face, était installé à côté d'elle. Un pli barrant son front, il parlait avec animation et montrait quelque chose sur l'écran à Leila, qui l'écoutait, l'air grave et concentrée. *Comme s'ils avaient pris l'affaire en main et menaient eux-mêmes l'enquête.*

Davis se redressa et recula. Une main lui pressa l'épaule pour éviter une collision. Il se retourna, gêné d'avoir été surpris en train d'épier Leila, et vit Joel debout derrière lui. Celui-ci lui tendit la main.

— Davis, c'est bien ça ? lança-t-il d'un ton amical.

Comme il acquiesçait et lui serrait la main, Joel suggéra :

— On n'a pas eu l'occasion de faire connaissance. Tenez,

venez donc prendre un verre avec moi en bas de la rue, qu'on discute un peu.

Sans lui laisser une chance de décliner l'offre, il ajouta, l'entraînant à sa suite d'une main posée sur son épaule :

— Allez, en route !

Sautant sur l'occasion de pouvoir enfin s'entretenir avec Joel lequel, entre ses horaires irréguliers et le fait qu'il ne semblait pas pressé de rappeler lorsqu'on lui laissait des messages sur sa boîte vocale, était aussi insaisissable qu'une anguille, Davis le suivit jusqu'à un pub, à quelques centaines de mètres de là.

Durant leur court trajet, Joel garda le silence et attendit qu'ils se soient installés à une table et aient passé commande pour lancer à brûle-pourpoint :

— Alors, dites-moi, Davis, vous êtes plus qu'un assistant, n'est-ce pas ?

Désarçonné, il éprouva un bref moment de panique mais Joel continua :

— Je vois bien que vous êtes quelqu'un d'ambitieux. Le poste d'assistant n'est qu'un point de départ pour vous.

Du menton, il indiqua l'eau gazeuse de Davis qui venait d'arriver.

— J'apprécie qu'un employé ne boive pas durant ses heures de travail. Aux yeux de certains, commander de l'alcool est un geste social mais cela peut déconcentrer…

Il marqua une pause appuyée puis ajouta :

— Un peu comme les femmes.

Davis acquiesça, baissant légèrement la tête pour prendre l'air contrit, ce qui ne lui fut pas difficile. Pour un agent sous couverture, ne pas avoir réussi à cacher son intérêt pour Leila n'était pas très brillant.

Mais au moins Joel ne le soupçonnait-il pas d'être du FBI. C'était en fin de compte une bonne chose qu'il soit venu le voir. Il ne lui restait plus qu'à aller à la pêche aux informations en orientant subtilement la conversation.

— J'aime beaucoup travailler avec Leila, commença-t-il. Mais c'est vrai que si j'ai accepté ce poste, c'était dans un premier temps pour observer de l'intérieur le fonctionnement d'une grande entreprise.

S'en tenant au faux CV que lui avait concocté la DCT, il enchaîna :

— J'ai un diplôme en gestion d'entreprise. Mais…

Il feignit de marquer un temps d'hésitation.

— Une chose m'intrigue un peu. Je me demande…

Il laissa sa phrase en suspens, espérant que Joel saisirait la balle au bond.

— Quoi donc ? Allez-y. Je vais vous donner un bon conseil : vous n'obtiendrez jamais ce que vous voulez si vous ne le demandez pas. Ensuite, ma foi… Il faut avoir de la suite dans les idées – et de la volonté.

Davis hocha la tête, se demandant si Leila ne tenait pas son attitude proactive de son oncle plus que de son père.

— Eh bien, en fait, je m'interroge, à propos de Theresa. Elle était ici bien avant Leila. Je trouve surprenant que…

— Que ce soit Leila qui ait été nommée P-DG ? acheva Joel à sa place. Je sais que les gens pensent que c'est du népotisme. Pour être franc, je ne suis pas totalement impartial sur la question, évidemment – il y a eu une période où c'est moi qui ai élevé cette jeune personne. Mais ne sous-estimez pas ses capacités, ce serait une erreur. Elle a peut-être été promue à la tête de l'entreprise un peu jeune, mais elle est parfaitement à sa place dans ce rôle.

Davis ne put s'empêcher d'éprouver de la fierté, même si c'était un peu ridicule. Il n'avait pas de raison d'éprouver autre chose qu'un intérêt objectif. Mais même s'il n'était pas en odeur de sainteté auprès de Leila pour le moment, il ne serait jamais impartial en ce qui la concernait. Jamais.

Il repoussa cette idée dérangeante en se promettant d'y réfléchir plus tard, une fois sa mission d'infiltration chez Petrov Armor terminée.

— Quant à Theresa, elle est fantastique, continua Joel. Passionnée, d'une intelligence remarquable en matière d'innovation. Peut-être un peu excessive parfois, mais elle est fiable. Et c'est un vrai bourreau de travail mais, croyez-moi, c'est parce qu'elle adore la recherche, le processus de création. Elle n'est pas du tout intéressée par l'administration d'une entreprise. Eric, en revanche…

Davis, qui l'écoutait en fixant pensivement le fond de son verre, ne put s'empêcher de relever la tête.

— Vous savez, reprit Joel. J'aime bien Eric. Je l'ai connu adolescent lui aussi. Même à l'époque, il tournait toujours autour de Leila.

Joel joua avec son verre, encore presque plein.

— Donc, tout ce que je peux dire, c'est qu'elle se laisse peut-être aveugler, s'agissant de lui.

Davis arqua les sourcils.

— Comment cela ? releva-t-il, se demandant pour quelle raison Joel l'avait approché.

Était-ce seulement pour bavarder à bâtons rompus et le conseiller sur sa carrière ? Ou dans le but inavoué de lui parler d'Eric ? Joel soupçonnait-il ce dernier de quelque chose et éprouvait-il le besoin d'utiliser Davis comme caisse de résonance ?

Joel soupira, l'air tiraillé par des sentiments contradictoires.

— Eric aimait mon frère comme un père. Son propre père n'était jamais là. Ce qui, malgré tout, vaut mieux que ce par quoi Neal et moi-même sommes passés, mais c'est une autre histoire. Quoi qu'il en soit, quand Eric a quitté le lycée, mon frère a senti du potentiel en lui. Il a su que c'était un grand travailleur, qu'il pourrait réussir s'il était épaulé par un bon mentor. Il l'a convaincu de venir travailler ici tout en suivant des cours du soir.

Davis hocha la tête en silence, connaissant déjà l'histoire.

— Seulement, Eric avait beau être *comme* un fils pour

Neal, il n'était *pas* son fils. Alors, quand le moment est venu de donner un nom pour lui succéder à la tête de Petrov Armor…

Joel haussa les épaules et but une longue gorgée d'eau pétillante.

— Eric est jaloux que ce soit Leila qui ait été nommée ?

— Disons plutôt qu'il en a conçu une certaine amertume.

Joel reposa son verre. La mine ennuyée, il reprit :

— Il aime toujours Leila, ça, je le sais. Mais je ne suis pas sûr que cet amour soit exempt de ressentiment. Il s'entremêle en lui avec tout ce qu'il estimait devoir lui revenir. Ce n'est pas seulement le fait que Leila soit la fille de Neal. C'est aussi le poste qu'elle occupe. Je pense… qu'il serait prêt à faire presque n'importe quoi pour l'obtenir – ou, si ce n'est pas possible, pour faire en sorte que Leila le perde.

17

Les jours de semaine, nombre d'employés restaient au bureau tard le soir. Le père de Leila avait composé un groupe de personnes motivées qui aimaient leur travail. Mais le vendredi, beaucoup d'entre eux, cadres y compris, partaient plus tôt, ce que son père et elle avaient encouragé, considérant que c'était une juste compensation de leur assiduité et de leurs efforts tout au long de la semaine.

Mais ce soir, Leila aurait bien voulu avoir opté pour une politique différente. Il n'était que 18 heures mais, du fait qu'on était vendredi, l'*open space* était désert. En temps normal, être seule au bureau ne la dérangeait pas, mais en cet instant elle aurait préféré entendre le brouhaha des employés de l'autre côté de la porte. Cela lui aurait rappelé qu'elle n'était pas seule au monde, qu'il y avait toujours des gens qui l'aimaient et qu'elle aimait, qu'elle avait toujours une société à diriger, un objectif vers quoi tendre. Lorsqu'elle était seule, il était trop facile de s'appesantir sur tout ce qu'elle avait perdu. Sa mère, il y a longtemps. Son père, récemment. Et bientôt, sans doute, l'entreprise qu'il lui avait transmise.

Il était aussi trop facile de se focaliser sur Davis. De songer à quel point il lui manquait déjà après une semaine passée à l'éviter. De se demander ce qu'il avait pu découvrir d'autre durant ce laps de temps.

Il devait s'être rendu compte qu'elle lui cachait quelque chose désormais, mais comme il n'avait pas mis un terme à sa mission, il ne se doutait sûrement pas qu'elle ait pu vendre la mèche concernant sa véritable identité.

Elle avait rompu la promesse faite à Davis en révélant la vérité à Eric mais, tenaillée par la culpabilité de l'avoir mis dans la confidence, elle avait fait promettre solennellement à ce dernier de ne pas ébruiter la nouvelle. C'était d'ailleurs presque involontairement qu'elle lui avait dévoilé la vérité : il avait été sur le point de l'embrasser, et elle avait voulu l'en empêcher. Même si Davis l'avait trahie, elle ne voulait pas à l'origine lui faire la même chose.

Elle avait donc beau mourir d'envie de chercher conseil auprès de son oncle, elle résistait stoïquement à la tentation de se confier à lui.

Cependant, elle se demandait si Davis ne s'en était pas chargé lui-même. Son oncle et lui avaient mystérieusement disparu dans l'après-midi pour revenir au bout d'une heure, la mine grave. Son oncle avait adressé un petit signe de tête à Davis avant que tous deux reprennent le chemin de leur espace de travail – le genre de signe de connivence qui signifiait qu'ils partageaient un secret.

Que Davis ait de son plein gré divulgué un secret du FBI était surprenant mais son oncle était très persuasif. Et perspicace. Si quelqu'un connaissait les tenants et aboutissants de la société aussi bien – sinon mieux – qu'elle, c'était oncle Joel.

Avant qu'Eric s'en aille, Davis avait passé la tête par l'entrebâillement de la porte pour lui annoncer d'une voix posée qu'il rentrait chez lui.

Elle avait été tentée de le rappeler, de le sommer de jouer cartes sur table avec elle, à propos de ce qui se passait non seulement chez Petrov Armor mais également entre eux. Mais elle avait résisté, et maintenant Davis était parti. Une petite voix dans sa tête lui souffla qu'elle ne le reverrait probablement pas lundi matin. Et que ce serait peut-être un groupe du FBI qui débarquerait en force à sa place, brandissant des badges, pour tout retourner du sol au plafond.

Jurant à mi-voix, Leila se massa la nuque et se leva. L'obscurité, hors de son bureau éclairé, était déprimante – pour ne pas dire inquiétante si l'on songeait que son agresseur l'avait suivie de son lieu de travail jusqu'à cette passerelle l'autre jour. Mais il était désormais en prison, se rassura-t-elle. Aucun autre incident n'étant survenu depuis, la police avait estimé qu'elle ne courait plus de risques et avait donc cessé sa surveillance. Davis avait paru moins convaincu, mais peut-être était-ce seulement son instinct protecteur qui parlait. Quoi qu'il en soit, elle devait se concentrer sur ce qu'elle était en mesure de contrôler.

De plus, quel meilleur moment que celui-ci pour découvrir où en était Davis de ses investigations ? Mais par où commencer ?

Les registres d'accès sécurisé. C'était l'un des points que Davis avait examinés sans elle. Eric et elle avaient discuté de l'accès privilégié de Theresa aux matériaux et avaient passé en revue les commandes de fournitures. Mais Davis s'étant déjà penché sur les registres d'accès, Eric avait suggéré qu'il était inutile d'y revenir.

Oui, mais Davis ne lui disait pas tout. Peut-être n'avait-il pas trouvé un unique accès anormal sur la carte de Theresa, mais plusieurs. Et, même si elle ne voulait pas croire à la culpabilité de Theresa, Eric avait raison. Elle était l'employée la plus susceptible d'être la personne qu'ils recherchaient.

De tous les anciens employés de l'entreprise, elle était l'une des rares à n'avoir pas été engagée par son père. C'était oncle Joel qui l'avait découverte. Quand son père avait repris le travail, Theresa et lui avaient paru partager une admiration mutuelle, mais peut-être Leila avait-elle mal interprété leurs relations.

Elle se laissa retomber dans son siège et ouvrit sur son ordinateur les registres d'accès sécurisé, faisant défiler les données jusqu'à la date d'expédition des équipements défectueux. Un seul accès, tard le soir, sur la carte de Theresa, ainsi que Davis l'avait indiqué. Elle remonta plus loin, jusqu'à la période où ils avaient été fabriqués. Trois accès tardifs avaient été enregistrés cette semaine-là. Son cœur se mit à battre plus vite.

Mais son souffle se bloqua dans sa gorge lorsqu'elle lut le nom correspondant à la carte utilisée. Ce n'était pas celle de Theresa, mais d'Eric.

— Non, dit-elle à haute voix en se penchant vers l'écran comme si le fait de s'en rapprocher pouvait changer quelque chose à ce qu'elle voyait écrit noir sur blanc. Non, ce n'est pas possible.

— Qu'est-ce qui n'est pas possible ? lança une voix familière, depuis la porte de son bureau.

Pétrifiée, elle leva les yeux et vit Eric, l'épaule calée contre le chambranle.

Davis troqua sa chemise et son pantalon à pli contre un jean et un T-shirt. Il ne réenfilerait probablement pas sa tenue de bureau lundi matin.

L'étau se resserrait autour d'un suspect désormais. Davis aurait préféré qu'il s'agisse de Theresa car ça aurait été moins douloureux pour Leila, mais il semblait bien qu'Eric Ross soit le traître. Après son entretien avec Joel, il s'était replongé dans les registres d'accès en remontant beaucoup plus loin qu'il ne l'avait fait précédemment. Et il avait découvert une série d'accès anormaux. Ça ne constituait pas une preuve formelle, mais c'était suffisant.

En toute logique, l'étape suivante était d'envoyer une équipe munie de mandats de perquisition, ce qui se produirait sans doute avant lundi. En pensant aider Davis dans sa carrière puis en se laissant aller à exprimer ses doutes concernant un type dont il pensait qu'il n'était pas l'homme qu'il fallait à sa nièce, Joel avait fourni à Davis les derniers éléments qui lui manquaient pour orienter son équipe sur la bonne piste.

Joel lui avait confirmé les motivations qui avaient pu pousser Eric à voler celui qu'il avait considéré comme un père, puis à le tuer : la jalousie et la vengeance. C'était le point que Melinda, en bonne profileuse, soulevait toujours lorsqu'ils demandaient des mandats. Le mobile. Eh bien, désormais, il connaissait celui d'Eric Ross.

Cela remettait en question la théorie de deux complices. Eric n'avait bien sûr pas collaboré avec le père de Leila. Eric avait été seul dans le coup.

Il était temps de lever le voile. Davis ne savait pas encore exactement pourquoi Leila avait subitement cessé de lui faire confiance mais, en y repensant, il s'avisa que cela s'était produit après la conversation téléphonique qu'il avait eue avec Kane, chez lui. Un début d'explication se fit jour dans son esprit. Leila avait dû l'entendre dire qu'il soupçonnait toujours les gens qui lui étaient les plus proches. Oui… C'était à partir de ce moment-là qu'elle s'était éloignée de lui et rapprochée d'Eric.

Oh ! elle n'avait rien fait de radical, comme lui interdire l'accès aux fichiers confidentiels de la société ni rien de ce genre ; sans doute pensait-elle encore que la vérité allait éclater et les blanchir. La perspective de lui dessiller les yeux le désolait, mais ça ne pouvait plus continuer comme ça. Eric devait craindre que Leila ne soupçonne quelque chose. Si ce n'était pas déjà fait, elle finirait peut-être par laisser échapper que son assistant était un agent du FBI sous couverture, et Eric s'empresserait d'effacer ses traces. S'il s'y prenait bien, le FBI ne pourrait peut-être jamais prouver sa culpabilité. Ou alors, il s'enfuirait et trouverait refuge à l'étranger, dans un pays avec lequel les États-Unis n'avaient pas d'accord d'extradition.

En rentrant chez lui, il avait plusieurs fois tendu la main vers son téléphone pour appeler Leila. Lui expliquer qu'il n'avait jamais eu l'intention de lui faire du mal, ni d'ailleurs de tomber amoureux d'elle. Mais il ne pouvait pas lui avouer que Petrov Armor, c'était terminé pour lui.

Si elle ne le haïssait pas encore, ce serait bientôt le cas.

Davis prit une grande inspiration, s'efforçant de réprimer l'envie de frapper quelque chose parce qu'il n'avait pas le temps de se rendre à la salle de sport pour décharger son agressivité sur un punching-ball. Il se pencha et ramassa l'attaché-case dans lequel il avait rangé les notes et informations concernant Eric. Il voulait les trier, les assembler et les remettre à Pembrook au plus vite, en finir avec ça et pouvoir reprendre le cours de sa vie.

Sans Leila, songea-t-il, la mort dans l'âme. Il se massa les tempes, où une pulsation sourde se faisait subitement sentir. Comment avait-elle pu, en si peu de temps, en venir à occuper une telle place dans sa vie ?

Oublie ça, concentre-toi, s'intima-t-il. Il n'avait pas la main sur ce qui arriverait une fois les mandats délivrés. Il ne savait pas si l'arrestation du coupable entraînerait toute l'entreprise dans sa chute. Il ne pourrait rien si la carrière de Leila et le legs qu'elle s'était battue pour préserver étaient détruits.

Il ne pouvait faire que son travail. En tant qu'agent du FBI, il avait prêté serment de faire respecter la loi. Et il s'était juré de trouver le responsable de la mort de Jessica.

Serrant les dents, Davis compara les informations qu'il avait réunies sur Eric avec les notes de Kane et Melinda concernant la période sur laquelle le commerce illégal d'armes s'était étalé. Il leva la tête, agacé, comme son téléphone sonnait, hésitant à répondre. Mais c'était un numéro local. Peut-être Leila, depuis son bureau.

— Davis, annonça-t-il d'un ton sec, encore en mode FBI.

Et aussi, peut-être, pour tenter de se cuirasser, si jamais c'était bien elle. Parce qu'il n'était pas sûr de pouvoir lui mentir sans s'en vouloir terriblement.

Mais la voix au bout de la ligne n'était pas celle de Leila.

— Davis, c'est Joel. Écoutez, je suis désolé de vous appeler en dehors des heures de travail mais j'ai trouvé quelque chose.

— Quoi donc ?

Après que Joel lui avait confié craindre qu'Eric ne convoite le poste de Leila, Davis avait feint d'hésiter à parler pour, après moult fausses tergiversations, finir par révéler qu'il avait senti que quelque chose de bizarre se tramait dans l'entreprise. Il avait dit suspecter une prochaine prise de contrôle du poste de P-DG. Eric avait peut-être rogné sur les coûts en s'arrangeant pour faire rejaillir la responsabilité sur Leila. Joel avait promis de se pencher sans délai sur la question.

La fin de la journée venue, comme Joel était parti sans un mot, Davis en avait conclu que celui-ci soit ne l'avait pas cru soit n'avait rien trouvé. Mais maintenant, l'intensité de sa voix disait le contraire.

— Après notre discussion, j'ai jeté un coup d'œil à nos livres d'achats. Et vous avez raison. J'ai remarqué quelques petites choses étranges, notamment concernant les récents achats de plaques de blindage des équipements de protection. Ils ont tous été effectués par Eric. Il n'y a rien de véritablement flagrant mais enfin, ces petites choses additionnées les unes aux autres… C'est bizarre.

— Bizarre comment ?

— Eh bien, ces achats semblent trop importants. Comme s'il avait payé plus de matériaux que l'entreprise n'en a effectivement reçus.

Sauf si tous avaient bien été livrés mais qu'une partie avait été mise de côté en vue de ventes illégales, pensa Davis à part lui.

— Si nous avions reçu toutes ces fournitures, Theresa l'aurait remarqué, continua Joel. C'est elle qui les réceptionne.

— Mais si ce n'avait pas été le cas ?

— Que voulez-vous dire ?

— Eric sait-il comment sont assemblés les équipements ?

Aurait-il pu lui-même procéder à l'échange des plaques blindées qui y sont insérées ?

— Bien sûr, répondit sans détour Joel. Il est là depuis assez longtemps pour connaître le processus de montage mais… pourquoi aurait-il fait ça ?

— Je ne sais pas mais tout cela est décidément très louche, conclut Davis, résumant la situation.

Son pouls s'accéléra quand il pensa qu'il aurait peut-être de nouveaux éléments charge contre Eric à apporter à sa patronne. S'il pouvait amener Joel à les lui fournir de lui-même, ce serait encore mieux.

— Oui, acquiesça Joel. En temps normal, je ne parlerais pas de tout cela avec un nouveau venu dans l'entreprise, mais je ne soupçonnais rien avant que vous me mettiez la puce à l'oreille. Je vais devoir informer Leila à un moment ou à un autre, mais elle a eu tant de problèmes dernièrement que j'hésite à l'ennuyer avec ça s'il y a une autre explication.

— Je crois que vous avez raison, confirma Davis, qui, pour les besoins de l'enquête, voulait que Leila reste dans l'ignorance tout en en concevant de plus en plus de culpabilité.

— Je suis content que vous soyez d'accord, dit Joel. Parce que, même si je ne tiens pas spécialement à ce que ma nièce renoue avec son ex, la vérité m'oblige à dire qu'Eric n'est pas le seul à toujours éprouver des sentiments. Leila n'a jamais vraiment tourné la page non plus. Il a rompu du jour au lendemain avec elle, mais ce n'était pas son choix à lui…

— Comment ça, ce n'était pas son choix ? l'interrompit Davis, pris d'un mauvais pressentiment.

— Je suis sûr que mon frère était animé des meilleures intentions, mais le fait qu'il ait demandé à Eric de rompre avec Leila, à l'époque, est peut-être à l'origine de tout ce qui arrive aujourd'hui. Eric devait se dire que Neal changerait un jour d'avis, lui confierait les rênes de la société et lui donnerait sa bénédiction pour qu'il reprenne sa relation avec sa fille. Mais ce n'est pas ainsi que les choses se sont passées.

— D'où la rancune qu'il aurait développée, souligna Davis.

— Exactement. Je pense que l'autre raison pour laquelle il tient tant à être P-DG est qu'il veut prouver sa valeur à Leila. Ça peut paraître paradoxal puisque ce serait à ses dépens, mais c'est une question de pouvoir, je suppose.

Joel poussa un profond soupir.

— Du moins, c'est ce que je *soupçonne*. Mais j'ai besoin d'un avis extérieur. Je connais Eric depuis si longtemps qu'il est difficile pour moi d'être objectif. Parce que… j'ai découvert autre chose. Dans notre centre d'essais externe.

Davis retint son souffle et compta jusqu'à trois avant de parler pour masquer sa soudaine excitation.

— Externe ?

Il savait qu'il existait une deuxième zone d'essais sur le site, un local insonorisé dans lequel les armes étaient autrefois testées. Mais Leila ne lui avait jamais parlé d'installations externes.

— Oui, l'autre endroit où nous testions les armes, indiqua Joel comme si c'était évident, sans paraître noter la tension de Davis.

D'un autre côté, pourquoi l'aurait-il sentie ? Joel croyait dévoiler une simple machination d'Eric visant à miner la crédibilité de Leila et à s'emparer de son poste. Il n'imaginait pas qu'il était en train d'aider le FBI à démanteler une entreprise criminelle au long cours.

— Quand Leila a stoppé la fabrication des armes, nous n'en avions plus réellement besoin. Nous avions déjà nos installations sur place. Donc, cet autre site a été fermé. Du moins… il était censé l'être.

OK. Et, s'il ne l'avait pas été, c'était l'endroit parfait pour procéder aux tests des stocks d'armes destinés au marché parallèle. Et à l'échange de matériaux sur les équipements de protection. En somme, de gagner des monceaux d'argent tout en ruinant la réputation de celle qu'Eric s'escrimait dans le même temps à déloger.

Davis baissa les yeux, s'avisant qu'il serrait le poing si fort qu'il avait coupé la circulation sanguine à l'extrémité de ses doigts. Il ouvrit la main et remua les doigts.

— Où se trouve ce centre ?

— Je vais vous envoyer l'adresse par SMS, dit Joel. Écoutez, ça m'ennuie de vous solliciter encore, mais… serait-ce trop vous demander que de suggérer que vous m'y retrouviez ce soir ? J'aimerais vous montrer en personne ce que j'ai trouvé avant d'en parler à Leila, avoir votre avis sur ce que tout ça signifie.

— D'accord, s'empressa d'acquiescer Davis, veillant à conserver un ton faussement dégagé.

Mais, intérieurement, il jubilait. Il y était ! C'était ça, il le sentait. La pièce manquante du puzzle qui allait l'aider à identifier le responsable de la mort de Jessica.

— Super ! dit Joel. Je viens de vous envoyer le texto. À quelle heure pouvez-vous m'y retrouver ?

— Je peux partir maintenant.

— Parfait. Alors, à tout de suite.

Davis raccrocha et consulta sa messagerie. Rien, pas la moindre nouvelle de Leila. Il attrapa sa veste en cuir et se dirigea vers sa voiture. L'équipe de la DCT devait en ce moment se préparer en vue d'une intervention massive. Ils le savaient sur le point d'aboutir dans son enquête. Il les avait appelés après son premier entretien avec l'oncle de Leila et leur avait donné le nom de son suspect. Mais si cet ultime rebondissement confirmait bien ce qu'il pensait, les mandats pourraient être délivrés sans délai.

Et il serait peut-être en mesure de procéder à une arrestation dès ce soir.

18

— Qu'est-ce qui n'est pas possible ? répéta Eric en s'avançant dans son bureau comme s'il y était chez lui.

Leila se hâta de fermer la fenêtre où étaient listées les commandes de fournitures au nom d'Eric sur son ordinateur, le cœur battant. L'instant suivant, il contournait son bureau et venait se poster à côté d'elle devant l'écran désormais vide.

Le regard d'Eric alla de l'ordinateur à Leila, suspicieux. Avec dix-sept années d'expérience derrière lui, il lisait en elle comme dans un livre ouvert. Elle chercha désespérément une explication plausible tout en essayant d'assimiler le fait qu'Eric pouvait être celui qui trahissait la société depuis si longtemps. Celui qui avait tué son père et tenté de la tuer, elle aussi.

Elle se leva si brusquement que son siège alla buter contre le mur, derrière elle.

Dix-sept ans de souvenirs défilèrent à toute vitesse dans sa tête tandis qu'Eric posait la main sur son bras et se penchait, le regard interrogateur, innocent.

— Ça va ?

Des images d'Eric à seize ans, dégingandé et timide, venant s'asseoir à côté d'elle. Puis celles de lui, quelques mois plus tard, faisant la connaissance de son père et se prenant presque aussitôt d'une profonde affection pour lui. Et toutes les années qui avaient suivi, au bureau, riant avec son père, célébrant leur réussite après la signature de gros contrats, puis pleurant à chaudes larmes à ses obsèques.

Tous ces souvenirs étaient-ils de la comédie ?

Tout n'avait-il été que mensonge ? Avait-il fait semblant de l'aider à mener l'enquête pour être près d'elle et voir ce qu'elle savait ? Feint d'avoir toujours des sentiments pour elle ? Suggéré de partir avec elle à l'étranger dans le seul but d'échapper au FBI ?

Leila se dégagea sans répondre. Elle avait envie de fuir, mais sa respiration était si rapide qu'elle se crut sur le point de tomber en hyperventilation. Eric était l'un des meilleurs à la course à pied au lycée. Quelle chance aurait-elle de le distancer ?

La tuerait-il de ses propres mains ? En faisant croire à une nouvelle agression ?

Elle serra les poings ; sa respiration se fit plus égale, plus mesurée, plus profonde au fur et à mesure que la colère remplaçait la panique et l'incrédulité. S'il avait tué son père, elle n'allait pas tourner les talons et prendre la fuite dans l'espoir de sauver sa peau. Elle allait se battre. Si la fureur comptait autant que la force brute, il ne s'en tirerait pas impuni cette fois, lui, l'homme qui avait été son confident, son premier amour.

Ce fait à lui seul rendait sa trahison plus ignoble encore.

— Leila, murmura-t-il. Mais enfin, que se passe-t-il ?

Son intonation était inquiète, mais elle cachait autre chose qu'elle ne put tout à fait identifier.

— Salut, Leila. Je me demandais si… Oh ! pardon !

Leila fit volte-face en entendant la voix de Theresa. La responsable du service R & D se tenait, immobile, dans l'embrasure de la porte, son regard allant de l'un à l'autre. Elle se mit à reculer comme si elle sentait qu'elle était arrivée au mauvais moment.

— Désolée. Je peux revenir plus t…

— Theresa ! la rappela Leila d'une voix trop haut perchée.

Elle se força à respirer à fond, lentement, pour se calmer, réfléchissant à toute allure. Une illumination fusa soudain dans son esprit. Il lui en coûta terriblement, mais elle agrippa l'avant-bras d'Eric et coula vers lui un regard entendu. Comme s'il était son allié.

Il plissa le front en même temps qu'une moue perplexe se peignait sur ses traits.

Fais semblant de toujours croire que c'est Theresa, se dit Leila. *Fais semblant d'avoir paniqué parce que tu as trouvé une preuve de sa culpabilité.*

Le tour de passe-passe fonctionnerait-il ? Réussirait-elle à sauver sa vie ? À dissiper les soupçons d'Eric assez longtemps pour qu'elle puisse alerter Davis ?

— Je me suis laissé dire que vous aviez toujours été opposée à ma nomination au poste de P-DG, lança agressivement Leila en avançant d'un pas vers Theresa tout en présentant mentalement ses excuses à l'intéressée qui, si elle ne s'était jamais montrée amicale, n'avait pas une fois remis en question sa position de dirigeante.

Theresa secoua la tête, manifestement plus stupéfaite par l'éclat soudain de Leila que pressée de se disculper.

— Plus grave encore, Theresa, il semble que vous ayez…

— Vous voulez parler des incohérences concernant ma carte d'accès ? l'interrompit Theresa.

Elle poussa un grand soupir, destiné à être entendu.

— Encore ? Votre assistant est déjà venu me voir à ce sujet, il ne vous l'a pas dit ?

Elle fronça les sourcils, porta son regard sur Eric puis le braqua de nouveau sur Leila.

— Écoutez, c'est vrai, déclara Theresa, la prenant de court.

Quoi ? Leila jeta un coup d'œil à Eric. Avait-elle mal interprété ce qu'elle avait vu ? Son cœur se gonfla d'espoir. Eric avait toujours affirmé que son père était pour lui la figure paternelle qui lui avait manqué, et elle savait que cette façon de voir les choses était réciproque. Son père avait toujours considéré Eric comme un fils. Et elle avait désespérément envie de croire que rien de tout cela n'avait été faux.

— Je pensais que cette fonction n'aurait pas dû vous revenir, déclara Theresa. Mais je n'en ai jamais fait état publiquement. Je vous ai toujours soutenue dans vos décisions, au sein de l'entreprise. Je vous ai protégée de mon mieux, par respect pour votre père. Et pour votre oncle, même si je ne crois pas lui devoir quelque chose, à lui.

Elle ponctua sa phrase d'un petit rire nerveux qui ressemblait si peu à la Theresa toujours pleine d'assurance que l'attention de Leila s'aiguisa subitement.

— Pourquoi ? demanda-t-elle.

— Pourquoi quoi ?

Theresa l'observait, l'air de se demander si elle devait continuer à se défendre et à prouver de sa loyauté.

— Pourquoi avez-vous le sentiment de ne pas être redevable à oncle Joel ?

C'était lui qui l'avait engagée, après tout.

— Eh bien, parce que ce qu'il a obtenu de moi devrait lui suffire, je pense.

Elle rougit légèrement et haussa les épaules.

— Vous et oncle Joel étiez…

— Oui, de nouveau ces derniers mois, admit Theresa, regardant Leila et Eric tour à tour, ses joues s'empourprant un peu plus. C'est idiot, je sais. Mais nous avons été amants. Ponctuellement, par périodes, au fil des années. Sans que cela devienne jamais une relation suivie. Votre oncle ne s'investira jamais dans une relation sérieuse.

Une nouvelle et terrible possibilité germa dans l'esprit de Leila tandis qu'elle assimilait tant bien que mal cette information. Si oncle Joel avait eu une liaison avec Theresa, il avait pu facilement subtiliser sa carte sans qu'elle s'en rende compte. Peut-être même emprunter sa voiture.

Elle essaya de chasser cette idée folle. Elle aimait son oncle. Il l'aimait. Il avait largement contribué à l'élever. Et il aimait son père également. Les deux frères avaient grandi dans une ambiance familiale si délétère qu'elle n'avait jamais rencontré ses grands-parents.

Il avait sauvegardé le moyen de subsistance de son père, avait assuré le maintien de leurs revenus afin d'envoyer Leila dans les meilleures écoles. Mais, par cette position, oncle Joel avait aussi obtenu le plus haut niveau d'accès au sein de l'entreprise – ce qui, sinon, n'aurait jamais été le cas. Et il était souvent en déplacement, hors du bureau, ce à quoi Leila n'avait jamais jusque-là prêté spécialement attention. Mais, à la lumière de ce qu'elle savait maintenant, qui sait s'il n'avait pas utilisé tout ce temps pour s'enrichir au détriment de l'entreprise ?

Non, impossible, conclut-elle, honteuse d'avoir ne fût-ce qu'envisagé cette hypothèse.

— … un grand charmeur, disait Theresa.

Leila s'avisa qu'elle parlait toujours de sa relation avec son oncle.

— Ça n'aurait jamais marché sur le long terme, poursuivit Theresa, les joues écarlates. Je sais que votre oncle et vous êtes très proches, mais s'il a la réputation d'un coureur de jupons invétéré, ce n'est pas sans raison, vous savez. Il est…

Elle secoua la tête.

— Peu importe. Seigneur ! Je me demande pourquoi je vous dis tout ça. Et je me demande aussi pourquoi ma carte d'accès suscite tout à coup autant d'intérêt, mais, quoi que vous puissiez penser, je n'ai jamais…

— Il est *quoi* ? insista Leila, soudain désireuse de crever l'abcès.

De nouveau, Theresa haussa les épaules.

— Je ne pense pas qu'il soit réellement capable d'aimer quelqu'un.

Elle s'excusa aussitôt après, essaya de rétropédaler, mais Leila ne l'écoutait plus que d'une oreille. Des propos qu'avait tenus son père des années plus tôt, non sans une bonne dose d'embarras et un soupçon de honte, revenaient à sa mémoire : « Il n'est tout bonnement pas fiable, chérie. Il ne fait les choses qu'en fonction de son propre intérêt. »

Cela remontait à il y a très longtemps, avant la mort de sa mère, un jour que son oncle, coutumier du fait, avait une fois de plus brillé par son absence à un événement où il était attendu.

Mais il avait changé par la suite… Non ? Elle ne pouvait pas s'être méprise à ce point sur son compte.

Leila croisa les bras et les serra nerveusement sur son abdomen, se rendant compte que si c'était vrai, ce serait pire encore que si ça avait été Eric le coupable. Car cela signifierait alors qu'oncle Joel avait tué son propre frère.

— Leila…

La gravité de la voix d'Eric la tira brutalement de ses pensées noires. Lui aussi devait avoir compris les implications de ce qu'ils venaient d'apprendre.

— Je suis désolé, déclara-t-il, consterné, en lui prenant le bras. Je sais que je t'avais donné ma parole mais…

Son regard alla de Theresa à Leila.

— J'ai dit à ton oncle que Davis était du FBI.

La FAEP était sur le point de tomber.

Pas en totalité puisque la nébuleuse comptait des sympathisants disséminés aux quatre coins du pays. Mais les membres locaux étaient en nombre suffisant pour que Kane se félicite du coup de filet en préparation.

À une chose près : Melinda avait fait des pieds et des mains pour participer à l'arrestation.

Encore maintenant, elle continuait de discourir, en mode profileuse, comme si elle avait le droit d'aller fouiner dans son cerveau.

Après leur dernière discussion houleuse, au cours de laquelle elle avait sous-entendu – intentionnellement ou non - qu'elle aussi avait subi une très douloureuse perte, il avait cru qu'elle renoncerait. Qu'elle le laisserait prendre les choses en main et s'effacerait pour retourner à l'examen des dossiers et au profilage proprement dit. Chacun, comme il se doit, se concentrant sur ses points forts.

Mais Melinda était coriace, obstinée. Même si elle ne voulait pas travailler avec lui.

Ce qui était vexant. Et ironique si l'on songeait qu'il avait tout fait pour ça. Seulement maintenant qu'il y était parvenu, il aurait presque voulu faire machine arrière.

Presque, mais pas tout à fait. En tout cas, pas maintenant. Pas au moment où la DCT s'apprêtait à procéder à la dangereuse arrestation d'un groupe connu pour sa propension à la violence et qui détenait un véritable arsenal à sa disposition. Le FBI avait eu vent d'une importante rencontre devant avoir lieu ce soir. Les mandats d'arrêt étaient fin prêts, et le plan consistait à leur tomber dessus sans crier gare afin d'en épingler le plus possible avant qu'ils se soient passé le mot et aient eu le temps de prendre le large – ou de s'armer jusqu'aux dents et de se préparer à l'affrontement.

Bref, il ne voulait *pas* voir Melinda dans les parages.

— C'est toujours à cause de la fille de Pembrook, déclara Melinda.

Kane n'en crut pas ses oreilles. Elle avait osé.

Il serra les dents, s'efforçant de contenir la colère qui montait en lui chaque fois que quelqu'un se risquait à évoquer le sujet.

— Tu as peur que je sois touchée pendant l'assaut comme elle l'a été.

— Pas *touchée*. Morte, rectifia-t-il d'un ton cassant. Elle est *morte*.

— Et moi, je ne suis pas *elle*.

Il eut envie de plaquer la main sur sa bouche pour la faire taire.

Ou bien ses lèvres. Méthode différente, résultat identique. Elle serait bien forcée de cesser de le harceler.

— Allez, on y va.

La voix de Laura l'avait précédée. Quand leur équipière apparut dans l'embrasure de la porte, l'expression aussi rigide que tout le reste de sa personne, elle leur jeta un regard inquisiteur avant d'ajouter :

— Quel que soit le motif de votre dispute cette fois-ci, je vous suggère de bien le mémoriser et de remettre ça à plus tard. *Après* l'arrestation, par exemple.

Puis elle tourna les talons, et Melinda le dévisagea, les sourcils arqués en signe de défi.

— Très bien, dit Kane en exhalant un profond soupir.

Si elle tenait absolument à se précipiter au-devant du danger au lieu de rester tranquillement au bureau et de se consacrer à *son* travail, grand bien lui fasse.

Il passa devant elle, raide comme la justice, pour aller rejoindre le reste de l'équipe qui convergeait vers les SUV. Au passage, il attrapa une mitraillette, qu'il accrocha à son épaule, avant de monter dans l'un des véhicules.

L'opération promettait d'être périlleuse, du genre de celles que le FBI confiait la plupart du temps à l'une de ses équipes d'assaut. Mais Pembrook était certaine que la DCT pouvait s'en charger, et personne n'allait la contredire. Compte tenu du niveau de risque de l'intervention, chaque agent était muni d'un équipement plus complet qu'à l'accoutumée. Ils avaient tous des gilets pare-balles – qui ne venaient pas de chez Petrov Armor, Dieu merci – et même des casques.

L'usage de mitraillettes n'était pas non plus habituel. Le SUV avait été aménagé de façon que deux rangées de sièges s'alignent l'une face à l'autre à l'arrière du véhicule. Melinda prit place en face de lui, l'air plus frêle que jamais, disparaissant presque sous son lourd équipement. Elle le regarda droit dans les yeux, un masque indéchiffrable sur le visage. Mais il nota quelque chose dans ses yeux qui ressemblait à de la nervosité.

Son estomac se contracta. Elle n'avait pas la même

expérience que le reste de l'équipe s'agissant d'opérations de ce type. Certes, elle avait été agent spécial. Mais ensuite, elle avait quitté le terrain pour se cantonner à un travail de bureau où elle analysait la mentalité des tueurs en série, des terroristes et des fanatiques. Sa place n'était pas ici.

Mais ce n'était pas son problème.

Il essaya de réprimer son anxiété, mais elle ne fit que croître tandis que le SUV démarrait et roulait vers le site du raid. Après les innombrables missions d'infiltration auxquelles il avait participé, il était rare qu'il éprouve de l'appréhension. Quand c'était le cas, c'était souvent le signe que quelque chose allait aller de travers.

La dernière fois qu'il avait ressenti un tel stress, c'était le jour où la fille de Pembrook avait trouvé la mort.

19

Oncle Joel *savait.*

Eric lui avait révélé que Davis était un agent du FBI sous couverture. Mais il n'en avait pas soufflé mot à Leila. Il ne lui avait pas reproché d'avoir ouvert les portes de l'entreprise au FBI. En revanche, il avait fait ami-ami avec Davis et l'avait emmené hors du bureau pendant plus d'une heure cet après-midi.

Qu'avait-il pu se passer durant ce laps de temps ? Si Davis soupçonnait oncle Joel, pourquoi ne lui en avait-il rien dit ? Et si oncle Joel était impliqué, quel intérêt pouvait-il avoir à se lier d'amitié avec Davis ?

Elle avait tenté de joindre ce dernier trois fois en dix minutes, et tous ses appels avaient basculé sur sa boîte vocale. Peut-être était-il occupé et se faisait-elle un sang d'encre pour rien. Après la complicité qui avait été la leur, elle ne le croyait pas capable de l'ignorer par pure réaction revancharde.

Mais pouvait-elle être vraiment sûre de son jugement ? Elle jeta un coup d'œil à Eric puis à Theresa. En l'espace de quelques jours, elle les avait soupçonnés tous les deux. Et, qui sait, peut-être avait-elle eu raison dans l'un des cas et oncle Joel était-il totalement innocent.

Mais la peur et le sentiment d'horreur et de trahison qui l'étreignaient étaient si forts qu'elle ne pouvait pas courir le risque de faire fausse route une nouvelle fois. Il fallait qu'elle localise Davis.

Si oncle Joel avait pu aller jusqu'à abattre son frère, la vie d'un agent du FBI ne pèserait pas bien lourd.

— J'ai besoin de votre aide, déclara-t-elle d'une voix affreusement étranglée.

Que puis-je faire ? demanda Eric.

De son côté, Theresa, manifestement effarée, répétait pour la troisième fois :

— Davis est du FBI ? Votre assistant ?

— Oui, Davis appartient au FBI, répondit Leila en se tournant pour faire face à Theresa et sonder son expression.

Si c'était elle la traîtresse, elle était douée pour garder son sang-froid sous la pression.

— Voilà pourquoi il passait son temps à me demander ma carte d'accès, murmura Theresa, horrifiée. J'aurais dû me douter que vous mentiez à propos des équipements... Ils provenaient bien de chez nous, n'est-ce pas ?

— Oui.

Theresa se laissa tomber sur le siège situé en face du bureau de Leila. Elle secoua la tête, incrédule.

— Je ne m'en relèverai pas. C'est peut-être votre entreprise mais, moi, je suis responsable du développement. Comment ai-je pu ne rien voir, malgré la rigueur de toutes nos procédures de test et de contrôle de la qualité ?

— Le responsable les connaissait par cœur et savait comment les contourner, répondit Leila, de plus en plus convaincue que ce dernier ne se trouvait pas dans cette salle.

— Et tu crois vraiment que c'est ton oncle ? demanda Eric, la peine qu'elle lisait dans ses yeux faisant écho à la sienne.

Il n'avait jamais été proche de Joel, donc c'était pour elle qu'il se tourmentait. Elle lui en sut gré, consciente de l'affection profonde qu'il lui portait. Mais, maintenant qu'elle savait Davis potentiellement en danger, Leila ne nourrissait plus aucun doute : ce qu'elle avait dit à Eric était vrai.

Leur histoire était du passé. C'était de Davis dont elle était aujourd'hui amoureuse.

Il fouilla son expression, espérant y déceler quelque chose qu'il ne trouva pas. Il la connaissait trop bien.

Elle secoua imperceptiblement la tête, regrettant qu'il ait compris la vérité de cette façon, regrettant de lui infliger malgré elle cette souffrance.

Mais, avant qu'elle ait pu dire quelque chose, Eric déclara doucement :

— Ce n'est pas grave, Leila. De quelle façon pouvons-nous t'aider ?

— Il faut qu'on retrouve Davis. Je sais que c'est sans doute ridicule, mais je crains qu'il n'ait des problèmes. Si mon oncle est vraiment derrière tout ça…

— Vous croyez que *Joel* a fabriqué les équipements défectueux ? demanda Theresa, mortellement pâle. Mais enfin… Pourquoi ?

— Pour l'argent.

Elle avait encore du mal à y croire mais, lorsqu'elle se souvenait de l'homme qu'avait été son oncle avant qu'il se mobilise au service de sa famille au moment de la mort de sa mère, elle était bien forcée de convenir que c'était possible.

Elle ravala non sans peine le sanglot qui lui montait dans la gorge. Ce n'était pas le moment de se lamenter à la pensée de tout ce qu'elle perdrait si ses soupçons se confirmaient. Elle devait s'activer et faire en sorte que Davis ne tombe pas dans le même piège que son père.

— Theresa, je voudrais que vous alliez chez mon oncle, déclara Leila, la voix forte et claire maintenant que son esprit n'était plus obscurci par les émotions mais concentré sur les mesures à prendre. S'il est là, inventez n'importe quelle excuse pour expliquer votre venue mais prévenez-moi immédiatement par texto.

Puis, elle se tourna vers Eric.

— Quant à toi, va chez Davis et vois s'il est chez lui. S'il n'y a personne, appelle le FBI.

— Et toi ? répliqua Eric.

— Moi, je vais me rendre au centre d'essais externe.

Ils l'avaient fermé l'année précédente avec le projet de le convertir à terme en centre de test pour les équipements de protection. Mais ils n'en avaient pas besoin dans l'immédiat. Le centre du site principal leur suffisait.

Oncle Joel avait adoré y aller. Elle le trouvait souvent là-bas, parfois en train de s'exercer au tir avec l'un de leurs pistolets, lorsqu'elle venait inspecter les lieux à l'époque où ils vendaient encore des armes. Lorsqu'elle s'en étonnait, il répondait toujours par une plaisanterie : « On fabrique des armes, Leila. Prendre la peine de venir effectuer une petite séance de tir une fois de temps en temps, c'est bien la moindre des choses. »

— Peut-être ferions-nous mieux de rester groupés et d'aller vérifier ensemble les endroits les uns après les autres ? proposa Eric.

— Non, objecta Leila. Je réagis probablement de façon excessive mais je dois en avoir le cœur net. Et il faut qu'on fasse vite. Vous êtes d'accord ?

Theresa se leva, le visage blême mais les joues marquées maintenant de deux taches rouges.

— Oui, dit-elle en se penchant pour serrer avec chaleur la main de Leila par-dessus le bureau. Soyez prudente. Je sais que c'est votre oncle et que vous l'aimez, mais il a un côté sombre. Si vous le trouvez, veillez à ne pas lui dévoiler vos soupçons.

Comme elle tournait les talons et sortait, Eric saisit le bras de Leila.

— Écoute, Leila, ça semble risqué. Je persiste à croire…

Elle se libéra d'un geste.

— Eric, peu importe ce que dit Theresa. Mon oncle ne

me ferait jamais de mal. C'est toi qui dois faire attention. Si oncle Joel est avec Davis, va-t'en et appelle le FBI, OK ?

Il acquiesça en silence, les lèvres pincées en une moue qu'elle connaissait bien. Ça ne lui plaisait pas, mais il savait qu'il ne réussirait pas à la dissuader.

Puis il partit. Leila resta dans son bureau et envoya un nouveau message à Davis. Elle fixa l'écran pendant une trentaine de secondes, espérant voir une réponse arriver. Comme rien ne venait, elle s'élança en courant.

Le centre d'essais externe n'était pas très loin du site principal mais, contrairement à ce dernier, autour duquel les constructions avaient poussé comme des champignons, ses alentours étaient restés quasiment déserts. *L'endroit parfait pour commettre un meurtre.*

À cette idée surgie de nulle part, un frisson la parcourut. Comme elle entrait dans le parking, son cœur se mit à battre si fort qu'elle en éprouva le martèlement dans ses oreilles, dans son ventre.

Deux voitures étaient là – celle de Joel et celle de Davis.

Il y avait peut-être à cela une explication banale. Peut-être oncle Joel avait-il proposé à Davis de lui faire visiter les lieux. Elle n'avait même pas songé à le faire, l'endroit étant inutilisé.

Oncle Joel ne tuerait jamais Davis. Il n'aurait jamais tué papa.

Mais elle avait beau se le répéter comme un mantra, la peur demeurait.

Elle mit pied à terre et regarda autour d'elle. Le centre était vraiment planté au milieu de nulle part, avec des bois d'un côté et une vaste étendue herbeuse de l'autre. La clôture, de part et d'autre de l'entrée, était intacte mais elle avait trouvé la barrière levée, à son arrivée – un dysfonctionnement dans le mécanisme, sans doute. Depuis quand était-elle ainsi ? Leila n'en avait aucune idée puisqu'elle n'était plus venue ici depuis longtemps.

Verrouillant sa voiture, elle sortit son téléphone de son

sac tout en courant vers l'entrée. D'une main tremblante, elle chercha le numéro de téléphone du bureau local du FBI. Mais lorsqu'elle le composa, elle tomba sur un serveur vocal qui commença à lui réciter une liste d'options. N'ayant pas le temps d'attendre, elle raccrocha.

Quoi qu'il ait prévu de faire à Davis, oncle Joel ne lèverait jamais la main sur elle. De cela, elle était certaine. Si elle arrivait à temps, elle pourrait l'empêcher de commettre l'irréparable.

Rapidement, elle glissa sa carte d'accès dans le lecteur, tira la porte et entra.

Les lumières étaient allumées mais le hall d'accueil était vide. La zone d'essais à proprement parler était située à l'arrière. Aucun son ne lui parvenait, mais si les deux hommes étaient là-bas, il était normal qu'elle ne les entende pas d'ici, les locaux étant bien sûr insonorisés.

Leila utilisa de nouveau sa carte pour accéder à la zone sécurisée. Son cœur eut un à-coup lorsqu'elle vit le voyant vert indiquant que le pas de tir était utilisé.

Elle s'avança lentement, le cœur cognant à chaque pas plus fort contre sa cage thoracique, la respiration de plus en plus saccadée. Lorsqu'elle ouvrit la lourde porte d'acier, ce fut pour découvrir ce qu'elle avait tant redouté.

Davis était agenouillé au milieu du pas de tir. Il avait du sang sur la tête et oscillait de droite à gauche. Du fond de la salle, son oncle pointait un pistolet Petrov Armor sur lui.

La FAEP avait été au courant de l'opération.

À un moment, le SUV s'engageait en silence, tous feux éteints, dans l'étroite allée menant à la résidence où vivait l'un des membres les plus aisés de la FAEP, lieu de la rencontre.

Au moment suivant, le monde explosait autour de Kane dans un déchaînement insensé de lumière et de bruit. Le

SUV s'inclina sur deux roues avant de retomber sur le côté opposé à celui où il se trouvait.

La tête de Kane rebondit contre le casque de JC. L'agent s'était ménagé une place au milieu de leur rangée. Une douleur fusa dans son crâne tandis qu'il sentait un liquide poisseux couler le long de son œil. Tous les membres de l'équipe, autour de lui, cherchaient à se mettre à couvert, les réflexes et l'entraînement prenant le dessus. En face de lui, une main sur la tête, Melinda clignait des yeux, interdite. JC, avec sa formation militaire, fut le premier à réagir, en dépit du coup qu'il avait reçu à la tête.

— Allez, allez, bougez ! ordonna-t-il. On est des cibles trop faciles ici ! Ils vont nous tirer comme des lapins !

La FAEP avait dû équiper l'entrée de la propriété de caméras ou d'un système d'alarme. Ce genre de groupe se tenait toujours sur le pied de guerre, prêt à se battre. Ils avaient piégé l'allée. Et les membres réunis ce soir n'allaient pas tarder à venir les achever. D'ailleurs, Kane entendait déjà le rugissement d'un moteur puissant, puis un crissement de freins.

S'accrochant d'une main à la portière qui se trouvait maintenant au-dessus de lui, il se débattit pour se libérer de sa ceinture de sécurité. Puis un visage apparut derrière la vitre, un faciès à la fois hargneux et souriant. Son propriétaire leva le canon de son arme.

Oubliant la ceinture, Kane empoigna son pistolet. Il avait toujours été l'un des plus prompts de son équipe à dégainer mais, en voyant le reflet de son visage se superposer à celui de son adversaire sur la vitre, il craignit cette fois de n'avoir pas été assez rapide. Alors qu'il tirait trois coups, faisant exploser la vitre dont les débris retombèrent en pluie sur lui et ses équipiers, au-dessous, il se demanda s'il avait touché sa cible. Au bout de deux secondes, le visage grimaçant de son adversaire disparut de son champ de vision.

Il attendit que vienne la douleur d'un impact de balle sur

son propre corps, mais il n'éprouvait que la piqûre cuisante de ce qui semblait être des centaines d'échardes de verre. Pas l'intensité fulgurante d'une balle. Puis d'autres détonations retentirent, nombreuses, beaucoup trop nombreuses, et Kane grinça des dents, sachant que leur véhicule n'était pas blindé. Aussitôt après, un cri dans l'habitacle confirma ses craintes, et l'estomac de Kane se noua.

Bon sang ! Il n'y avait pas moyen de sortir de ce SUV.

Il avait toujours su qu'il perdrait la vie en mission, il avait même appelé ce moment de ses vœux d'une certaine façon, parce que c'était tout ce qu'il méritait.

Mais tout son être se révulsait à l'idée de partir comme ça, entouré de plusieurs équipiers.

Il regarda du côté de Melinda, toujours attachée sur son siège, cible facile si un autre membre de la FAEP parvenait à atteindre les vitres latérales – désormais juste au-dessus de leurs têtes. Son regard glissa jusqu'au pare-brise, maintenant perpendiculaire au sol. Ses deux équipiers, à l'avant, étaient soit touchés soit morts, et il vit l'un de leurs assaillants se pencher, le regard chargé de haine, et lever son arme.

Kane réagit instantanément, visant et tirant en même temps que JC. Apparemment, Laura, sur le siège conducteur, n'était pas inconsciente comme il l'avait cru, car il la vit braquer son arme au même moment. L'homme s'écroula sous les balles. Le pare-brise explosa lui aussi et, tandis que les coups de feu traversaient le plancher du véhicule – se dressant désormais à la verticale face aux fanatiques, JC cria :

— Les boucliers pare-balles !

Subitement, quelqu'un lui en tendit un, et Kane le plaça sur le plancher du véhicule – devenu façade latérale – pour se protéger et protéger ses coéquipiers. En face, Melinda en avait positionné un, elle aussi. Mais voilà qu'elle poussait maintenant Evan Duran, occupant le siège voisin du sien.

Tant bien que mal, ils échangèrent leurs places. Melinda faillit tomber mais parvint à se récupérer et à se glisser entre les agents, jusqu'à l'autre flanc du SUV, celui qui était par terre. Mais le véhicule avait dû retomber sur quelque chose, peut-être un rocher, si bien qu'il reposait, non pas à plat, mais incliné côté pare-brise. Il vit Melinda forcer sur la portière qui, après plusieurs tentatives, s'entrouvrit un peu.

— Messieurs de la FAEP, c'est l'heure de la surprise, grommela-t-elle.

Kane tendit la main pour la retenir, comprenant son intention. Elle était petite et mince. Elle allait se faufiler par l'ouverture. Mais personne ne pourrait la suivre.

C'était du suicide. Les doigts de Kane se refermèrent sur l'étoffe de son blouson, mais il ne pouvait assurer une bonne prise de là où il se trouvait, d'autant que, dans le même temps, Laura s'efforçait de tirer Ana Sofia, l'agent qui avait été sur le siège passager, à l'arrière du SUV et que d'autres boucliers pare-balles se dressaient autour d'eux, tandis que JC levait le bras au-dessus de Kane et tirait. Un membre de la FAEP poussa un hurlement de l'autre côté du pare-brise.

Le morceau de tissu auquel Kane se cramponnait lui échappa, et Melinda disparut.

Elle était maintenant toute seule, dehors, pour affronter Dieu sait combien d'assaillants.

20

C'était une très, très mauvaise idée.

Melinda avait été un agent spécial de terrain autrefois. Bardée de diplômes en psychologie comme elle l'était, son superviseur avait jugé qu'elle constituerait un atout pour les innombrables affaires de traite d'êtres humains dont le FBI s'occupait. Ce travail s'était parfois avéré dangereux, mais les personnes qu'elle y avait côtoyées – tant victimes que coupables – lui avaient donné envie de se spécialiser dans le profilage.

Mais il y avait si longtemps désormais qu'elle avait quitté le terrain qu'elle avait commencé à oublier ce que c'était que d'être à pied d'œuvre, face aux criminels. Il pouvait arriver que le profilage la place au cœur de l'action, mais le plus souvent elle restait assise à son bureau, à se focaliser sur les infimes détails d'un dossier qui lui permettaient d'analyser un comportement et l'aidaient dans la traque des criminels.

À son arrivée à la DCT, elle avait eu besoin d'une remise à niveau concernant le travail de terrain. Mais maintenant, cela lui semblait bien insuffisant.

Elle ne pouvait pas compter sur des renforts. Sauf si l'un des autres agents réussissait à quitter le SUV par le pare-brise sans se faire tuer. Mais le risque était tel qu'elle n'imaginait qu'un seul agent capable de le prendre.

Le fait de penser à Kane lui donna un coup de fouet. Elle accéléra le mouvement et parvint à s'extraire du SUV par l'étroite ouverture. Son casque passa de justesse, et elle sentit Kane lâcher prise. Une fois dehors, elle rampa jusqu'à l'extrémité du véhicule en priant le ciel qu'il reste en équilibre et ne retombe pas sur elle.

Quand elle s'était aperçue que le SUV ne reposait pas totalement à même le sol, elle avait compris que c'était leur seule chance. Car il ne fallait pas se faire d'illusions… Même si les boucliers pare-balles protégeaient efficacement ses collègues, les membres de la FAEP finiraient par encercler le véhicule et y pénétrer. Ses équipiers seraient alors faits comme des rats, prisonniers de la carcasse d'acier.

Bon sang ! de tous les agents présents, elle était la moins préparée à ce type d'opération. Mais l'échec signifierait la mort pour ses collègues.

Elle n'aurait qu'une occasion. Une unique occasion d'en abattre le plus possible en détournant leur attention assez longtemps pour que ses coéquipiers aient le temps de se ruer à l'extérieur par le pare-brise. Si elle jouait bien sa partie, ensemble, ils pourraient triompher de leurs ennemis.

Une paire de bottes apparut, et Melinda se figea, n'osant même plus respirer.

Elle était prise au piège. Pas moyen de s'extraire d'au-dessous du véhicule puis de foncer jusqu'aux arbres pour se mettre à couvert comme elle l'avait prévu. Si elle faisait feu d'ici, ils connaîtraient aussitôt sa position.

— Grimpe, murmura l'un d'eux. On va les prendre en tenaille. Vous deux, vous tirez depuis le côté, en haut, et nous, depuis l'arrière. Dis à Don de se poster à l'avant pour canarder ceux qui essayeraient de s'échapper par là.

La respiration de Melinda s'accéléra, et son champ de vision se rétrécit. La peur dominait tout, ses sens y compris.

Le plan de la FAEP était bon. Les agents bloqués à l'intérieur de l'habitacle tiraient encore par moments, mais seulement par le pare-brise. Pour détourner l'attention de la FAEP et lui donner sa chance. Sans trop savoir ce qu'elle avait en tête étant donné qu'elle ne leur avait rien dit.

Elle était bonne tireuse. Mais ils étaient au moins quatre, là, tout près d'elle, à l'arrière du véhicule et un, à l'avant. Même si elle réussissait à toucher les quatre qui étaient à sa portée, elle ne voyait que leurs pieds et leurs mollets.

Cela pourrait suffire à les mettre hors d'état de nuire, le temps que ses collègues sortent par l'avant.

Si elle devait mourir aujourd'hui, autant tout faire pour leur offrir au moins une occasion de livrer bataille.

Dans l'incapacité de porter la main à l'anneau qu'elle portait sous son T-shirt, elle se concentra sur son contact contre sa peau. L'anneau d'or dont elle ne se séparait jamais en mémoire de son défunt mari. Il lui donnait toujours de la force. Le fait de penser à lui apaisa sa respiration, aiguisa ses sens.

Au moment où deux membres de la FAEP montaient pour se poster sur le côté du SUV et tirer par les vitres, Melinda appuya sur la détente. Un coup. Puis deux coups, à la suite. Deux types s'effondrèrent, hurlant de douleur, mais roulèrent sur eux-mêmes pour se mettre à l'abri. Se préparant sans doute à faire feu eux aussi, maintenant qu'ils avaient une nouvelle cible à portée de tir.

Melinda ne perdit pas de temps. Elle cria pour prévenir ses collègues tandis qu'elle pivotait vers le côté du SUV, au moment où l'un des types qui étaient perchés sur le véhicule sautait. Un concert de détonations se joignit à ses coups de feu tandis que Melinda tirait à tout va, se demandant si c'était l'adrénaline qui l'empêchait de ressentir la douleur des balles qui avaient dû l'atteindre.

Les deux types qui se tenaient sur le côté du véhicule tombèrent. Sans attendre de voir s'ils étaient morts ou non, Melinda les cribla de balles avant de braquer son arme vers ceux qu'elle avait pris pour cibles en premier. Ils avaient dû récupérer suffisamment pour être en état de riposter et de la tuer, maintenant.

Mais, au moment où elle s'apprêtait à tirer, une nouvelle paire de bottes atterrit sur le sol, et quelqu'un se mit à les mitrailler. Quelqu'un d'autre, cependant, tenait encore le canon de son fusil pointé droit sur elle. Elle ferma les yeux, s'attendant à entendre partir le coup. Mais au lieu de cela, elle sentit une main se poser sur sa jambe.

Elle sursauta, ouvrit les yeux. C'était Kane, agenouillé à côté d'elle. Il l'aida à s'extirper d'au-dessous du véhicule.

— Joli travail, murmura Evan en accourant depuis l'avant du SUV, Laura sur ses talons.

Tous deux s'immobilisèrent pour balayer rapidement les environs de leurs mitraillettes.

Kane l'aida à se relever, lui ôta son pistolet des mains.

— Tu t'en es bien sortie, dit-il d'une voix plus profonde que d'habitude.

Puis, tout à coup, il l'attira à lui. Elle aurait pu jurer qu'il avait caressé ses cheveux de la paume de sa main avant de la relâcher et de se mettre à parler logistique.

Ana Sofia était blessée. Non pas par balle, mais assommée par le choc quand le SUV s'était renversé sur le côté. Evan avait reçu une balle dans le bras. « Une simple égratignure », avait-il dit. Laura avait un gros hématome sur le côté du front et du sang sur le visage. Mais tous étaient en vie, et leurs cibles étaient toutes mortes. Leur plan d'attaque initial avait échoué mais ils s'en sortaient bien.

Sentant son cœur s'emballer de nouveau, Melinda se laissa tomber sur le sol et ferma les yeux, laissant ses collègues gérer le reste. Il fallait encore écarter les armes des suspects, même s'ils étaient morts – c'était la procédure. Appeler les secours, la DCT, s'occuper de l'évacuation des corps, informer Pembrook…

Au travers d'une sorte de brouillard, Melinda sentit la main de Laura se poser sur son bras.

— Ça nous arrive à tous. Respire, ça va passer.

Puis, de plus loin, ce fut cette fois la voix de JC, de toute évidence au téléphone, qui lui parvint :

— Comment ça, vous ne savez pas où est Davis ?

Elle essaya de se concentrer, de se rendre utile d'une façon ou d'une autre. Bon sang ! elle était du FBI, non ?

Mais le sifflement dans ses oreilles s'intensifia au lieu de s'atténuer. Puis, tout à coup, elle s'aperçut que c'était Pembrook qui la forçait à relever la tête, qui la regardait droit dans les yeux. Sa voix acheva de la tirer de l'espèce d'hébétude dans laquelle elle était engluée.

— C'est fini, Melinda. Knoxville nous envoie des renforts pour traiter la scène. Il nous faudra vos dépositions à tous mais, pour le moment, on a besoin de vos compétences en profilage. Il faut retrouver Davis.

Melinda fronça les sourcils et prit une grande inspiration.

— Aux dernières nouvelles, il a quitté Petrov Armor pour rentrer chez lui.

— On va envoyer un agent là-bas. Son portable est éteint, donc impossible de le localiser, mais Hendrick est sur ses claviers, au bureau. Peut-être que Davis est retourné à Petrov Armor entre-temps et que…

— Non, il a dit qu'il en avait terminé là-bas.

Le SMS qu'elle avait reçu de Davis annonçait qu'il suspectait Eric Ross et que sa mission prenait fin. Elle avait demandé des détails, mais n'avait pas obtenu de réponse.

— Avez-vous posé la question à Kane ?

— Il ne sait rien de plus non plus, répondit Pembrook en jetant un coup d'œil autour d'elle, les sourcils froncés.

Melinda balaya du regard les environs.

JC était toujours là, et Rowan aussi, maintenant. Mais les autres agents avaient disparu, certains sans doute pour être soignés, d'autres pour retourner au bureau et remplir leurs formulaires de déclarations concernant l'opération de ce soir. Cependant…

— Où est-il ?

Pembrook secoua la tête, l'air préoccupée.

— Apparemment, il est déjà parti.

L'appréhension gagna Melinda.

— Comment ça, parti ?

— Il devait reprendre une mission sous couverture.

— Quoi ?

— C'est tombé il y a quelques jours… Du nouveau dans un important trafic de drogue sur lequel Kane opérait en immersion. Nous l'avions exfiltré, mais sa couverture n'était pas compromise. Ça tombe au mauvais moment, mais…

— Il est vraiment parti ? Comme ça ?

Après tout ce qui était arrivé ce soir ? Sans même lui dire au revoir ?

Pembrook se redressa, épousseta les genoux de son pantalon.

— Vous êtes profileuse, Melinda. Vous devez comprendre.

Se tournant, elle ajouta :

— Allez, du nerf ! J'ai besoin de vous. *On* a besoin de vous.

Grimaçant parce qu'elle avait mal un peu partout, Melinda se releva, le cerveau en ébullition.

OK. Kane était parti. Elle aurait cru, après la façon dont elle leur avait sauvé la mise ce soir, la façon dont toute l'équipe s'était soudée pour survivre, qu'il aurait compris que la solidarité entre collègues pouvait être profitable. Mais, apparemment, cela n'avait servi qu'à renforcer son désir de faire cavalier seul.

Une douleur qui ne devait rien à ses muscles endoloris lui cisailla la poitrine. Mais elle l'ignora et pressa le pas pour rattraper Pembrook.

Elle ne pouvait pas s'inquiéter pour Kane maintenant. Se laisser aller à songer à quel point elle avait envie de continuer à travailler avec lui, à le voir quotidiennement, à lui parler. À se quereller avec lui.

Pour l'heure, elle devait se concentrer sur Davis. Aider à le retrouver.

Joel Petrov l'avait attiré dans un guet-apens.

Il était arrivé ici, rempli d'excitation à l'idée de découvrir cette nouvelle piste incriminant Eric Ross, mais tandis qu'il se redressait sur ses talons et découvrait qu'il se trouvait sur un stand de tir, Davis avait compris. Joel avait falsifié toutes les données qui désignaient Eric, les enregistrements d'utilisation de sa carte d'accès et les commandes de fournitures signées de son nom.

Avec l'impression d'avoir du coton dans le cerveau, il essaya de se lever.

— Ttt… Restez où vous êtes, le mit en garde Joel.

Davis leva les yeux, et sa vision se brouilla. Il cligna plusieurs fois des paupières, et les deux images de Joel finirent par se fondre en une seule. Celui-ci le tenait en joue avec un pistolet, suffisamment loin de lui pour qu'il ne puisse pas l'atteindre.

D'une main, Davis tâta sa poche de poitrine à la recherche de son téléphone. Il porta l'autre à sa tempe et sentit la présence visqueuse du sang.

Il ne savait pas combien de temps il était resté inconscient mais assez longtemps, visiblement, pour que Joel ait pu le traîner jusqu'au beau milieu de ce stand de tir.

À la douleur sourde qui pulsait dans sa tête et au sang qui maculait sa main, il sut qu'il avait une commotion cérébrale.

Ce n'était pas la première fois. Il s'était trouvé à proximité d'un engin explosif improvisé lors d'une mission quand il était ranger, mais il avait alors eu toute une équipe pour le mettre hors de la ligne de tir, l'évacuer par hélicoptère. Ici, il était seul et ne pouvait s'en prendre à personne d'autre qu'à lui et à son désir désespéré de résoudre l'affaire.

Il avait prévenu l'équipe qu'il suspectait Eric mais n'avait rien dit de son rendez-vous avec l'oncle de Leila, ici.

— C'est ça que vous cherchez ? demanda Joel en brandissant son téléphone avant de le poser sur la tablette de la loge, à l'extrémité d'une ligne de tir. Je sais depuis plusieurs jours que vous êtes du FBI.

Un sourire ironique étira ses lèvres.

— C'est Eric qui m'en a informé. Après vous avoir assommé, je l'ai éteint.

Donc, la DCT ne pouvait pas tracer l'appareil. Davis vacilla sur ses genoux, pris de nausée.

— Désolé, dit Joel comme s'il lisait en lui. Je ne pouvais pas courir le risque que vous vous réveilliez avant que je sois prêt.

— Et maintenant ? Qu'est-ce qu'on fait ? demanda Davis d'une voix qui sonnait aussi cotonneuse que l'était son esprit. Vous allez me tuer ? Vous croyez vraiment vous en tirer ? Ce n'est pas exactement l'endroit idéal pour faire croire à une agression.

Les lèvres de Joel se retroussèrent en un mauvais sourire.

— Parce que vous croyez que je n'ai pas pensé à tout ? Après tout ce que j'ai dû faire pour mon frère ? Je n'avais pas le choix. Neal avait tout découvert. Croyez-moi, s'il y avait eu un autre moyen…

— Donc, c'était vous et vous seul, depuis le début, dit Davis d'une voix toujours aussi peu assurée mais chargée de colère.

Une colère qu'il éprouvait pour Leila. Elle avait eu raison à propos de son père. Malheureusement, elle s'était trompée sur son oncle.

— On était si proches, Neal et moi, autrefois, étant enfants. On se serrait les coudes tous les deux, face à nos parents. Mais, en grandissant, nous nous sommes éloignés. Il s'est marié, chose que nous nous étions promis tous les deux de ne pas faire. J'ai essayé de me réjouir pour lui, mais je n'y suis jamais vraiment parvenu, je crois. Et puis Leila est née, et Neal a voulu que je fasse de nouveau partie de sa vie. C'est ce qui s'est passé.

La rancœur, dans sa voix, se changea en désenchantement.

— Mais à la mort de sa femme, j'ai su que nous pouvions de nouveau être tous les deux contre le monde entier.

Melinda aurait été fascinée par la psychologie du personnage, songea Davis avant de se ressaisir et de se dire qu'il perdait les pédales – sans doute à cause de la commotion. Il secoua la tête, mais cela ne réussit qu'à altérer de nouveau sa vision et à aggraver son mal de tête.

Il ne devait pas perdre de nouveau connaissance, sinon il pourrait bien ne jamais se réveiller. Restant immobile, il demanda :

— Leila n'était donc qu'un dommage collatéral de votre soif d'argent ? Les millions que vous avez amassés avec le commerce illégal d'armes ne suffisaient-ils pas ? Quel besoin aviez-vous de tuer ces soldats, de détruire votre propre nièce ?

La colère de Davis se mua en fureur, lui donnant envie de sauter à la gorge de Joel. Mais il était impuissant, il le savait. Sa cible était trop loin, et Davis, même s'il ne bougeait pas, avait l'impression d'osciller en permanence d'avant en arrière.

— Ce matériel n'était pas censé provoquer la mort de qui que ce soit.

— Oh ! vous avez l'air vraiment ému, siffla Davis comme une image de Jessica lui montrant des photos de ses trois enfants, fièrement sanglée dans son uniforme de l'armée, s'imposait à son esprit.

— Ce matériel était moins cher, mais il était bien destiné à être vendu à quelqu'un. Comment aurais-je pu deviner qu'il serait si peu efficace ? Vous croyez que c'est de gaieté de cœur que j'ai attiré l'attention sur nous de cette fâcheuse façon ?

Davis serra les dents, retenant une réplique cinglante. Dix-huit soldats et sept combattants locaux avaient péri en Afghanistan, et Joel Petrov ne pensait qu'à lui et au désagrément que cela lui avait causé.

— Quant à Leila, elle n'aurait jamais dû se rendre compte de rien, continua-t-il. Quand son père l'a promue à la tête de l'entreprise, je me suis dit que c'était parfait. Elle était trop jeune pour ce poste, trop confiante…

Ses sourcils se rapprochèrent, creusant deux profonds sillons entre ses yeux.

— Elle n'aurait jamais dû stopper la production d'armes, conclut-il comme si tout était la faute de sa nièce.

— Il est impossible de revenir en arrière maintenant, déclara Davis. C'est elle qui m'a permis d'infiltrer la société. Elle sait que j'appartiens au FBI. S'il m'arrive quelque chose…

— Elle tiendra Eric pour responsable, comme je l'avais prévu, acheva Joel à sa place.

Il consulta sa montre.

— Et maintenant, assez de discours.

Il ajusta sa prise sur son pistolet.

— Ça ne marchera pas, insista Davis, en portant une main à sa tempe, le coup sur le crâne lui faisant tourner la tête.

— Encore désolé, répéta Joel.

Les paupières de Davis se baissèrent. Que pouvait-il faire ? Il était physiquement incapable d'agir.

Mais, soudain, une voix déchira le silence.

— Oncle Joel ! Arrête !

Leila apparut derrière Joel, hors d'haleine, horrifiée.

Avançant de quelques pas vers Davis, son oncle se déporta sur le côté et retourna son pistolet contre Leila.

— Tu ne devrais pas être là, déclara-t-il avec une intonation autoritaire dans la voix.

— Non ! cria Davis, essayant de se mettre debout.

Il trébucha et retomba sur les genoux, mais nota que l'arme était à nouveau braquée sur lui.

— Oncle Joel, reprit Leila d'un ton implorant. S'il te plaît, tu ne peux pas faire ça…

— Je suis navré, Leila, dit Joel d'un ton presque sincère mais sans cesser de pointer son arme sur Davis.

— Arrête… Je l'aime ! s'écria-t-elle à brûle-pourpoint.

L'arme trembla, et Davis se demanda s'il avait bien entendu

Elle l'aimait ? Disait-elle cela dans l'espoir d'empêcher son oncle de le tuer ? Ou le pensait-elle vraiment ?

Le cœur de Davis se mit à battre à coups redoublés, ce qui lui fit prendre conscience simultanément de deux vérités : lui aussi l'aimait. Et il allait probablement mourir sans avoir eu le temps de le lui dire.

21

L'homme qu'elle aimait allait mourir, tué par celui qui avait contribué à l'élever.

Elle fixa son regard sur son oncle, n'osant pas poser les yeux sur Davis qui avait la moitié du visage en sang et parvenait à peine à se maintenir en équilibre sur ses genoux.

— Tu as tué papa, murmura-t-elle d'une voix altérée par la douleur. Par cupidité. Comment as-tu pu ? C'était ton frère, ta seule famille.

— Ce n'était pas par cupidité, se défendit son oncle, presque sur un ton d'excuse.

Presque, mais pas tout à fait.

— Ah non ? Et c'était pourquoi, alors ?

— Le pouvoir, dit-il simplement.

— Et tu trouves que c'est une meilleure raison ?

Le pistolet trembla légèrement dans la main de Joel, dont l'attention était centrée sur elle et non plus sur Davis.

Du coin de l'œil, elle nota que ce dernier s'avançait centimètre par centimètre, à genoux.

— Je ne te demande pas de comprendre. Ton père a voulu t'épargner les détails de notre enfance mais…

— Je sais qu'elle a été difficile.

Elle se rappelait avoir entendu son père dire une fois à sa mère qu'il craignait qu'oncle Joel ait refoulé ses émotions au point de se refermer totalement sur lui-même pour ne plus rien éprouver.

Mais ce ne pouvait pas être vrai. Il avait vécu avec eux pendant plusieurs années. Chaque matin, il avait été là, lui préparant le petit déjeuner, l'accompagnant jusqu'au bus scolaire, bienveillant, prévenant.

Il avait de l'affection pour elle. Elle en était sûre.

Forte de cette certitude, elle alla un peu plus loin.

— Oncle Joel, je t'aime, tu le sais. Tu ne peux pas faire ça.

— Je n'irai pas en prison, murmura-t-il. Le pouvoir. Le contrôle de ma propre vie. C'est ce à quoi j'ai toujours aspiré. Je sais que ça paraît fou, mais aucune somme d'argent, aucun filet de sécurité ne me semble jamais suffisant. Tu ne vois pas les choses de la même façon, bien sûr, mais j'ai travaillé dur pour en arriver là où je suis. Je ne le laisserai pas tout détruire.

— C'est *toi* qui as tout détruit, répliqua durement Leila.

Davis se rapprochait toujours, mais très lentement. Et dans l'état qui était le sien, jamais il ne pourrait stopper Joel.

— Tu as détruit Petrov Armor, continua-t-elle, rattrapée par la colère. Tu as tué mon père. Tu nous as tous trahis.

Il secoua la tête et recula, le visage de nouveau fermé. Et Leila sut qu'elle était en train de le perdre.

— Tu m'aimes, insista-t-elle en avançant vers lui tout en approchant la main de son sac. Je le sais. J'en suis sûre.

— Peut-être que je ne suis pas vraiment capable d'aimer qui que ce soit, déclara-t-il doucement, tristement, tandis qu'il braquait de nouveau le canon de son arme sur elle.

Mais le pistolet tremblait dans sa main. Quoi qu'il dise, elle était à peu près sûre qu'il ne la tuerait pas. Mais pour ce qui était de Davis, c'était une autre histoire.

— Bien sûr que si, tu es capable d'aimer, asséna-t-elle avec véhémence tandis que ses doigts se glissaient dans son sac et se refermaient sur la crosse du petit pistolet qui ne la quittait plus depuis son agression.

Alors même que ces mots sortaient de sa bouche, sa certitude se renforça. La fureur flambait toujours en elle, encore mêlée de confusion et d'un sentiment d'incrédulité. Toute cette scène lui semblait complètement irréelle.

Oui, une opportunité de gagner de l'argent illégalement avait dû se présenter à lui, mais ce n'avait pas été son objectif initial. Si ça avait été tout ce qui comptait pour lui, il aurait eu cent fois l'occasion de la laisser tomber. À l'époque où il avait été P-DG par intérim de la société, il aurait pu accepter l'offre de vente que lui avait soumise son père, alors au fond du gouffre. Mais Joel avait toujours refusé.

Pas une fois, tout au long de ces années, il ne lui avait fait faux bond. Vingt ans plus tôt, les services de protection de l'enfance avaient été à deux doigts de la placer en famille d'accueil. Elle aurait été seule au monde. Et perdue comme elle l'était alors, elle ne s'en serait probablement jamais remise.

Jamais elle ne lui pardonnerait d'avoir tué son père et conduit l'entreprise à sa perte, mais elle ne pouvait pas faire table rase de ce que son oncle avait représenté pour elle. Elle ne serait pas devenue celle qu'elle était aujourd'hui sans lui.

— Je t'aime quand même, oncle Joel, dit-elle, les mots s'étranglant dans sa gorge tant ils s'apparentaient à une trahison vis-à-vis de son père.

Mais elle tendit la main devant elle, paume ouverte, l'implorant d'y déposer son arme. D'être l'oncle qui l'avait élevée. De faire passer l'intérêt de sa nièce avant le sien, d'accepter d'aller en prison au lieu de tuer une autre personne qui lui était chère.

Car elle aimait Davis. Elle ne savait pas comment cela avait pu se produire en si peu de temps, mais si elle doutait de ses intentions à lui, de la sincérité de ses sentiments, elle n'avait plus aucun doute quant à ce qu'elle ressentait, elle.

— S'il te plaît, l'implora-t-elle, approchant encore la main.

Le menton de Joel tremblota, son regard s'abaissa vers son arme, puis sa main. S'il remarqua que Davis s'était un peu rapproché de lui, il n'en montra rien.

— Je t'en prie, le supplia-t-elle de nouveau, le sentant près de capituler.

Elle vit sa glotte monter et descendre tandis qu'il déglutissait péniblement. Puis il secoua imperceptiblement la tête, et elle sut que sa décision était prise.

Elle aussi avait un choix à faire, désormais. Entre l'homme qui l'avait élevée, qu'elle aimait d'un amour inconditionnel en dépit de tout, et celui dont elle s'était follement éprise. Celui qui était voué à s'en aller, mais qu'elle aimait quand même.

Un gémissement presque inhumain lui échappa comme elle orientait la main qui tenait le pistolet, à l'intérieur de son sac, et faisait feu.

Et l'un des hommes qu'elle aimait s'écroula sur le sol.

Épilogue

Leila avait tué son oncle.

Une semaine plus tôt, tout s'était joué en un instant. C'était en partie l'instinct qui l'avait guidée. Mais elle avait visé juste. En pleine poitrine. Un tir fatal.

Davis avait passé deux jours à l'hôpital. Quelques heures après qu'elle avait tiré sur son oncle, l'une de ses équipières lui avait donné de ses nouvelles, disant qu'il souffrait d'une sévère commotion cérébrale.

La jeune femme, une profileuse au regard bienveillant, l'avait rappelée récemment pour lui faire savoir que Davis était sorti de l'hôpital et avait été autorisé à reprendre le travail. Apparemment, il s'occupait déjà d'une autre affaire.

Leila n'avait pas eu l'occasion de lui parler depuis que les ambulanciers l'avaient évacué, à peine conscient, sur une civière. Elle lui avait pressé la main, avait déposé un bref baiser sur ses lèvres malgré la présence de ses collègues du FBI, puis était partie.

Elle avait tué son oncle pour le sauver, lui. À cet instant, sa vie entière avait basculé.

Se renfonçant contre le dossier de son fauteuil dans le bureau de son père, elle promena son regard sur la pièce familière. Elle n'avait pas l'intention de s'y installer mais, ici, elle avait l'impression de sentir sa présence.

Pressant une main sur son cœur – où la douleur semblait avoir définitivement élu résidence, Leila se leva et fit le tour du bureau en regardant les premiers gros contrats que son père avait encadrés et accrochés au mur.

Petrov Armor ne survivrait peut-être pas. Quand la nouvelle s'était répandue concernant les équipements et son oncle, un tiers de ses employés lui avaient présenté leur démission. Les autres étaient restés, mais elle sentait tous les jours peser sur elle l'incertitude de leurs regards. Ils ne pouvaient s'empêcher de penser qu'elle avait trahi leur confiance en leur cachant la vérité sur les équipements défectueux.

Quant à l'armée, leur plus gros client, elle avait annulé la totalité de ses commandes. Le coup était si rude que Leila devrait peut-être se séparer de certains de ses employés qui lui étaient restés loyaux. Mais elle avait pris sa décision : elle allait tout rebâtir, prouver à tous qu'elle pouvait relancer l'entreprise de son père et lui rendre sa réputation, son honneur – et ses clients.

Regardant par l'embrasure de la porte, elle vit que la lumière était toujours allumée dans le bureau d'Eric. Theresa aussi était encore là, elle le savait, occupée à élaborer de nouvelles procédures visant à renforcer la sécurité et la transparence de leur système de production. Des gens solides. Des gens fiables. Des fidèles qui ne la lâcheraient pas.

Mais ils n'étaient pas sa famille. Elle n'avait plus personne désormais, à part les parents violents de son père qu'elle ne chercherait jamais à joindre et la famille de sa mère, au Pakistan, qu'elle ne connaissait pour ainsi dire pas.

Ils n'étaient pas *Davis*. Davis qui s'était frayé un chemin jusqu'à son cœur, alors même qu'il enquêtait sur les noirs secrets de l'entreprise qu'elle dirigeait.

Il ne l'avait pas appelée. Peut-être son état l'avait-il empêché d'entendre sa déclaration d'amour. Ou peut-être celle-ci n'avait-elle pas eu tant d'importance à ses yeux.

Parce qu'il était du FBI. Et qu'elle n'était que la dirigeante d'une entreprise sur laquelle il avait enquêté. Son travail fini, il était parti. Point final.

Mais même si ce n'était pas là l'explication de son silence, pourrait-elle jamais être avec quelqu'un qui l'avait mise en position de tuer le seul proche qui lui restait ?

Un frisson la secoua tandis qu'un sanglot se logeait dans sa poitrine. Mais elle refoula ses larmes, ravala le sanglot. Elle avait suffisamment pleuré pour son oncle ; elle refusait de lui accorder une larme supplémentaire.

Et elle ne pouvait pas pleurer pour Davis non plus. Pour ce qui aurait pu être. Pas encore… Parce que ça aurait été admettre qu'elle l'avait bel et bien perdu, ce à quoi elle n'était pas encore prête.

— Leila.

Elle sursauta en entendant la voix qui venait de prononcer son nom avec tant de douceur. Davis. Elle cligna des yeux, se demandant si elle n'avait pas rêvé. Mais non. C'était bien lui là, devant elle, en chair et en os.

Derrière lui, dans la pénombre de *l'open space*, Eric lui adressa un petit sourire triste et un hochement de tête. Puis il tourna les talons et disparut dans son bureau.

— Que faites-vous ici ?

— Il fallait que je vienne, murmura-t-il avant de s'approcher.

Il avait un gros pansement sur le côté de la tête qui cachait les points de suture qu'on lui avait posés. Mais son regard était vif et clair, nota-t-elle tandis qu'il comblait d'un dernier pas le mètre qui les séparait et prenait ses mains entre les siennes.

C'était ce qu'avait fait Eric, dans son bureau, il n'y avait pas si longtemps. Mais elle n'avait pas senti son pouls s'emballer ni l'espoir supplanter le chagrin dans son cœur.

Elle leva les yeux, sondant son regard, cherchant à deviner ses intentions.

Tout avait-il réellement changé en une semaine ? Malgré leurs promesses, ils s'étaient dissimulé des informations. Et elle avait tué pour lui l'un des êtres qui lui étaient chers. Pourrait-elle jamais dépasser ça ?

Lorsqu'il porta ses mains à ses lèvres et les embrassa avec révérence, elle sut que c'était son vœu le plus cher.

— Je suis désolé pour votre oncle, dit-il en éloignant ses mains de ses lèvres. Je n'aurais jamais imaginé que ça se terminerait comme ça.

Un sourire hésitant – nerveux, peut-être ? – flotta un instant sur ses lèvres.

— Je n'aurais jamais imaginé tomber amoureux de vous.

Les paroles qui suivirent se perdirent dans un bruit de fond qu'elle ne réussit pas tout à fait à saisir, car tout ce qu'elle entendait, c'était le tambourinement effréné de son cœur dans ses oreilles tandis que se répétaient en boucle dans sa tête les mots les plus importants : « Je n'aurais jamais imaginé tomber amoureux de vous. »

— Qu'avez-vous dit ? demanda-t-elle dans un murmure.

Il s'avança plus près et l'enlaça.

— Je dis que je ne peux pas renoncer à vous, Leila. Après tout ce qui est arrivé, c'est peut-être ce qui serait le plus logique, mais… je ne peux pas. Je vous aime. Je veux nous donner une chance. Plus de mensonges, plus de demi-vérités entre nous. Tous les deux, du même côté, toujours.

Il saisit une de ses mains, la retourna et promena un doigt caressant sur sa paume, faisant naître en elle un frisson d'excitation.

— En fait, je crois que nous l'avons toujours été.

Elle hocha la tête. Oui, ils avaient recherché la même chose : la vérité. Et ils l'avaient trouvée, même si celle-ci n'avait pas été celle que Leila souhaitait.

— Un nouveau départ, renchérit-elle, plus sûre d'elle qu'elle ne l'avait jamais été.

Il lui adressa un sourire encore un peu troublé, mais authentique, et déplaça les doigts pour enserrer fermement sa main dans la sienne.

— Marché conclu, confirma-t-il en écho à la promesse

qu'ils s'étaient faite lorsqu'il était arrivé dans son entreprise sous couverture. Un nouveau départ.

Puis il l'attira dans ses bras et la pressa contre lui. Elle se haussa sur la pointe des pieds tandis que s'épanouissait sur ses lèvres son premier vrai, grand sourire depuis une semaine. Un sourire rempli de confiance et d'espoir.

— Moi aussi, je vous aime, Davis.

— Je sais, répondit-il. Et je vous promets une chose : quoi qu'il arrive désormais, c'est ensemble que nous y ferons face.

Et il scella ce serment d'un baiser.

Menaces sur un bébé, de Carol Ericson - N°647

PATROUILLEURS EN MISSION - 2/4

Prudemment, Nash s'approche du « paquet » posé devant sa porte e se retrouve face à un... bébé. Près du petit garçon, il trouve une no signée Jaycee, son amie d'enfance, qui le supplie de protéger son fi pendant quelques jours... Désemparé, il se rend au supermarché pou acheter des couches et du lait et là, curieux hasard, il est abordé par un séduisante inconnue qui prétend être nounou et lui propose de s'occup du bébé...

Un refuge dans la tempête, de Karen Whiddon

Tremblante, l'inconnue fixe Jason et murmure : « je ne sais pas qui suis ». Pour ne pas la paniquer d'avantage, Jason décide de l'héberg et la prénomme Lucy. Mais dans sa tête, mille questions se bouscule qui est cette jolie jeune femme qui semble avoir été maltraitée ? Co ment est-elle arrivée dans son chalet perdu en pleine montagne ? quelle aide peut-il lui apporter alors qu'il ne sait rien d'elle et qu' dehors la tempête fait rage ?

Secrète protection, de Lisa Childs - N°648

Avec ses boucles blondes et ses yeux bleus, la fillette ressemble à u poupée de porcelaine. « Comment tu t'appelles ? » demande-t-elle Wendy. Troublée, celle-ci se force à sourire. Ainsi Hart Fischer est papa Hart, son ancien collègue, qui va la protéger le temps du procès où e témoignera contre un baron de la drogue. Hart dont elle est secrèteme amoureuse, mais dont le cœur, peut-être, appartient à une autre...

Le passé dévoilé, de Rita Herron

Qui est réellement Ginny Bagwell ? Pour Griff Maverick, expert incendies criminels, il n'y a aucun doute : la jolie journaliste arriv depuis peu à Whistler n'est pas celle qu'elle prétend être. D'autc plus que depuis son arrivée, la petite ville des Appalaches devenue le théâtre d'évènements tragiques : incendies, meurtres Persuadé qu'un terrible danger menace Ginny et la force à men Griff commence à enquêter sur son passé...

Retrouvez prochainement,
dans votre collection

BLACK ROSE

Un garde du corps inespéré, de Cassie Miles - N°649

À La Nouvelle Orléans, on fête Halloween. Dans la parade, Alyssa se laisse harmer par un séduisant pirate avant de s'éloigner dans les ruelles désertes. à, elle est attaquée par trois inconnus et ne doit son salut qu'à l'intervention lu mystérieux pirate qui la conduit chez lui. Méfiante d'abord, Alyssa décide le faire confiance à son sauveur inespéré et lui révèle qu'un danger permanent lane sur elle car elle a été témoin d'un meurtre...

Captive du silence, de Carla Cassidy

Maddy, que fais-tu ici ? » Stupéfait, Flint se penche vers la jeune emme blottie dans la grange et l'aide à se lever. Pourquoi se cache-t-lle ainsi ? Et comment expliquer son expression d'animal traqué et les armes qui voilent son regard ? Bientôt, il apprend que sa voiture est ombée en panne alors qu'elle quittait la ville. Pour fuir quoi ? Ou qui ? ien décidé à le découvrir, il lui propose alors de l'héberger dans son halet...

---

n quête de vérité, d'Amanda Stevens- N°650

e jour de son mariage, la vie de Penelope bascule : Simon, son fiancé, st victime d'un accident qui le plonge dans le coma. Mais un soir, alors u'elle est venue lui rendre visite à l'hôpital, elle le trouve conscient et ebout. Soulagée de voir l'homme qu'elle aime hors de danger mais ouleversée d'avoir été dupe, elle accepte d'écouter ses explications. Il i confie alors qu'un secret l'oblige à feindre le coma...

ans l'ombre du désir, de Marilyn Pappano

J a enfin trouvé la tranquillité, loin de Dallas qu'il ne supportait plus. ourtant, tout bascule le jour où Masiela Leal réapparaît dans sa vie. asiela, son ancienne coéquipière qu'il a aimée en secret sans que cet mour soit partagé.... Aujourd'hui, elle est en danger de mort et il faut u'il la cache. Il accepte mais se jure que, cette fois, il ne la laissera pas frayer un chemin jusqu'à son cœur...

HARLEQUIN BLACK ROSE

Retrouvez prochainement,
dans votre collection

BLACK ROSE

Un ange en danger, de Julie Miller - N°651

En apprenant qu'elle doit protéger Fiona, la fille de Quinn Gallagher, magna du pétrole, Miranda est furieuse. Elle est tireur d'élite, pas baby-sitter ! Pourtant lorsqu'elle croise la fillette âgée de trois ans, sa colère s'évanouit et elle se lanc à la recherche du lâche qui la menace. Une mission périlleuse pour Miranda car non seulement Fiona la prend pour sa mère, mais Quinn exerce sur elle un étrange attirance...

Le mystère de Culpepper, de Tyler Anne Snell

En entrant dans le commissariat de Culpepper, Sophia espère bie obtenir de l'aide pour retrouver sa sœur Lisa dont elle est sans nouvelles Un espoir qui se renforce lorsque Braydon Thatcher, un séduisan inspecteur, la reçoit dans son bureau. Mais bientôt il énonce une list de prénoms et Sophia comprend que Lisa fait partie des jeunes femme récemment disparues dans la région...